古典文學研究輯刊

十九編

曾永義 主編

第26冊

杜貴晨文集（第七卷）：
傳統文化與小說散論

杜貴晨 著

國家圖書館出版品預行編目資料

杜貴晨文集（第七卷）：傳統文化與小說散論／杜貴晨 著 ―
初版 ― 新北市：花木蘭文化事業有限公司，2019〔民108〕
序 2+ 目 2+296 面；19×26 公分
（古典文學研究輯刊 十九編；第 26 冊）
ISBN 978-986-485-659-6（精裝）
1. 中國小說 2. 文學評論
820.8　　　　　　　　　　　　　　　　　108000802

ISBN-978-986-485-659-6

9 789864 856596

古典文學研究輯刊
十九編　第二六冊　　　　　　　ISBN：978-986-485-659-6

杜貴晨文集（第七卷）：傳統文化與小說散論

作　　者　杜貴晨
主　　編　曾永義
總 編 輯　杜潔祥
副總編輯　楊嘉樂
編　　輯　許郁翎、王筑　美術編輯　陳逸婷
出　　版　花木蘭文化事業有限公司
發 行 人　高小娟
聯絡地址　235 新北市中和區中安街七二號十三樓
　　　　　電話：02-2923-1455／傳眞：02-2923-1452
網　　址　http://www.huamulan.tw 信箱 hml810518@gmail.com
印　　刷　普羅文化出版廣告事業
初　　版　2019 年 3 月
全書字數　236611 字
定　　價　十九編 33 冊（精裝）新台幣 64,000 元　　　版權所有·請勿翻印

杜貴晨文集（第七卷）：
傳統文化與小說散論

杜貴晨　著

作者簡介

杜貴晨，字慕之。山東省寧陽縣人。1950 年 3 月 25（農曆庚寅年二月初八）日生於寧陽縣堽城鄉（今鎮）堽城南村。六歲入本村小學，從仲偉林先生受業初小四年；十歲入堽城屯小學讀高小二年；十一歲慈母見背；十二歲入寧陽縣第三中學（初中，駐堽城屯）；十五歲入寧陽縣第一中學（駐縣城）高中部；文革中 1968 年畢業，回鄉務農。歷任村及管理區幹部。1978 年高考以全縣第一名考入中國人民大學中文系；1979 年 10 月作爲學生代表列席全國第四次文代會開幕式；1980 年開始發表文章，1981 年參加《文學遺產》編輯部舉辦的青年作者座談會；1982 年七月大學畢業，畢業論文《〈歧路燈〉簡論》發表於《文學遺產》（1983 年第 1 期）。

1982 至 1983 年短暫在全國人大常委會法制工作委員會辦公室工作。1983 年 3 月調入曲阜師範學院中文系（今曲阜師範大學文學院），先後任講師、副教授、教授、碩士生導師，教研室主任；2000 年 10 月調河北大學人文學院，任教授、博士生導師、教研室主任；2002 年 7 月調山東師範大學文學院，任教授，古代文學、文藝學博士生導師、博士後合作導師，學科負責人。2015 年 4 月退休。兼任中國《三國演義》學會副會長，《歧路燈》研究會副會長，羅貫中學會副會長，中國水滸學會、中國《儒林外史》學會（籌）常務理事，中國《金瓶梅》學會理事等；創立山東省水滸研究會並擔任會長；擔任山東省古典文學學會副會長兼秘書長。

先後出版各類著作 19 部；在《中國社會科學》《文學評論》《文學遺產》《北京大學學報》《中國人民大學學報》《復旦學報》《清華大學學報》《明清小說研究》《河北學刊》《學術研究》《齊魯學刊》《山東師範大學學報》《南都學壇》等刊，以及《人民日報》（海外版）、《光明日報》等報發表學術論文、隨筆等約 200 篇。多種學術觀點，在學界以至社會有一定影響。

提　　要

本卷所收是除「四大奇書」、《儒林外史》《紅樓夢》《歧路燈》研究之外，作者迄今有關小說史和其它小說作品研究的主要文章。雖重在小說史述論與作品的分析，但是多自傳統文化的背景出發，又因爲涉及魯迅等個別中外作者，故作本題。分上、下兩編。上編討論涉及先秦「說」字有故事義，《莊子》「小說」爲「小的故事」，「爲中國小說立名甚工」；先秦是小說發生的時代，也是中國小說理論奠基的時代；齊魯文化是中國小說主要源頭；「中國小說起源民間故事」；「羅貫中薄醫術而不爲與現代魯迅的棄醫從文」消息暗通等；下編主要提出並論證《越絕書》「作者三分說」；《李娃傳》《鶯鶯傳》《柳毅傳》皆非「愛情小說」；《聊齋志異·嬰寧》是「人類困境的永久象徵」；《夢狼》有比「《狂人日記》……超前的民主意識」，其曰「黜陟之權（即任免官職的權力）在上臺不在百姓。上臺喜，便是好官；愛百姓，何術能令上臺喜也」之問，實際接觸到民主政治的根本問題；以及《鏡花緣》不宜只稱爲「才學小說」，其題材內容依次爲「『女權』『俗弊』『才學』三個方面」等等。

自 序

　　本卷分上、下兩編。上編側重儒、佛等傳統文化與小說之關係研究和古代小說史研究，主要探討了以下問題：一是中國古代小說起源於民間的講故事，齊魯文化是其（包括小說理論）最早的搖籃或搖籃之一；二是儒、佛文化對小說的影響深重而久遠；三是章回小說名著之外包括《聊齋志異》在內的若干重要小說作品研究；四是魯迅小說與古代小說的聯繫以及小說與旅遊關係的研究等。下編側重作品研究，涉及《越絕書》以下歷代小說中若干名著名篇題材內容或藝術承傳的考論，因為涉及魯迅等個別現代小說作家，又各篇內容獨立，故題曰「傳統文化與小說散論」云。

　　本卷曾經浙江理工大學教授顧克勇博士文字校正，特此致謝！

二〇一八年四月十一日

目次

上　編

先秦「小說」釋義

《莊子‧外物》最早提出「小說」的概念，其文曰：

> 任公子爲大鉤巨緇，五十犗以爲餌，蹲乎會稽，投竿東海，旦旦而釣，期年不得魚。已而大魚食之，牽巨鉤錎沒而下，驚揚而奮鬐，白波如山，海水震蕩，聲侔鬼神，憚赫千里。任公子得若魚，離而臘之，自制河以東，蒼梧以北，莫不厭若魚者。已而後世輇才諷說之徒，皆驚而相告也。夫揭竿累，趨灌瀆，守鯢鮒，其於得大魚難矣。飾小說以干縣令，其於大達亦遠矣。是以未嘗聞任氏之風俗，其不可與經於世亦遠矣。

這裡的「小說」，魯迅認爲「乃謂瑣屑之言，非道術之所在，與後來所謂小說者固不同」〔註1〕；今天學者也多認爲「僅指小道理，並不等於瑣屑之言，與今小說概念截然不同」〔註2〕。總之，近世治小說史者無不要說到《莊子》「小說」，也無不以《莊子》「小說」與後世小說絕無相關或關係不大。這就成了一個永不能閉合的怪圈，問題則出在對上引《莊子》一節文字的理解上。

近世關於小說的定義可能千差萬別，但是，正如英國文學批評家愛‧佛斯特《小說面面觀》說「小說的基本方面是講故事」〔註3〕一點，卻是一般都能認可的。我們認爲，上引《莊子》所謂「小說」固然並不明確指「故事」，但我們看它與「大達」對舉，而「大達」者是「任氏之風俗」，即那個用「大鉤巨緇」釣得大魚的故事，就可以知道「其於大達亦遠矣」之「小說」，正就

〔註1〕 魯迅《中國小說史略》，人民文學出版社1973年版，第1頁。
〔註2〕 方正耀《中國小說批評史略》，中國社會科學出版社1990年版，第9頁。
〔註3〕 〔英〕愛‧福斯特《小說面面觀》，方土人譯，《小說美學經典三種》，上海文藝出版社1990年版，第220頁。

是「揭竿累，趨灌瀆，守鯢鮒，其於得大魚難矣」之事。換句話說能使人「驚而相告」以至於「大達」之事爲「大說」，不能聳人聽聞而行之不遠之事爲「小說」。這裡「大說」爲大故事，講大道理；「小說」爲小的故事，當然只是寓說小的道理即「小道」。「小道」自然不能「大達」。「其不可與經於世亦遠矣」，此正是《論語・子張》子夏所說「雖小道必有可觀焉，致遠恐泥」的意思。但並不改變「小說」作爲寓說「小道」的故事的特點。所以，《莊子》所謂「小說」最終指的是「小道」，但這「小道」的存在形式是「飾」過的，即故事化的，實際指的是寓言小道的瑣屑故事。在「小」的前提下，故事爲了說理，而說理必藉故事。這正是先秦風俗，也合乎當時「說」字的本義。

　　《莊子》一書作者莊子（約前 369～前 286）或他的學生爲戰國時人。戰國諸侯割據，爭爲霸主，因有重士養士之風。士則以其所學，游說諸侯以取富貴。而諸侯多不知書，有的甚至愚庸不可及，例如《孟子・梁惠王上》所說「望之不似人君，就之而不見所畏」的梁襄王。所以遊士欲說動諸侯，必須把道理講得淺切動人，故《荀子・非相》曰：「談說之術……分別以喻之，譬稱以明之。」《禮記・學記》亦云：「博喻然後能爲師。」就是說當時士之游說諸侯，必須有以「譬」「喻」談說的才能，也就是今言講故事以說明道理的本領，否則不成其爲「說」。《說苑》雖是漢代的書，但所根據的材料多採先秦古籍，其《善說》篇載：梁惠王欲使惠施說理不用譬喻，惠施曰：「夫說者固以其所知，喻其所不知，而使人知之。今王曰無譬，則不可矣。」所以「說」必用「譬」「喻」，也就是舉事以明理。所以先秦諸子之書，特別是用作學說之宣傳、游說之張本的，如《莊子》《韓非子》等，無不連篇累牘如故事集。在這種風氣下，「說」字自然有了「故事」的意義。

　　先秦典籍在「故事」的意義上用「說」字的也很普遍。如《莊子・天道》：「桓公曰：『寡人讀書，輪人安得議乎！有說則可，無說則死。』輪扁曰：『臣也以臣之事觀之……』」說其斫輪得心應手之妙不能教其子；又，宋玉《登徒子好色賦》：「王曰：『子不好色，亦有說乎？有說則止，無說則退。』」宋玉就講了一個東鄰之女「登牆窺臣三年，至今未許」的故事。最明確的是《韓非子》，其《說林》和內外《儲說》所載都是爲說理備用的故事，《史記・韓非傳》司馬貞《索隱》云：「《說林》者，廣說諸事，其多曰林，故曰『說林』。」後世《說苑》《說郛》等，也是在「故事」的意義上沿用這個「說」字。漢許愼《說文解字》沒有標出「說」字故事義，應當是一個疏忽。而《莊子》「小說」有「故事」之義，乃當時游說之風俗使然。後世不察，以爲先秦「說」

字也僅僅如今天之講道理，不一定或者根本不與故事相關，是未能從當時社會實際看問題。

其次，先秦「說」有解釋之義，也就是講道理。《說文解字》曰：「說，釋也。」就是這層意思。《莊子》「小說」藉瑣屑之事以明理的特點，也體現了「說」字的有解釋義，不過所釋者「小道」而已。在這個意義上，《莊子》「小說」與《荀子‧正名》所說：「故知者論道而已矣，小家珍說之所願皆衰矣」之「小家珍說」，是一回事。這合起來形成後世看不起小說的千年的傳統，但是也給「小說」以無所不包、抒寫自由的廣闊天地。

第三，先秦「說」通「悅」。《說文解字》段注曰：「說釋，即悅懌。說，悅；釋，懌。皆古今字。許書無悅懌二字也。說釋者，開解之意，故為喜悅。采部曰：釋，解也。」由此推知，「小說」即「小悅」。《呂氏春秋‧慎行‧無義》曰：「幽王擊鼓，諸侯之兵皆至，褒姒大說。」又曰：「賢者有小惡以致大惡，褒姒之敗，乃令幽王好小說以致大滅。」這裡「大說」即「大悅」，「小說」即「小悅」；「小說」不僅指烽火戲諸侯之事，而且表明其令人開心愉悅的特點。

綜上所述，先秦「小說」一詞在「小」的前提下，乃指①故事的、②寓意的、③愉悅的談說。其所謂「故事的」，可虛可實，一般為有虛有實；其所謂「寓意的」，即故事含有某種教訓，說明一定的道理；其所謂「愉悅的」，即能引起人的興趣，一般說為「故事的」屬性。當時這種有虛構有寓意的有趣的故事，基本上只是活在口頭上，後來流入典籍，今天看來可能是神話，可能是寓言，也可能是軼事，但當時實際可用一個籠統的名字稱作「小說」。

這裡有個流行的觀念，即許多人把「神話」「寓言」等看作小說形成的因素，其實有可能顛倒了。真實的情況是「小說」「寓言」「志怪」等語都出自《莊子》；莊子視異己之學為「小說」，如從對立者的觀點自然是反過來把《莊子》稱作「小說」。這樣，《莊子》「寓言十九」，「寓言」就是當時小說的一種形式；其所謂「志怪」以及各種流行的故事也屬於「小說」的範疇。所以，先秦「小說」是個寬泛籠統的概念，後世中國小說在正史、詩文等外幾無所不包的傳統，其實從先秦就開始了

這種「小說」當然還不是一種文體，但是已經潛在具備了未來中國小說文體的基本特點，也合乎一般文藝美學的標準。英國的克萊夫‧貝爾所著《藝術》一書有句名言曰：「藝術是有意味的形式。」〔註4〕中國先秦「小說」作

〔註4〕〔英〕克萊夫‧貝爾《藝術》，周金環等譯，中國文聯出版公司1984年版，第4頁。

為一種能使人「悅懌」的形式，當然就是有「意味」的。只是今天看來那「意味」已不容易感受到了，從而可能覺得不像小說了。這是由於正如清人清劉廷璣云：「小說之名雖同，而古今之別，則相去天淵。」〔註5〕但這個話如果是指小說形式的變化成長，誠然是不錯的。但如果是指古今小說了無關係，就顯然不符合實際。一種觀點認為先秦無小說，就是看不到中國古代小說前後一貫的內在聯繫。實際的情況顯然是中國小說早在先秦就產生了，而且自始就有一般小說基本的性質特點，實至名歸，走上了一條獨特的曲折而又成就輝煌的道路。

先秦「小說」稱「說」之「小」者，含貶義。先秦諸子普遍看不起「小說」，各以自己的學說為「大道」，以與己不同的學說為「小說」，從而「小說」是百家爭鳴中攻乎異端的一個用語。《莊子》《荀子》是如此；更早一些孔子和他的學生子夏實際也是如此。孔子雖然沒有直接攻擊過「小說」，但他說：「道聽而途說，德之棄也。」（《論語‧陽貨》），子夏說「君子不為」（《論語‧子張》）。再舉一個例子，《說苑》雖是晚至西漢劉向編的一部書，但是多據先秦遺籍傳說。其第二十篇《反質》記載孔子問老聃，說為什麼他的道於今難行，老子回答說：「夫說者流於聽，言者亂於辭，如此二者，則道不可委矣。」應該就是當面批評了孔子儒學為「流於聽」又「亂於辭」的小說。所以先秦學術界無不把「小說」當作異己之學的蔑稱，這一種看不起小說的態度奠定了後世正統的小說觀。但在實際上，先秦諸子又幾乎無不是造作小說的專家，如《莊子‧齊物》就說：「予嘗為女妄言之，女以妄聽之。」今天看來毋寧就是他造作「小說」的自白。

另外，《莊子‧逍遙遊》還說到「齊諧者，志怪者也」。雖然並沒有說「志怪」就是小說，但是後世視「志怪」為小說一大門類，也是從這裡開始的。總之，先秦是小說發生的時代，也是中國小說理論奠基的時代。那時形成的許多概念至今能為世用，固有因其應時而變的一面，但其根本與後世文藝相通仍是決定的因素。看不到這一點，就不能真正理解中國小說創作和理論發生發展的歷史。

（原載《泰安師專學報》2000年第2期）

〔註5〕〔清〕劉廷璣《在園雜志》（選錄），黃霖、韓同文選注《中國歷代小說論著選》（上），江西人民出版社1982年版，382頁。

齊魯文化與小說源流

　　中國小說源於上古，春秋、戰國是小說醞釀萌芽的重要時期。但是，中國大一統局面形成之前，文化多元發生，不同地域文化相對獨立發展，古小說在各地的萌芽和對後世小說發展所起的作用實有不同。這個問題的探討關係地域文化的研究，更是中國古代小說史追溯源流的必要課題。在這一方面，學者可以就上古各地域文化與小說起源的關係作個案研究和作相互間的比較，但是，誠如顧頡剛先生在《秦漢儒生與方士》一書中所說：「春秋、戰國之世，齊和魯是文化的中心。」〔註1〕因此，研究小說起源，齊魯文化的孕育影響是首先要注意的方面。

　　《史記・周本紀》載西周分封，「師尚父為首封。封尚父於營丘，曰齊。封弟周公旦於曲阜，曰魯」，乃有齊魯，故地大約相當山東全境。齊、魯雖毗鄰，又都為諸侯上國，但所承傳與後來發展實有所不同。

　　《史記・齊太公世家》載，「太公至國，修政，因其俗，簡其禮，通商工之業，便魚鹽之利，而人民多歸齊，齊為大國。」其境「自泰山屬之琅邪，並被於海，膏壤二千里」。而《禮記・王制》載：「東方曰夷。」夏、商二代，今山東地郯城、莒縣等地屬東夷，膠東黃縣一帶為萊夷。所以，地處半島偏東以臨淄為中心的齊國文化，是承「夷」地的傳統發展而來。魯地則狹小，又偏於內陸，風俗文化與夷已有所不同而更近於中原；加以周公「卒相成王，而使其子伯禽代就封於魯」，周天子賜「魯有天子禮樂」。伯禽為政，「變其禮，革其俗，喪三年，然後除之」，周公聞而歎曰：「嗚呼，魯後世其北面事齊矣！

〔註 1〕顧頡剛《秦漢的方士與儒生》，上海古籍出版社 1998 年版，第 5 頁。

夫政不簡不易，民不有近；平易近民，民必歸之。」（《史記・魯周公世家》）大意指齊政簡而民風開化，魯政繁而世俗拘謹，結果就應了《老子》「天下多忌諱，而人（民）彌貧」的話，不但齊強魯弱，兩國文化對小說發生的態度也很有不相同。

春秋戰國爲古小說醞釀至於萌芽的時期。小說的本質在虛構，最需要是幻想、想像與表達的自由，從而齊國成爲小說發生的中心地區。首先，齊地濱海，「其民闊達多匿知，其天性也」（《史記・齊太公世家》）。「闊達匿知」則性少拘忌，能以妄言妄聽，浪漫騁辭，通於小說的創造；其次，齊政簡易，使齊民有可能發揮上述自然的天性。古史所謂「稷下風流」的處士清議，代表了齊文化海闊天空、兼容並包的風格，其能促成小說的發生與流佈，也屬歷史之必然。

這裡要特別提到齊國始祖呂尚與小說淵源的關係。《史記・齊太公世家》：「太公望呂尚者，東海上人」，又或說「呂尚處士，隱海濱」，本就是東夷文化造就的天才。這決定了「太公至國，修政，因其俗，簡其禮」，齊文化能根本東夷，就東夷風俗損益而成一種新型開放的文化，保持並發展了其適合於古小說醞釀發生的特點。另一方面，太公本人「博聞，嘗事紂；紂無道，去之」，「嘗窮困，年老矣，以漁釣奸周西伯」，得爲文王師，其出身經歷極具傳奇性。甚至《史記・封禪書》載：「八神將自古而有之，或曰太公以來作之。」八神將即天主、地主、兵主、陰主、陽主、月主、日主、時主，祠所分佈齊之各地。這成爲後世姜子牙封神故事的由來，而姜子牙本人也成爲後世神話小說人物。至於《封禪書》還說：「齊所以爲齊，以天齊也。」使人想到孫悟空「齊天大聖」的自稱，「齊天」或者就取自「天齊」的倒文。

齊文化作爲古小說淵源作用的凸顯主要在威、宣之世。有兩大關鍵：一是齊地濱海，海市蜃樓啓人神仙之思，並由齊威、宣等諸侯開創我國最早的求仙運動。《史記・封禪書》載，「自（齊）威、宣、燕昭使人入海求蓬萊、方丈、瀛洲，此三神山者，其傳在渤海中，去人不遠……及到，三神山反居水下」。這種由於齊威、宣王等環渤海諸侯發起的求仙運動是後世秦皇、漢武求仙的前驅，同時是後世一切仙話小說的先導；二是威、宣之世齊國爲遊士最盛之區。《史記・田敬仲完世家》載：「宣王喜文學游說之士，自如騶衍、淳于髡、田駢、接予、慎到、環淵之徒七十六人，皆賜列席，爲上大夫，不治而議論。是以齊稷下學士復盛，且數千人。」《風俗通義・第七》曰：「齊

威、宣王之時，聚天下賢士於稷下，尊寵之。若騶衍、田駢、淳于髡之屬甚眾，號曰列大夫，皆世所稱，咸作書刺世。」稷下先生既可「不治而議論」，「作書刺世」，還有「列大夫」的待遇，自然啓發推動社會上各種「議論」乃至誑怪迂誕之說的產生和流行。孟子曾適齊。《孟子》所斥「齊東野人之語」，所舉「齊人有一妻一妾」故事，應即當時齊地「街談巷語，道聽途說者之所造」的口傳小說。

其次，由於以上的原因，又風俗移人，愈演愈烈，西周至春秋戰國齊地產生了中國最早一批小說家。上所提及鄒衍齊人，爲陰陽大家，「深觀陰陽消息而作怪迂之變，《終始》《大運》之篇，十餘萬言。其語閎大不經」，又倡「中國外如赤縣神州者九」（《史記·孟子荀卿列傳》）之說，爲後世道教和小說家言「海內十洲」所本，時人稱爲談天衍，從小說淵源看其實是最早小說家之一。淳于髡亦齊人，「滑稽多辨」（《史記·滑稽列傳》），善爲譬喻詭異之說，也是小說家或迹近小說家人物。另外，楊義先生《中國古典小說史論》從書名到文本考察《晏子春秋》，認爲該書「許多篇章已經具備小說敘事的必要成份，已經毫無遜色地位居最早的短篇小說精品之列」，而「晏嬰，齊之習辭者也」，爲之作「春秋」的人也應當就是齊國的小說家。又《列子》雖是一部僞書，但是其中有些資料來源甚早。《列子·湯問篇》說，有大魚名鯤，大鳥名鵬，「大禹行而見之，伯益知而名之，夷堅聞而志之」。夷堅與禹、益並稱，看來是上古博物志怪之人。據《左傳·隱公元年》：「紀人伐夷。」夷爲春秋小國，後其地入於齊，當今山東即墨西莊武故城地。又據《通志》二六《氏族》二《以國爲氏》，夷姓以國爲氏，所以夷堅是齊國人。又《莊子·逍遙遊》載：「齊諧者，志怪者也。」成玄英疏：「姓齊名諧，人姓名也。亦言書名也，齊國有此俳諧之書。」可見「齊諧」無論是指人或書，齊人志怪即最早爲小說之事無可懷疑。總之，今見先秦典籍中與小說相關的人與事本就不多，而大都在齊人齊地或與齊人齊地相關，絕非偶然。這個現象可以說明，齊文化是先秦古小說的最重要淵源之一。

《史記·封禪書》又曰：「自齊威、宣之時，騶子之徒論著終始五德之運，及秦帝而齊人奏之，故始皇採用之。……騶衍以陰陽主運顯於諸侯，而燕、齊海上之方士傳其術不能通，然則怪迂阿諛苟合之徒自此興，不可勝數也。」這段話說明，戰國以後以「五德終始」爲發端和中心的大量荒誕迷信傳說，就都可以溯源至齊威、宣之世的騶衍。而這些傳說正是小說之淵藪，換句話

說齊文化爲後世志怪小說的發展開闢了道路。這最突出地表現於神仙小說的產生與發展。按神仙觀念起源難以考實，但史載最早自以爲發現仙境並實踐求仙的正是齊人。《封禪書》曰：「自威、宣、燕昭使人入海求蓬萊、方丈、瀛洲。此三神山者，……終莫能至云。世主莫不甘心焉。」及至秦始皇併天下，好神仙，「燕、齊之士釋鋤耒，爭言神仙，方士於是趣咸陽者以千數」（《鹽鐵論‧散不足》）；漢武帝好神仙，「海上燕、齊之間莫不扼腕而自言有禁方，能神仙」，「上書言神怪奇方者以萬數」（《史記‧封禪書》），所步趨都是齊威、宣、燕昭的後塵。而這種「神怪奇方」很多就是小說家言。《漢志》小說家類載《虞初周說》九百四十三篇，當即此類。虞初，《漢志》注說「河南人，武帝時以方士侍郎號黃車使者」。《文選》張衡《西京賦》云：「小說九百，本自虞初。」但是以當時簡帛著作之難，虞初大概只是「主編」，參編者是其屬下「燕、齊之士」。另外，漢代與小說有重要關係的人物東方朔也是齊人。朔滑稽多智，「以好古傳書，愛經術，多所觀外家之語」（《史記‧滑稽列傳》），被說成是《海內十洲記》等多種小說的作者，是小說史上屢被託名的小說家和小說中「箭垛」似人物。這些情況表明，延續戰國風俗，秦漢時期山東齊地也還是小說最爲發達的地區之一。換句話說春秋戰國以至秦及漢初小說發生的時期，齊文化作爲淵源的影響始終未衰。其影響之大，至於後世論小說必舉「齊諧」「志怪」「齊東」「夷堅」，六朝以下以「志怪」名小說者甚夥，而小說書則有《齊諧記》《續齊諧記》《新齊諧》；《野人閒話》《齊東野語》；《夷堅錄》《夷堅志》《續夷堅志》等等，皆因齊文化得名。由此想到後世清初山東淄川（今屬淄博）出了個「用傳奇法而以志怪」的蒲松齡，實在與齊文化中小說的傳統有絕大關係。

同在春秋戰國古小說醞釀至於萌芽時期，魯文化因其對小說的排斥而成爲古小說理論的淵源。首先，魯地近內陸，民性質實。周公爲西岐人，封魯，「魯有天子禮樂」；其子伯禽代爲就封國，「變其禮，革其俗」。所以，魯文化對當地而言基本上是西來周原文化的一脈，其特點拘於周禮而少變通。但是，「魯後世其北面事齊矣」。齊、魯高下相傾，文化則如水下注。《論語‧微子》載：「齊人歸女樂，季桓子受之，三日不朝，孔子去之。」這個事例可以視爲春秋齊文化向魯國進逼滲透，招致孔子等魯文化代表人物反對的象徵。孔子曰：「甚矣，魯道之衰也！洙泗之間齗齗如也！」（《史記‧齊太公世家》）這種心態使其爲了堅守「魯道」而必然防範小說，乃至攻乎異端。所以，當時

魯國未必不曾產生小說，但是，魯文化之缺乏變通不利於小說的發展。孔子「述而不作，信而好古」，可說是這方面的代表。《論語・述而》：「子不語怪、力、亂、神。」又：「蓋有不知而作者，我無是也。」《論語・陽貨》：「子曰：『道聽而途說，德之棄也。』」《論語・子張》：「子夏曰：『雖小道，必有可觀者焉，致遠恐泥，是以君子不為也。』」這些話皆有所為之言，但是骨子裏都與「街談巷語，道聽途說者之所造」的小說精神相反對，自然不利於小說萌芽。不過，這僅是問題的一面，另一面這些話卻又具有了小說理論的意義，後世《漢書・藝文志》乃至各種小說序跋不時引這些話為小說說法，奠定中國古代正統小說理論的基礎，也發生有重大而深遠的影響，從而魯文化成為古小說理論的重要淵源。

春秋以降，齊文化隨齊國政治經濟力量的擴張如水下注，挾有大量「齊東野語」傳入鄒魯，並在那裡受到魯文化的抵制與批判。孟子是鄒（今山東鄒城）人，近魯（今山東曲阜），曾遊齊國；齊宣王任他為卿，後來仕途失意，回鄉與弟子萬章等著書立說。《孟子・萬章上》載萬章以有關孔子的傳說故事問於孟子，孟子答曰：「否，不然，此非君子之言，齊東野人之語也！」對小說持堅決排斥的態度，但他著《孟子》卻採「齊人有一妻一妾」故事為說理根據，可見並未能做到完全言行一致，反而實際上成了「齊東野語」受眾和傳播者，以至於後世「齊東野語」成為小說的代名詞，也是孟子無意中對小說理論的一個貢獻。

還值得注意的是，「小說」概念的產生也與魯文化有關。莊子為宋國蒙（今河南商丘東北，一說今山東東明）人，持論與孔、孟相反對。但是，其地近魯，《莊子・外物篇》以「任公子為大鉤巨緇」的「任氏之風俗」故事，對比「揭竿累，趣灌瀆」的所為，首次揭出「小說」的概念，其所託「任公子」，《莊子集解》：「李云：『任，國名。』」即今山東省濟寧市任城區，與魯（曲阜）地相接近；換句話說「任公子」是「魯男子」的鄰居。雖然《莊子》一書「寓言十九」，記事並不可信，但如其言「志怪」而稱「齊諧」，他一定把關於「小說」的故事與「任公子」聯繫起來，其中至少要有一點歷史觀念的真實。如今提及古「小說」的觀念，就不免想到魯門「任氏之風俗」故事，可知中國古代「小說」概念的創始也與魯文化有不可忽略的關係。

總之，上古以至於秦漢，齊魯不僅是儒學與稷下學的發祥地，也是小說文化的重要發祥地之一。雖然從地域上說小說是多元發生的，但如上述文獻

可徵，齊魯文化作為古小說淵源確有特殊的意義。其中齊文化中曾產生最早一批口傳小說與小說家，魯文化在對小說的批判抵制中無意地創造了中國小說最早的理論，為後世正統小說理論的發展奠定基礎。這個過程也就如孔子所說「齊一變至於魯，魯一變至於道」（《論語·雍也》），導致中國小說從創做到理論先後產生，是值得治文化史、小說史學者關注的現象。

順便說到，六朝、唐、宋之間，小說漸次繁榮於陝、豫、江、浙等地區，與齊魯未見有特別密切的關係。但是，歷經金、元北方逐漸恢復政治中心的地位，至元末明初章回小說興起，齊魯文化與小說的關係竟又出奇地密切起來。明代「四大奇書」——《三國演義》作者同時又是《水滸傳》作者之一的羅貫中是齊地「東原」（今山東東平）人，《水滸傳》所寫「梁山」在齊魯之境（今山東濟寧）；蘭陵笑笑生《金瓶梅》乃齊魯人寫齊魯事——有三部淵源於齊魯文化。另外，西周生《醒世姻緣傳》、呂熊《女仙外史》、蒲松齡《聊齋誌異》、李百川《綠野仙蹤》、劉鶚《老殘遊記》等，我國歷史上許多重要的和較為重要的小說名著，都是齊魯人寫成或以齊魯為故事背景。甚至《紅樓夢》似與齊魯絕無關係的，但其由「東魯孔梅溪題曰《風月寶鑒》」，也還是世人不明就裏的一個謎。近代小說名著《官場現形記》的作者李伯元生於山東，青少年時期隨他在山東做官的叔父居住或遊歷過兗州、東昌等山東許多地區。這些幾乎佔了中國古代小說史大半的名家名作，其影響固然是全國甚至全世界性的，並不限於齊魯，但是其與齊魯文化的關係是研究者所必須顧及。而且，這種關係最密切的時段在古代小說的首尾兩端，也是一個有趣並可能有意味的現象。

又順便說到，中國古代小說淵源於「齊東」（今膠東），而最後大盛於齊中、齊西和魯地，即今山東淄博、濟寧、菏澤、聊城等地。但是，如果暫把文言小說另作別論，單說章回小說，則我們可明顯看到山東境內大運河沿線一帶是中國古代小說的「黃金海岸」。例如，說到《水滸傳》自然想到山東的梁山、鄆城、東平、陽谷，說到《金瓶梅》則陽谷、東平之外更使人想到臨清，而且《三國演義》的作者羅貫中也是東平人。即《儒林外史》作者為安徽人、故事背景以南京為主，但其故事發端卻是周進在山東汶上縣薛家集坐館。這些地方都在明清時南北交通的大動脈大運河沿岸山東段上。另外，《醒世姻緣傳》的故事發生在武城後來轉移到今濟南的章丘（明水），《平山冷燕》等才子佳人小說也往往寫到山東大運河沿岸的濟寧、汶上、臨清等地，也與

大運河有密切的關係。總之，一部中國古代章回小說史，許多重要節目就發生在山東境內大運河沿線，從而齊魯文化之支脈的山東大運河文化又是我國章回小說的重要淵源，這個現象同樣值得治小說史和齊魯文化史學者特別注意。至於《醒世姻緣傳》和《綠野仙蹤》都曾突出地寫到的泰山，為齊魯分野，因歷代封禪而被尊為五嶽之首，早具神山的性質，為「治鬼」之所，後世「地獄」一說就在泰山之下，成為小說描寫的重要背景，也值得結末一提。

（2018 年 5 月 12 日星期六）

中國小說起源於民間故事說

隨著中國古代小說研究的深入，起源問題越來越成為人們關注的重大課題。顯然，這個問題不能正確解決，一部小說史將無從說起，許多小說史現象將得不到恰當的解釋，關於小說史的宏觀研究將處於茫無頭緒的狀態。因此，儘管這個課題研究的難度很大，但是這個課題的不容迴避性和它本身的魅力，仍然使本世紀以來許多專家學者為之傾注了大量心血，提出了許多有益的見解。較有代表性的是神話說、史傳說和綜合原因說。

「神話說」權威的代表是魯迅《中國小說史略》，中國小說史的這部開山之作論及小說起源時說：「志怪之作，莊子謂有齊諧，列子則稱夷堅，然皆寓言，不足徵信。《漢志》乃云出於稗官，然稗官者，職惟採集而非創作，『街談巷語』自生於民間，固非一誰某之所獨造也，探其本根，則亦猶他民族然，在於神話與傳說。」下文又說：「故神話不特為宗教之萌芽，美術所由起，且實為文章之淵源。」〔註1〕後來的文學史、小說史著作大都祖述此說，故影響甚大。

近年來「史傳說」悄然興起。小說為史之流裔的說法本是古已有之，明清二代甚至還很盛行，但在「神話說」盛行之際沒再有人大力的提倡，所以近年一經重提似乎還有些新鮮。不過，今人的有關論述確實更加深入了，例如黃鈞《中國古代小說起源和民族傳統》〔註2〕，堪稱典型的代表。

「綜合原因」說更是晚近提出來的。就筆者所見，方正耀《中國小說批評史略》講得較為明確。它說：「中國小說起源很早，一是源之於古代神話傳

〔註1〕 魯迅《中國小說史略》，人民文學出版社 1973 年版，第 7 頁。
〔註2〕 黃鈞《中國古代小說起源和民族傳統》，《文學遺產》1987 年第 5 期。

說和先秦諸子篇籍中的寓言，一是源之於史傳文學。現在不少論者，往往偏執一端，爭論不休。其實是二源合流，促使小説萌發，且不斷給於營養使之發展。」〔註3〕它舉了《太平廣記》的收錄狀況爲證，但給讀者的印象仍不免是爲了擺脱困境所做的折中，加以晚出，因而尚未引起學界廣泛的注意。

在近年的討論中，這些說法特別是前兩種說法都受到直接簡接的責難和挑戰，暴露了各自的弱點，本文不擬詳述。只需著重指出的是，這些說法把小說看作某一種文化樣式的派生物，或某幾種文學樣式的混合物，實際是迷於現象，忽略本質，離開了文學藝術源於生活這個根本的原理。在這方面，英國美學家李斯托威爾《近代美學史述評》中的一段論述可能是有啓發的，他說：

> 對我們所掌握的材料作了不偏不倚的考查後，我們不能說，所有的藝術都是從其中某一種藝術中，如像部落的舞蹈中，產生出來的。的確，可取得的證據都以不可抗拒的力量指出：每一種藝術都有其獨立的起源和各自的顯示——除了戲劇之外。〔註4〕

是否「除了戲劇之外」可另作別論，按照「每一種藝術都有其獨立的起源和各自的顯示」的觀點，我們應當而且可以從人類生活的某種特殊需要和環節上，找到中國小說獨立的起源和獨特的顯示。

在這方面，同樣是魯迅先生最早探討過的。在《中國小說史略》出版後一年（1924）所作的題爲《中國小說的歷史的變遷》的講演中，他說：

> 我想，在文藝作品發生的次序中，恐怕是詩歌在先，小說在後的。詩歌起於勞動和宗教。……至於小說，我以爲倒是起源於休息的。人在勞動時，既用歌吟自娛，借它忘卻勞苦了，則到休息時，亦必要尋一種事情以消遣閒暇。這種事情，就是彼此談論故事，而這談論故事，正就是小說的起源。——所以詩歌是韻文，從勞動時發生的；小說是散文，從休息時發生的。但在古代，不問小說或詩歌，其要素總離不開神話。印度、埃及、希臘都是如此，中國亦然。

〔註5〕

〔註3〕 方正耀《中國小說批評史略》，中國社會科學出版社1990年版，第8頁。
〔註4〕 〔英〕李斯托威爾《近代美學史述評》，蔣孔陽譯，上海譯文出版社1980年版，第199頁。
〔註5〕 魯迅《中國小說的歷史的變遷》，《中國小說史略》，第270頁。

雖然還牽合「神話說」，但在先生這一新的說法中，神話只是小說的「要素」也就是「談論故事」的基本內容，而不再是小說之「本根」「文章之淵源」了。小說起源於先民勞動休息時的「談論故事」，這是魯迅小說起源理論的重大修正和發展。可惜後人多祖述他先前的「神話說」，而較少注意這最後的見解，這是很令人遺憾的。

深入說來，魯迅說小說起源於神話大約是因所見迹近小說的神話資料最早，又受了西方文學史的啓發，所以他說「亦猶他民族然」。至於信從者多，可能與對馬克思關於「希臘神話不只是希臘藝術的武庫，而且是它的土壤」經典論述的理解有一定關係。其實，馬克思這一提法的意思只在於強調希臘神話是「希臘藝術的素材」〔註6〕，而根本沒有說希臘藝術起源於神話。至於中國的情形更完全不同，神話本身就不發達，傳留後世的又極為零星，套用希臘或其他民族的藝術理論解釋中國小說起源是完全行不通的（其實外國文論也不盡認為小說起源於神話，詳後）。魯迅說小說起源於勞動休息時的「談論故事」，自然也是極端假設性的，而且似乎還有斯賓塞「遊戲說」藝術理論影響的印記，但它更多地繼承了中國小說理論的傳統，基本方面是有價值的創見。

班固《漢書・藝文志》曰：「小說家者流，蓋出於稗官，街談巷語，道聽途說者之所造也。」魯迅關於小說起源於「談論故事」的說法，應主要是由這段話的後半生發而來。事實上「街談巷語，道聽途說者之所造」一語，差不多已經把小說起源的全部問題說盡了。所不足者僅在於語意強調的是造小說的人，而不是小說所由出的過程和臨界點，因而未臻小說起源的科學的論斷。

「起源」兼有二義，一指事物發生的根源、由來，一指事物開始發生即萌芽。關於小說起源的完整瞭解應兼此二義，即說明其由本根至萌芽的過程。這個過程是漫長而曲折複雜的。單從它自身演變來看，由魯迅見解的啓發並結合《漢書・藝文志》的論述，我們認為中國小說起源於民間故事應當是最合乎情理的推斷。具體過程則是：人類因勞動的需要並在勞動過程中產生了語言，語言應用於敘事而產生傳說；傳說形成故事，並在文字產生以後逐步

〔註 6〕〔德〕馬克思《〈政治經濟學批判〉導言》（摘錄），北京大學中文系文藝理論教研室編《馬克思 恩格斯 列寧 斯大林論文藝》，人民文學出版社 1980 年版，第 82、83 頁。

向書面轉移而成最早的敘事散文文學作品——小說與神話、史傳同源；這一轉移過程和奴隸社會歷史同步，傳說故事中主要流行於官方偏重部落領袖和英雄人物功業的內容較多演爲史傳，主要流行於民間偏重官方瑣屑遺聞和民間細故的內容較多演爲小說。這兩種演變，共始於傳說故事而趨向不同。儘管夾角極小，關係極近，兩條「射線」最初頗顯糾結牽纏，然而越是發展越是涇渭分明，顯出分道揚鑣之勢。

民間故事是傳說的產物。以情理而論，民間傳說必然是人類敘事能力語言較爲發達時出現的。當人類生產力極爲低下、精神需求極爲有限的情況之下，部落間「雞犬之聲相聞，民至老死不相往來」，傳說的範圍、頻率必是極小的。隨著生產力的擴大，人口的增多，交往的頻繁，人類經驗與意識的領域不斷拓展，傳說即所謂「街談巷議，道聽途說」才逐漸發達起來。在文字發生以前，傳說是人類保存和傳遞信息的重要手段，同時是滿足好奇心理的基本途徑。《莊子·外物》中任公子釣大魚的寓言說到「已而後世輇才諷說之徒皆驚而相告也」，雖非實事，但屬實情。王充《論衡》所謂「世好奇怪，古今同情」（《偶會篇》），講的也就是這個道理。換句話說，傳說是人類本能和社會需要發展到一定階段的產物。

傳說形成故事。傳說的低級形態是片言隻語，但是總包含某種「事」的成分而與人們的生活保有密切的關係。這種「事」可能是完全的事實，但是由於先民認識能力的有限，更多的必然是帶有不實乃至純粹想像力的產物，例如神話。而且傳說是活在人們口頭的精神產品，最容易生滅變異、增減融並。其中必有一些如滾雪球一般越傳越大，形成人物情節較爲鮮明生動的故事，歷久彌遠，在人們頭腦中渱拔不去，這就是後世一切敘事文體的生活源頭。

人類最早的故事大致包括了歷史、神話和小說的成分。歷史是過去發生的事實，神話是人類幻想中與宗教相關的神的故事，小說則介於歷史和神話之間，是基於事實的虛飾，非宗教目的的想像。這三種成分往往雜糅結合爲一體，而以今天的觀點看來主要表現爲神話的、歷史的或小說的特徵。但是，即使最早的民間傳說有較多神話的色彩，也不能說明歷史、神話、小說三者中誰產生得更早一些。事實應當是：傳說同時造就了這一切，而神話不過是它早熟的嬰兒罷了。然而神話早熟也早早夭亡，歷史和小說的成分卻隨著人類文明的演進先後嶄露頭角。這個嬗替的過程表面看來似乎神話——歷史—

一小說相生的關係，但實際是各自的高潮來有先後、「亂烘烘你方唱罷我登場」而已。當然，這不是說神話——歷史——小說沒有任何傳承的關係，——它們之間的縱向的影響是顯而易見的。而是說三者各爲不同質的東西，其生成發展自有一定的過程；它們之間所謂縱向的影響，本質上是不同發展階段事物間橫向的聯繫。沒有也不可能有什麼材料證明小說是從歷史或從神話產生而來。

文字發生以後，民間故事向書面的轉移是敘事文體萌芽的關鍵。這是從奴隸社會早期就開始的。那時奴隸主貴族壟斷了文化，由於現實政治和宗教的需要，在書寫極爲困難的情況下，當然是民間故事中歷史和神話的成分優先被採擇，歷史的神話化和神話的歷史化得以同時完成而產生了最早的歷史書。這是在文字發生以後一個較長時期才出現的。崔述《考信錄提要》卷下說到我國史籍發達是因爲史官建制甚早，但「必無甫有文字即有史官之理，以情度之，亦當至唐、虞以降，然後有史書也。自《易》《春秋傳》始頗言羲、農、黃帝時事，蓋皆得之傳聞，或後人所追記。」〔註7〕在這些歷史書中，某些「小說」的因素也會挾帶進來。但是總的說來，民間故事中小說的成分在歷史書產生的早期就是被排斥的。歷史書脫胎於民間傳說，但它講求「實錄」「傳信」，一開始就是民間傳說的「叛逆」；隨著文字記事的普及，後世歷史書漸以主要依靠書面的材料，從而割斷了與民間故事的聯繫。民間故事便只能向小說一路發展，成爲小說萌芽的主要的來源。

類似的情況也在稍後興起諸子散文的時代出現，那時士人以游說干政，必「有說則可」（《莊子·天道》），所謂「談說之術……譬稱以喻之，分別以明之」（《荀子·非相篇》），從而引用傳說，捏造寓言，使諸子散文也挾有不少小說的成分，如我們從《韓非子》「說林」「內儲說」「外儲說」，《荀子》，《晏子春秋》，《呂氏春秋》等書中所見到的。諸子散文大量掇拾捏造小說，促進了小說的發展，但同時也把小說信史化、梗概化、義理化了；而且後期諸子普遍看不起小說，孟子、莊子、荀子都是如此。因此，當戰國之世，歷史散文和諸子散文先後蔚爲大國，小說卻還在萌芽的階段，像一株小草在山石夾縫中尋找自己破土而出的契機和立於文學之苑的位置。

這一契機在中國歷史上主要是由兩個特殊的情況造成的。一是稗官的採擇，二是普通士人的記載。前者見之於《漢書·藝文志》的記載，乃「王者

〔註7〕〔清〕崔述著《考信錄提要》中華書局 1985 年版，第 27 頁。

欲知里巷風俗，故立稗官使稱說之。」屬於基層情況的小報告之類，這樣產生的小說題材性質內容形式自然就不脫「王者欲知」的要求，魯迅《中國小說史略》推測所謂「似子而淺薄，近史而悠謬者也」，故後世影響不大。但是，「王者……立稗官使稱說之」，必然刺激人們關心和採擇民間故事的興趣，推動小說家的出現。所以西周以後就出現了普通士人「寫作」小說的情況。《莊子‧逍遙遊》中說：「齊諧者，志怪者也。」今雖不能確定「齊諧」是指人或書，但戰國之世已有人「志怪」一點是不容懷疑的。《孟子‧萬章上》載萬章先後以關於孔子和百里奚的傳說問於孟子，孟子答曰：「否，不然，此非君子之言，齊東野人之語也！」或曰：「否，不然，好事者爲之也。」「齊東野人」和「好事者」就是造作小說的人，內中當有通文墨能著作如「齊諧」（權作人名看待）者，也就是當時的小說家。今見《山海經》《穆天子傳》等應出於這類人物之手。《漢書‧藝文志》分諸子爲九流十家，「小說家」殿後，不是無中生有或畫蛇添足，而是基於戰國文化實際情況的考量與分析——那時「小說家」已經出現了。如果說《山海經》《穆天子傳》的作者是戰國正宗的小說家，則莊、荀、韓非之流就是那時的準小說家了。總之，文至戰國諸體大備，小說雖姍姍來遲，但也已有叨陪末座的光榮了。

戰國爲我國小說萌芽的時期，理論家據實稱名，乃有「小說」一詞出現。但是，當今學者卻多不以爲意，認爲那時所謂「小說」是指與「大道」相對淺薄不中義理的瑣屑之言，與今之「小說」無任何實質性的聯繫。這樣的議論比比皆是，無須舉例，但在筆者看來卻並非如此。

這主要集中於對《莊子‧外物》中一段話的理解。那段話說任公子用「大鈎巨緇」期年而釣，釣得飽厭一方的大魚：

> 已而輇才諷說之徒，皆驚而相告也。夫揭竿累，趣灌瀆，守鯢鮒，其於得大魚難矣。飾小說以干縣令，其於大達亦遠矣。是以未嘗聞任氏之風俗，其不可與經於世亦遠矣。

細玩語意，這裡的「小說」雖然最終是指小道，但它字面上卻與「任氏之風俗」相對。「任氏之風俗」是「大說」，故能驚世傳遠；「夫揭竿累」云云是「小說」，故「其於大達亦遠矣」。「飾」即修飾，也就是「輇才諷說之徒」的張揚。「任氏之風俗」是大故事，「飾」之以「干縣令」，較爲容易；「揭竿累」爲瑣屑之舉，「飾」之以「干縣令」，求「大達」，就格外困難了。「說」有大小，但其爲故事則同。「小說」就是小的故事，《莊子》用以比喻瑣屑的道理。因

其為故事，「小說」一詞才得以貫串百代，沿用至今；以其有比喻，「小說」才得以為正統文人所不廢，以為「治身理家，有可觀之辭」，殷勤記載，列於九流十家之末。後世研究者多注意到《莊子》「小說」一詞比喻性的內涵，而忽視其故事性的形式，從而忽略了中國小說理論的這個真正的起點。

因此，中國小說起源於民間故事，萌芽於戰國。戰國，既是中國小說作品開始產生的時期，也是中國小說理論起步的階段。綠天館主人《古今小說序》云：「史統散而小說興。始乎周季，盛於唐，而浸淫於宋。」其中對中國古代小說前期發展階段性的描述是大體正確的。

中國小說起源於民間故事，不僅戰國萌芽時如此，後世也在更高的程度和更廣泛的意義上不斷重複發生，有許多顯而易見的例子：

東漢荀悅《漢紀》卷二十五，敘諸子九家之所出，並同《漢書》，獨於小說家者流，去其稗官二字，僅云「蓋出於街談巷議所造」〔註8〕。

晉王嘉《拾遺記》：「張華……捃採天下遺逸，自書契之始，考驗神怪及世間閭里傳說，造《博物志》四百卷……」

唐劉餗《隋唐嘉話序》：「述曰：余自髫齔之年，便多聞往說，不足備大典，故繫之小說之末。」

唐沈既濟《任氏傳》結末述其寫作過程說：建中二年赴任入吳，「浮潁涉淮，方舟沿流，晝宴夜話，各徵其異說。眾君子聞任氏之事，共深歎駭，因請既濟傳之」。

唐元稹《鶯鶯傳》末云：「貞元歲九月，執事李公垂宿於靖安里第，語及於是，公垂卓然稱異，遂為《鶯鶯歌》以傳之。

唐白行簡《李娃傳》：「貞元中，予與隴西李公佐話婦人操烈之品格，因述汧國之事。公佐拊掌竦聽，命予為傳。乃握管濡翰，疏而存之。時乙亥歲秋八月，太原白行簡云。」

宋洪邁《夷堅丁志序》：「蓋寒人、野僧、山客、道士、瞽巫、俚婦、下隸、走卒，凡以異聞至，亦欣然而受之，不致詰。」

明瞿祐《剪燈新話序》：「好事者每以近事相聞，……乃援筆為文以紀之。」

清蒲松齡《聊齋自志》：「才非干寶，雅愛搜神；情類黃州，喜人談鬼。聞則命筆，遂以成編。久之，四方同人，又以郵筒相寄，因而物以好聚，所

〔註 8〕余嘉錫《小說家出於稗官說》，轉引自侯忠義編《中國文言小說參考資料》，北京大學出版社 985 年版，第 34 頁。

積益夥。」

無疑，這都是歷代民間故事推動小說創作的生動說明。在這些堅強的證據面前，任何否定的議論都不能有半點效力。

中國小說起源民間故事說的合理性，還可以從國外的小說起源理論得到輔助與加強。西方小說起源的理論中，「神話說」占統治的地位，但是也偶有小說起源民間故事的議論。《周作人回憶錄》曾提到一本麥扣洛克的《小說之童年》，說它「即以民間故事為初民之小說，猶之郎氏謂說明事物原始的神話為野蠻人的科學，說的很有道理。」〔註9〕前蘇聯波斯彼洛夫《文學原理》中也說：「在散文敘事文學的發展中，繼承民間故事的又是什麼呢？在俄國的中世紀（古代）文學中，為這類作品確定了一個獨特的名稱——小說。民間故事是口頭的作品，小說是書面的作品。」又說：「比如說，長篇小說這種體裁，從它的某些一般的形式特徵來看，可以是書面的散文作品（小說），也可以是書面的詩歌作品（敘事長詩），又可以是口頭的散文作品（廣義的民間故享）。而民間故事從它的體裁內容來說，可以是長篇小說，但也可以是神話、英雄傳說、日常生活故事和諷刺作品。」〔註10〕英國小說理論家愛·福斯特《小說面面觀》在確定了「小說的基本方面是故事」之後，追溯舊石器時代「尼安德特人早就喜歡聽故事了」；他把講故事的人直接稱為「小說家」，並舉出阿拉伯著名民間故事集《一千零一夜》中那個給國王講故事的女子山魯佐德。〔註11〕因此，即使從世界範圍來看，中國小說起源民間故事說也是一個容易理解和接受的觀點。

（原載《語文函授》1988 年第 5 期）

〔註 9〕 《周作人回憶錄》，湖南人民出版社 1982 年版，第 649 頁。
〔註10〕 〔前蘇聯〕波斯彼洛夫《文學原理》，王忠琪、徐京安、張秉真譯，三聯書店 1985 年版，第 306 頁、300 頁。
〔註11〕 〔英〕愛·福斯特《小說面面觀》，方土人譯，《小說美學經典三種》，上海文藝出版社 1990 年版，第 220～221 頁。

魯迅「小說之起源」論辯證
——中國小說起源於民間講故事說

　　關於中國小說的起源，《漢書・藝文志》小說類序說：「小說家者流，蓋出於稗官，街談巷語、道聽途說者之所造也。」對此，學者曾紛紛考究「稗官」為何許人，卻往往忽略魯迅先生早就說過：「然稗官者，職惟採集，而非創作，街談巷語，自生民間，固非一誰某之所獨造也。」（《中國小說史略》第二篇《神話與傳說》）又說：「稗官採集小說的有無，是另一問題；即使真有，也不過是小說書之起源，不是小說之起源。」（《中國小說的歷史的變遷》）雖然魯迅也曾結論說「探其本根，則亦猶他民族然，在於神話與傳說」（《中國小說史略》第二篇《神話與傳說》），但他後來又說：「至於現在一般研究文學史者，卻多認小說起源於神話」，而在「文藝作品發生的次序中，恐怕是詩歌在先，小說在後的。詩歌起源於勞動和宗教。……至於小說，我以為倒是起源於休息的」，人類勞動「休息時……談論故事，正就是小說的起源」，唯是「其要素總離不開神話」（《中國小說的歷史的變遷》）。

　　可知從《中國小說史略》到《中國小說的歷史的變遷》，魯迅關於小說起源的看法有所變化，前者主「神話傳說」，雖比附「他民族然」立論，結論卻是明確的；後者也主「神話」，卻是附合「現在一般研究文學史者」多數人的看法。又雖然已經有了自己的見解，即人類勞動「休息時……談論故事，正就是小說的起源」，其附合眾說的立場仍然沒有根本改變，所以又說「其要素總離不開神話」。加以因為他已經認為「詩歌是韻文，從勞動時發生的」，所以又說「小說是散文，從休息時發生的」（《中國小說的歷史的變遷》），從而魯迅關於中國小說起源的最後看法，不免使人感到模糊而生種種的疑問。

　　疑問之一是，它就如果「神話」或「神話傳說」是小說的起源，那麼作爲小說之「本根」，它就不應該又是先民勞動「休息時……談論故事」的「要素」而另有「本根」。反過來說，作爲先民勞動「休息時……談論故事」的「要素」，「神話」或「神話傳說」是這種「談論故事」的成果之一種，即使後來能發展成爲小說，也仍然只是從「談論故事」到小說的中間環節，而不是小說的「本根」；

　　疑問之二是，先民勞動「休息時……談論故事」的內容，在當時人知見的範圍內必無所不包，即使「其要素總離不開神話」，又何必只有「神話」才發展爲小說，而其他虛虛實實之「談論故事」的內容就一定與小說無關？

　　疑問之三是，認爲詩歌起源於先民「勞動和宗教」中的「唱歌」，而小說起源於勞動「休息時……談論故事」的前提，應該是先民勞動或宗教活動中只可能「唱歌」而不「談論故事」，則在勞動休息時又只可能「談論故事」而不「唱歌」。但這顯然地不合情理，例如先民採摘果實的勞動必是輕鬆而漫無節律，未必只「唱歌」而不「談論故事」；而眾人聚會的「休息時」又只「談論故事」而不「唱歌」（如各種自娛、娛人的活動中）。這就使魯迅有關中國小說起源論的眞實思想與合理內涵就更加模糊了，以「至於現在一般研究文學史者，卻多認」魯迅主張中國小說「起源於神話」或「在於神話與傳說」了。

　　這是一個誤會。如上所述，魯迅確曾接受過並最終也沒有完全放棄中國小說起源於「神話傳說」或「神話」的他說，但是，觀其「亦猶」「卻多認」等措辭，他心目中也從來沒有把那些流行之見視爲無可置疑的學術眞理。所以，他才能從《漢書·藝文志》的話引出「街談巷語，自生民間，固非一誰某之所獨造」的判斷，又從文學與勞動的關係引出「休息時……談論故事，正就是小說的起源」的認識。這一認識開闢了探索中國小說起源的正確方向，並且其本身就具有中國小說起源的眞理性要素，即我們只要從魯迅所說，取消「休息時的」限定，又意識到即使「神話」果然是先民「談論故事」之「要素」，也不過後世造作「小說書」材料之一種，仍「不過是小說書之起源，不是小說之起源」，所以也可以不說，從而簡言之，即小說「自生民間」，上古民間「談論故事（的活動），正就是小說的起源」。儘管這不是魯迅關於小說起源直接正面的結論，卻是其小說起源思想合理的內核。

　　魯迅對小說起源的認識能夠達到這樣一個高度，是其從對《漢書·藝文志》的分析意識到了「小說之起源」與「小說書之起源」的區別，進而得出

「小說起源」於民間「街談巷語、道聽途說」的活動，而「小說書之起源」
則可能由於「稗官」之流的「採集」。儘管他還沒有意識到「小說書之起源」，
也還有賴於可供「採集」的各種「要素」例如神話的發生，而那些「要素」
也是「小說書之起源」的條件，而非「小說之起源」所在，從而沒有把這種
區別堅持到底。但是，魯迅所作的這一區別仍有重要的方法論意義，應能啓
發後人研究「小說之起源」，能夠避免與「小說書之起源」的考證混爲一談。
然而十分遺憾，它並不曾引起人們的注意。以致從魯迅當年所說的「現在」
至今近百年來，「一般研究文學史者」除了仍然「多認小說起源於神話」或「神
話傳說」者外，也有別立諸如起源於「史傳」或多種文體的「雜交」等新說的，
以對「小說書之起源」的考證，充爲「小說之起源」的探討，而於魯迅「街談
巷語，自生民間」之說，全無會心，豈非「略」讀《史略》而買櫝還珠之過！

　　總之，中國小說起源於民間的「談論故事」即講故事，而講故事所以能
夠發生，除了作爲敘事工具的人類語言的發明爲基礎之外，就是人類日益發
展的好奇心之需。這二者永遠是小說發生的源泉和發展的動力。因此，中國
古代小說按語體大致分爲文言與白話兩大類，其最初的源頭和永恒的滋養，
卻都在「街談巷語、道聽途說」的民間講故事活動；後世小說家的成長及其
小說創作，也往往與作爲小說源頭的民間講故事活動有這樣那樣聯繫，甚至
是密切的聯繫。如果說上古「街談巷語、道聽途說」的「故事」多自生自滅，
僅有少量因被「採集」入史書等各體著作，成爲其中部分今人以爲是「小說
成分」的文字，則有幸被以「雅言」單獨紀錄彙編爲一書的，就是包括流傳
至今的《搜神記》《世說新語》等一類文言小說了。從而文言小說發達較早，
卻不是直接講故事而來的言文合一的正宗，而是經文人出於各種不同目的「採
集」之後易以「雅言」出之的別體。這在中古以前爲不得不然。但是，隨著
社會的發展，文化的演進，「街談巷語、道聽途說」的「講故事」活動至晚在
唐代演爲「說話」的藝術，至宋代而極盛，產生了各種「說話」的底本即「話
本」，就有了基本上是言文合一的俗語體小說即白話小說了。這才是中國小說
直接民間講故事源頭的主流與正宗，由此發展出「章回」說部和模擬「話本」
而成的所謂「擬話本」（《中國小說史略》第十三篇《宋元之擬話本》），就有
了古代文人創作的白話小說。

（原載《光明日報》2004 年 5 月 26 日《文學遺產》）

魯迅文學與古典傳統
——以《狂人日記》爲例

　　魯迅文學與古典傳統的聯繫，近年越來越受到學者們的重視，有了不少深入的討論和新穎的見解。但是，迄今爲止，也還不能說已經得到了很好的清理。從而人們對這一聯繫的瞭解，還不夠具體、全面、準確與清晰；於其或正或反、或疏或密之方式與程度的把握，也時有偏頗。也就是說，這方面還有大量的工作要做。而當然要實事求是，具體說即從文本取證，分析概括其特點，做出合乎實際的說明與評價，以形成宏觀的認識。這是一項至少必須兼通魯迅文學與古典文學傳統的工作，非筆者所能勝任，然而心嚮往焉；又以爲探討的過程就是學習，所以敢不避淺薄之嫌，從魯迅「向封建文化聲討的一個最有力的檄文」〔註1〕（P19）──《狂人日記》的考論，管窺其與古典傳統的聯繫，以就正於專家學者。

一、棄醫從文與「上醫醫國」

　　魯迅的新文學創作始於小說《狂人日記》，而《狂人日記》託爲一「迫害狂」患者的自述，在取材與用筆上明顯得力於他在仙臺學醫的經驗。此間深微處不敢妄爲臆說，但是，即使小說寫人的疾病不必盡合於醫學，而自稱「日記……可見當日病狀，……今攝錄一篇，以供醫家研究」云云，也不是一般無多醫學知識的作家所甘冒的藝術上的風險。所以，魯迅夫子自道，說《狂

〔註1〕李長之《魯迅批判》，北京出版社2003年版，第19頁

人日記》的寫作曾仰仗「一點醫學上的知識」〔註2〕，是很誠實的話。換言之，正因其曾經學醫，才有以「病狀」爲描寫對象的小說《狂人日記》。這在魯迅成爲了一個必然，卻基於另一個必然，即他的由學醫而改「治文學」〔註3〕。

魯迅由學醫而改「治文學」即棄醫從文的過程，按《吶喊‧自序》中所說，先是從他早年爲父親治病求醫的現實教訓和與西學的接觸，而「悟得中醫不過是一種有意無意的騙子」，而後寄希望於西醫能夠「救治像我父親似的被誤的病人的疾苦，戰爭時候便去當軍醫，一面又促進國人對於維新的信仰」；然而留日學習西醫之後，卻從有關日俄戰爭的畫片中看到「一樣是強壯體格，而顯出麻木的神情」的一群中國人，圍觀「一個綁在中間」的中國人「正要被日軍砍下頭顱來示眾……的盛舉」，由此想到「凡是愚弱的國民，即使體格如何健全，如何茁壯，也只能做毫無意義的示眾的材料和看客，病死多少是不必以爲不幸的」，而「便覺得醫學並非一件緊要的事」，——「第一要著」是用文藝「改變他們的精神」。然後才有了《狂人日記》的寫作，並「一發而不可收拾」〔註4〕。從這一過程看，魯迅的不滿於中醫和學習西醫，都是爲了救治中國人身體的「疾苦」，而其又棄西醫以從文，卻是爲了首先救治中國人「精神」的疾患，後者是魯迅走上新文學創作道路，與其首發《狂人日記》即以「狂人」之所謂「病狀」爲描寫對象的邏輯起點和思想動力。

這一出發點的確定和動力的產生，雖然來自作家個人的經歷即生活的教訓，其獨特可說並世無第二人，但是，因其爲放棄了醫生的職業而成小說家的緣故，筆者不免想到這種擇業的心理與做法，與羅貫中《三國演義》的一節描寫有暗合之處。

按嘉靖本《三國志通俗演義》卷之十六《曹操殺神醫華佗》一節，寫神醫華佗因爲要給曹操開顱治病，被打入牢獄，受吳押獄「每日以酒食供養」，臨刑前遺贈《青囊書》以酬其德：

> 吳押獄曰：「我若得此醫書，棄了此役，醫治天下病人，以全先生之德也。」佗即修書付吳押獄，……吳押獄直至金城，問佗妻取之。其妻將《青囊書》與了吳押獄。吳押獄回家，將書令其妻藏之。旬日之後，……華佗死於獄中。吳押獄卻了差役，回家問其妻要書，

〔註2〕《魯迅全集》（4），人民文學出版社1981年版，第512頁
〔註3〕《魯迅全集》（1），第417頁。
〔註4〕《魯迅全集》（1），第416～417頁。

行醫治病。妻曰：「《青囊書》吾已燒毀矣。」夫問其故，妻答曰：「縱
然學得與華佗一般神妙，只落得死於牢中，吾因此所以毀之。」吳
押獄頓足懊悔……〔註5〕

以上引文中吳押獄妻答話中「只落得死於牢中」以下，毛（宗崗）本改作「要
他何用」，於表現吳押獄妻因華佗之死而遷怨於《青囊書》、薄醫道不爲之意
更爲顯豁。

《三國志通俗演義》是一部亂世《春秋》，所寫吳押獄妻燒《青囊書》之
事亦屬虛構。但是，其所顯示人不幸而生當屠夫政治的時代，即使如華佗醫
能通神，「治天下病人」，卻有時不免成爲政治的犧牲品，而不能自救——其
醫術「縱然……神妙」，也是沒有用處的。這個意思雖然主要是出於「爲我」
的考慮，卻與魯迅當年爲了更好地「立人」，所得出「醫學並非一件緊要的事」
的認識，有相近相通之處，即都因亂世人生的感憤，而至於薄醫術不爲。區
別只在於吳押獄迫於妻子利己的做法無緣醫術，「頓足懊悔」而止；魯迅的棄
醫卻是自覺地追求更高的目標，即「改變他們的精神」以「立人」〔註6〕，而
荏苒移情於文藝——小說的創作。

但是，筆者以爲，羅貫中寫這一則故事，不僅是爲了表達一種憤世的態
度與情緒，更不是爲了傳達其有關醫之爲業的並非全面的認識，而另有深意。
據明王圻《稗史彙編》記載：「宗秀羅貫中，國初葛可久，皆有志圖王者。乃
遇眞主，而葛寄神醫工，羅傳神稗史。」〔註7〕可知葛、羅二氏同生亂世，「圖
王」無成，而趨向之異，只是在「醫工」與「稗史」之類儒者末業之間不同
的選擇。儘管我們不清楚葛可久與羅貫中有沒有關係或有什麼樣的關係，以
及他們「圖王」未竟之後各自改業的具體原因，因而不能認爲葛、羅二人一
定在「寄神醫工」或「傳神稗史」間作過這樣的選擇。但是，王圻既然把二
人趨向不同的兩途——「醫工」與「稗史」放在一起講，那麼至少客觀上會
使人想到，那時的一位讀書人，如果不能用自己的知識才能去換一場富貴即
做個官的話，最好也只有「寄神醫工」或「傳神稗史」之類儒者的末業可以
做的了。從而反觀葛與羅在「圖王」失「志」另尋出路的時候，確有可能做
過這樣的選擇，而羅貫中的「傳神稗史」更可能是此種選擇的結果。

〔註 5〕 〔元〕羅貫中《三國志通俗演義》，上海古籍出版社 1980 年版，第 751 頁。
〔註 6〕 《魯迅全集》（1），第 57 頁。
〔註 7〕 朱一玄、劉毓忱《三國演義研究資料》，百花文藝出版社 1983 年版，第 229 頁。

　　認爲羅貫中「傳神稗史」是此種選擇之結果的理由，正在上引他寫吳押獄妻薄醫事而不爲的描寫。其中所透露羅貫中以爲亂世之中，做一個醫生，不僅遠離了「有志圖王」的初衷，而且不能自保的認識，自然導致其不會走「葛寄神醫工」的道路；進一步還不難想到「傳神稗史」，雖然不過紙上談兵、空中樓閣，卻聊可慰其「圖王」未竟之心。這大概就是羅貫中在「圖王」失志之後「傳神稗史」的思想過程。雖然與魯迅的棄醫從文很大不同，但羅貫中的人生選擇及其小説所傳達的在醫與文——小説之間考量得出的認識，正就是後世魯迅所説「醫學並非一件緊要的事」。這一認識導致他們都沒有象「葛寄神醫工」爲一代名醫，而分別成爲中國歷史上劃時代的偉大小説家。

　　如此看來，羅貫中《三國演義》寫吳押獄之妻焚《青囊書》的故事，絕非閒筆，而是出於一位「有志圖王者」以文學干預生活的嚴肅思考，即「傳神稗史」以寫其「圖王」之志。這大概就是羅氏爲什麼選擇三國題材爲小説和小説何以於聖君賢相的人格理想獨多憧憬之情的主觀原因了。而魯迅本無所謂「圖王」之志，從而棄醫從文而爲小説，取材也與羅氏不同，而遠離了政治與軍事的題材，走進了人的精神的領域。

　　雖然可以認爲魯迅讀過並熟悉《三國演義》寫華佗之事的這一小插曲，但他的棄醫從文與這一則描寫應該絕無直接的關係。又雖然魯迅熟悉「葛寄神醫工，羅傳神稗史」的記載，但是，他也一定不是從這裡得到什麼醫學「並非……緊要的事」的啓發。然而，羅貫中《三國演義》託吳押獄妻焚書的閒筆所寄憂愁憂思，與王圻《稗史彙編》記其與「葛寄神醫工」的不同選擇之間，卻必然有思想的聯繫；其所折射羅貫中退而爲小説的心理，卻與魯迅之棄醫從文卻消息冥感，騎驛暗通。這豈不是文化史、小説史上一件頗可耐人尋味之事！

　　又從魯迅棄醫從文後來的發展看，其與羅貫中「傳神稗史」的選擇和《三國演義》中吳押獄之妻焚書故事的「暗通」，進一步表現於魯迅的文學活動，是在籌辦一本名爲《新生》的雜誌不成之後，以小説的創作爲眞正開始，——「這便是最初的一篇《狂人日記》」；又進一步表現爲《狂人日記》開篇即從所謂「某君昆仲……一大病」説起，並且「一發」之後來，又自謂「我的取材，多採自病態社會的不幸的人們中，意思在揭出病苦，引起療救的注意」〔註8〕。可知在爲人生的意義上，魯迅之棄醫實未曾棄，而是由放棄療救人體

〔註8〕《魯迅全集》（4），第512頁。

疾病之醫，轉而爲療救其「精神」之醫的文藝，即以文藝「改造國民性」。

由此可見，魯迅的走上文學——小說創作之路，與其終生以文學「改造國民性」的目標，就都從漸次覺悟到中醫的「騙人」和西醫的也「並非……緊要」而來。這是一個一以貫之的合乎邏輯的過程。也就是說，魯迅當年雖然捨棄了醫生的職業，卻始終固守並不斷發揚了醫者的精神，終生以醫者的眼光和心理看待「國民」，從而成爲一位自覺以文藝行「療救」社會與人生的偉大文學家。

因此，與羅貫中所寫吳押獄止於「頓足懊悔」的消極態度根本不同，卻與羅貫中「傳神稗史」的態度基本相似，魯迅的棄醫從文是積極入世的，是捨棄針灸岐黃之術，而爲醫治天下之道。二者共同地合於我國古代一個久遠的傳統，——《國語‧晉語八‧醫和視疾》云：

> 文子曰：「醫及國家乎？」對曰：「上醫醫國，其次疾人，固醫官也。」

又，辛棄疾《菩薩蠻》〔贈張醫道服爲別，且令饋河豚〕詞云：

> 萬金不換囊中術，上醫元自能醫國。

古代的羅貫中薄醫術而不爲與現代魯迅的棄醫從文，就在爲小說以「醫國」這一點上有了後先相承之驚人的一致性。但顯然不同的是，羅貫中「傳神稗史」的關注點直接在政治鬥爭，而魯迅小說及其全部文學關注的中心在療救「他們的精神」，即改造「國民性」。而正如二者差異的不可忽略，魯迅早年之棄醫從文走上小說創作之路與古典傳統那怕僅是暗合的這一點聯繫，也應該引起我們的重視。

二、「吃人」與「苛政猛於虎」

按《狂人日記》云：「凡事總須研究，才會明白。古來時常吃人，我也還記得，可是不甚清楚。我翻開歷史一查，這歷史沒有年代，歪歪斜斜的每頁上都寫著『仁義道德』幾個字。我橫豎睡不著，仔細看了半夜，才從字縫裏看出字來，滿本都寫著兩個字是『吃人』。」篇中還多達 29 次用到「吃人」一詞；在《燈下漫筆》中他還說過：「所謂中國的文明者，不過是安排給闊人享用的人肉的筵宴。所謂中國者，其實不過是安排這人肉的筵宴的廚房。」〔註9〕。

〔註9〕《魯迅全集》（1），第216頁。

因此，「吃人」不僅是《狂人日記》，同時是全部魯迅文學對中國歷史本質的一個尖鋭的認識。

這一認識，按魯迅在《致許壽裳》的信中曾說，是他「偶閱《通鑒》，乃悟」〔註10〕出來而形諸小説的。近今學者研究《狂人日記》，多有考證，《通鑒》中的根據大概已經檢索殆盡，甚至《三國演義》《水滸傳》等書中「食人」描寫的細節，也有學者注意並討論過了。然而大約因爲此篇產生於「打倒孔家店」的時代，又魯迅於篇中已明言「吃人」之説，是從「『仁義道德』幾個字」的「字縫裏」看出來的，還曾在別處自道此篇「意在暴露家庭制度和禮教的弊害」〔註11〕等等之故，所以學者竟不可免地忽略了這一驚世之論在學理上與孔孟之道的若干聯繫。

按魯迅《狂人日記》所謂「吃人」云云，雖然提到《本草》上「明明寫著人肉可以煎吃」和「易子而食」，以及上古的易牙、當時的徐錫麟和「用饅頭蘸血舔」等事，但是，總的説來，「吃人」只是一種文學的象徵。否則，魯迅也就不便説其「意在暴露家庭制度和禮教的弊害」了。作爲文學的象徵，「吃人」之説當然可以概括「人肉可以煎吃」之類，但它主要是形容制度與思想的缺陷。前者固然如魯迅所説，只是指「家庭制度」，但是，篇中既説「這歷史……滿本都寫著兩個字是『吃人』」，還舉「吃到徐錫林」之事，後來又曾在別處説到「所謂中國的文明者，不過是安排給闊人享用的人肉的筵宴」等，可知其所謂「吃人」，不但指「家庭制度」，還隱然包括了社會政治制度，甚至「闊人」應該主要是指官僚階層。其所以不明指社會制度與官僚階層而還有意迴避者，大概那時即已經有了「不想上這些誘殺手段的當」〔註12〕的警惕。而就社會政治制度的「吃人」而言，其思想的淵源卻應當只有一個，那就是孔子「苛政猛於虎」之論。

按《禮記・檀弓下》載：

> 孔子過泰山側，有婦人哭於墓者而哀，夫子式而聽之。使子路問之曰：「子之哭也，一似重有憂者。」而曰：「然，昔者吾舅死於虎，吾夫又死焉，今吾子又死焉。」夫子曰：「何爲不去也？」曰：「無苛政。」夫子曰：「小子識之，苛政猛於虎也。」

〔註10〕 《魯迅全集》（11），第353頁。
〔註11〕 《魯迅全集》（6），第239頁
〔註12〕 《魯迅全集》（1），第4頁。

社會制度是政治的集中體現。上引《禮記》本章雖然未曾明說當時政治制度「吃人」，但說婦人一家三代「死於虎」，自然是被猛虎吃了；卻因「無苛政」，而「不去」此「死於虎」之地，自然就是說「苛政」同樣的吃人，而且其吃人更「猛於虎」。因此，《禮記》本章孔子「苛政猛於虎也」的比喻，不僅首創以「虎」之猛烈比社會政治黑暗的意象，而且其所內蘊老虎「吃人」的特點，也就成了「苛政」本質的象徵。

筆者認爲，孔子的這一包含了「苛政」之本質在「吃人」意義的政治批判之論，正是魯迅《狂人日記》「吃人」之說的遠源。

這一看法很可能招致爲了「做論」而故意「翻他幾句」的嫌疑。然而不然。雖然《狂人日記》說從「仁義道德」的字縫裏看出了「吃人」二字是首先針對儒學的，但是，深入考察，魯迅批儒卻不曾一概罵倒孔子。例如，他雖然說過「孔夫子曾經計劃過出色的治國方法，但那都是爲了治民眾者，即權勢者設想的方法，爲民眾本身的，卻一點也沒有」〔註13〕，還說過「幼小時候讀過的『子曰詩云』……背不上半句了」〔註14〕，但是，他對孔子聽說子路「被人砍成肉醬」之後，「就吩咐去倒掉廚房裏的肉醬」〔註15〕的事，卻記得很清楚，而且明白並有些同情「孔夫子的做定了『摩登聖人』是死了以後的事，活著的時候卻是頗吃苦頭」〔註16〕。所以，筆者對於《狂人日記》以中國歷史爲「吃人」的思想，與孔子「苛政猛於虎」之說的聯繫，寧肯信其有，不肯信其無的。

另外，孔子「苛政猛於虎」之論所針對的「苛政」，當即官府的橫征暴斂，而《狂人日記》也寫「狂人」對一樣「吃人」的大哥說：「前天佃戶要減租，你說過不能。」意中顯然已把不能「減租」也視同「吃人」一類的勾當。這就與「苛政猛於虎」有了直接意義上的聯繫。這也使筆者更加相信如上的判斷合乎實際，而並非有意爲「翻天妙手，與眾不同」。

三、「吃人」與「仁義館」

又從《狂人日記》「吃人」之論反「禮教」思想性質的淵源看，學者曾指

〔註13〕 《魯迅全集》（6），第 318 頁。
〔註14〕 《魯迅全集》（1），第 460 頁。
〔註15〕 《魯迅全集》（6），第 316 頁。
〔註16〕 《魯迅全集》（6），第 314 頁。

出其與清朝戴震「後儒以理殺人」論的聯繫，誠然可備一說。然而畢竟後儒之「理」不等於「仁義道德」，而魯迅「吃人」之論與以「仁義道德」為旗幟之「禮教」的聯繫，或另有淵源，請試言之。《太平廣記》卷四三三《虎》八《崔韜》：

> 崔韜，蒲州人也。旅遊滁州，南抵歷陽。曉發滁州，至仁義館，宿館。吏曰：「此館兇惡，幸無宿也。」韜不聽，負笈升廳。館吏備燈燭訖，而韜至二更，展衾方欲就寢，忽見館門有一大足如獸，俄然其門豁開，見一虎自門而入。韜驚走，於暗處潛伏視之，見獸於中庭脫去獸皮，見一女子奇麗嚴飾，升廳而上，乃就韜衾。出問之曰：「何故宿余衾而寢？韜適見汝為獸入來，何也？」女子起謂韜曰：「願君子無所怪，親父兄以畋獵為事，家貧，欲求良匹，無從自達，乃夜潛將虎皮為衣。知君子宿於是館，故欲託身，以備灑掃。前後賓旅，皆自怖而殞。妾今夜幸逢達人，願察斯志。」韜曰：「誠如此意，願奉歡好。」來日，韜取獸皮衣，棄廳後枯井中，乃挈女子而去。後韜明經擢第，任宣城。時韜妻及男將赴任，與俱行。月餘，復宿仁義館。韜笑曰：「此館乃與子始會之地也。」韜往視井中，獸皮衣宛然如故。韜又笑謂其妻子曰：「往日卿所著之衣猶在。」妻曰：「可令人取之。」既得，妻笑謂韜曰：「妾試更著之。」衣猶在請，妻乃下階將獸皮衣著之才畢，乃化為虎，跳躑哮吼，奮而上廳，食子及韜而去。

原有注「出《集異記》」。《集異記》，唐河東薛用弱撰。《四庫全書總目提要》稱其「卷帙雖狹，而歷代詞人恒所引據，亦小說之表表者」。本篇所寫，除「妻乃下階將獸皮衣著之才畢，乃化為虎，跳躑哮吼，奮而上廳，食子及韜而去」的結局與「吃人」相關外，更值得注意是故事的過程即思想的邏輯，是崔韜一宿於「仁義館」而得美妻，並「明經擢第，任宣城」；「復宿仁義館」而失妻，並妻化虎而「食子及韜」。這裡「吃人」的雖然是老虎，化虎之事卻發生在「仁義館」中，就不能不使我們想到作者之意，乃暗指「仁義」吃人，而篇中謂「此館兇惡」，即已寓有此種用心。

《崔韜》以「仁義館」為「兇惡」之地，義本《莊子》外篇《天運》託老子所說「仁義，先王之蘧廬也，止可以一宿而不可久處，覯而多責」，並且全篇大致就是這段話的演義。其中故事的前半自「仁義，先王之蘧廬也，止

可以一宿」敷衍，即「一宿」於「仁義」，虎可以化人；後半則是「仁義」之
廬「不可久處，覯而多責」的發揮，即「復宿仁義館」，人即化虎吃人；全篇
所顯示，即儒家所宣揚之「仁義」，貌如美女之可愛，而實有老虎吃人之本質。
筆者以爲，以老、莊代表的道家對儒家「仁義」之說的這一批判，才眞正是
《狂人日記》「吃人」之論反禮教性質一面的思想淵源。

　　這也就是說，因《莊子》的啓示，《崔韜》寫崔及其子「復宿仁義館」中
即被老虎吃掉的描寫，實已形成文學上「仁義」與「吃人」之間的聯繫，循
此以進，不難引出「禮教吃人」的認識。而魯迅是熟悉這類文本的，因此，《狂
人日記》所謂從「『仁義道德』……字縫裏看出……『吃人』」來，很可能受
有《崔韜》故事的啓發；即使是偶合，也不失爲一種歷史的聯繫。總之，至
少從客觀上看，經由唐人《崔韜》故事的過度，老、莊對儒家「仁義」的批
判成爲了魯迅《狂人日記》「吃人」之論反禮教性質的思想遠源。

四、「狼子村」與《夢狼》

　　雖然如上所述，《狂人日記》針對黑暗社會政治的一面，可能受有孔子「苛
政猛於虎」之論的影響，但是，篇中「吃人」的人卻可以戲言之曰「與狼共
舞」。這表現在故事發生的地點之一是「狼子村」，那裡有許多「狼子」等等。
這自然與現實生活中狼吃人的事實與教訓相聯繫，但是，在藝術的構思上卻
又未必不是受有古代傳統的影響。

　　這還要從孔子「苛政猛於虎」之論的影響說起。大約與孔子此論不無關
係，我國古代產生了不少官員化虎的故事，最突出是《太平廣記》卷四二六
《虎》一《封邵》：

> 　　漢中有虎生角，道家云，虎千歲則牙蛻而角生。漢宣城郡守封
> 邵，一日忽化爲虎，食郡民。民呼曰「封使君」。因去不復來，故時
> 人語曰：「無作封使君，生不治民死食民。」

原有注「出《述異記》」。《述異記》，舊本題南朝梁任昉撰。本條故事當爲漢
代傳說。其說郡守封邵化虎食民之事，至少客觀上看來是孔子「苛政猛於虎」
之論的演義，開了小說以猛虎爲貪酷官員象徵的先河。其後來居上最爲著名
的小說是《聊齋誌異》卷八《夢狼》。

　　《夢狼》寫白翁之長子甲爲縣令，衙門「巨狼當道」，「堂上、堂下，坐
者、臥者，皆狼也。又視墀中，白骨如山」，食間「一巨狼，銜死人……『聊

充庖廚』」，而白甲爲金甲神人出黑索索之，「撲地化爲虎，牙齒巉巉」……，結末作者「竊歎天下之官虎而吏狼者，比比也。即官不爲虎，而吏且將爲狼，況有猛於虎者耶」云云。觀其「猛於虎」之語以及白甲化虎情節，可知此篇命意遠承孔子「苛政猛於虎」之論，而借徑於封邵化虎一類故事，重在創造出一個「官虎而吏狼」的衙門世界以罵世，是一篇有深刻意義的政治諷喻小說。

《夢狼》嵌「狼」字入題，不僅寫出衙門中「官……爲虎」而「吃人」，而且寫出了「吏……爲狼」也「吃人」。這樣由「官」而「吏」，就比較《封邵》的只說「官虎」和略陳梗概，把對「苛政」的世界的反映分層次地全面化了。這是對前人思想的發展，也是文學描寫新的開拓。正是在這同樣的意義上，《狂人日記》寫「狼子村」，寫「狼子」，寫「狼子」們「的牙齒，全是白厲厲的排著」，寫「『海乙那』是狼的親眷，狼是狗的本家」等等，又把蒲松齡《夢狼》的衙門世界放大爲整個中國的歷史和社會了。

雖然狼之吃人正如老虎的吃人一樣爲常識，魯迅先生不必《夢狼》的啓示就可以想像出「狼子村」及村人的牙齒等等之狀；但是，文學創作「神遊萬仞，精騖八極」，對於比喻中國爲安排「人肉的筵宴的廚房」而又必能熟悉《夢狼》中「一巨狼，銜死人……『聊充庖廚』」細節的魯迅先生，當然不應該排除其曾有意無意受《夢狼》影響的可能；而即使又是一個偶合，也不失作客觀比照研究的意義。

五、「娘老子教的」與「友鬼之教也」

《狂人日記》「意在暴露家庭制度和禮教的弊害」，於「父子兄弟夫婦朋友師生仇敵和各不相識的人，都結成一夥」的「吃人」尤爲注意，突出其「互相勸勉，互相牽掣」的一面，並把「吃人」的心法授受形象化爲「這是他們娘老子教的」，「這一定是他娘老子先教的。還怕已經教給他兒子了」，等等。

這個意思應是說中國人受禮教毒害之深，「吃人」之法已經成爲口耳相傳百世一系的家學了，而「娘老子教的」即是這「吃人」歷史得以延續的關鍵！這使筆者想到《太平廣記》卷三二一《鬼》六《新鬼》：

> 有新死鬼，形疲瘦頓，忽見生時友人，死及二十年，肥健，相問訊曰：「卿那爾？」曰：「吾飢餓，殆不自任。卿知諸方便，故當以法見教。」友鬼云：「此甚易耳，但爲人作怪，人必大怖，當與卿

食。」新鬼往入大墟東頭，有一家奉佛精進，屋西廂有磨，鬼就推
此磨，如人推法。此家主語子弟曰：「佛憐吾家貧，令鬼推磨，乃輦
麥與之。」至夕，磨數斛，疲頓乃去，遂罵友鬼：「卿那誑我？」又
曰：「但復去，自當得也。」復從墟西頭入一家，家奉道。門傍有碓，
此鬼便上碓，如人舂狀。此人言：「昨日鬼助某甲，今復來助吾，可
輦穀與之。」又給婢簸篩。至夕，力疲甚，不與鬼食。鬼暮歸，大
怒曰：「吾自與卿為婚姻，非他比，如何見欺？二日助人，不得一甌
飲食。」友鬼曰：「卿自不偶耳，此二家奉佛事道，情自難動。今去
可覓百姓家作怪，則無不得。」鬼復出，得一家，門首有竹竿，從
門入。見有一群女子，窗前共食。至庭中，有一白狗，便抱令空中
行，其家見之大驚，言自來未有此怪。占云：「有客鬼索食，可殺狗，
並甘果酒飯，於庭中祀之，可得無他。」其家如師言，鬼果大得食，
自此後恒作怪，友鬼之教也。

原有注「出《幽明錄》」。《幽明錄》，南朝宋劉義慶撰。本條寫新鬼初甚懵懂，
不諳覓食之法，後經「友鬼」三次點撥，乃悟求食之道，在於「覓百姓家作
怪」，行之而「大得食」。結末「自此後恒作怪，友鬼之教也」一語，馮夢龍
《太平廣記鈔》評曰：「主意。」為全篇主題。

　　魯迅於開始小說創作之前曾輯《古小說鉤沈》，所錄《幽明錄》即收有本
條。竊以為《狂人日記》「娘老子教的」一語，實自該條「友鬼之教也」脫化
而出，幾乎就是「友鬼之教也」的今譯。而更重要是從其所寫「友鬼」對「新
鬼」教唆，可知鬼之在人間「恒作怪」的風俗，原出於「友鬼」與「新鬼」
的後先受授。而《狂人日記》說「娘老子教的」，「這一定是他娘老子先教的。
還怕已經教給他兒子了」的話，正與此為同一邏輯而略有延展。這就可以肯
定不是一個偶然的巧合了。

六、餘論

　　綜上所論，魯迅雖棄醫從文，但是，自《狂人日記》開始，其一生的文
學創作，都抱了醫者的態度與心理。這種創作的主體意識深入地植根於他舊
學的記憶，包括其幼時讀過的「子曰詩云」等經典，和他在青年時代痛苦的
「寂寞」中整理過的稗官小說。這正如錢理群所說：

　　　　本世紀初魯迅在開始確立他的文化目標的時候，就寫有這麼幾

　　個字，要「取今復古，別立新宗」。……魯迅到晚年告誡青年人說，新的藝術沒有一種是無根無柢，突然發生的，都是繼承了過去文學藝術的遺產，先前的傳統。〔註17〕

本文的考論至少可以證明《狂人日記》與「先前傳統」有非同尋常的密切聯繫。然而《狂人日記》不僅是他最早的小說，而且是其小說——文學中思想性最為鮮明強烈，因而最能代表「五四」反對舊傳統精神的小說。所以，它雖僅一例，卻足以印證魯迅「取今復古」云云，也正是夫子之自道。而他雖然常常說到「忘卻」，甚至為了「忘卻」，「其實魯迅是不大會忘卻的，他的記憶，反而是太多了，而且極清楚」〔註18〕。從而魯迅思想與文學的根柢深植於他所熟諳的中國古典傳統；即使其所激烈批判的儒家學說中，何嘗不有他「別立新宗」的某些思想基礎？乃至於其棄醫從文而成為文學家，固由時勢和天縱，卻也與古典傳統不無蛛絲馬跡的聯繫。

　　儘管魯迅思想與文學淵源於古典傳統的一面也是「青出藍而勝於藍」，有歷史地超越的性質與特徵，但是，畢竟這一淵源聯繫的客觀存在，能夠證明新文化運動的旗幟魯迅乃「從舊營壘中來」，其新文化與文學的創造，仍不乏取用舊營壘固有的材料，點染脫化，翻空出奇，鑄造為新篇。在這一方面，不僅《故事新編》而已。唯是多少年來，昧於對「五四」新文化運動反傳統和與舊傳統決裂不切實際的過高的估量，又有時為了「造神」或維護所造之「神」的緣故，或者還由於近百年來古、現代文學研究長期分家的原因，學者們於魯迅之思想與文學的創造「別立新宗」的方面多能高度關注；卻很少注意，甚至不大情願承認魯迅思想和文學「取今復古」的特點，更難得以積極的態度發現其與古典傳統曲折微妙的聯繫，以至於如本文所揭出《狂人日記》所受古典傳統的影響，本是明擺著的事實，也好像從來沒有人注意並認真討論過。筆者故不避煩瑣之嫌，為此考論，在就正於方家，盼能引起學者們這一方面的注意。

（原載《山東師範大學學報（人文社會科學版）》2004 年第 6 期）

〔註17〕錢理群《話說周氏兄弟》，山東畫報出版社 1999 年版，第 112 頁
〔註18〕《魯迅批判》，第 50 頁。

「傳奇」名義與文言小說的分類

　　作爲文言小說類型的概念，「傳奇」的用法頗爲混亂。汪辟疆《唐人小說・傳奇敍錄》用以指「唐人小說之涉及神仙詭譎之事」者，游國恩《中國文學史》則以「概稱唐人小說」，張友鶴《唐宋傳奇選》又說是「唐宋時期的短篇小說」，魯迅《中國小說史略》論唐代小說則「傳奇」包舉「志怪」，論宋代小說則「傳奇」與「志怪」並舉，可謂人言言殊。近世小說研究一般分文言小說爲傳奇、志怪、軼事或曰志人三類，後兩類的區別比較明顯，軼事與傳奇的區別也不難把握。混亂的原因主要在於「傳奇」與「志怪」界限不清，似乎「奇」與「怪」並無根本區別，在這一題材範圍內，篇幅較長的即爲傳奇，剩下篇幅短小的就是志怪了。這其實是一個很大的誤解，而關鍵在於「傳奇」概念的界定。

　　作爲文言小說類名的「傳奇」概念的界定，應考慮它的本義。「傳奇」用指文言小說體裁始於北宋畢仲詢《幕府燕聞錄》：「范文正公作《岳陽樓記》，爲世所貴。尹師魯讀之，曰：『此傳奇體也。』」同時或稍後陳師道《後山詩話》則云：「范文正公爲《岳陽樓記》，用對語說時景，世以爲奇，尹師魯讀之曰：『傳奇體耳。』《傳奇》，唐裴鉶所著小說也。」二者未知孰爲先後，核心都在尹師魯說「傳奇體」，這是「傳奇」作爲小說類名的開端。

　　然而何謂「傳奇體」？「傳奇體」稱名由何而來？尹師魯未曾說，畢仲詢未作解釋；只有陳師道指出「傳奇體」是「用對語說時景」，如裴鉶《傳奇》那樣並以此得名。但是說「傳奇體」的到底是尹師魯，陳的解釋是否可靠？一般情況下應該不成問題。但是「傳奇體」因「傳奇」稱「體」；宋以前稱「傳奇」的有兩書，一是唐代裴鉶的小說集《傳奇》，一是唐代元稹的《鶯鶯傳》

本名或又名《傳奇》。裴鉶《傳奇》是一部文言小說集，原書已佚，《太平廣記》收《崔煒》《陶尹二君》《裴航》《金剛仙》《聶隱娘》等二十八篇，題材怪異相錯，人神雜糅，估計它的全貌也不過如此；這就與《鶯鶯傳》之純寫人事絕不相類。它們實際代表了兩種不同的傳統，前者以傳記筆法志怪，後者傳人事之奇。然而前者內容較雜，雖以怪異為主，卻可以包括後者，而後者卻不能包括前者。所以尹師魯說「傳奇體」實際是指哪一種《傳奇》便成了問題。這一問題的邏輯是：有了「傳奇」命名的小說，才有了尹師魯「傳奇體」的說法；但是，沒有尹師魯稱「傳奇體」，「傳奇」就不一定能從書名過度為一類文言小說的概念。所以「傳奇體」指何種文言小說，引申來說「傳奇」的本義是什麼，關鍵在於尹師魯是就這兩種書中的哪一種說「傳奇體」。

尹師魯是就哪一種書稱「傳奇體」？這個問題不易斷定，但是可以找到一個相對合理的說法。這個說法的基礎應是當時哪種書最流行，也就是說，尹師魯最可能就那種書與《岳陽樓記》相比論。在這個意義上兩種書又可以說不相上下：裴鉶《傳奇》大名鼎鼎；《鶯鶯傳》稱《傳奇》見於曾慥《類說》；又見於趙德麟《侯鯖錄·辨〈傳奇〉鶯鶯事》引王性之作《〈傳奇〉辨正》，文中六稱寫鶯鶯事的小說篇名《傳奇》，而不及《鶯鶯傳》；同時趙德麟《元微之崔鶯鶯商調蝶戀花詞》云：「夫《傳奇》者，唐元微之所述也。以不載於本集而出於小說，或疑其非是。今觀其詞，自非大手筆孰能與於此！至今士大夫極談幽玄，訪奇述異，無不舉此以為美話。」都直呼《傳奇》之名，而且說在士大夫中膾炙人口，可見《鶯鶯傳》本名或又名《傳奇》在宋代是著稱的，知名度或不亞於裴鉶《傳奇》。尹師魯就那一種書稱「傳奇體」都是可能和可行的。

於是，問題的關鍵就成了尹師魯就那一種書稱「傳奇體」更為合理。按陳師道的說法，「《岳陽樓記》，用對語說時景，尹師魯讀之，曰：『此傳奇體耳。』」反過來「《傳奇》體」的《傳奇》則應是《岳陽樓記》的「用對語說時景」。「對語」即對偶之語，兩種《傳奇》都用的，可不具論；「時景」當指當時事、目前景，具現實的品格，卻只有本名或又名《傳奇》的《鶯鶯傳》純是如此；並且《鶯鶯傳》是宋朝士大夫「極談幽玄，訪奇述異」無不枚舉的「美話」，所以尹師魯論「世以為奇」的寫人間事的《岳陽樓記》，心目中所擬「傳奇體」的《傳奇》只會是指《鶯鶯傳》，而不可能是指裴鉶那內容上人神雜糅的《傳奇》。陳師道懸擬妄猜，以裴鉶《傳奇》實之以比附是錯誤的。

　　陳氏的誤解，是導致後世「傳奇」名義寬泛混亂的基本原因之一。此外，對「傳奇」成詞歷史的缺乏瞭解也是加劇這一混亂的重要因素。「傳」是解「經」的。《論衡·對作篇》：「聖人作經，賢者傳記。」「傳」即「傳記」，本是「經」的附庸，後來蔚爲大國，特別是發展出史傳一門，以《左傳》《史記》爲代表，成爲先秦兩漢敘事文學的正宗。本來史傳爲歷史科學，應以述要傳信爲自己的生命；但是，一方面傳述者取材每不能不有自己的主張或好惡，所以《左傳》「言多怪」（《論衡·對作篇》），《史記》則「是非頗繆於聖人，論大道則先黃老而後六經，序遊俠則退處士而進奸雄，述貨殖則崇勢利而羞賤貧」（《漢書·司馬遷傳》），爲許多是後世史官不敢傳或不屑於傳的人物立傳；另一方面，「俗皆愛奇，莫顧實理。傳聞而欲偉其事，錄遠而欲詳其迹。」（《文心雕龍·史傳》）所以《左傳》敘事「每須遙體人情，懸想事勢，設身局中，潛心腔內，忖之度之，以揣以摩，庶幾入情入理。蓋與小説、院本之臆造人物，虛構境地，不盡相同而可相通」〔註1〕。《史記》亦復如此，周亮工稱之爲「筆補造化」（《尺牘新鈔》三集卷二釋道盛《與某》）。

　　縱向看來，《左傳》《史記》這兩方面的特點又是遞變發展的：《左傳》「言多怪」，《史記》則「至《禹本紀》《山海經》所有怪物，余不敢言之也。」（《大宛列傳》）從《左傳》的「言多怪」到《史記》的「不敢言」怪，史傳以傳信的現實精神還是發展了。同時，從《左傳》到《史記》，寫「倜儻不群之人」（司馬遷《報任安書》）傾向及「筆補造化」的傳記筆法也得到長足的發展。對於《史記》的這一特點，應劭詆爲「愛奇之甚」（《史記·孟子荀卿列傳》司馬貞索隱引應劭語），劉勰則譏之爲「愛奇反經之尤」（《文心雕龍·史傳》）。「奇」，《説文》「畸」字段注曰：「凡奇、零字，皆應於『畸』引申用之，今者『奇』行而『畸』廢矣。」可見「奇」字本義爲「畸」，與「怪」並無共同之處。《史記》的「愛奇」就是「愛畸」，即魯迅所説「傳畸人於千秋」〔註2〕，亦即它的傳奇性，其特點乃在於傳記人事之奇，與志怪並無關涉。作爲源頭之一，後世傳奇小説就是繼承《史記》的這一傾向發展而來的。

　　從《史記》的傳奇傾向到唐代傳奇小説，經過了魏晉南北朝雜傳小説的過度。《隋書·經籍志·雜傳類序》曾概述了這一發展過程，其所列舉有劉向

〔註1〕 錢鍾書《管錐編》第1冊，中華書局1979年版，第166頁。
〔註2〕 魯迅《漢文學史綱要》，《魯迅全集》（9），人民文學出版社1981年版，第420頁。

《列仙》《列士》《列女》之傳，魏文帝《列異傳》，嵇康《高士傳》等等。從史學的觀點看，這些「不在正史」的雜傳是《史記》列傳的效顰之作，但是它們卻構成了小説發展的重要階梯。從此無論志怪、志人的小説常常要標榜爲「傳」，而且實際上也不同程度受有史傳的影響。志怪如《列仙傳》《列異傳》，雖然史傳的特點並不明顯，但是若與《山海經》作比較，則可以看出其確有傳記體的傾向。它們實際是以傳記法志怪的濫觴，由此發展爲唐代《古鏡記》《補江總白猿傳》《柳毅傳》《任氏傳》等，形成文言小説中以傳記法志怪一派，魯迅先生稱之爲「用傳奇法，而以志怪」者〔註3〕；至於《列士傳》《列女傳》《高士傳》等傳記人事之奇，乃是《史記》「愛奇」發展的正宗，進一步則爲《鶯鶯傳》《李娃傳》《霍小玉傳》《虬髯客傳》等，成爲唐代傳奇小説純正的代表。《鶯鶯傳》結末説「語及於是，公垂卓然稱異。」《李娃傳》説李娃「節行瑰奇，有足稱者。」其創作旨趣正與《史記》「愛奇」千載遙接，一脈相承。

後世也有人看到了傳奇乃傳人事之奇的特點，例如明代胡應麟《少室山房筆叢・九流緒論》爲小説分類就説：「一曰傳奇，《飛燕》《太眞》《崔鶯》《霍玉》之類是也。」不及於有志怪內容的作品。並説：「至於志怪、傳奇，尤易出入，或一書之中，二事並載；一事之內兩端俱存，姑舉其重而已。」「舉其重」即以其題材記事基本性質爲主，屬人事者歸「傳奇」，屬怪異者歸「志怪」。此外當然還要考慮到體裁風格別劃出志軼一門。所以論唐代小説，以題材內容爲主參以體裁風格，可分爲傳奇、志軼、志怪三類：傳奇指那些傳記體寫人事而能「施之藻繪，擴其波瀾」〔註4〕的作品；但記人事的筆記體作品則爲志軼；但記怪異的筆記體作品爲志怪。從內容上看，傳奇、志軼同爲記人間事，但傳奇重在奇人奇事和採用傳記體裁筆法，志軼則側重軼聞趣事而且是筆記體的，篇製較爲短小。傳奇、志軼與志怪的區別主要在題材的眞幻。這當然只是指其基本內容和基本傾向，不能作刻板的理解。這裡需説明的是，志軼小説一般稱之爲「志人」或「軼事」，筆者以爲合二者爲一作「志軼」，強調一個「志」和「軼」字，表示與「傳奇」之傳人述事不同，而與「志怪」並立爲筆記體小説，更爲方便；至於《柳毅傳》一類以傳奇法志怪之作，是「傳奇」「志怪」的合流，以題材內容分當入志怪一派，《聊齋誌異》是這一

〔註3〕魯迅《中國小説史略》，人民文學出版社1973年版，第179頁。
〔註4〕《中國小説史略》，第55頁。

派小說發展的高峰，同時是全部文言小說發展的最高成就。

　　這樣一種分類方法，可以使文言小說史的表述更爲分明。在中國文言小說的歷史上，不僅志怪、志軼各是一脈貫通的，而且傳奇小說不限於唐宋，上接秦漢而下啓明清，也是一脈貫通的。這三類小說平行發展的過程中相互影響，而發生「傳奇」與「志怪」合流的現象。這個現象在唐以前就發生了，如《漢武帝內傳》《神仙傳》等。但是到了唐代才成爲文言小說發展顯著的傾向並取得重大成就。從唐代《古鏡記》《補江總白猿傳》《柳毅傳》等到清代《聊齋誌異》，以傳奇法志怪經歷了漫長的發展過程，成爲唐代以後文言小說發展的主線，這一現象值得治中國小說史者以特別的注意。

（原載《明清小說研究》1994 年第 2 期）

孔子與古代小說七綴

　　孔子的時代，小說還沒有產生。但儒爲顯學，特別是漢代以後，兩千年封建社會中，孔子有大到嚇人的頭銜、神聖的地位和巨大的影響，以記載孔子言語行事爲主要內容的《論語》也成爲中國人的「聖經」，凡有閱讀能力的人幾無不曾朝暮誦習。小說家，特別是明清科舉時古代小說盛世的作者，至少早年也概莫能外。從而孔子的形象及其言語行事，往往爲小說家創作所取材，留下許多足以代表孔子對中國古代小說影響的許多印記，茲就讀書所見，於《孔子項託相問書》《孔聖宗師出身全傳》一類專寫孔子的小說之外，主要就《史記・孔子世家》和《論語》載孔子出身及言語行事影響於小說人物塑造、情節、細節構思者七事綴述如下，以見孔子儒學與古代小說關係之一面

　　第一，擬《史記》《論語》所載孔子形象塑造聖賢理想人物者，最突出是清代夏敬渠《野叟曝言》的主人公文素臣，就是參照諸書載孔子事迹創造出來的。文素臣的父親「道昌，名繼洙」，「洙」即洙水，流經曲阜孔林的一條小河，與同是流經曲阜的泗水合稱「洙泗」，在古代常被用作「孔學」的代稱。作者以此表現主人公家學淵源，乃「聖教」一脈。書中寫文素臣出生時，他的父親「文公夢至聖親手捧一輪赤日，賜與文公」；孔子排行第二，素臣也是「仲子」；進而，孔子被封爲「文宣王」，又稱「素王」，「文素臣」即從孔子的這兩個封號脫化出來。有關文素臣的情節也有的自《論語》化出。如《論語・先進》「子路、曾晳、冉有、公西華侍坐」章，寫孔子依次問弟子之志。《野叟曝言》第一回《三首詩寫書門大意，十觥酒賀聖教功臣》寫諸人爲文素臣遠遊送行一節文字，就摹寫這一「各言其志」的場面。《論語》本章記孔子的弟子爲四人，本書爲文素臣送行的初爲七人。剛好「七人」，也是照著《論

語・憲問》「子曰『作者七人矣』」的話設定。同時，《論語》本章問志，以「夫子喟然歎曰『吾與點也』」結束，《野叟曝言》也以文素臣自道「淵明無功」之志收尾。只是為了引出全書情節，才有文素臣接下來所說「本不可以言志」的「夢想」。另外，文素臣還有一個族叔「名點，字何如」，也從《論語》本章孔子問「點，爾何如」的話化出。總之，除卻人名不同，這段文字幾乎把《論語》本章生吞活剝了。

第二，《論語》中「仁」字出現一百零九次，「義」字出現二十四次，「禮」字出現七十四次，「知（智）」字出現二十五次，「信」字出現三十八次〔註1〕，都是孔子多方闡釋、反覆提倡的原則。這五字成為後世封建倫理道德最重要的範疇，對中國人生活的影響深遠。如同許多其他儒家的教義，這也成為小說寫理想人物的依據。《三國演義》就是從這五個方面美化劉備的。但最突出的當屬才子佳人小說的代表作之一《好逑傳》。它寫女主人公水冰心，緊扣這五個字作文章。事繁不便詳述，卻好書末作者對人物性格有一個概括說：「始知水冰心冒嫌疑而不諱，為義女子也；出奇計而不測，為智女子也；任醫藥而不辭，為仁女子也；分內外而不苟，為禮女子也；言始終而不負，為信女子也。」然而，此誠所謂文學為思想圖解的「概念化」也。

第三，《論語・泰伯》：「子曰：『泰伯，其可謂至德也已矣。三以天下讓，民無得而稱焉。』」又，《里仁》：「子曰：『能以禮讓為國乎？何有？不能以禮讓為國，如禮何？』」在《三國志平話》的基礎上，羅貫中《三國志通俗演義》卷之三《陶恭祖三讓徐州》，在道德意蘊和情節形式上，都應該是從《論語》的這些記載脫化出來。清代吳敬梓《儒林外史》把吳泰伯稱作「古今第一個賢人」，把祭泰伯祠作為全書的高潮，有吳敬梓家世生平的特殊原因，然而主要還是由於《論語》奠定了泰伯「三以天下讓」的「至德」形象，才使吳敬梓創作中對這個人物能有這麼大的熱情。

第四，《論語・公冶長》：「子曰：『道不行，乘桴浮於海。從我者，其由與？』子路聞之喜。子曰：『子路好勇過我，無所取材。』」孔子一生熱心救世，「乘桴浮於海」只是發牢騷而已。但是，孔子的時代，「溥天之下，莫非王土；率土之濱，莫非王臣」，為了理想而出離其國，浮海遠遊，是很大膽的想法，也是很冒險的事，以致他認為只有「好勇過我」的子路才有可能隨從。此則也為後世小說家所一再取材。唐人小說《虬髯客傳》寫虬髯客有圖王之

〔註 1〕據楊伯峻《論語譯注・論語詞典》，中華書局 1980 年版。

志，後知事不可為，乃浮海而去，入扶餘國，殺其主自立。這個情節應即從孔子「乘桴浮於海」的話啟發而來。而魯迅論《水滸後傳》「李俊遂率眾浮海，王於暹羅，結末頗似杜光庭之《虬髯客傳》」〔註2〕，其實它直接的來源是《水滸傳》寫李俊等人「盡將家私打造般船隻，從太倉港乘駕出海，自投化外國去了，後來為暹羅國之主。童威、費保等都做了化外官職，自取其樂，另霸海濱」一段話，幾經轉變，仍是孔子「浮於海」思想影響的流變。

第五，《論語·八佾》：「子曰：『周監於二代，郁郁乎文哉，吾從周。』」這個思想深刻影響了《醒世姻緣傳》的總體構思。《醒世姻緣傳》的整體思想框架是佛教教輪迴報應，但是作者取孔子「吾從周」的話，寫故事的中心地點明水鎮，說「這明水鎮地方，若依了數十年先，或者不敢比得唐虞，斷亦不亞西周的光景」。作者當為此地人，從而也就化名西周生。並且書中寫一個代表晁家未來的人物晁梁，要出家做和尚，他的妻子姜氏勸阻說：「……你讀了孔孟的書，做了孔孟的徒弟，這孔孟就是你的先生。你相從了四五十年的先生，一旦背了他，另去拜那神佛為師，這也不是你的好處。」晁梁因此就沒有出家，仍做他祖宗的孝子和孔孟的徒弟。

第六，《論語·鄉黨》：「迅雷風烈必變。」《三國演義》第二十一回寫曹操說破「今天下英雄唯使君與操耳」，當時正行韜晦之計的劉備聞言「吃了一驚，手中所執匙箸，不覺落於地下。時正值大雨將至，雷聲大作。玄德乃從容俯首拾箸曰：『一震之威，乃至於此。』操笑曰：『丈夫亦畏雷乎？』玄德曰：『聖人迅雷風烈必變，安得不畏？』將聞言失箸緣故輕輕掩飾過了。操遂不疑玄德。」這裡，孔子的話成了劉備的救命稻草。又，《論語·述而》：「不義而且富且貴，於我如浮雲。」《三國演義》寫劉、關、張「桃園三結義」，後來關羽遇害，第八十一回劉備興兵復仇，諸人勸阻。劉備曰：「朕不為二弟報仇，雖有萬里江山何足為貴！」

第七，《禮記·檀弓下》：「孔子過泰山側，有婦人哭於墓者而哀。夫子式而聽之。使子路問之曰：『子之哭也，一似有重憂者。』而曰：『然。昔者吾舅死於虎，吾夫又死焉。今吾子又死焉。』夫子曰：『何為不去也？』曰：『無苛政。』夫子曰：『小子識之，苛政猛於虎也。』」這個故事為後世許多小說所祖構。《述異記·封邵》：「漢宣城太守封邵，一日忽化為虎，食郡民。民呼曰：『封使君！』因去，不復來。故時人語曰：『無作封使君，生不治民死食

〔註2〕魯迅《中國小說史略》，人民文學出版社1973年版，第125頁。

民。』」這個故事是否受了《禮記・檀弓》的影響，不能肯定。但是，《聊齋誌異・夢狼》寫白甲爲縣令，貪婪無比，自己是一頭「牙齒巉巉」的老虎，衙門前「巨狼當道」，門裏「堂上、堂下，坐者、臥者，皆狼也。又視墀中，白骨如山」，衙中以死人「聊充庖廚」。整個故事分明演義「苛政猛於虎」之說。篇末「異史氏曰」又進一步發揮說：「竊歎天下之官虎而吏狼者，比比也。即官不爲虎，而吏且將爲狼，況有猛於虎者耶！」

　　這些模擬或取材孔子言行的小說文例，於各自所在書中，都程度不同地關係創作的主旨和血脈，專家或一望可知，不必說了。筆者讀書少，更未能深思，所取資料大都爲讀者所熟知，但是往往不暇把這種種情況聯繫起來考察。今一經羅列，就可以看出孔子影響中國古代小說，無論在思想還是藝術上，都是一個顯著的存在，不容忽視的。但是長期以來，治儒學、思想史的人，注重「經」籍而忽視「子」書；治小說學的人雖然不乏注意到古代思想影響的，但多所談論佛、道對古代小說影響，而較少及儒學，更少論及孔子本人言語行事被小說摹寫、演義的情況，故筆記於此，以拋磚引玉焉。

原載《江蘇第二師範學院學報》2018 年第 4 期

略論儒學對中國古代小說的影響

　　中華五千年文明，春秋以來兩千五百年。近代開始以前，兩千餘年思想文化一以貫之的中心線索是儒學。儒學與中國各門類文化關係之大，是任何其他學派或宗教所無可取代和難以比擬的，與中國古代小說的關係也是如此。在意識形態的層面上，如果說道、釋各曾給中國古代小說的產生和發展以催化和滲透的影響，那麼儒學的影響就是根本制約性的。從先秦中國小說萌芽至清末古典小說終結，儒學以它巨大的涵攝和感召之力，賦予中國小說基本的面貌和精神，規定著它的主流走向和進程，形成中國小說獨特的民族傳統。因此，儒學對中國古代小說的影響構成文學研究的重要課題。當然，也是儒學研究的題中之義。

　　兩千餘年儒學和中國小說都無時不在發展變化，儒學對中國古代小說的影響也是動態發展的過程，有種種複雜的情況，詳細的描述和說明不是一篇文章所能勝任。因此，鑒於儒學的根本在先秦，又本文作為對這一大課題的初步嘗試，以下將集中探討以孔子、孟子為代表的先秦儒學對中國古代小說的影響。孔子、孟子的理論則以公認較為可靠的《論語》《孟子》為主要根據，庶幾有較為具體的分析和可信的結論。

一、儒學對古代小說內容的規範與滲透

　　小說家不必是思想家，小說尤其不應是思想的圖解。但是任何小說都不能沒有思想，不能不受某種或某幾種思想觀念的影響，而表現一定政治的、道德的、倫理的思想傾向。同時，社會的各種思想和思潮也往往要借助於小說加強傳播，所以，中國古代小說盛行一種教化主義，其實際的表現多是為

了一般而尋找特殊，在作品內容中有意地強化這樣那樣觀念形態的東西，主要是儒、釋、道三家的思想。而三家之中，首推儒學對小說的規範與滲透最爲強韌和深入。

舉例說來，《西遊記》是一部受佛、道觀念影響很重的書，但是它寫唐僧取經的目的也還是爲了大唐「江山永固」，骨子裏即儒家修齊治平的一套人生理想；《醒世姻緣傳》的整個思想框架是佛教的「生死輪迴」「因果報應」，但是，作者取《論語》「郁郁乎文哉，吾從周」（《八佾》）的話描寫故事的中心地點和化名「西周生」，並且書中寫一個代表了晁家未來亦即作者人生理想的人物晁梁要出家做和尚，他的妻子姜氏勸阻說：「……你讀了孔孟的書，做了孔孟的徒弟，這孔孟就是你的先生，你相從了四五十年的先生，一旦背了他，另去拜那神佛爲師，這也不是你的好處。」晁梁因此就沒有出家，仍做祖宗的孝子。《封神演義》大部篇幅都寫道教神仙鬥寶鬥法故事，但誠如章培恒等學者認爲：「應該說反暴君是全書的核心。」〔註 1〕而反對暴君正就是儒家政治思想的重要方面（詳後）。

總之，就中國歷史的基本情況而言，在生活中占統治地位的儒家思想，在小說的思想內容裏也起了主導和支配的作用。但是，大約司空見慣，這一點反倒不大受人注意。例如，標明研究佛、道對中國小說思想影響的文章頗有一些，而關於儒學對中國小說思想影響的論述就很少見。

從儒學整體與中國古代小說思想內容的對應看，中國古代小說思想內容的精華，基本上都出自孔、孟爲代表的先秦儒學；而它的糟粕則除道、釋的浸漬之外，又幾乎都與後儒之學密切相關。本文主要探討孔、孟爲代表的先秦儒學對中國古代小說的影響，所以將較多談到儒學對中國古代小說的積極作用。

關於先秦儒學的性質，筆者贊成認爲它基本上是一種平民知識分子理論的觀點。這種理論是孔子、孟子等儒家先賢思考人生和社會的結晶，它的學者個人創造性的特點使其帶有某些超越時代的進步性。這種進步性在孔、孟所處的春秋戰國時代不被統治者所接受，後世封建統治者也從沒有全盤接受，總是自己動手或通過其御用的思想家極力歪曲纂改以適應自己的需要。漢宣帝曰：「漢家自有制度，本以霸王道雜之，奈何純（任）德教，用周政乎！」

〔註 1〕 章培恒、駱玉明主編《中國文學史（下）》，復旦大學出版社 1996 年版，第 325頁。

（《漢書・元帝紀》）明太祖初不欲天下祀孔子，後祀孔子又罷孟子配享，「命儒臣修《孟子節文》」，抽毀其書（《明史・錢唐傳》）漢儒宣揚愚孝，宋儒提倡愚忠等，都是顯著的例子。但是，在中國古代小說特別是主要成書於民間和下層知識分子之手的白話小說中，先秦儒學的進步性被廣泛接受和發揚。這主要表現在以下幾個方面：

（一）中國古代小說表現了儒家積極進取的人生態度和崇高的人格理想

孔、孟之道不是宗教，它注重當下人世的生活，整個思想體系基本上是一種現世的人生哲學。它對生活持積極入世的態度。《周易》曰：「天行健，君子以自強不息。」（《周易・大象傳上》）《論語》載晨門稱孔子為「知其不可而為之者」（《憲問》）。《孟子》載孟子曰：「如欲平治天下，當今之世，捨我其誰也？」（《公孫丑下》）孔子、孟子都是在仕途蹭蹬之餘退論書策，以思來者。這種精神指引和鼓舞了世代作家「發憤著書」，以文學干預生活，催發了飽蘸作者激情的卓越文學形象的誕生。李贄《忠義水滸傳序》云：「《水滸傳》者，發憤之所作也。……施、羅二公身在元，心在宋；雖生元日，實憤宋事。是故憤二帝之北狩，則稱大破遼以洩其憤；憤南渡之苟安，則稱滅方臘以洩其憤。敢問洩憤者誰乎？則前日嘯聚水滸之強人也。」羅貫中是「有志圖王者」（王圻《稗史彙編》卷一百三《文史門・雜書類》），他在《三國演義》中就塑造並熱情歌頌了劉備、諸葛亮等圖王霸業的英雄。陳忱作《水滸後傳》於第一回開篇詩尾聯云：「千秋萬世恨無極，白髮孤燈續舊編。」蒲松齡《聊齋自志》曰：「浮白載筆，僅成孤憤之書。」曹雪芹自道《紅樓夢》為「閨閣昭傳」，甚至說他的小說「字字看來都是血，十年辛苦不尋常。」李伯元《官場現形記》借人物之口說他寫這部書是「想把這些做官的先陶熔到一個程度，好等他們出去，整躬率物，出身加民」。總之，從作家學養基礎而言，中國古代小說入世的干預生活的強烈現實主義精神，基本上只來自於先秦儒家的影響，這是無可爭辯的事實。

儒家人生哲學的核心亦即最高的原則和理想是「仁」。《論語》：「子曰：『志士仁人，無求生以害仁，有殺身以成仁。』」（《衛靈公》）而所謂「仁」，《論語》載：「樊遲問仁。子曰：『愛人。』」（《顏淵》）《孟子》：「孟子曰：『仁也者，人也。合而言之，道也。』」（《盡心下》）《論語》：「子曰：『……夫仁者，己欲立而立人，己欲達而達人。』」（《雍也》）又：「己所不欲，勿施於人。」

（《顏淵》）雖然如《論語》載孔子曰：「君子篤於親，則民興於仁。」（《泰伯》），《孟子》載孟子曰：「老吾老以及人之老，幼吾幼以及人之幼。」（《梁惠王上》）《禮記》謂「親親而仁民，仁民而愛物」（《中庸》），先秦儒家的「愛人」有差等，但它的差等主要是進於「仁」的次第。同時，從實踐的角度看，既然每一個人的「仁」都是愛有差等，那麼每一個人被愛的機會也就是均等的了；每一個個體都從自己最親近的人開始推廣愛心，最終就是孔子要求做到的「泛愛眾」，「博施於民而能濟眾」。所以，孔、孟「仁」學的基本精神並不局限於某一階級或階層的利益，而是一種普遍的原則和理想，即尊重人、關心人、提高人，建立一個充滿仁愛的世界。這既不同於後儒的「存天理，去人欲」，也未至於今人所說的「毫不利己，專門利人」。然而，至少在古代為情理兼備，切實可行。關於人格理想，孔、孟都沒有專門的論述，但是提出了不少有關人格的概念，如「聖人」「賢」「志士」「仁人」「仁者」「君子」「小人」等，而基本上是以「君子」和「小人」作為人格對立的兩極。孔子曰：「君子而不仁者有矣夫，未有小人而仁者也。」就是說「君子」或有時做不到「仁」，「小人」卻一定不「仁」。這裡，「君子」「小人」不再是社會地位的差別，而是道德上「善」與「惡」的對立的載體。

孔、孟「仁」學理論流為中國古代小說懲惡揚善的創作宗旨，所謂「善者可以發人之善心，惡者可以懲創人之逸志」〔註2〕，作品中突出表現為「君子」「小人」的對立和謳歌「君子」、貶斥「小人」的鮮明傾向。

中國古代小說中的「君子」形象，或為明君，或為賢相，或為良將，或為忠臣孝子，義夫節婦，良友義士，乃至販夫走卒丫環僕婢，凡有「愛人」之善心善行者，中國古代小說都作為正面人物予以肯定和歌頌；相反則為「小人」形象：昏君奸臣，民族敗類，市井流氓，狡詐陰險之徒，忘恩負義之輩，所在都予以揭露和痛貶。明庸愚子《三國志通俗演義序》所謂書中人物「遺芳遺臭，在人賢與不賢。君子小人，義與利之間而已。觀演義之君子，宜致思焉」。《三國演義》第四十三回就據《論語》「子謂子夏曰：『女為君子儒！無為小人儒！』」（《雍也》）的話，借諸葛亮之口，明確提出「儒有君子、小人之別」，有「君子之儒」「小人之儒」。而第六十二、六十三、六十五回寫劉備先後三復說「吾以仁義待人」或「吾以仁義相待」，第六十回更概括與曹操

〔註2〕〔清〕李綠園《歧路燈自序》，欒星編著《歧路燈研究資料》，中州書畫社1982年版，第95頁。

的對立說：「今與吾水火相敵者，曹操也。操以急，吾以寬；操以暴，吾以仁；操以譎，吾以忠：每與操相反，事乃可成。若以小利而失信義於天下，吾不忍也。」這些都明確顯示羅貫中以儒家人格道德爲標準使人物性格鮮明對立起來的用心。

明末清初才子佳人小說也幾乎都從「君子」——「小人」的對立構造故事，《賽紅絲》開篇「詩曰」以後說：「從來君子小人，原分邪正兩途，不能相合。君子見小人齷齪，往往憎嫌；小人受君子鄙薄，每每妒忌。若是各立門戶，尚可苟全。倘不幸而會合一堂，則真假相形，善惡牴觸，便定要弄出無風生浪的大禍患來，弄得顛顛倒倒，直待天理表彰，方才明白。」其他世情小說寫人物，隱隱中也多有這種兩極對立的觀念。如《歧路燈》第七十二回寫一個當槽的自語道：「天下有這般出奇的事：做篾片的，偏是本鎮上一個秀才；講道學的，竟有州上的一個皀役！」總之，君子小人之善與惡的對立是中國古代小說突出鮮明的特點。而且一般說來，「君子」形象無不高大完美，「小人」形象總是極端卑鄙和渺小，所謂寫好人完全是好，寫壞人完全是壞。例如劉備和曹操，宋江與高俅，岳飛與秦檜，《歧路燈》中王中與夏逢若，《三俠五義》中包公與龐太師等等。

這些形象的塑造當然有生活的基礎，並與多方面的情況有關，但是，儒學確立的以「仁」爲核心的「君子」型人格理想，無疑起了根本性指導的作用，並在相反的一極規定了「小人」形象的思想內涵。《三國演義》中劉備形象可謂儒家「君子」的化身。書中寫他「寬仁厚德」，即《論語》所謂「君子尊賢而容眾」（《子張》）和「寬則得眾」（《陽貨》）；又寫他與關羽、張飛名爲君臣，情同手足，即《孟子》所謂「君之視臣如手足，則臣視君如腹心」（《離婁下》）；寫他爲關、張報仇，誓曰：「朕不爲二弟報仇，縱有萬里江山何足爲貴。」其思想感情的基礎就是《論語》所謂「不義而富且貴，於我如浮雲」（《述而》）之義；而「劉玄德攜民渡江」的描寫，可以使我們想到《孟子》載周太王遷岐故事：「邠人曰：『仁人也，不可失也。』從之者如歸市。」（《梁惠王下》）如此等等，劉備形象很大程度上就是儒家「君子」——聖王人格的體現；相反，曹操則被寫成蓄意不「仁」的典型，所謂「寧可我負天下人，不可天下人負我」，就是拒絕行儒家之道，不肯以「仁者，愛人」之心待人處世，而甘居於儒家「小人」的地位。至於《儒林外史》以「儒林」爲感召對象，更是自覺高揚儒家「君子」人格理想。它講求儒家的「文行出處」，所著意歌頌

的王冕、杜少卿兩個「名流」，虞博士、莊紹光、遲衡山等「眞儒」，就是孔子所謂「君子儒」一類；周進、范進、王舉人、張舉人、嚴貢生、嚴監生等等，就是孔子所謂「小人儒」之流。再如《歧路燈》所寫譚孝移、婁潛齋、程嵩淑等「正人」，侯冠玉、惠人也等陋儒、腐儒，也是基於儒家「君子」「小人」對立觀念創造出來的。總之，中國古代小說在「君子」「小人」形象的對立中，肯定和張揚了儒家的人格理想。讀者如果不瞭解儒家的思想，就很難弄清這些人物形象的內涵。

（二）中國古代小說表現了儒家「大同」的社會理想

儒家從血緣宗法關係推衍出的道德倫理化的政治思想，因其有廣泛的適應性而被封建統治利用爲牢籠箝制人民的理論。孔、孟先秦儒家「仁學」在政治上的體現是「仁政」，而「仁政」的確立與實現要從天子諸侯到每一個士人做起。所以《大學》論治學之階說：「物格而後知至，知至而後意誠，意誠而後心正，心正而後身修，身修而後家齊，家齊而後國治，國治而後天下平。」這一格、致、誠、正、修、齊、治、平的進階，是人生而爲家、國、天下的生活理想和社會理想的統一。這雖然還可以懷疑是否孔子的話，但它基本上可以看作是孔子的思想。

孔子就是這樣努力實踐追求的。《論語》載答長沮、桀溺：「夫子憮然曰：『鳥獸不可與同群，吾非斯人之徒與而誰與？天下有道，丘不與易也。』」（《微子》）又一則曰「修己以安人」，再則曰「修己以安百姓」（《憲問》），也就是《大學》所謂「平天下」。雖然孔、孟等所謂「平天下」不能不通過「治國」，但在他們看來，「治國」卻並不就等於「平天下」。《論語》：「子貢曰：『如有博施於民而能濟眾，何如？可謂仁乎？』子曰：『何事於仁！必也聖乎！堯舜其猶病諸！……』」（《雍也》）就是說「平天下」是一個遠過於「治國」的更偉大的目標，堯舜都未曾做到。而歷代封建統治者充其量只是要「治國」，——他們所謂「天下大治」，其實只是「治國」即維護其「家天下」的同義語，而儒家的目標則是要「平天下」。

這看來是五十步與百步之差，實質是根本目標的不同。「治國」只是保民而王，「平天下」則是「濟眾」，使普天下百姓安樂幸福。《禮記》描述儒家的社會理想說：

> 大道之行也，天下爲公。選賢與能，講信修睦。人不獨親其親，
> 不獨子其子。使老有所終，壯有所用，幼有所長，矜寡孤獨廢疾者

皆有所養。男有分，女有歸。貨惡其棄於地也，不必藏於己；力惡
其不出於身也，不必爲己。是故謀閉而不興，盜竊亂賊而不作。故
外戶而不閉，是謂大同。(《禮運篇》)

下接就是「今大道既隱，天下爲家」的話。可見「天下爲公」不是封建的「家
天下」，而是與之相對立爲萬民不爲一姓的社會理想。

這個小農社會產生的烏托邦思想影響之大，以至於晚清改良主義的先驅
康有爲作有《大同書》，資產階級民主革命的先行者孫中山親書「天下爲公」，
把「大同世界」作爲民主革命的目標。(今人所向往的「小康」一詞，也還是
出自《禮記‧禮運篇》。) 而這一切又早就是中國古代小說所高揚的社會理想，
從陶淵明《桃花源記》的「世外桃源」，到《水滸傳》所描繪的「八方共域，
異姓一家」的梁山泊景象，《鏡花緣》所寫君子國，《儒林外史》寫祭祀太伯
的用心等等，都折射著儒家「大同」理想的光輝。這雖然不過是一種帶有濃
重複古色彩的不切實際的幻想，但是幾千年來，它作爲中華民族的「理想國」
之夢，吸引和鼓舞了世代志士仁人上下求索，前仆後繼，爲之奮鬥，而小說
與有功焉。

這裡應特別提到《儒林外史》。作者吳敬梓晚年好治經，以治經「爲人生
立命處」。「其書以功名富貴爲一篇之骨」，所主張救世的途徑，則如書中所說，
無非「習學禮樂，成就出些人才，也可以助一助政教」，於是莊紹光等有祭泰
伯祠之舉。《論語》：「子曰：『克己復禮爲仁。一日克己復禮，天下歸仁焉。』」
(《顏淵》) 又「子曰：『泰伯，其可謂至德也已矣。三以天下讓，民無得而稱
焉。』」(《泰伯》)「子曰：『能以禮讓爲國乎？何有？不能以禮讓爲國，如禮
何？』」(《里仁》)《儒林外史》以祭泰伯祠爲全書高潮，就是要通過對這位以
「克己」的工夫、行「三以天下讓」之「至德」的古代賢人的推崇，表現作
者「以禮讓爲國」、以復古爲革新而「天下歸仁」的政治理想；後來泰伯祠的
荒廢，則顯示了作家儒家社會理想的幻滅。而儒家社會理想在中國古代小說
中的表現，至《儒林外史》也就幾乎成了絕響。

（三）中國古代小說表現了儒家的人道精神和「民本」意識

歷史上的孔、孟都是偉大的人道主義者，從而具有政治上的「民本」意
識。《論語》：「廄焚。子退朝，曰：『傷人乎？』不問馬。」(《鄉黨》)《孟子》：
「庖有肥肉，廄有肥馬，民有饑色，野有餓莩，此率獸而食人也。獸相食，
且人惡之；爲民父母，行政，不免於率獸而食人，惡在其爲民父母也？仲尼

曰：『始作俑者，其無後乎！』爲其像人而用之也。如之何其使斯民饑而死也？」（《梁惠王上》）《孟子》：「民之憔悴於虐政，未有甚於此時者也。」（《公孫丑上》）這些記載與言論中所表現對人的關懷，對勞苦大眾的同情，對統治者不恤民命的憤慨，對黑暗現實的不滿，決不減於後世任何關心民瘼的詩人，尖銳則或有過之。而先秦以來中國古代文學同情人民疾苦，揭露和抨擊剝削壓迫的進步傾向，都可以說是先秦儒學人道主義精神的延續和發揚。

先秦儒學人道主義精神在古代小說中的體現廣泛而深刻。我們看《三國演義》寫董卓焚掠洛陽後的慘象，《水滸傳》寫梁中書慶賀蔡太師生辰的十萬貫「金珠寶貝」，鄭屠對金氏父女的欺侮與壓榨，《金瓶梅》《紅樓夢》中女性的悲慘命運，《醒世姻緣傳》《歧路燈》所寫水、旱災害中流民的慘狀，以及《聊齋誌異》中《促織》《席方平》《石清虛》等篇所寫世間種種的不平，都直接或間接是孟子所謂「率獸而食人」，其間所表現作者的思想感情閃耀著孔、孟人道主義的思想光輝。甚至有的作品直接從孔子的言語行事發揮，以抨擊統治者的不仁。《禮記》：「夫子曰：『小子識之，苛政猛於虎也。』」（《檀弓下》）《聊齋誌異·夢狼》就敷衍一個「苛政猛於虎」的故事，並用「異史氏曰」發揮這一思想說：「竊歎天下之官虎而吏狼者，比比也。即官不爲虎，而吏且將爲狼，況有猛於虎者耶？」所以，先秦儒學爲中國古代小說家批判現實提供了人道主義的思想武器，指引和推動歷代進步小說家以形象的畫面顯示了階級的對立，並勇敢爲民請命，爲民歌哭。「欲知三國蒼生苦，請聽《通俗演義》篇。」明修髯子《〈三國志通俗演義〉引》中的這兩句詩所深刻揭示的《三國演義》等優秀古典小說感時憫亂的人道主義、民本主義思想傾向，就密切地聯繫著古代小說家們曾朝暮論習的《論語》《孟子》等儒學原典。

儒家「仁」學在政治上的體現是孔子的「仁政」和孟子的「王道」，其共同的核心是以民爲本。孔子曰：「民無信不立。」（《論語·顏淵》孟子曰：「天時不如地利，地利不如人和。」（《孟子·公孫丑下》）又曰：「保民而王，莫之能禦也。」（《梁惠王上》）這些論述成爲中國古代小說評價政治人物與事件最重要的標準。《三國志通俗演義》寫董卓最惡劣之處，即在於他殺戮百姓，且揚言：「吾爲天下計，豈惜小民哉！」而曹操雖爲「奸雄」，但能爲中原之主，部分原因也在於他能「恤民」或僞爲「恤民」以爭取民心。卷之七《曹操倉亭破袁紹》，寫曹操恐廢民業，暫不欲乘勝進攻冀州，「眾曰：『若恤其民，必誤大事。』操曰：『民爲邦本，本固邦寧。若廢其民，縱得空城，有何用哉？』」

至於劉備能奮起於村壤，稱帝於西蜀，更在於他自覺地以民爲本。卷之九《劉玄德敗走江陵》寫其攜民渡江，孔明勸「暫棄百姓，先行爲上」，「玄德泣曰：『若濟大事，必以人爲本。今人歸吾，何以棄之？』百姓聞得，莫不傷感。後來史官習鑿齒論劉玄德，此是第一件好處。」所謂「其終濟大業，不亦宜乎？」清初毛宗崗評改《三國演義》，也專在對待百姓的態度上損益塗抹，加強「擁劉反曹」的傾向，可見這是歷代小說家、評點家和讀者評價領袖人物的最重要的標準。中國古代小說中仁人義士賢臣良將的形象，也往往有愛民的優良品質，如宋江、岳飛、包公等等。《歧路燈》作者自謂是一部「家政譜」，也還旁逸斜出地寫了清官「季刺史午夜籌荒政」，表現對以民爲本清明政治的願望。

　　儒學的民本主義精神又突出表現爲主張以德化民，反對殘民以逞。《論語》「子曰：『爲政以德。』」（《爲政》）《孟子》曰：「亦有仁義而已矣。」（《梁惠王上》）《儒林外史》反覆渲染的淑世主張就是「教養之事」。《紅樓夢》中賈寶玉即使「瘋瘋癲癲」，滿口「不經之談」，也還肯定了《大學》「明明德」爲會解「聖人之書」。又，《論語》：「子曰：『子爲政，焉用殺？』」（《顏淵》）又曰：「『善人爲邦百年，亦可以勝殘去殺矣。』誠哉是言也。」（《子路》）《孟子》曰：「行一不義，殺一不辜，而得天下，皆不爲也。」（《公孫丑上》）認爲使天下一統，唯「不嗜殺人者能一之」（《梁惠王下》）。這一思想在中國古代小說中的表現，我們可以舉出《大宋中興演義》寫岳飛平楊麼、李綱保全建州，《歧路燈》寫譚紹衣鎮壓白蓮教起義等等節制殺戮的描寫。

　　進一步說，儒學的民本精神延伸至統治階級內部最基本的關係——君臣關係，孔子和孟子先後作了歷史上最合乎情理的說明。他們認爲君臣是道義上的關係，因此，《論語》：「孔子對曰：『君使臣以禮，臣事君以忠。』」（《八佾》）臣對於君，是有條件的服從，即「所謂大臣者，以道事君，不可則止」（《先進》），「君子之於天下也，無適也，無莫也，義之與比」（《里仁》）。因此，孔子是魯國人，還做過魯國的司寇，但後來卻去魯，周遊列國以圖干政。甚至公山弗擾以費畔，佛肸以中牟畔，召之而「子欲往」，曰：「夫召我者，而豈徒哉？如有用我者，吾其爲東周乎？」（《陽貨》）他沒有後儒愚忠一家一姓王朝的觀念，沒有爲功名富貴賣身爲皇帝奴才思想。爲了救民，實現「小康」「大同」的政治理想，他不管什麼「忠」不「忠」和是不是「叛逆」，怎麼做合乎「仁」即「愛人」就怎麼做。

孟子進一步發展了孔子的這些思想。《孟子》說：「君之視臣如手足，則臣視君如腹心；君之視臣如犬馬，則臣視君如國人；君之視臣如土芥，則臣視君如寇讎。」（《離婁下》）「視君如寇讎」，就意味著可以打倒推翻君上。所以，湯放桀，武王伐紂，孟子以為天經地義，曰：「聞誅一夫紂矣，未聞弒君也。」（《梁惠王下》）而這一切就建立在愛民、重民的基礎之上。孟子曰：「民為貴，社稷次之，君為輕。」（《盡心下》）主張「貴戚之卿」可以廢掉壞君，改立新君（《萬章下》），而「異姓之卿」可以捨暴君、昏君而去。這些認識，終封建之世都可以說是十分激進的民主思想，時或閃耀於中國古代小說之林。《三國志通俗演義》反覆倡言：「天下乃天下人之天下，惟有德者居之。」《封神演義》思想大節可取之處，就是在明末農民起義風起雲湧之際，肯定了武王伐紂反暴君的正義性。《水滸傳》宣揚「官逼民反」，《儒林外史》借書中人物之口讚揚「弒君」奪位的朱棣「振作」了明朝，《紅樓夢》中賈寶玉指那些「只知道文死諫，武死戰」的人是「鬚眉濁物」，等等，各自表現了先秦儒學的這些進步認識。總之，中國古代小說同情人民，為民請命，譴責暴政，抨擊暴君、昏君等最有價值的思想品格，大都與先秦儒學有直接關係。

（四）中國古代小說從儒家「大一統」和服「遠人」觀念出發，表現了嚮往統一，愛好和平，反對侵略的愛國主義和民族主義精神

孔子修《春秋》，於魯國新君即位之年皆書「元年春王正月」。《公羊傳》曰：「元年者何？君之始年也。春者何？歲之始也。王者孰謂？謂文王也。曷為先言王而後言正月？王正月也。何言乎王正月？大一統也。」漢儒認為，「大一統」即孔子作《春秋》之義，是他追求的具體的政治目標。為了實現和保持「大一統」，他甚至稱讚打著「尊王攘夷」旗號而實乃稱霸的齊桓公和管仲。《論語》：「子曰：『管仲相桓公，霸諸侯，一匡天下，民到於今受其賜。微管仲，吾其被髮左衽矣。』」（《憲問》）然而孔子又是一位和平主義者，反對濫用武力達到「大一統」的目標。《論語》：「子曰：『桓公九合諸侯，不以兵車，管仲之力也。如其仁，如其仁。』」（《憲問》）對遠邦異族，孔子不贊成武力征服兼併。他說：「故遠人不服，則修文德以來之。」（《季氏》）他的學生子夏甚至說：「君子敬而無失，與人恭而有禮。四海之內，皆兄弟也。」（《顏淵》）這些論述，表現了先秦儒家嚮往國家統一安定，維護民族利益，反對侵略戰爭，主張民族平等、民族和睦相處等光輝思想。

這些思想鑄造了中華民族的品格，深刻影響並強化了中國古代小説的愛國主義、民族主義與全人類和平共處理想的傾向。早在戰國時代成書的《穆天子傳》中就表現了各民族友好相處的理想，在至晚是魏晉人所作的《漢武故事》《漢武帝內傳》等小説中，就有了譴責窮兵黷武的擴張主義的內容，儘管那是道家無為的思想結合了儒家仁政的理念。其後《三國演義》《隋煬帝豔史》等許多歷史演義和英雄傳奇小説，也程度不同地帶有這一思想因素或傾向。由於宋、明時代邊患嚴重，元代和清代又是民族矛盾和民族壓迫最甚的時期，繁榮和成熟於這一時期的中國古代小説，更多地謳歌了國家的統一，表達了對和平安定的嚮往，塑造了卓越的愛國主義者和民族英雄形象。如岳飛、楊家將、呼家將等等。

（五）中國古代小説基於儒家的人性論表現了某些健康的思想情趣

中國古代正統的人性論是由儒學奠定的。這種人性論承認人欲的合理性，主張並且努力促進人性的提高和昇華。即以儒家最為近人詬病的兩性關係方面的論述而言，孔子雖然說過「唯女子與小人為難養」（《論語・陽貨》）的話，但對於男女之事頗能持通達的態度。這從他刪《詩》保留了《鄭風》《衛風》，還把熱烈的情詩《關雎》置於卷首，就可以看得出來。孔子的弟子子夏還說：「大德不逾閑，小德出入可也。」（《論語・子張》）表示了對生活作風寬容的態度。孟子雖然主張婚姻要「父母之命，媒妁之言」（《孟子・滕文公下》），但是也承認告子所謂「食色，性也」（《孟子・告子上》）。孟子還說：「嫂溺不援，是豺狼也。男女授受不親，禮也；嫂溺援之以手者，權也。」（《孟子・離婁上》）

孔子對情詩的態度以及如上子夏「可也」、孟子「權也」的話，都為文學中的愛情描寫留下了廣闊餘地。明清許多才子佳人小説如《好逑傳》《玉嬌梨》《幻中眞》《定情人》等，就都以「反經用權」為自由自主的愛情婚姻開方便之門。《好逑傳》作者署「名教中人」，書名既取自《關雎》「君子好逑」，第六回水冰心又對她那居心不良的叔父說：「侄女聞聖人制禮，不過為中人而設，原不曾縛束君子。……即孟子所論男女授受不親之禮，恐怕人拘泥小節，傷了大義，故緊接一句道：『嫂溺叔援，權也。』又解說一句道：『嫂溺不援，是豺狼也』。由這等看起來，固知道聖人制禮，不過要正人心。若人心既正，雖小禮出入亦無妨也。故聖人又有『大德不逾閑，小德出入可也』之訓。……」徑以孔孟的古訓反對宋明的理學，創造出一種「名教中自有樂地」的客觀上

肯定了情的新的情節和性格，在當時有一定進步意義。同時，從《論語》記載看，孔子能把女兒許嫁給正在獄中服刑的公冶長，其擇婚的標準與後世講門第論財禮等庸俗風氣也成鮮明對照，至少不能說在男女婚姻方面的封建禮教觀念都來自孔、孟。

甚至進一步還令人詫異地看到，中國古代小說反封建禮教的精神，有些正得自上述孔孟言語行事某些側面的誘發和滋養。詹詹外史《情史敘》云：「六經皆以情教也。《易》尊夫婦，《詩》首《關雎》，《書》序嬪虞之文，《禮》謹娉奔之別，《春秋》於姬姜之際詳然言之，豈非以情始於男女？凡民之所必開者，聖人亦因而導之……」他就因此編了《情史類略》，以期「關諸《詩》云，興觀群怨，多識種種」，以小說行「情教」。甚至張竹坡作《第一奇書非淫書論》為《金瓶梅》的性描寫辯護說：「今夫《金瓶梅》一書作者，亦是將《褰裳》《風雨》《蘀兮》《子衿》諸詩細為模倣耳。」這在一班腐儒看來真是匪夷所思，但當時提倡小說的人卻侃侃而言，並且發揮著實際的作用。論者或以為，這只是小說評點家們拉儒學的大旗以行其推重小說之道，未必合於「六經」的真義，殊不知它可以作為小說評點家根據的一面，正就是儒學中固有的進步因素使然。

此外，《孟子》講性善，「人性之善，猶水之就下也」（《告子上》）。因此，雖然後天的環境可以改變人的性情，但是，不僅好人可以變壞，而且壞了還可以變好。同時《孟子》還說：「學問之道無他，求其放心而已矣。」（《告子上》）這也常常深刻影響了中國古代小說的主題。例如《歧路燈》寫敗子回頭和大多數才子佳人小說中的「小人」結末往往有所改悔；《西遊記》的寫孫悟空由「妖」而「聖」而「佛」，前人以為「求放心」之喻，未必合於作者原意，但是，包括孫悟空在內，取經「五眾」前後性格命運的改變，其實有基於孟子性善與修心之道一面的因素。

先秦儒學主要是孔孟學說自然也有缺陷和局限，給古代小說思想內容以負面的影響，但其基本方面支持了中華民族精神的健康發展，也培養了中國古代小說積極向上的思想內涵。全面具體恰當的評價實屬不易，但如上所述及，至少可以認為，過去所籠統批判的儒學對古代小說思想內容的桎梏和毒害云云，其實多半為後儒之學所致。例如「三綱五常」「存天理，去人欲」「餓死事小，失節事大」等等，都是歪曲或者片面發揮孔孟學說的產物，皆後儒謬論，與孔、孟了不相干。

二、儒學對古代小說藝術的制約與驅動

先秦儒學對中國古代小說思想內容規範與滲透的同時，也給了小說藝術以深刻的影響。概括說來，這種影響不同於釋、道的較多局部顯性的表現，而是對其整體性質和藝術風格的規定、制約與驅動。具體說以下幾個方面：

（一）儒學培養了中國古代小說為人生的藝術精神

孔、孟學說當年本為救世而立，所以，經世致用是正統儒學的基本價值取向，表現在文學上就是為人生而藝術。《論語》：「子曰：『興於詩，立於禮，成於樂。』」（《泰伯》又：「子曰：『誦詩三百，授之以政，不達；使於四方，不能專對；雖多，亦奚以為？』」（《子路》）又：「不學詩，無以言。」（《季氏》又：「子曰：『小子何莫學夫詩？詩，可以興，可以觀，可以群，可以怨。邇之事父，遠之事君；多識於鳥獸草木之名。』」這些以臨民施政為終極目標的詩歌理論主張，體現了極端的為人生而藝術的傾向，深刻影響並制約了中國古代小說的創作。

我國最早明確論及小說的桓譚《新論》，肯定小說的唯一價值即「治身理家，有可觀之辭」；干寶作《搜神記》，是為了「發明神道之不誣」，雖與孔子「不語怪力亂神」相悖，但以小說用世之意，則並無二致；李肇《〈唐國史補〉序》說他為此小說，「紀事實，探物理，辨疑惑，示勸誡，采風俗，助談笑，則書之。」修髯子《三國志通俗演義引》云：「此編非直口耳資，萬古綱常期復振。」李贄《忠義水滸傳序》稱施耐庵、羅貫中作《水滸傳》是為故宋「泄憤」。馮夢龍《古今小說序》說通俗小說的作用之大，「雖小誦《孝經》《論語》，其感人未必如是其捷且深也」；《水滸後傳》作者陳忱的詩說：「千秋萬世恨無極，白髮孤燈續舊篇。」諸如此類，表明了中國古代小說面向現實，自覺地反映和干預生活的用世精神。雖然小說和小說家的地位從來低下，大多數的小說家都是窮愁著書，但在中國古代小說史上，極少有標榜「玩文學」的作者。偶然一見的「自娛」之作，便不被人重視。魯迅批評袁枚《新齊諧》說：「然過於率意，亦多蕪穢，自題『戲編』，得其實矣。」〔註3〕因此，熱愛人生，關切現實，努力貼近和深入生活，為「可觀之辭」，寫出生活的真實，成為中國古代小說一以貫之的民族傳統。總之，如曹雪芹在《紅樓夢》中說：「都云作者癡，誰解其中味？」——人生的況味，是先秦儒學關心探討的中心，同時是中國古代小說藝術的生命和靈魂。

〔註3〕魯迅《中國小說史略》，人民文學出版社1973年版，第182頁。

（二）儒學促進了中國古代小說現實主義創作主流的形成和壯大

通過爲人生的藝術精神，儒學涵養了中國古代小說現實主義的創作主流。實際上，早在中國小說萌芽之際，「子不語怪力亂神」，「情欲信，辭欲巧」等儒家屬辭比事的文學觀念，就已在很大程度上規定了後世中國小說的基本走向。從中國古代小說源流發展的階段性看，除少數亂世儒學衰微，如魏晉六朝、明末清初等時期志怪小說盛行之外，中國古代小說的主流和正宗是歷史和現實題材的作品。例如，最優秀的長篇除《西遊記》之外，都取材人間。而且隨著時代的切近，神怪的題材逐漸讓位與歷史，歷史的題材又爲現實題材代替，並且在清朝中葉進入了中國古代小說創作成熟和收穫的黃金時期。張稔穰先生《中國古代小說藝術教程》把這一巨大變革概括爲「從遠距離寄託到近距離觀照」，認爲這一變革「蘊含著多方面的意義，引動其他方面的發展變化，所以它是長篇小說藝術發展中最具本質性的問題」〔註4〕，是很有見地的發明。此外，中國古代小說家往往以史家的態度進行創作，自覺借鑑孔子創始的《春秋》筆法，對小說創作的現實主義手法的形成和發展，也起了不可估量的作用。

（三）儒學對中國古代小說的人物塑造和情節設計有主導和內驅的作用

儒學是一種現世的人生哲學，它的人生態度和人格理想極大地影響了中國人的品格。所以，中國古代小說寫人，不可避免地要表現儒家的人生觀念。同時，中國古代小說家無不受過儒學的陶冶，不同程度地具有從儒家觀念觀察把握人生的思維定勢。所以，如前已論及，「君子」「小人」之辨常常是中國古代小說家塑造人物的分野和出發點，從而造成早期小說較多概念化、類型化的傾向，後來也不絕如縷，乃至有極端的情況，如《野叟曝言》的中心人物文素臣，不僅名字「克隆」孔子而來，而且其言語行事一生事迹，幾乎都是關於「聖人」迷狂的想像。

但是，孔、孟學說，特別是《孟子》一書，對人性的認識自有其深刻高明之處，從而對某些小說寫人衝破類型化的局限，塑造出更高層次的人物典型發生積極的作用，如《歧路燈》寫譚紹聞性格的轉化，就切實得力於《孟子》「性善」和環境可以改變人性的思想。書中多處寫到的譚孝移心中「私欲

〔註 4〕 張稔穰《中國古代小說藝術教程》，山東教育出版社 1991 年版，第 210 頁。

叢雜的光景」，譚紹聞時時發現的「平旦之氣」，乃至夏逢若偶而一見的「良心」，都明顯與孟子的人性論密切相關。中國小說史上這樣的例子還可以舉出許多，並且從其歷時性可以看到儒學對古代小說人物塑造的制約和滲透，是一個逐步深入的過程。這一過程包括著從最簡單的人物描寫到所謂類型化形象的形成，到類型化向所謂典型化的轉變，儒家人性之學在古代小說創作實踐中起了持續推動作用，這是過去研究者未曾或很少注意到的。

從古代小說的總體構思、布局謀篇和情節結構看，儒家思想的影響也是深刻而明顯的。儒家的倫理觀念很大程度上規定著古代中國人的出處大節和日常生活，從而使小說情節或正或反地表現出儒學理念的特徵。《三國演義》中劉備與曹操行事的對立，《紅樓夢》中賈寶玉出家前中舉、雪中拜賈政，《儒林外史》第一回寫王冕見時知縣「票子傳著倒要去，帖子請著倒不去」、范進丁憂不用銀鑲杯箸而換用竹筷，《好逑傳》第十七回寫鐵中玉述水冰心之「為人」亦即有關水冰心的主要情節說：「始知水冰心冒嫌疑而不諱，為義女子也；出奇計而不測，為智女子也；任醫藥而不辭，為仁女子也；分內外而不苟，為禮女子也；言始終而不負，為信女子也。」就道出作品以儒家綱常倫理為塑造這一人物思想基礎的底蘊。更顯著如對比《論語》：「子曰：『道不行，乘桴浮於海……』」（《公冶長》），可知唐傳奇《虯髯客傳》寫道兄對虯髯客曰：「此世界非公世界，他方可也。」虯髯客乃退走海上，以「海船千艘，甲兵十萬，入扶餘國，殺其主自立」；又《水滸傳》寫李俊等「從太倉港乘駕出海，自投化外國去了。後來為暹羅國之主。童威、費保都做了化外官職，自取其樂，另霸海濱」，並由此衍出《水滸後傳》，等等，都直接是化《論語》記事為故事情節結構的典型。總之，儒學觀念對古代小說藝術的規範、制約和滲透普遍而深入，不勝枚舉，亟待挖掘，而可惜這方面的研究還甚為薄弱。

綜上所述，以孔子、孟子為代表的先秦儒學對中國古代小說的影響重大而深遠，可說很大程度上決定了中國古代小說的基本面貌與民族特色。若言功過，則其影響於古代小說的正面積極的作用是主要的。這或者不是孔、孟等先秦儒學創始人的初衷，但是，其理論主體顛撲而不破、歷久而彌新的思想價值與應世的積極作用，使如上對古代小說的正面影響成為顯著的事實，因此成為本文議論的中心。唯是歷史上有一千個孔、孟的讀者就有一千個孔、孟，而真正《論語》《孟子》中的孔、孟，卻常常得不到科學的理解與尊重。

在這一點上，筆者也不敢過分自以爲是。只是希望本文以《論語》《孟子》爲據，對古代小說受孔、孟學說影響的說明，能有助於從思想史的角度加強小說史的研究，也有助於從小說史的方面考察孔孟學說對中國文化的貢獻。

（1992 年 9 月初稿，2005 年 6 月修訂）

孔、孟之道與古代小說的生存環境

　　孔子、孟子是封建時代的「聖人」,《論語》《孟子》是古代中國人的「聖經」。以《論》《孟》為代表的孔孟之道對中國傳統文化的影響,是任何其他思想、學說或宗教難以比擬的。於小說也是如此,卻很少人談到過。孔、孟之道對古代小說的影響是全方位多層面的,這裡僅就其作用於古代小說外部生存條件的方面略抒管見,以為引玉之磚。

　　孔子、孟子的時代,小說還在醞釀或正在萌芽,他們都沒有直接關於小說的論議,但是都有某些可以視為或引以為與小說相關的言論。因此,孔、孟之道對小說生存環境的影響,主要是通過後人的解釋、援引而實現的。孔、孟的思想本自博大精深,又頗多「有所為之言」,而且從來尊孔、孟的,各尊其是,一千個人就有一千個孔、孟。所以,無論解釋或者援引,用孔、孟學說談小說的常常各執一端,對小說發展造成的實際影響就千差萬別。大致說有兩個矛盾的方面:一是排斥、限制的負面影響,二是保護和誘發的促進作用。

　　孔、孟學說對小說發展的排斥和限制貫穿古代小說的全過程。從今見文獻看,其實際的發生在漢代,班固《漢書‧藝文志》曰:

> 　　小說家者流,蓋出於稗官,街談巷語,道聽途說者之所造也。
> 　　孔子曰:「雖小道,必有可觀焉,致遠恐泥,是以君子弗為也。」然亦弗滅也。閭里小知之所及,亦使綴而不忘。如或一言可採,此亦芻蕘狂夫之議也。

這裡所引「孔子曰」,其實是《論語‧子張》中子夏的話。「小說」一詞今見最早出於《莊子》。孔子、子夏的時代,「小說」的概念大約還沒有產生,其

所謂「小道」，指小的技藝，很難說是否包括了「小說」。卻可以肯定的是，這段話不是專門談小說的。可是班固據他自己的理解引用來論「小說家」，把「小說」包括於「小道」中，並且以「孔子曰」爲標榜，還補充一句「然亦弗滅也」，由此奠定後世儒學，同時是整個封建社會意識形態對小說的根本態度。這一種冷漠、輕視和狹隘實用的態度，決定了兩千年封建社會對小說的文化政策，影響重大而深遠。，以至於在兩千年中國古代社會裏，很少人不是把小說作「小道」看待的。這裡，本來不是孔子的、又與小說未必相干的話成了爲小說定位的理論根據，卻又不能不說是孔子的影響。這就是說，由於班固個人的理解，不排除他有意的誤讀、誤用，使孔學與古代小說建立了實際的聯繫，通過歷代統治者的肯定和提倡爲古代正統小說理論奠定了基礎。這在小說理論史上是一個重要的現象，不可不予以注意。

《漢志》把子夏的話當作「孔子曰」，也許是筆誤，然而實質應當是不錯的。孔子本人對小說的態度，似乎更加冷淡。孔子之爲人，「述而不作，信而好古」，論事必文獻「足徵」，嘗曰：「蓋有不知而作之者，我無是也。」又曰：「知之爲知之，不知爲不知，是知也。」又曰：「君子於其所不知，蓋闕如也。」這些爲人處世的智者之論都是中華民族寶貴的精神財富，但是，如同任何正確的理論都有特定適用的對象和範圍，孔子的這些高論與小說創作的精神就根本違隔。所以，小說爲「街談巷語，道聽途說者之所造」，而《論語‧陽貨》載：「子曰：『道聽而途說，德之棄也。』」君子爲有德之人，「德之棄也」，就是說君子於「道聽而途說」不僅「弗爲也」，而且會予以摒棄。這當然不僅指「道聽途說」的形式，更指「道聽而途說者之所造」的內容，從而把小說和產生小說的基礎都否定了。反而是班固在假孔子之名說「君子弗爲也」之後，加以「然亦弗滅也」的話，還顯得更開明一些。

孟子「述仲尼之意」（《史記‧孟子荀卿列傳》），對小說的態度也大致如是。《孟子‧萬章上》載咸丘蒙和萬章各以傳說之事問，孟子或答以「否，此非君子之言，齊東野人之語也」，或答以「否，不然，好事者爲之也」，均鄙夷不屑道之。宋人小說有《野人閒話》《齊東野語》，書名表示作者自居於「野人」的地位，不敢託爲「著作」，這種近乎自虐的謙抑態度就承孟子的話而來。另外，還因此古代喜歡小說的人往往被稱爲「好事者」，或曰「好事之士」（干寶《搜神記序》），「好奇之士」「好事君子」（劉知幾《史通‧雜述》）等等，也可以說是孟夫子留給小說家的一個不小的輕蔑。

　　封建時代是非皆折衷於「聖人」。當小說初興，孔子、孟子對小說的（主要是如《漢志》中那樣被認為是他們的）這種鄙薄的態度，雖不至於一言喪邦，卻肯定有所不利。後世儒為官學，更進一步影響全社會形成鄙薄小說的觀念，使小說終於不能登大雅之堂，例如，我們可以看到，整個封建時代，做了「君子」和一心要做「君子」的人，不屑做小說。通達之士偶而為之，也似乎終身之玷。蒲松齡作《聊齋誌異》，自歎「寄託如此，亦足悲也」（《聊齋自志》）；紀昀則譏蒲著《聊齋》為「才子之筆，非著書者之筆也」〔註1〕。吳敬梓作《儒林外史》，他的朋友程晉芳惋惜曰：「吾為斯人悲，竟以稗說傳。」〔註2〕終封建之世小說家一直被置於為人所輕的處境，養成自輕自賤至少表面上必須如此的心態。明修髯子《三國志通俗演義引》把小說比作「牛溲馬勃」，清劉廷璣品題呂熊《女仙外史》曰「叟之書，自貶為小說」云云，都表明了小說在古代的尷尬情狀。雖然這主要是歷代統治者文化專制的結果，但孔孟學說這一可以利用為貶低小說的方面，正就是它的一個特點。

　　這裡特別要說到志怪小說。《莊子》曰：「齊諧者，志怪者也。」志怪是中國小說最早的萌芽，它源於先民對神怪的信仰。而孔子作為一位大思想家，幾乎是最早表現了帶有無神論的思想傾向。居常講說論議，「子不語怪、力、亂、神」，他說：「敬鬼神而遠之，可謂知矣。」從人類認識的發展看，這種帶有唯物論色彩的懷疑傾向當時有進步意義。但是，當它被機械地用於文學的時候，卻不免與神話和志怪小說的發展形成衝突。例如對「夔一足」「黃帝四面」的解釋，是孔子把神話歷史化、哲學化的典型例子。孔子的這些議論和做法成為後世反對神話和志怪小說的根據。《拾遺記》「張華」條記張華「造《博物志》四百卷，奏於武帝。帝詔詰問：……昔仲尼刪詩書不及鬼神幽昧之事以言怪力亂神，今卿《博物志》驚所未聞，異所未見，將恐惑亂於後生，繁蕪於耳目，可更芟截浮疑，分為十卷」。《南部新書》甲卷載，唐李景讓知貢舉，「有李復言者，納省卷，有《纂異》一部十卷。榜出曰：『事非經濟，動涉虛妄，其所納仰貢院驅使官卻還。』復言因此罷舉」。至於文人、小說家以「不語怪、力、亂、神」自律，從而內在地壓抑了志怪小說創作的情況更是可想而知。

〔註1〕 〔清〕盛時彥《閱微草堂筆記·姑妄言之跋》引紀昀語，吳波等輯校《閱微草堂筆記（會校會注會評）》，鳳凰出版社 2012 年版，第 948 頁。

〔註2〕 〔清〕程晉芳《懷人詩》，轉引自李漢秋編《儒林外史研究資料》，上海古籍出版社 1984 年版，第 9 頁。

　　孔、孟之道排斥、限制小說，對小說發生發展有過不利影響，這一點顯而易見。但是，他們的學說也有可爲後世容與、利用和提倡小說，用作護身和啓發誘導小說發展的一面，向來爲人所忽略，更需要提出加以說明：

　　第一，孔、孟輕視小說，都是簡接的表示，沒有直接的拒絕。實際上《漢志》引「孔子曰」的話，雖然被認爲是視小說爲「小道」，卻到底不是當作「小子鳴鼓而攻之」的「異端」，而且明確肯定其「必有可觀焉」，就更可以爲提倡小說的藉口了。班固就由此引申出「亦使綴而不忘」，雖然只給了一個低微的地位，卻還是有「生存權」的。這一點並非不重要，後世論者就常常拿這個話爲小說護法，在各種小說序跋中反覆強調。如修髯子《三國志通俗演義引》云：「於戲！牛溲馬勃，良醫所珍，孰謂稗官小說不足爲世道重輕哉！」無礙居士《警世通言敘》云：「余閱之，……譬如村醪市脯，所濟者眾，遂名之曰『警世通言』，而從臾（慫恿）其成。」等等不一。

　　第二，「子不語怪、力、亂、神」，固然成爲反對志怪的口實，但是孔子又「敬鬼神」——無可究詰，姑妄敬信其有，這就給小說言神怪留了後路；同時他所潛心研習或親自整理的《周易》等書又往往有「怪、力、亂、神」的成分；《周易》甚至還說「聖人以神道設教而天下服矣」，這個「聖人以神道設教」，更爲後世的神怪小說大開方便之門。從社會意義說，其作用當然不盡是正面的，但對於志怪小說創作卻是一條堂皇的出路。瞿佑《剪燈新話序》云：「（書）既成，又自以爲涉於語怪，近於誨淫，藏之書笥，不欲傳出。客聞而求觀者眾，不能盡卻之。則又自解曰：《詩》《書》《易》《春秋》，皆聖筆之所述作，以爲萬世大經大法者也。然而《易》言『龍戰於野』，《書》載『雉句於鼎』，《國風》取淫奔之詩，《春秋》紀亂賊之事，是又不可執一論也。今餘此編雖於世教民彝莫之或補，而勸善懲惡、哀窮悼屈，其亦庶乎『言者無罪，聞者足戒』之一義云爾。」這是打了孔子的旗號爲志怪、傳奇小說爭地位的突出一例，類似的情況很多，可以不說了。

　　第三，孔子講「中庸」，處世「無可無不可」；孟子則論事有「經」有「權」，也不持極端的態度，這也給提倡小說的人以藉口。例如，孔子一面反對「道聽而途說」，一面又強調「多聞」；《論語》中一面有子夏說小道「致遠恐泥」「君子弗爲」，一面則又有孔子曰「前言戲之耳」「然不有博弈者乎」。孟子甚至一面痛斥「齊東野語」，一面又在自己的著作中用「小說」做議論的根據，例如《孟子》中「齊人有一妻一妾」「晉人有馮婦者」「今有人日攘其鄰之雞

者」等，都是。這些，也為後世援引作提倡小說的根據。至於引孔子「多聞，擇其善者而從之」「知之次也」等語為小說設定地位。韓愈作《毛穎傳》「以文為戲」，為世所譏，其《重答張籍書》為自己辨解曰：「昔者夫子猶有所戲，《詩》不云乎：『善戲謔兮，不為虐兮。』《記》曰：『張而不馳，文武不能也。』惡害於道哉！」而據今天許多學者的看法，韓愈等人以古文為小說，對唐代小說的發展起了重要推動作用。

這裡應當特別指出，孔、孟學說為愛情小說留下較大餘地。從各種記載看，孔子雖然說過「唯女子與小人為難養」的話，但對於男女之事頗能持通達的態度。這從他刪《詩》保留了《鄭風》《衛風》，還把熱烈的情詩《關雎》置於卷首，就可以看得出來。孔子的弟子子夏還說：「大德不逾閑，小德出入可也。」表示了對生活作風的寬容的態度。這些都成為後世小說家們提倡愛情婚姻小說的旗幟。詹詹外史《情史敘》云：「六經皆以情教也。《易》尊夫婦，《詩》首《關雎》，《書》序嬪虞之文，《禮》謹娉奔之別，《春秋》於姬姜之際詳然言之，豈非以情始於男女？凡民之所必開者，聖人亦因而導之……」他就因此編了《情史類略》，以期「闚諸《詩》云，興觀群怨，多識種種」，以小說行「情教」。甚至張竹坡作《第一奇書非淫書論》為《金瓶梅》的性描寫辨護，說「今夫《金瓶梅》一書作者，亦是將《褰裳》《風雨》《擇兮》《子衿》諸詩細為模倣耳。」這在一班腐儒看來直是匪夷所思，但當時提倡小說的人卻侃侃而言，並且發揮著實際的作用。論者或以為這只是小說評點家們拉孔子的大旗以行其事，未必合於「六經」的真義，殊不知它可以作小說評點家根據的一面，正就是孔子形象及其學說的一個有價值的特點。

孟子雖然主張婚姻要「父母之命，媒妁之言」，但是也承認「食色，性也」，這就為兩性關係的描寫留有餘地。同時，如上所述，孟子論事不走極端，他主張男女授受不親，但是又說：「嫂溺不援，是豺狼也。男女授受不親，禮也；嫂溺援之以手者，權也。」這種有時而捨「經」從「權」的理論，更成為明清小說家們喜好和從容處理愛情婚姻題材的根據。許多才子佳人小說就以「反經用權」為自由自主的愛情婚姻開方便之門。《玉嬌梨》中的盧夢梨看上了才子蘇有白，女扮男裝與之相會，私訂終身，後來對表姐白紅玉解釋道：「妹子因思父親已亡過了，煢煢寡母，兄弟又小，婚姻之事誰人料理？若是株守常訓，豈不自誤？沒奈何只得行權改做男裝，在後園門首與他一會。」這在盧夢梨已覺難以啓齒，但是「白小姐聽了驚喜道：『妹子年紀小小，不意倒有這

等奇想，又有這等俏膽，可謂美人中俠士也。』」《好逑傳》則把此理說得更為明白。它的作者署「名教中人」，書名既取自《關雎》「君子好逑」，第六回水冰心又對她那居心不良的叔父說：「侄女聞聖人制禮，不過為中人而設，原不曾縛束君子。……即孟子所論男女授受不親之禮，恐怕人拘泥小節，傷了大義，故緊接一句道嫂溺叔援，權也。又解說一句道『嫂溺不援是豺狼也』。由這等看起來，固知道聖人制禮，不過要正人心。若人心既正，雖小禮出入亦不妨也。故聖人有『大德不逾閒，小德出入可也』之訓……」逕以孔、孟的古訓反對宋明的理學，創造出一種「名教中自有樂地」的客觀上肯定了情的新的情節和性格，在當時有一定進步意義。此外《幻中真》《定情人》等等都有類似描寫。可以看出孟夫子「權也」一說給了小說家以多大的方便！

第三，孔子雖「述而不作」，但他刪詩書、正禮樂，注重歷史文獻的整理和保存，給後世學者做出了榜樣。從而有助於以記錄為務的筆記小說，作為「史之餘」在著作之林取得一立足之地，漸以蔚為大國，形成筆記小說廣大而悠久的傳統。唐李肇《唐國史補序》云：「《公羊傳》曰：『所見異辭，所聞異辭。』未有不因見聞而備故實者。」從明庸愚子《三國志通俗演義序》到清末無名氏《官場現形記序》，引孔子作《春秋》相標榜的小說序跋凡例評點比比皆是。所以，孔、孟（或被認為）鄙薄小說，甚至自覺不自覺地抹殺過某些小說的萌芽，後世更有人以之限制、排斥小說，但它整個思想體系還是為小說的發生發展留有了餘地，某些側面甚至誘發和支持了小說的發展，其正面作用也是不可低估的。

還要附帶說明的是，孔、孟之道也就是儒學本身在後世的發展對小說的演進也有所促進。古代傳統認為孔子作《春秋》，左丘明為之《傳》。《左傳》為經傳之始，啟迪了後世傳記小說產生。漢代「獨尊儒術」，經師授徒每為經書作傳、注、箋、疏，所謂「聖人作其經，賢者造其傳」（《論衡·案書篇》），於是傳書大行於世，如《公羊傳》《穀梁傳》《毛詩傳》《韓詩外傳》等都是。其中有的摻入大量故事傳說，有的則完全是一部故事書，如《韓詩外傳》迹近小說。至末流為之，穿鑿附會，遂「造生空文，為虛妄之傳」，「至或南面稱師，賦姦偽之說；典城佩紫，讀虛妄之書」，「俗傳蔽惑，偽書放流」（《論衡·對作篇》）。《論衡》有《書虛篇》，專門詰難這類「傳書」，謂之「短書小傳，竟虛不可信也」。桓譚《新論》直接把小說稱為「短書」，可見漢代小說與儒學發展狀況關係之密切。及至讖緯盛行，「神怪之言，皆在讖記」（《論衡·

實知篇》），帶神學色彩的儒學已經成了孳生志怪小說的溫床。

　　總之，孔、孟學說自身本與小說沒有多大關係，但孔、孟的言行有些可以用來議論小說的，通過後人的解釋、援引遂對小說的發生發展具有影響。這種影響在不同的時代因施動者的社會人生觀念和具體的生活態度而異，但總的說來都不過各取所需，甚至斷章取義。從實是求是的觀點看，這多半可以說是孔孟學說所遭的厄運，但從來思想家的成果不免如此，所以也是它自身存在和流行的一個必然結果。歷史地看這種影響又是前後不同有所變化的。一般說古代早期較多負面的作用，而隨著社會的進步和小說的發展，孔孟學說越來越多地被用作為小說辯護的根據，某些情況下甚至啓發了小說家解放思想，創作出新的人物和故事情節。這是一個複雜的過程，其變態百出和意味深長絕非一篇短文所能盡言；若作多方面的深入的探討，必然會有更多的收穫。而向來研究儒學的，很少注意它對小說發展之影響；研究古代小說的，談釋論道者多，言及儒學對小說所起作用者少。這與歷史上儒學與小說實際很密切的聯繫大不相稱，筆者故草此短文，以就正方家，盼能有助於推動這方面研究的開展。

　　　　　　　　　　　　　　（原載《孔子研究》1998 年第 4 期）

漢魏晉南北朝佛教與小說

　　據《三國志》裴注引魚豢《魏略・西戎傳》載，漢哀帝元壽元年（公元前二年）博士弟子景盧受大月氏王使伊存口授《浮屠經》，此爲佛學界公認傳法之始；又據《四庫提要・小說類序》考證云：「張衡《西京賦》曰：小說九百，本自虞初。《漢書・藝文志》載《虞初周說》九百四十三篇，注稱武帝時方士，則小說興於武帝時矣。」哀帝去武帝之世才數十年，則佛教初傳當我國小說興起後不久，二者相值於兩漢之際。此後經東漢、魏晉以迄南北朝結束，垂六百年，佛教流衍推暨，漸被東土，至於隆盛；而小說亦滋長蔓延，蔚爲大觀。二者的發展除各以一定的社會政治經濟條件爲決定因素外，相互影響的作用也是重要而明顯的。大致佛教得小說之輔翼而深入人心，小說被佛教之染化而體貌大變。明胡應麟《少室山房筆叢・九流緒論》云：「魏晉好長生，故多靈變之說；齊梁弘釋典，故多因果之談。」約略道出中古小說變遷之迹。但深入考察起來，則魏晉乃至上溯兩漢之際，小說並非絕無佛教之影響，而齊梁小說被佛教之染化，亦不僅在「多因果之談」。六百年佛教對小說之影響，可有更全面而具體的說明。筆者不敏，試以時代先後論列如次。

一

　　《文選》張衡《西京賦》云：「小說九百，本自虞初。」薛綜注曰：「小說，醫巫厭祝之術。」而虞初乃漢武帝時方士，也就是說小說本自方士，乃方士醫巫厭祝之術。方士「持此秘術，儲以自隨，侍上所求問。」可知武帝時小說乃方士爲干求富貴而造作的記載醫巫厭祝之術的秘本。班固《漢書・藝文志》所載武帝時小說《封禪方說》《待詔臣饒心術》《待詔臣安成未央術》

皆此類方士之言。但此書所錄小說既已不傳，而方術在武帝之後進一步託始老子，與陰陽五行、讖緯符命、占卜星算之學成一大綜合而演爲道教，方士之言的小說遂亦演爲道徒輔教之書。張皇靈異，稱道絕域，「大旨不離乎言神仙」〔註 1〕，今存《神異經》《海內十洲記》《漢武帝內傳》《漢武帝別國洞冥記》《列仙傳》等皆是。後世入《道藏》，在道教爲典籍，在文學爲小說，統而言之，似可稱爲道教小說。由方士之言演爲道教小說，是漢代小說的一大變化。而佛教對小說的滲透正是在這一變化過程中開始和加強的。

　　大凡一種外來宗教的傳入，必先依附於該民族固有並正在盛行的某種宗教或迷信觀念，然後才能謀自立和發展。佛教初入中國的情況亦是如此。《後漢書·方術傳序》云：「漢自武帝，頗好方術，天下懷協道藝之士，莫不負策抵掌，順風而屆焉。後王莽矯用符命，及光武尤信讖言，士之赴趣時宜者，皆馳騁穿鑿，爭談之也。故王梁、孫咸名應圖籙，越登槐鼎之任；鄭興、賈逵以附同稱顯，桓譚、尹敏以乖忤淪敗，自是習爲內學，尚奇文、貴異數，不乏於時矣。」此時，外來初傳之佛教欲謀存身，必當託庇方術。而「浮屠方士，本爲一氣。即至漢之末葉，安清（字世高）譯經最多，爲一代大師。但《高僧傳》謂其七曜五行、醫方異術以至鳥獸之聲，無不綜達，故俊異之聲早被。……降及三國，北之巨子曇柯迦羅則向善星術，南之領袖康僧會則多知圖讖。由此言之，則最初佛教勢力之推廣，不能不謂其爲一種祭祀方術，而恰投一時風尚也」〔註 2〕。佛教附庸方術既成爲必要和可能，而方術更對這位遠客大開延攬之門。史載東漢楚王劉英「誦黃老之微言，尚浮屠之仁祠」（《後漢書·楚王英傳》），桓帝於濯龍宮並祠佛老（《後漢書·西域傳》）。黃帝、老子乃神仙方技之士所祖，黃老、浮屠並祠，表面上是視佛教與方術無差別，本質上乃是以佛教爲方術之一種。由此導致言方術的人，有時不免援引佛語，如漢明帝時，襄楷上書引《四十二章經》闡發黃老微旨。至方術演爲道教，道教經典如《太平經》等，更竊取佛教學說。在這種情況下，作爲方術、道教輔翼的漢代小說受佛教影響，乃成爲必然。

　　漢代小說受佛教影響在內容上有兩個方面。一是記載了關於佛的傳聞與想像。如《漢武故事》：「昆邪王殺休屠王，以其眾來降。得其金人之神，置

〔註 1〕 魯迅《中國小說史略》，人民文學出版社 1973 年版，第 19 頁。
〔註 2〕 湯用彤《漢魏兩晉南北朝佛教史》第一卷，中華書局 1983 年版，第 38～39頁。

之甘泉宮。金人皆長丈餘，其祭不用牛羊，唯燒香禮拜。上使依其國俗事之。」此條據《世說‧文學篇》注引，注且以為「此神全類佛」。又《太平御覽》卷六百八十五引《神異經》：「西荒有人，不讀五經而意合，不觀天文而心通，不誦禮律而精當。天賜其衣，男朱衣縞帶委貌冠，女碧衣戴勝皆無縫。」此條今本無之。余嘉錫《四庫提要辨證‧神異經》以為「相其體制，確是此經佚文」，並謂其「隱以指浮屠氏」。

二是開始雜入佛家語辭和觀念。如《漢武故事》：「神君所言……率言人事多，鬼事少。其說鬼事，與浮屠相類，貴施與，不殺生。」〔註3〕又《漢武帝內傳》載上元夫人戒武帝曰：「若其志道，將以身投餓虎，忘軀破滅，蹈火履水，固於一念，必無憂也。」西王母戒武帝亦有言：「慢則暴終而墮惡道。」（《太平廣記》卷三《漢武帝》）「身投餓虎」是佛經中釋迦矣尼故事，「暴終而墮惡道」是釋氏輪迴報應之說。自此，輪迴報應觀念進入小說。

以上幾篇小說均出漢代方士神仙家之手，上引所有語及佛氏的地方，一方面顯示佛教對小說影響的發生，一方面也說明漢代方術——道教小說對佛教的利用。誠如余嘉錫《四庫提要辨證‧神異經》所說：「蓋兩家之學，此時尚合而未分。於是神仙家著書，亦喜借浮屠以自重。」大旨言神仙的書中雜引佛語以自重，乃是漢代方術——道教小說的一大特點。而佛教對中國小說的影響，就是這樣經由方術——道教的中介開始的。

二

道教盛於漢末，而其衰落亦在此際。蓋其神仙之說雖淵源甚遠，卻終不能提供一白日飛昇、長生久視的實例。馴至劉安被殺，武帝病歿，加以漢末張角等以道教號召起義被鎮壓，魏晉的統治者們奉道求仙的熱情已大不如秦皇、漢武。而道教黃白燒煉之法花費甚巨，又非一般人財力所能為，故漢末以來，人們乃發生對道教信仰的動搖。《古詩十九首》中已有」服食求神仙，多為藥所誤」「仙人王子喬，難可與等期」的慨歎。於是，教人寄希望於來世、渺茫不可究詰的佛教便乘機崛起，漸至卑視一切。漢末，牟子作《理惑論》，譏道教「不死而仙」為妖妄，倡言「眾道叢殘，凡有九十六種，澹泊無為，莫尚於佛」。其時西域僧人來華傳教譯經已歷百年，王公貴臣為之立寺，漢人

〔註 3〕魯迅校錄《古小說鈎沉》，齊魯書社 1997 年，第 218 頁。

奉佛出家者漸多，佛教乃脫離方術──道教而自立。延至魏晉，清談之風大盛，而佛教大乘空宗的觀念已頗流行，其言「空」「無」，契合老、莊玄旨，爲清談之士大夫津津樂道。於是，脫離方術──道教附庸地位的佛教，更因玄風的昌盛而大行於世。與此相適應，小說中關於佛教的內容，也便由道教攄拾點綴之言，一變而爲獨立和顯著的成分，乃至有爲崇佛而貶抑道教方術的表現。

佛教影響於魏晉小說，從內容上看可分爲三個方面。一是記述名僧與名士援佛理以談玄的情況，主要見於《語林》和《郭子》。如《語林》載：「（殷）浩於佛經有所不了，故遣人迎林公。林乃虛懷欲往。王右軍駐之日：『淵源思致淵富，既未易爲敵。且已所不解，上人未必能通，縱復服從，亦名不益高。若傚脫不合，便喪十年所保，可不須往。』林公亦以爲然。」（《世說新語‧文學篇》注引）林公即東晉名僧支道林，是江南佛教界的領袖之一；爲了保住名聲，便不去行佛家的教化，可見他做僧人並非爲了弘法，而是爲了沽名釣譽。這一則描述極簡略，不動聲色，卻把林公的假面揭露無遺。而名士對佛教的態度也在小說中約略可見，如《郭子》載：「佛經以爲袪治神明，則聖可致。簡文云：『不知便可登峰造極，然陶冶之功故不可□。』」〔註4〕

二是宣揚佛法的靈驗和廣大。如《荀氏靈鬼志》「曇遊」條載曇遊除蜈蚣精，「晉南郡議曹掾」條言和尚能驅鬼治病，「胡道人」條記和尚能以咒語呼諸神治服惡鬼，「周子長」條宣揚誦佛經能治鬼等等皆是。值得注意的是，這些作品宣揚佛法的同時貶抑道教和方術。如上述「晉南郡議曹掾」條言和尚一治就好的病，而巫醫「無複方計」；「周子長」條言鬼怕和尚和佛經，而不怕道人；「張應」條言事魔不如事佛等，皆是。而且往往歸結於出家做和尚好，這是晉代出家人漸多造成的社會心理的反映。

三是宣揚佛教的理念。其中有生死輪迴之說，如《語林》：「張衡之初死，蔡邕母胎孕。此二人才貌相類，時人云：『邕是衡之後身。』」這種觀念在《漢武帝內傳》中已初見端倪，至此演爲具體形象，而且是品評人物的根據，可見轉世的觀念在當時浸染已深。

又有因果報應。如《搜神記》卷二十幾乎全是敷演此種觀念，但所言報應的範圍似專在殺生得惡報，放生、救生得善報。惡報多爲暴死，善報多爲發財或免禍。而且報應止於此身，佛教所謂「現報」，絕不及來世。唯「漢時

〔註 4〕《古小說鈎沉》，第 34 頁。

弘農楊寶」一則有「令君子孫潔白，位登三事，當如此環」云云，語及後代，但亦非佛教報應原旨，更像《易》所謂「積善之家，必有餘慶；積不善之家，必有餘殃」。可見如同漢代方術——道教小說雜有佛家觀念一樣，魏晉以佛教為旨歸的小說，又不免滲入儒家甚至道家的思想。

還有佛教神變的觀念。如《拾遺記》卷四《燕昭王》中，便有僧人幻術變化、神怪無窮的描繪。佛教傳入之前，中國固有變化的觀念，如《楚辭·天問》《左傳·昭公十七年》《國語·晉語八》等都載有鯀化為黃熊的傳說，《吳越春秋》也有老人化猿的故事。但如《拾遺記》中關於僧人的這種描繪，並不從中國固有的變化觀念引發而來，它的根源在佛教。牟子《理惑論》云：「佛之言覺也，恍惚變化，分身散體，或存或亡，能小能大，能圓能方，能老能少，能隱能彰。蹈火不燒，履刃不傷，在濡不染，在禍不殃，欲行則飛，坐則揚光，故號為佛也。」與《拾遺記》僧人幻術變化同類的故事尚有《荀氏靈鬼志》「外國道人」，它是直接取材於《舊雜譬喻經》的，但其根本仍在牟子所述佛能神變的觀念。這種觀念的輸入並為中國固有變化觀念所接受，遂為後世小說神魔變化、鬥寶鬥法的描寫開闢了想像和幻想的天地。此外，佛教理念的表現尚可提到曹毗《志怪》「漢武帝鑿昆明池」條宣揚佛家劫運說〔註5〕，《拾遺記》卷一《高辛》記有「夜駐駒跋之鬼」等，都為魏晉以前小說所無。

從藝術上看，魏晉小說在佛教的影響下也出現某些新的特點。首先是那些輪迴報應的故事，雖形式簡率，卻已開後世同類題材小說的先河。如前引《語林》「張衡之初死」條，實際是後世小說中「三生」故事的雛形。又如《搜神記》卷二十：「馮乖虞蕩，夜獵，見一大麈，射之。麈便云：『虞蕩，汝射殺我耶！』明晨，得一麈入，即時蕩死。」這不可以看作《醒世姻緣傳》寫晁源射死仙狐、遭仙狐轉世為薛素姐報一箭之仇的遠源嗎？

其次是情節幻異，敘事委曲。如《荀氏靈鬼志》「周子長」條寫鬼屋忽現忽隱；鬼捉周子長，子長自稱佛弟子而鬼不信；子長捉鬼去見和尚，復又謂鬼寺中有道人而鬼不怕等等，筆姿搖曳，表現了作意造幻的傾向，似不僅在為宣揚做和尚的好處，還要給讀者以閱讀的美感。魯迅《中國小說史略》論記人間事的小說云：「若為賞心而作，則實萌芽於魏而盛大於晉，雖不免追隨俗尚，或供揣摩，然要為遠實用而近娛樂矣。」這個論斷對魏晉志怪小說也

是同樣適用的。上述周子長遇鬼的描寫，即是鮮明的例證。蓋魏晉乃文學自覺的時代，有意爲文章的精神自不必限於詩文，浸潤於小說的創作，乃在敘述中更加以描寫的手段，使自己或信或不信的事情爲人所深信不疑，而且引起和保持較大的興趣，這是魏晉小說創作的新動向。若以有意爲小說的萌芽視之，僅此一例也就夠了。但此條所寫乃一佛弟子的奇遇，其作意設奇造幻，實又爲弘揚佛法的宗教熱情所推動。

最後，卻並非不重要的，乃是佛典文學影響於魏晉小說的創作（通過口傳或書面的翻譯），開始出現化用佛經故事的作品，除諸書稱引的《荀氏靈鬼志》「外國道人」條外，還有陳寅恪先生考證《三國志》曹沖稱象及華佗爲人破腹治病故事，均從佛經故事輾轉附會而來，實爲小說家言，而爲陳壽採入正史〔註6〕。按陳先生所考，華佗故事源出後漢安世高譯《捺女耆域因緣經》所載神醫耆域事迹，如耆域治迦羅越家女病，以金刀破其頭，悉出諸蟲，塗以神膏，七日便愈；治迦羅越家男兒病，以金刀破腹移肝，皆與華佗事相類。但這個故事的影響似不僅造成了華佗的傳說，在別處亦可見到它的影子，如《冥祥記》寫一道人破腹清洗腸胃的故事，《拾遺記》卷二寫一「羽人」爲昭王換心的故事。我們當然不認爲世界上一切同類型的故事都同源，但這兩個故事出佛經耆域故事流行之後，則很可能是耆域故事的變相。就佛教影響於中國小說的藝術來說，魏晉小說汲取和化用佛經故事現象的出現，標誌進入一個新的階段。

三

隨著東晉的滅亡，風流二百年的清談玄理漸趨消沉，佛家辨析教理的熱情也爲之稍減。在南北朝諸國旋立旋滅，兵連禍結，民不聊生的黑暗現實中，人們對佛法的興趣明顯高漲起來。湯用彤云：「言教則生死事大，篤信爲上。深感生死苦海之無邊，於是順如來之慈悲，修出世之道法，因此最重淨行，最重皈依。而教亦偏於保守家門，排斥異學。」〔註7〕與魏晉相比，南北朝上至王公大臣，下至庶民百姓，熱心的正是這種「篤信爲上」「最重皈依」的佛教。劉宋初年，玄風尚盛，但明帝已悚於因果：「（周）顒乃習《法句》《賢愚》

〔註6〕陳寅恪《〈三國志〉曹沖華佗傳與佛教故事》，《清華大學學報（自然科學版）》，1930年第1期。
〔註7〕湯用彤《漢魏兩晉南北朝佛教史》第二卷，中華書局1983年版，第300頁。

二經，每見談說，輒為言先。（宋）明帝往往驚曰：『報應真當如此，亦寧可不畏！』」（《高僧傳・僧瑾傳》）其後齊梁諸帝，幾無不佞佛，建塔造像，設齋誦經，捨財捨身。梁武帝竟「三次捨身入寺，與眾為奴」（《北山錄・異學篇》），以帝王而佞佛之熱誠實為空前。而北朝「逮皇魏受圖，光宅嵩洛。篤信彌繁，法教愈盛。王侯貴臣，棄象馬如脫屣。庶士豪家，捨資財若遺迹」（楊衒之《洛陽伽藍記序》）。北齊中葉，都下大寺略計四千，僧尼近八萬，天下僧尼二百餘萬，寺四萬餘，遠過於「南朝四百八十寺」矣。雖有北魏太武帝、北周武帝先後滅佛，亦無不衰而復熾，抑而更張。南北朝時，雖儒、道亦並受尊崇，但從整個過程看，在朝野世俗生活中的影響，佛教的勢力似更為顯著，至少是空前的，故此間小說鮮有不被佛風浸染，專明因果的「釋氏輔教之書」〔註8〕也大量出現，成為佛教影響於中國小說的重要時期。

　　南北朝前後一百六十九年，小說之作約有百餘種，其中志人者少，志怪者多。而無論志人或志怪，大都涉及到佛教思想和僧侶生活，只是形式和程度有別而已。志人一派小說主要是魏晉清談的產物，魯迅先生說：「晉人尚清談，講標格，常以寥寥數言，立致通顯，所以那時的小說，多是記載畸形雋語的《世說》一類，其實是藉口舌取名位的入門書。」〔註9〕但《世說》實成為於劉宋，其時去晉未遠，清談之流風尚在，作者追慕前賢，遂搜集《語林》《郭子》等書，更益以聞見，成一部志人小說的名著。《世說》的作者劉義慶還是《幽明錄》《宣驗記》兩部志怪小說的作者，《宋書》本傳稱劉義慶「晚節奉沙門，頗致費損」，而《世說》所記清談家中，名士之外，尚有名僧。清淡的內容則是老莊與佛理的雜燴。因此這部著作中出現了大量附庸玄學的名僧和侈談佛理的名士。如提到的名僧即有支道林、高道坐人、康僧淵、于法開、康法暢、釋道安、僧意、濟尼、法汰、法崗道人、惠遠、支愍度、提婆、道一、道曜、佛圖澄、竺法深等十七人（支道林的名字甚至在十一篇中出現近五十次）。書中留下了他們講經談玄，出入朱門，與諸名士交遊的身影，有時寥寥數筆，頗見真情。如《文學第四》中的描寫便很精彩，所述故事第一次出現反映佛教由爭名逐利而起的內部鬥爭，可為治佛教史者參考。名士們亦喜與僧人交往，讀佛經，研佛理，談玄論道，《文學第四》中有此類描寫。

〔註8〕《中國小說史略》，第39頁。
〔註9〕魯迅《六朝小說和唐代傳奇文有怎樣的區別》，《且介亭雜文二集》，人民文學出版社1973年版，第88頁。。

名士援佛理清談以爭名外，還敬信佛法以求利，如《尤悔第三十三》便記有此類故事。志人小說記載佛教事者尙有《殷芸小說》，如其卷五「中華佛法」、卷六「孫皓初立」諸條皆是。前者言佛經誦讀感人至深，後者言瀆佛必遭惡報，旨在弘揚佛法，與《世說新語》的客觀描述佛教的活動和影響有所不同。

南北朝小說受佛教影響最深的是志怪一派。這一派在數量上爲南北朝小說小說的主流，今存如《搜神後記》《幽明錄》《齊諧記》《續齊諧記》《述異記》《冥祥記》《宣驗記》等等，無不稱揚佛法，不少則是僧徒造作的「釋氏輔教之書」。論其內容，除重複佛經佛像的靈驗、輪迴報應的不爽外，變化開拓亦復不少。其一是佛教排斥道教方術的內容更爲突出。如《幽明錄》「舒禮」條、《述異記》「胡庇之」條、《宣驗記》「程道慧」條等並言道教方術之無用，鼓吹棄道歸佛。而《冥祥記》「劉齡」條則針對道教排佛的言行予以反擊，云道士祭酒魏匞放火焚燒佛教經像，「斥佛還胡國，不得留中夏、爲民害」，但終究佛法廣大，經像遭焚而不毀，魏匞及道徒或死或病，俱受報應；又《宣驗記》「孫皓」條言孫皓曾以「佛法宣滅，中國不利胡神」，下詔滅佛，「僧或縊死，或逃於外」。但經僧會法師清齋七日，佛現大法力，孫皓乃得敬服歸心；《冥祥記》「王淮之」條甚至抨擊不敬佛法的「儒者」，可見當時佛教勢力已盛，釋、道、儒三家矛盾鬥爭日益尖銳。

其次，先前小說言生死輪迴而不及因果報應，言因果報應皆是此身便受的現報，而不經由輪迴。至南北朝，生死輪迴和因果報應觀念結合，遂產生輪迴報應的兩世果報故事。如稗海本《搜神記》卷六「王大夫女」條，言金英投生王大夫家爲女，乃是向王大夫報前世之仇。至此，我國小說中輪迴報應故事的模式達到完成。關於這條故事，還有兩點值得注意：一是由道士做法了結兩世冤仇，是小說中佛、道融合的一個特例；二是金英女被道士做法現形爲白骨，使人想到《西遊記》中白骨精的遠源。類似「王大夫女」的故事，尙有《冥祥記》「向靖女」「王練」等條。

其三，地獄、惡鬼的形象進一步鮮明。地獄是佛教生死輪迴的根本觀念，但其初傳入我國，不過附同於中國固有的「太山治鬼」的迷信說法，稱「太山地獄」〔註10〕。漢晉的小說中亦未見關於地獄的描繪，至南朝劉義慶《幽明錄》，佛教「地獄」之名初見於小說，形象也鮮明和完整起來。如該書「趙

〔註10〕 〔漢〕安世高譯《佛說分別善惡所起經》：「何謂五道？一謂天道，二謂人道，三謂餓鬼道，四謂畜生道，五謂泥犁太山地獄道。」

泰」「舒禮」「康阿得」「石長和」諸條，均以較多筆墨寫地獄環境秩序，鬼依生前善惡在地獄福罪之不同等。雖然地獄的位置仍在太山之下，但獄中「受變形城」「刀山劍樹」「熱熬」「福捨」、牛頭人身之鬼等，全襲自佛經，或從佛經想象生發而來。此外《冥祥記》「支法衡」條、「智達」條也都對地獄作了較細緻的描繪。至此，小說中地獄的形象基本定型。

佛教中惡鬼有夜叉與羅刹。上已述及夜叉之名始見於《拾遺記》卷一《高辛》，至《幽明錄》又出現關於羅刹的記載；且較夜叉為詳。羅刹為食人無度的大惡鬼，這一形象源出姚秦鳩摩羅什譯《妙法蓮華經·普門品》，《幽明錄》首次引入小說。後《宣驗記》「張融」條復敷衍之。

其四，記述高僧神異事迹的作品增多。如《幽明錄》「佛圖澄」「安世高」諸條，《冥祥記》「仕行」「耆域」「犍陀勒」「佛調」、」抵世常」「康法朗」「竺長舒」諸條，《搜神後記》「比丘」「竺曇」「竺法師」諸條，比比皆是。這種題材的大量出現，反映當時佛教勢力的膨脹和僧人地位的崇高，它開啓了後世神僧為中心人物的小說流派，如《大唐三藏取經詩話》《濟公傳》《燈草和尚》等。甚至成為史書採摭的對象，如《晉書·佛圖澄傳》敘事多取自《幽明錄》等書記載，故《四庫提要》譏其「忽正典而取小說」。

在藝術上，南北朝小說關於佛陀世界的描繪更加具體，因而篇幅普遍加長。上舉關於地獄的描寫已導致有關篇文字的增多，如《幽明錄》「趙泰」條已達九百餘字，《冥祥記》此條雖述同一故事，竟達一千二百餘字。又如《殷芸小說》載孫皓褻瀆佛像遭報應故事共五十字，原極簡略，正魯迅所謂「粗陳梗概」者。但這一題材至《宣驗記》，則衍為一情節生動、形象較鮮明的小說。此篇思想內容固不可取，但它敘述有照應、有層次、有詳略；人物、情節多所增飾，而筆筆見意；語言簡潔，有表現力，如「笑而言曰……」「一禱一劇」等描繪，頗見藝術的匠心。六期文尚浮華，不意小說中乃有如此平中見奇的文字。

南北朝小說在吸收消化佛經文學故事方面有更大進展。除上面提到的地獄、惡鬼等外，還有常為研究者稱引的《荀氏靈鬼志》「外國道人」的故事，原本《舊雜譬喻經》「梵志吐壺」事脫化而來，後來吳均《續齊諧記》進一步改「外國道人」為「陽羨書生」，成為一篇完全中國氣派的小說。從吳均的改動可看出小說努力擺脫宗教影響、追求自身價值的傾向。他如《宣驗記》「鸚鵡滅火」的故事亦本佛典，已經學者拈出。所可補充的是，王嘉《拾遺記》

卷三載烏鴉滅火救介子推、卷八載鸛鳥滅火，干寶《搜神記》「義犬冢」條記狗以身沾水滅火救主，亦與佛經中「鸚鵡救火」「野雉救火」事相類。這些故事雖形象各異，但以身沾水滅火是相同的。它們約在晉、宋間同時出現，其發源可能都在吳康僧會譯《舊雜譬喻經》「鸚鵡滅火」故事，而輾轉流傳，遂生變異。

這裡要特別說一下「釋氏輔教之書」的問題。這類作品今知最早的當推晉代謝敷《觀世音應驗記》，此書已佚。從書名可知是宣揚觀世音菩薩靈驗的作品。入南北朝後，這類作品驟然增多，劉義慶《宣驗記》以下，有傅亮《應驗記》、張演《觀世音應驗記》、王延秀《感應傳》、朱君臺《徵應傳》、蕭子良《冥驗記》、王琰《冥祥記》、佚名《祥異記》等，都是專為弘揚佛法而作，在佛教為典籍，在文學則可視之為小說，似可稱為佛教小說。這類小說在南北朝數量之大，一方面見出作者們為弘教而撰述的熱情之高，另一方面也可看出這類小說對傳佈佛教的作用之大。但這類作品在思想內容上實無甚可取，唯其以宗教的熱情構織的荒誕圖畫，間有可以成為後世小說創作的借鑒，如其中關於地獄的描寫對後世小說影響頗大。

以上，我們試對漢魏晉南北朝佛教與小說的關係作了縱向的考察，側重佛教對小說的影響。在這方面，我們看到佛教自兩漢之際傳入中國，就經由方術——道教小說的援引，在小說中得以模糊零碎的表現。這時它對小說的影響極其微弱，卻是以後深遠影響的實際開端，因而是治小說史不容忽視的；魏晉之際，佛教勢力漸張，反映僧侶活動和宣揚佛教教理教法的小說乃較多出現。志人小說描寫僧侶和名士的奉佛情況，尚不失生活的本來面目，志怪小說卻成了佛教弘揚法理、散佈迷信的傳聲筒；延至南北朝佛教興盛，深入人心，乃有大量「釋氏輔教之書」出現，齊梁年間，可說是佛教小說的時代。就宗教與小說的關係而言，漢魏晉南北朝是方術——道教小說逐漸為佛教小說代替的時代。當然我們不是說至南北朝年間，方術——道教對小說的影響消失了，更不是說這一時期就只有宣揚佛教的小說，而是指這一時期宗教對小說影響的歷史變遷，是統一的文化史中的一個細節，不是對這一時期小說史的整體性論定。

從思想內容看，這一時期佛教對小說幾乎沒起到任何健康有益的影響，只是在宣揚佛教救苦救難的地方，無意中掀動現實黑暗的一角；在以因果報應懲惡揚善的地方，曲折透露一點人民的願望。從藝術上看，這一時期佛教

影響較多有益的作用。佛教活動和佛典文學爲中國小說的創作提供了大量值得採擷、加工、改造的題材；佛教自由飛動、變化無方的幻想，增益了中國小說創作的想像力。這兩種益處在漢魏晉南北朝小說的創作中僅得到初步體現，當時的小說還未來得及從佛教文化汲取更多的養分，從整體上看甚至還只在「拿來主義」的階段，但局部的消化和新生已經開始，從佛教文化大面積擷英的唐傳奇和變文的時代即將到來。

（原載《齊魯學刊》1989 年增刊）

略論隋唐佛教小說

　　佛教於兩漢之際傳入中國，初依附於中國本土的方術──道教而流行，
經魏晉南北朝釋子的努力和佞佛君主的提倡，漸而廣被東土，隋唐二代已是
佛教中國化並發生國際影響的鼎盛時期。隋唐佛教活動除傳統的建塔造像、
譯印佛經外，天台、三論、唯識、華嚴等宗派相繼出現，各自標榜，百家爭
鳴；而玄奘西遊、鑒眞東渡則標誌了中國在當時世界已成爲新的佛教中心。
這一狀況在文學上的反映，就是出現了大量佛教主題的作品，如王梵志的詩、
佛經變文和被魯迅稱爲「釋氏輔教之書」的佛教小說等。前二者已有不少專
家進行研究並取令人矚目的成績，獨佛教小說不曾有專門的探討，因論列如
次。

　　這裡所謂佛教小說非指一般佛教題材或受佛教思想影響的小說，也不是
指漢譯佛中的文學故事，而是指古國人爲佛教目的創作、旨在使讀者發生並
保持佛教感情和信仰的小說。這類作品在當時的作者和讀者或以爲是實事，
而從今天的觀點看來，則是志怪小說的一種。事實上，宋人編《太平廣記》，
大量採錄這類作品，已是把它們作小說看待了。

　　隋唐佛教小說數量不少，且多爲專集。今據《太平廣記》等書可考見內
容的，隋代有顏之推《還冤志》、侯白《旌異記》等；唐代則有段成式《夜叉
傳》、閻造《再生記》、呂道生《定命錄》、唐臨《冥報記》、溫佘《續定命錄》、
道宣《三寶感通錄》《道宣律師感通錄》、戴少平《還魂記》、王轂《報應錄》、
郎餘令《冥報拾遺》、佚名《陰德記》《報應記》《感通記》《感定錄》《感應記》
《靈驗記》《地獄苦記》《祇園因由記》等等。年久散佚，這類作品當時絕不
止於上述，數量也許不下於被譽爲「一代之奇」的唐代傳奇小說。

　　隋唐佛教小說的作者大致爲兩種人，一種是精通文墨的僧侶，如道宣，是隋末唐初的名僧，曾奉敕助玄奘譯經，並著有《續高僧傳》《大唐內典錄》《續大唐內典錄》《廣弘明集》等。僧侶之作的內容除因果報應外，較多塔像靈驗、異僧奇迹，自神其教，以邀布施。如道宣的《三寶感通錄》《道宣律師感通錄》等皆是。另一種人是士大夫知識分子，這些人一般並信三教而偏嗜於佛。如段成式「精通三教」（《太平廣記》卷一九七《段成式》），「尤深於佛書」（《舊唐書‧段成式傳》）。「（顏）之推《家訓》有《歸心篇》，於罪福尤爲篤信」（《四庫全書總目提要‧還冤志》）。他們注意在佛理的認知和敬信，作品內容主要是發明佛教的因果報應之說，而較少記述塔像佛經的靈異。有的作者甚至對當時佛教的狀況有所不滿，如《舊唐書‧郎餘令傳》載：

　　　　（郎）餘令少以博學知名，舉進士，……轉幽州錄事參軍。時有客僧聚眾欲自焚，長史裴照率官屬欲往觀之。餘令曰：「好生惡死，人之性也。違越教義，不近人情。明公佐守重藩，須察其奸詐，豈得輕舉觀此妖妄？」照從其言，因收僧按問，果得詐狀。

然而，這位郎餘令卻是《冥報拾遺》的作者。他雖以當時佛教徒的某些行徑爲妖妄，但也「於罪福尤爲篤信」，可見佛教義理深入人心的程度。

　　中國佛教小說是志怪小說的一個分支，是佛教在中國傳播到一定階段的產物，其發源約在晉代佛教脫離方術道教而欲以自立的時期。唐臨《冥報記自序》云，「昔晉高士謝敷、宋尚書令傅亮、太子中舍人張演、齊司徒從事中郎有陸杲，或一時令望，或當名代名流，並錄《觀世音應驗記》」。可知隋唐佛教小說的撰集乃承晉餘緒而來。但它盛極一時的原因除上面指出的佛教自身的作用外，與當時統治者的提倡關係甚大。如《廣弘明集》卷十七收有王劭《舍利感應記》，載隋文帝楊堅爲報答尼智仙的鞠育之恩，於仁壽元年詔三十州「一時起舍利塔，諸沙門各以精舍奉舍利而行，……舍利之將行也，皇帝曰：『今佛法重興，必有感應。』其後處處表奏，皆如所言」。一部宣揚佛塔靈驗的佛教小說就這樣產生了。又同書同卷安德王雄等《慶舍利感應表》，彙集仁壽二年敕五十一州建塔所得靈驗事，也是一部按照隋文帝崇佛意旨造作的小說。僧侶和地方官吏以之媚上邀寵，皇帝藉此證明自身統治合乎佛意。「僧侶總是與封建主攜手同行」（《共產黨宣言》），造成了隋代佛教小說的大量出現。唐代武則天改號稱帝，也曾有佛教造作小說爲之鼓吹〔註1〕。

〔註1〕郭朋《隋唐佛教‧武則天與〈寶雨經〉》，齊魯書社1980年版。

　　隋唐佛教小說爲迎合帝王一時舉措而撰集的只在少數。僧侶的根本利益在於佛教對廣大民眾的影響，在於以佛教的精神和義理征服人心。因此，注重義解和傳經是隋唐佛教鼎盛的一個重要特徵，大量的佛教小說就應傳經的需要而出現了。《廣弘明集》卷十五《列塔像神瑞迹》「邢州」條下道宣注云：

　　　　已前神塔瑞像開俗，引凡未深明者由茲發信。既信殊像，方能攝心披經，討論資啓神解。方知四魔常擾，六賊恒陵。覺而且怖，超方有日。不爾沉淪，還同無始，弘明之道，豈其然哉？至於經卷不灰，乃符火浣之布；書空不濕，便同天蓋之靈；聖寺屢陳，鐘聲流於遠近；神僧數現，受供通於道俗，斯途眾矣，備於《感通記》中。

可見道宣把佛教小說《感通記》的作用視同「神塔瑞像」，都是爲了引俗眾「發信」，進而「攝心披經，討論資啓神解」的。在這個意義上，佛教小說成爲推銷佛經的廣告和產品說明書，常常冠於佛經卷首而流行。陳寅恪先生對此曾有過精當的考證：

　　　　寅恪所見敦煌本中文《金光明經冥報傳》（合肥張氏所藏）西夏文之譯本（北平圖書館藏）及畏兀爾文譯本（俄國科學院佛教叢書第十七種），皆取以冠於本經之首。吐蕃文《金剛經冥報傳》（一千九百二十四年普魯士科學院哲學歷史組十七報告），雖殘缺不完，以體例推之，應亦相同。斯蓋當時風尚，取果報故事與本經有關者，編列於經文之前以爲流通之助……《太平廣記》一○二至一八○報應類一至七《金剛經》條，一○九報應類八《法華經》條，一一○至一一一報應類《觀音經》條等故事，皆當取自《金剛經》《法華經》《觀音經》卷首之序文而別行者。〔註2〕

陳先生的結論是可信的。需補充的是，冠於一經之前的果報故事，往往因傳經人的不同有增刪改換，如《太平廣記》收《報應記》五十七則，除《崔善沖》《唐宴》《崔義起妻》三則在「崇經像」條外，其餘均在《金剛經》條，說明《報應記》曾被取以冠諸《金剛經》之首，或《報應記》係從《金剛經》序文析出而別行者。但是，敦煌遺書中有《金剛般若波羅蜜經》（《金剛經》之全稱）兼《持頌金剛經靈驗功德記》一卷，據原書跋語知爲唐天順中翟奉

〔註2〕陳寅恪著《金明館叢稿二編・敦煌本唐梵對字音般若波羅蜜多心經跋》，上海古籍出版社 1980 年版，第 257 頁。

達所錄。《功德記》乃是翟氏（或據原本）冠於《金剛經》之首的佛教小說，察其內容，與《報應記》不是一書。然則同一《金剛經》，可因傳經者的不同，冠以不同的果報故事，佛教小說乃分合無定。出現許多「新編」和「選本」，輔佛經而廣泛流行，並因此較多地保留下來。這是中國小說史上一個久被忽略的特殊現象。

隋唐佛教小說輔經卷流行者，內容自然是專述佛經的靈驗，而且每經靈驗各有側重。從《太平廣記》一○二至一一一《報應類》所錄隋唐佛教小說作品看，持誦《金剛經》者多得死而復生，故《張御史》條（出《廣異記》）謂《金剛經》爲「續命經」，可知隋唐間《金剛經》是在追薦亡靈時念誦的；誦《觀音經》者，多得弭難消災、逢凶化吉，與俗所謂「救苦救難大慈大悲觀世音菩薩」的說法相合；誦《法華經》者，除能消災治病起死回生外，更有一樣特別的好處，即死後舌頭不腐爛，《釋道俗》《史阿誓》等皆是，此等怪異，不知從何說起。

隋唐佛教的鼎盛是在北魏太武帝和北周武帝兩度「滅佛」之後出現的，在當世也還受到一些有識之士的抨擊。因此，隋唐佛教徒多假小說對歷史上和當代的排佛人物進行抨擊。如《太平廣記》一○二《趙文昌》（出《法苑珠林》）謂北周武帝在地獄「著三重鉗鎖」，對即將還陽的趙文昌說：「卿……今還家，爲吾向隋皇帝說，吾諸罪並欲辨了，唯滅佛法最重，未可免。」又如唐初傅奕曾上疏闢佛，《太平廣記》一一六《傅奕》（出《地獄苦記》）即言奕死後歸泥犁地獄，受種種苦難。甚至說庾信因「生時好作文章，妄引佛經，雜糅俗書，又誹謗佛法，謂言不及孔、老」，死後受孽報變成了烏龜（《太平廣記》一○二《趙文信》），這大概是我國古代以小說作人身攻擊的較早的典型例子了。相反，對崇佛佞佛的君主和達官貴人，佛教小說則極盡揄揚之能事，如《太平廣記》一一六《裴休》（出《北夢瑣言》）載唐開成間宰相裴休「留心釋典，精於禪律」，曾發願「世世爲國王，弘護佛法」，死後果然託生爲于闐國王之子，等等。以因果報應爲上層統治者說法，威脅利誘，企求國主和王公大臣的庇護，是隋唐佛教利用小說的又一重要特點。

隋唐佛教小說爲宗教目的而作，思想和藝術上都無可稱道的地方。但是，它卻深遠地影響了後世小說的創作。陳寅恪先生指出：

> 至《冥報傳》之作，意在顯揚感應，勸獎流通，遠託法句、譬
> 喻經之體裁，近啓《太上感應篇》之注釋，本爲佛教經典之附庸，

漸成小說文學之大國。蓋中國小說雖稱富於長篇巨製，然一察其內
容結構，往往爲數種感應冥報傳記雜糅而成。〔註3〕

這樣的「長篇巨製」，我們可以舉出《西遊記》《金瓶梅》《醒世姻緣傳》《紅
樓夢》等等，它們都或隱顯地帶有一個輪迴報應的框架。這一般不是它們的
作者直接從佛經拿來的，而是前代佛教小說中大量因果報應故事積澱形成
的。在這個意義上，隋唐以後佛教小說雖然已經衰落而趨於滅亡，但它的靈
魂卻化身千萬，侵入了世俗小說的肌體。而在文言短篇小說方面，隋唐佛教
小說已表現出向世俗小說的轉化，如《太平廣記》一三〇《竇凝妾》（出《通
幽記》）寫竇凝爲娶新婦而枉殺舊妾，舊妾之魂訴於冥司，十五年告狀不輟，
得上天做主准於復仇。而竇凝婦崔氏求佛許以功德贖罪，舊妾之鬼厲色曰：「凝
以命還命足矣，何功德而當命也。」僧曇亮欲爲竇凝召金剛驅除，舊妾之鬼
曰：「和尚事佛，心合平等，奈何掩義隱賊？且凝非理殺妾，妾豈干人乎？上
命照臨，許妾仇凝，金剛豈私殺負冤者耶？」言訖，登階擒凝如初。這個故
事以生活的眞理否定了僧侶的佛法，因果報應僅作爲表達現實生活理想的形
式，而不再是作品的主要思想傾向。把《竇凝妾》與《聊齋誌異》中《席方
平》相對照，可以明顯看出二者在人物形象和故事情節方面的啓承關係。在
佛教小說和世俗文言小說之間，《竇凝妾》帶有前者向後者過度轉化的特點。

總之，佛教小說是中國小說史上一個顯著的存在，隋唐是中國佛教小說
發展的一個重要階段。作爲一種歷史現象，它本身就是值得研究的；而作爲
中國小說史發展的一個環節，更是不容忽略的。正是這些無聊的宗教故事及
其影響，顯示了佛教與中國小說主流的密切聯繫。

（原載《曲靖師專學報》1988 年第 1 期）

〔註 3〕陳寅恪著《金明館叢稿二編·懺悔滅罪金光明經冥報傳跋》，上海古籍出版社
1980 年版，第 176～177 頁。

略論佛教對中國長篇小說的影響

　　佛教起源於古印度，自漢代傳入中國，遂予中國文化以久遠而深刻的影響。在文學方面，這種影響遍及魏晉以降古典詩文、小說、戲劇等各體文學的創作和理論，以至具體地研究某些作家作品，或宏觀地把握中古以來我國古代文學發展的規律，都不能忽略佛教影響的存在。小說的狀況亦是如此。它萌芽和發展的歷程恰與佛教傳入和流變的過程相始終，不僅歷代僧人和深受佛教思想影響的文人傳播和杜撰了大量弘揚佛法的故事，而且勾欄瓦舍的民間說話也與寺院的講經有著千絲萬縷的聯繫。本文僅取中國佛教的一些基本狀況，和古代小說最有代表性的長篇名著進行比較研究，以管窺佛教對中國長篇小說的影響。

一、佛教與中國長篇小說的起源

　　我國長篇小說以《三國演義》《水滸傳》為標誌，正式形成於元末明初。導致長篇小說形成的因素是多方面的，僅就文學自身發展看，決定長篇小說形式不遲不早出現在元明之際的根本條件乃是民間說話藝術的發展。

　　我國民間說話藝術源遠流長。它的遠源是上古的民間傳說和講故事，即後世所謂「說話」。而從綿陽漢墓出土說書俑看，說話在漢代或已出現；但從缺乏文字的記載來看，漢代的說話在社會生活中影響不大。漢末至六朝，佛教傳入並有較大的發展。為了宣揚教義，寺院中出現了一種宗教的說話形式——唱導。梁釋慧皎《高僧傳》初集第十五《論唱導》云：「唱導者，蓋以宣唱法理，開導眾心也。」為了吸引聽眾，擴大宣傳效果，高明的唱導僧人根據聽眾的不同，宣講不同的因果報應故事：「如為出家五眾，則須切語無常，

苦陳懺悔；若爲君王長者，則須兼引俗典，綺綜成辭；若爲悠悠凡庶，則須指事造形，直談聞見；若爲山民野處，則須近局言辭，陳斥罪目；凡此變態，與事而興。可謂知時衆，又能善說。」唱導的這種種「變態」，實際是在經義的宣傳中增加故事性、趣味性。它一方面固然是唱導僧徒的創造，另一方面恐也受到當時民間說話的影響。這樣「變」下去，到唐代形成一種更富文學性的佛教形式——俗講。「俗講」即通俗地講論教義，初不限於佛教，而佛教尤善講說，影響最大。韓愈《華山女》詩有云：

> 街東街西講佛經，撞鐘吹螺鬧宮庭。
>
> 廣張罪福資誘脅，聽衆狎恰排浮萍。
>
> 黃衣道士亦講說，座下寥落如明星。

這樣，佛教逐漸佔據了俗講的全部地盤。然而佛教的俗講並不限於講論佛經和佛教的故事，而且敷演歷史和時事，更有人恣意發揮，離經叛道。趙璘《因話錄》卷四《角部》云：

> 有文淑僧者，公爲聚衆譚說，假託經論所言，無非淫穢鄙褻之事，不逞之徒，轉相鼓扇扶樹，愚夫冶婦，樂聞其說，聽者塡咽，寺舍瞻禮崇奉，呼爲和尚。教坊效其聲調，以爲歌曲。

除佛教經義和事迹外，俗講中一切世俗的內容與當時民間說話沒有什麼區別。我疑心唐代的民間說話已爲俗講的影響所籠罩，因爲單純的娛樂總不如「廣張罪福資誘脅」的講唱更能抓住聽衆。從敦煌發現的唐五代俗文學材料看，俗講的變文和民間話本（如《廬山遠公話》《秋胡小說》等）雜存在同一個藏經洞裏，可以作爲當時俗講與民間說話、變文與話本合流的象徵。而因此豐富擴大了民間說話的內容和影響，使我國通俗文學的發展進入一個嶄新的歷史時期，後世通俗小說即從這裡發源。王國維《敦煌發現唐朝之通俗詩及通俗小說》一文認爲，敦煌文獻中的《唐太宗入冥記》「爲宋以後通俗小說之祖」；周叔迦《漫談變文的起源》概述解放前至建國初的研究狀況說：「中國的小說是起源於唐時佛教俗講的變文，這是現代研究民間文學者所公認的。」這裡「中國的小說」當然是指通俗小說，其中包括白話長篇小說。現在看來，這個意見也大體是正確的，儘管我們不能由此認爲佛崐教派生了中國長篇小說，但佛教的俗講確實對中國長篇小說的產生起了極大的推波助瀾的作用。

俗講在唐以後便衰微了，但它給予民間說話的影響卻長久地保留下來。

這尤其可以從宋代的說話中看得出來。宋代說話分四家，近來研究者對四家分法較爲一致的意見是：1、小說（即銀字兒）：煙粉、靈怪、傳奇、公案，皆樸刀杆棒發跡變泰之事；2、說鐵騎兒：士馬金鼓之事；3、說經（說參請、說諢經）：演說佛書、賓主參禪悟道之事；4、講史書：講說前代書史文傳興廢征戰之事。除「說經」爲俗講之嫡傳外，其他三家也莫不與俗講有一定淵源關係，這只要拿俗講之變文與說話四家的內容作對照即可明瞭。如《秋胡小說》之於「小說」，《張義潮變文》之於「說鐵騎兒」，《伍子胥變文》之於「講史書」等，內容均極類似。可知宋代說話實與唐代俗講一脈相承：唐代講經盛，俗講包括了說話；宋代說話盛，四家中列有「說經」一門。由唐至宋，佛教對說話的影響有所減弱，但某些適合於說話藝術的內容和形式卻長久地保存下來，成爲話本和後世長篇小說形成的因素。如唐僧取經在唐代兼史實與佛教故事二義，宋代說經演爲《大唐三藏取經詩話》，元代或明初演爲古本《西遊記》〔註1〕，遂成吳承恩寫作《西遊記》的依據，敦煌變文中《唐太宗入冥記》故事亦赫然在焉；又如《高僧傳》記南朝宋釋道照唱導云：「釋道照……披覽群典，以宣唱爲業，指事適時，言不孤發，獨步於宋代之初。宋武帝嘗於內殿齋，照初夜略敘百年迅速，遷滅俄頃，苦樂參差，必由因果。」這樣用歷史變遷證明佛教的因果報應，或用因果報應解釋歷史的做法，正是後世《全相三國志平話》寫司馬仲相陰間斷獄，劉邦、呂雉與韓信、彭越、英布三人冤冤相報的濫觴。後來羅貫中寫定《三國志通俗演義》，刪去了這個荒誕的框架，但清初毛宗崗修訂《三國演義》，又在開篇加上了「天下大勢，分久必合，合久必分」等語。這種歷史循環論，與佛家劫運說相通或者竟是它的變相。又如宣揚佛法無邊爲俗講重要內容，而據百二十回《水滸傳》發凡等云，古本《水滸傳》開篇有「燈花婆婆」致語，今本不見，而存於馮夢龍增訂的《平妖傳》中，是一個佛法收伏獼猴精的故事，則《水滸傳》成書之初似亦與佛教的宣傳有牽連。至於以《金瓶梅》爲濫觴的長篇世情小說，雖沒有「平話」的中介顯示與佛教的聯繫，但前引文淑僧「假託經論所言，無非淫穢鄙褻之事」，也可作《金瓶梅》描寫的一個遠源。總之，佛教不僅直接導致《西遊記》等一派神魔小說的產生，而且一度企圖把講史和英雄傳奇作爲佛家教訓的注腳，它以無所不包的精神影響民間說話，孕育產生了中國長篇小說。

〔註1〕佚文見《永樂大典》第一三一三九卷「送」的「夢」字條。

二、佛教與中國長篇小說的思想內容

中國長篇小說既遠承唐、宋、元佛教的影響，先天地帶有釋家的印記，更在明清佛教作用下滲入佛教意識。一方面，佛教的許多基本觀念程度不同地成爲長篇小說作家觀察把握社會人生的指導思想，從而影響了作品的主題和思想傾向；另一方面，不同作品因作者和題材的不同對佛教思想的取捨有所側重和變異，且有深淺之別、雅俗之分，並由此影響到作品的品級和質量。據現有材料可知，我國古典長篇小說並無高僧所作，而長篇小說作者也多不曾精研佛法，這種狀況決定長篇小說接受佛教的影響只能是一些基本的觀念，是佛家教義中通俗簡易的方面。

在世界觀上，佛教認爲一切事物皆無獨立的實在自體，所謂「觀五蘊無我無我所，是名爲空」（《大智度論》五），「諸法究竟無所有，是空義」（《維摩經·弟子品》）。這個「空」，不是道家「無中生有」之「無」，而是無生無滅的空寂，既是佛家對世界的終極看法，也是佛家修行要達到的最高境界。《西遊記》第一回寫石猴學道，菩提祖師給他一個法名「悟空」，作者贊曰：「鴻蒙初闢原無姓，打破頑冥須悟空。」講的就是修眞成佛的意思。有人認爲，孫行者在取經的最後階段「信口談禪」是性格的扭曲，其實這正是他作爲「悟空」的必然歸宿，是全書一開始就安排好的。《儒林外史》開篇詞後解釋說：「這一首詞，也是個老生常談；不過說人生富貴功名，是身外之物；但世人一見了功名，便捨著性命去求他，及至到手之後，味同嚼蠟，自古及今，那一個是看得破的！」這番話明確全書的宗旨是用佛家「空」的觀念來否定世俗的功名富貴。所以，《儒林外史》不僅揭露了科舉功名的無聊和不足留意，而且寫出了振興儒家禮樂的無意義：除了蕭雲仙在青楓城的努力是枉費心機而外，全書著力描寫的祭泰伯祠的盛典不也是過眼煙雲嗎？第五十五回寫「泰伯祠的大殿，屋山頭倒了半邊。……兩扇大門倒了一扇，睡在地下，……三四個鄉間的老婦人在那丹墀裏挑薺菜，大殿上槅子都沒了，……五間樓直桶桶的，樓板都沒有一片」，以此照應建泰伯祠和落成祭禮的描寫，所顯示的不正是《桃花扇》所謂「眼看他起朱樓，眼看他宴賓客，眼看他樓塌了」的幻滅寂空之感嗎？所以全書結束於「從今後，伴藥爐經卷，自禮空王」，決非隨意的布置，而是全書以佛家「空」的觀念否定功名富貴的表現。《紅樓夢》第一回云：「此開卷第一回也。作者自云：因曾歷過一番夢幻之後，故將眞事隱去，而借『通靈』之說，撰此《石頭記》一書也。」又云：「此回中凡用『夢』

用『幻』等字，是提醒閱者眼目，亦是此書立意本旨。」又借二仙師答石頭之問說：「那紅塵中有卻有些樂事，但不能永遠依恃，況又有『美中不足，好事多魔』，八個字緊相連屬，瞬息間則又樂極悲生，人非物換，究竟是到頭一夢，萬境歸空。」作者在此回中還有詩云：「浮生著甚苦奔忙，盛席華筵終散場。悲喜千般同幻泡，古今一夢盡荒唐。」明確表示把書中所寫人物事件都視同夢幻。接下來所寫甄士隱的出家及其對《好了歌》的「解注」，第五回的《晚韶華》曲，第二十五回癩頭和尚對賈寶玉「今日這番經歷」的慨歎，第六十六回跛足道人對柳湘蓮的點化等，都是進一步印證全書「夢」「幻」的本旨。而且按照曹雪芹的構想，《紅樓夢》的結局應是「落了片白茫茫大地眞乾淨」，眞正是「到頭一夢，萬境皆空」。這種「空」的觀念甚至出現在歷史演義和英雄傳奇類作品中。例如，經毛宗崗修訂過的《三國演義》引首詞云：「滾滾長江東逝水，浪花淘盡英雄，是非成敗轉頭空，青山依舊中，幾度夕陽紅⋯⋯」百回本《水滸傳》引首詞中亦有句云：「興亡如脆柳，身世類虛舟。」這些雖不足構成作品內容的基本方面，但至少顯示了作者（或寫定者）用佛家「諸法皆空」觀念評價歷史和人生的意圖。當然，客觀地看來，上面提到的幾部作品，包括《紅樓夢》的意義不能簡單地歸結爲一個「空」字。即便對作者本人來說，也是「云空未必空」。倘眞以爲「諸法皆空」，連書也就不寫了。所以要寫書，而且要在書中把一切世俗之人、事、物都說成是靠不住的「幻泡」，其眞實動機和意義不過是：一、詛咒他所恨而無可奈何的一切；二、痛惜他所愛而不能到手、或得而復失的一切；三、用出世的理想掩飾對現世的愛戀。因此，佛家「空」的觀念給作品造成虛無感傷情調的同時，也顯示了作品批判現實的基本傾向。

佛教雖然認爲「空」是世界萬物的本質，卻認爲世界萬物之間的聯繫是不空的，一切事物和現象的生成都由相待（相對）的互存關係和條件所決定；離開關係和條件，就不能生成任何一個事物和現象。一定的因，必然產生一定的果。因與果相符，果與因相順，由此衍生宿命論和因果報應的觀念。《涅槃經》云：「善惡之報，如影隨形；三世因果，循環不失。」這種教義與中國先秦就有的福善禍淫、人死變鬼的迷信思想一拍即合，成爲六朝以後佛教爲大眾說法的主要內容。如東晉名僧慧遠《三報論》云：

> 經說業有三報：一曰現報，二曰生報，三曰後報。現報者，善惡始於此身，即此身受；生報者，來生便受；後報者，或經二生三生，百生千生，然後乃受。

這種思想給世代中國人以巨大而沉重的精神壓力，我們看魯迅小說《祝福》中祥林嫂詢問有無地獄的情景，就知道佛教的這種宣傳是如何地奏效。中國長篇小說爲了勸善懲惡，有裨教化，也爲了迎合一般讀者對因果之說的迷信，往往不免宿命論和因果報應的說教與描寫。如《三國志通俗演義》寫諸亮南征火燒藤甲兵，見其慘狀，泣而歎曰：「事雖有功，必損壽矣！」百回本《水滸傳》寫宋江征方臘損兵折將，一百八人，十亭去七，因而感泣。張招討安慰他道：「先鋒休如此說，自古道：貧富貴賤，宿生所載。壽夭命長，人分所定……」但宋江仍不釋然於心，「便就睦州宮觀淨處揚起長幡，修設超度九幽拔罪好事，做三百六十分羅天大醮，追薦前亡後化列位偏正將佐」。這些議論和描寫雖在全書部不占顯著地位，但也表明二書宿命論和因果報應思想的影響。至於《西遊記》關於天、人、地獄三界的描繪，豬八戒、沙僧等皆犯戒天神投胎轉世，取經所遭危難皆爲前定，八十一難，少了還得補等，更是宿命論、因果報應的極端體現，只是它以神話的形式，不那麼令人毛骨悚然罷了。

相比之下，受宿命論和因果報應思想最深也危害最烈的是世情小說。《金瓶梅》《醒世姻緣傳》等固不必說，即使最優秀的被稱爲現實主義巨著《紅樓夢》也乞靈於這荒唐的理論。《紅樓夢》第一回通過一僧一道的問答，暗示書中主要人物都是「造劫歷世」的「風流冤家」，其中最主要的是神瑛侍者和絳珠仙草——賈寶玉和林黛玉的前身。絳珠仙草因爲曾受過神瑛侍者的灌溉之恩，所以要「下世爲人」，把「一生所有的眼淚都還他」。書中寫林黛玉每每因賈寶玉的行爲長籲短歎，淚流滿面，就是這樣一個「還淚」的過程。「還淚」實際上成了全書的情感線索。第五回賈寶玉神遊太虛幻境，進一步顯示書中包括賈寶玉、林黛玉愛情悲劇在內的一些主要人物的悲歡離合，都是冥冥中預先注定的，而且都是由於各自的宿孽，所謂「春恨秋悲各自惹」。《飛鳥各投林》曲更點明書中人物的命運和遭遇是所謂「冤冤相報實非輕，分離聚合皆前定。」某些描寫很是露骨，如第六十九回尤三姐託夢於尤二姐道：「你我生前淫奔不才，使人家喪倫敗行，故有此報。」總之，宿命論和輪迴報應的觀念是《紅樓夢》作者整體構思的基礎和主要線索，這與實際描寫中論者所稱現實主義傾向是一個矛盾的存在。

結合以上分析，我們看到佛教影響於中國長篇小說思想內容有如下特點：
第一，佛家「諸法皆空」的世界觀和宿命論、輪迴報應的人生觀，在長

篇小說中的表現形式是多種多樣的。有的作爲作者觀察評價所寫生活的基本思想彌漫全書，如《西遊記》《金瓶梅》《醒世姻緣傳》《紅樓夢》等；有的則表現爲刻畫人物信手拈來的情節和細節，如《三國演義》，《水滸傳》等；有的則是作者藉以抒發表現某種特定思想感情，如《儒林外史》；有的則是強加的議論，屬作品中的非情節因素，這在世情、神魔類作品尤多。這種狀況表明，作品所受佛教影響的輕重，除作者的因素外，很大程度上取決於題材：宗教題材所受影響較重，而世俗題材較輕；當代生活題材的所受影響較重，而歷史題材的較輕。這種狀況的形成，與明清二代佛教觀念空前深入人心有關。日人鐮田茂雄《簡明中國佛教史》云：「明清以後的近代佛教雖被人們認爲是中國佛教的衰落期，但中國人所接受的某些教義已經深入人心，化爲血肉，佛教已不再是外來的宗教了。」〔註2〕《金瓶梅》《紅樓夢》等寫現實中普通人日常生活的作品中濃重的佛教影響，正是明清時代佛教深入人心的結果。

第二，在具體作品中，佛教思想往往與儒家、道家的思想雜糅結合在一起。如諸葛亮的「鞠躬盡瘁，死而後已」爲儒家思想，而羽扇綸巾、登壇做法乃道家風度，燒藤甲而信損壽則是佛家因果報應觀念。又如唐僧取經的目的除佛家普渡眾生的教旨外，還要「冥助國家」，保祐大唐天子「皇圖永固」，這後一點與佛教本旨是風馬牛不相及的。再如《紅樓夢》雖以「夢」「幻」爲「立意本旨」，卻也聲明「及至君仁臣良父慈子孝，及倫常相關之處，皆是稱功頌德，眷眷無窮」；而挾寶玉入世和出世的除一僧外，還有一道。這些都表現了古典長篇小說發展時期的明清二代三教合流的特點。因此，即使受佛家思想浸染較重的作品，我們也不能把它的主題簡單地歸於佛教的某種觀念。同時，我們更要看到，作品的主題很大程度是由它所描寫的具體生活內容決定的，不僅某些游離於情節之外的佛家說教不能視爲一部作品的主題，而且已經構成全書主要思想線索的佛家觀念也不應成爲判斷作品價值的唯一標準。所以，《紅樓夢》是偉大的，《金瓶梅》《醒世姻緣傳》各有其不朽價值，因爲它們都程度不同地以現實主義的描寫衝破了落後的佛家觀念的束縛。

第三，這些作品表現的佛教觀念是虛僞騙人的，但在表現這些虛僞觀念時透露的社會醜惡和人生苦難卻在不定期定程度上是眞實的；它們從佛家觀念構想和人生解脫的道路是消極和虛幻的，但作者們普渡眾生，嚮往幸福的

願望卻是美好而眞實的。至於以「諸法皆空」的佛教世界觀否定統治階級藉以網羅爪牙、收買人心的功名富貴，蔑視封建權威，假因果報應以勸善懲惡，在當時歷史條件下雖無濟於事，卻也曲折地反映了人民的願望。誠如馬克思在《〈黑格爾法哲學批判〉導言》中論述「宗教是人民的鴉片」時所說：「宗教裏的苦難，既是現實的苦難的表現，又是對這種現實的苦難的抗議。宗教是被壓迫生靈的歎息，是無情世界的感情，正像它是沒有精神的制度的精神一樣。」〔註3〕

　　總之，我們既要看到佛教影響於中國長篇小說思想內容的消極有害的一面，給以認眞的批判和清理，也要看到造成這種影響的歷史必然性和這種影響在當時社會的些許進步性。一些教科書和論著中把佛教對某些作品的影響一概歸之於糟粕，未免過於簡單化和絕對化了。

三、佛教與中國長篇小說的藝術

　　與上述對中國長篇小說思想內容的影響相聯繫，佛教也極大地影響了中國長篇小說的藝術。它不僅爲中國長篇小說開闢了新的描寫領域，賦予中國長篇小說更爲瑰奇幻麗的色彩、天眞浪漫的情調，而且促進了中國長篇小說藝術形式的開展和描寫技巧的成熟。比較對思想內容方面的影響，佛教對中國長篇小說藝術的發展有更多的增益和建設作用。

　　首先，佛教的傳播和興盛帶來了關於佛教和佛教徒生活的事述、傳說和神話，經歷代僧侶和民間藝人的加工，形成動人聽聞的宗教故事並進入小說家的視野。從《西遊記》的題材產生和演變成書的過程看，很大程度上可以說它是佛教活動的產物，而由此衍生了神魔小說一派。沒有佛教的傳入和興盛，肯定不會產生《西遊記》這樣一部長篇神話傑作；沒有佛教經典的啓迪，《西遊記》和其他神魔小說乃至《水滸傳》等作品中鬥寶鬥法的描寫也很難出現。關於這點，季羨林先生《中印文化關係史論文集》中有一篇題爲《〈西遊記〉裏的印度成分》的文章述之甚詳。而半個多世紀以前，胡適在其所著《白話文學史》中就已指出了佛教對《西遊記》這一派小說的影響，他說：

　　　　《華嚴經》是一種幻想教科書，也可說是一種說謊教科書。什麼東西可以分作十件、十地、十明、十忍……等等，都是以十進的，

〔註3〕〔德〕馬克思《〈黑格爾法哲學批判〉導言》，《馬克思恩格斯選集》第1卷，人民出版社1972年版，第2頁。

只要你會上天下地的幻想，只要你湊得上十樣，你儘管敷衍下去，
可以到無窮之長。

這裡說《華嚴經》（實際上佛經中不少都是如此）的「幻相」和「長」，正是
作長篇神話小說的兩手看家本領。就《三國演義》而言，「六出祁山」「七擒
孟獲」何嘗不是「敷演下去，可以到無窮之長」？中國的長篇小說常常要到
一百回、一百二十回，我看也與佛經的「無窮之長」有些蛛絲馬跡的聯繫。
但胡適只講到了《西遊記》等，他在舉了《華嚴經》寫善財童子求法幾段描
寫後說：

這種無邊無際的幻想，這種「瞎嚼蛆」的濫調，便是《封神傳》
三十六路伐西歧」、《西遊記》「八十一難」的教師了。

在沒有強有力的反證的情況下，我們只能相信這個「大膽假設」。當然，「三
十六路伐西歧」「八十一難」大致還是寫得好的，至少比《華嚴經》的「瞎嚼
蛆」是「青出於藍而勝於藍」。

其次，佛教的世界觀和宿命論輪迴報應的人生觀影響了中國長篇小說的
布局和結構。《西遊記》第八回寫如來欲傳經東土的原因是「那南贍部洲者，
貪淫樂禍，多殺多爭，正所謂口舌凶場，是非惡海」。但如來又說：「我待要
送上東土，叵耐那方眾生愚蠢，毀謗真言，不識我法門之旨要，怠慢了瑜迦
之正宗。怎麼得一個有力的，去東土尋一個善信，教他苦歷千山，詢經萬水，
到我處求取真經，永傳東土，勸化眾生……」這番話表明，作為取經人、唐
僧沿途所受劫難當然要多，而且是一個定數，「八十一難」就是這樣一個邏輯
的產物。所謂少一難還得補者，正是佛教精神的嚴格體現，並非遊戲筆墨。
第九十八回，如來對唐僧所講東土眾生的種種惡行，乃是對第八回取經緣起
的照應，進一步強調了取經故事的因果報應背景。另外，唐僧、孫悟空、豬
八戒、沙僧、白馬等遭受八十一難也是他們各自先前罪孽的報應；還有具體
情節的安排，如烏雞國王被妖精推入井下浸了三年，乃是文殊菩薩報三日水
災之仇；朱紫國王射傷佛母的雀雛，受到拆鳳三年的報應等等，皆所謂「一
飲一啄，莫非前定」。這樣，全書從總體構思到具體情節的設計，都在很大程
度上受制於宿命論和輪迴報應的觀念；另外，佛家「諸法皆空」的世界觀對
中國長篇小說的結尾有較大影響。既然世界萬物的本質是空，人生輪迴之苦
的解脫在於信仰佛教、皈依空門，那麼，一切以因果報應結構全書的作品，
其主要人物的結局必然是持誦經卷，懺悔罪惡。或出家為僧。《金瓶梅》《紅
樓夢》都是這樣的。人物、故事一涉因果，其結局必是皈依佛教。整個看來，

這種模式同才子佳人小說的「大團圓」同一乏味。

第三、佛教教義是一種精緻的唯心主義哲學，整體上是對世界的顛倒的認識。但它對宇宙人生的洞察、人類理性的反省，對概念的分析等，都較儒、道等中國固有哲學更爲深刻和細密。例如，隋唐佛教討論的中心問題就是人類的心性，所謂「明心見性」「性體圓融」等等，雖持論不一，卻都專注於人類心靈的省察。宋明理學就是儒學結合了佛教心性之學的產物。佛教這一注重內省的傳統直接或間接（通過理學）地影響於中國小說的人物塑造，特別推動了人物心理的刻畫。縱觀中國長篇小說發展的序列，就心理描寫的自覺和成熟而言，早期的不如晚期的，寫歷史題材和英雄傳奇題材的不如寫神魔和世情題材的，而在神魔小說和世情小說中，越是受佛教影響重的作品一般兼長心理描寫。如《西遊記》《金瓶梅》《紅樓夢》諸書受佛教思想的影響最重，而心理描寫也最爲精彩。《西遊記》是講究「心生種種魔生，心滅種種魔滅」的，書中豬八戒巡山一節就正是在八戒心理上做文章，寫得玲瓏剔透、生動活潑。這樣的文字，《三國演義》中尋不出，即以道教人物爲主的《封神演義》中也不曾出現；至於《金瓶梅》《紅樓夢》的心理描寫爲讀者公認，尤以《紅樓夢》獨標高格，它要張揚佛家的「空」，必然否定世俗的「色」和「情」：「因空見色，由色生情，傳情入色，自色悟空」──「情」是中心，而寫情必深入人物內心。我以爲曹雪芹卓越的心理描寫，除靠了他的生活經驗和天才外，也與「色空」的觀念指使有關，他使林黛玉向賈寶玉「還淚」，離開心理描寫，別無他途。

總之，佛教對中國古代長篇小說的影響是深刻而複雜的。這首先是一個佛教利用藝術的過程，由此造成中國長篇小說某些說教和圖解佛家觀念的缺陷；其次是藝術消化、改造佛教的過程，由此帶來中國長篇小說題材的開拓，想像力的擴張以及某些描寫手段的加強。這種有利有弊的狀況在具體作品中各有不同，但從整體上看，佛教對中國長篇小說的影響是利大於弊的。這一方面因爲佛教作爲人類把握世界的一種方式有與文藝相通的特質，另一方面因爲我國古代長篇小說作家們雖有不少受到佛教的影響，但他們的創作根本上仍是爲了社會和人生，並且忠實於他們所處的特定時代的現實生活，而不是向佛教的頂禮和奉獻。

（原載《明清小說研究》1988 年第 2 期）

宋代志怪與傳奇略說

　　宋代志怪與傳奇是當時文言小說的主要樣式。文言小說發展到宋代，整體上已呈衰落趨勢。不僅由晉宋傳來《世說新語》一派志人小說，匯入了筆記文的海洋，變成後人所謂的「雜俎」，退到了小說的邊緣，而且志怪與傳奇的成就也不如唐代，以至於各種中國文學史很少提到它。這自然可以理解，然而也不能不說有缺乏瞭解和研究所致的偏頗。實際上宋代文言小說——主要是志怪與傳奇——誠然未能後來居上，但是，猶如宋詩整體成就雖遜於唐詩，卻仍然有自己突出的特色，它在新的歷史條件的作用下，隨時而變，還是形成了自己的面貌，取得一定成績，有承前啓後的意義。

一、宋代社會對志怪與傳奇的影響

　　宋代的國土與國力雖然遠不如漢唐，但是這個由軍人政變建立的王朝出於穩定統治的需要，頗知重視文化，厚待文人士大夫，讓他們在科舉從政之餘，有條件鑽研學問，致力文學藝術的創造，同時允許民間文藝較爲自由地發展，從而把漢唐以來的中國封建文化推到成熟的地步。文言小說也就在這文藝的新的繁榮時代有了新的發展。

　　發展的第一個契機應當說是《太平廣記》的編纂。在宋朝還剛立國不久（公元 977 年），就由皇帝下達命令，組織文臣編纂這樣一部集前此歷代文言小說之大成的著作，差不多也就可以看作文言小說被准進入大雅之堂的標誌。這部多達五百卷的小說總集，不僅保存了大量古代小說資料，成爲後世小說的重要借鑒，而且至少在兩個互相關聯的方面，對宋代文言小說的發展有深刻影響：一是它的編纂本身肯定並加強了文人寫作文言小說的傳統，從

而宋初能有一批著名文人從事於志怪、傳奇的創作；二是啓發了後來《夷堅志》《類說》《紺珠集》等文言小說集的出現，使漢唐舊體的志怪、傳奇於衰落中延續一線生機。

發展的第二個契機是說話藝術的推動與影響。一般認爲，宋代說話藝術在宋仁宗朝（公元 1023～1064 年）達到興盛〔註1〕，此後直到宋末，可能部分地與說話人需要大量現成的故事以供敷演有關，導致《雲齋廣錄》《青瑣高議》《綠窗新話》《醉翁談錄》等一類說話參考書性質的志怪、傳奇小說集的出現。它們代表了市民文藝影響下的宋代文言小說的新面貌，也預示了從元代《嬌紅記》至明代《剪燈新話》一直到清代《聊齋誌異》一派新型志怪、傳奇小說的興起。在這個意義上，宋代志怪與傳奇在小說發展史上，是一箇舊有形式慘淡經營和新型體式悄然而生的時代。儘管後者可視爲從前者脫胎而來，但長時期內二者並存，甚至呈雜糅狀態，以至於新生者的面目顯露得不夠清晰。總之歷史的過程在這裡發展較爲緩慢，但是並沒有停頓和中斷，而是開闢了一段曲折前進的道路。

不過也應當看到，宋朝統治者比較漢唐也加強了對文人的思想控制，除了更多封建禮法的束縛，文字獄也空前嚴重，特別是儒學的復興與理學的形成，使「士習拘謹」〔註2〕，所作志怪與傳奇小說也就疏離於現實，想像力減弱，而且往往以爲其中要有學問，還非含教訓不可，議論又趨於嚴冷，從而作品感情貧乏，質木少文，降低了藝術水平。然而宋代志怪與傳奇的這個缺陷在過去被明顯地誇大了，加以對其膚受說話藝術影響而變化出新的一面未能重視，遂導致了評價的偏頗。實際上猶如宋詩之於唐詩，宋代志怪與傳奇比較唐人之作，可視爲一種變化了的新的範式。

二、宋代志怪

這類作品是當時文言小說的主流。雖然從各家著錄看宋代文言小說以神、仙、鬼、怪、異等名書的現象比前代明顯減少，但宋人筆記幾乎無不涉及神怪。即使以記載科技史料著稱的《夢溪筆談》，也不免設有「神奇」「異事」的門類，更不必說可以無所不包的小說了。「蓋宋代雖云崇儒，並容釋道，

〔註1〕程毅中《宋元話本》，中華書局 1980 年版，第 16 頁。
〔註2〕魯迅《中國小說史略》，人民文學出版社 1973 年版，第 84 頁。

而信仰本根，夙在巫鬼」〔註3〕，所以小說家下筆之際，總不能忘懷鬼神。加以如眞宗、徽宗、高宗等皇帝篤信神仙，或愛神怪幻誕之書，上有所好，下必甚焉，所以從北宋至南宋，志怪之風從來甚盛。

宋代志怪作品雖大量散佚，但存世專集數量尚有可觀。舉其重要的，北宋之作有吳淑《江淮異人錄》、秦再思《洛中記異》、張君房《乘異記》、錢易《洞微志》、聶田《祖異志》、黃休復《茅亭客話》、張師正《括異志》、章炳文《搜神秘覽》等；南宋之作則有王明清《投轄錄》、郭象《睽車志》、洪邁《夷堅志》、王輔《峽山神異記》、魯應龍《閒窗括異志》、沈□《鬼董》等等。此外，兩宋其他以記軼事或彙編傳奇爲主的小說書中也往往夾雜誌怪小說。

宋代志怪小說多數成就不高，文學性較差，所謂「平實簡率⋯⋯又欲以『可信』見長」「偏重事狀，少所鋪敍」〔註4〕，但也有若干較好乃至優秀之作。如《夷堅志》不僅以卷帙浩繁和多爲後世小說取材堪稱名著，而且在思想和藝術上代表了宋代志怪小說的最高成就。作者通過鬼怪故事所表現的對現實人生與社會、民族問題的憂患意識和強烈關懷，具有這個多災多難時代的特點；他的某些精心之作在故事的曲折性方面已比前代志怪有明顯進步，所以宋代的說話人「《夷堅志》無所不覽」〔註5〕。另外《江淮異人錄》以專記俠客及乘空飛劍的詭幻描寫對後世小說有較大影響，《茅亭客話》及《鬼董》中的宋人作品有不少佳作。《鬼董》卷三《郝隨女》、卷五《裴端夫》諸篇，構思巧妙，描寫細緻，語言生動，略有唐人遺韻，而更多地表現出市俗化傾向。這雖然不足以振起宋代志怪總體的成就，但對於如魯迅所批評的「宋一代文人之爲志怪，既平實而乏文采」〔註6〕的流弊，畢竟有所衝擊，甚至可以說是顯著的改觀。

三、宋代傳奇

比較志怪，宋代傳奇走過了一條曲折路，變革更爲明顯。宋初承晚唐五代流風，加以編纂《太平廣記》的影響，上層文人還比較能夠措意於傳奇的創作，如樂史有《綠珠傳》《楊太眞外傳》，錢易有《桑維翰》《越娘記》，張

〔註3〕 《中國小說史略》，第81頁。
〔註4〕 《中國小說史略》，第79～81頁。
〔註5〕 〔宋〕羅燁《醉翁談錄‧舌耕敍引》，轉引自黃霖、韓同文選注《中國歷代小說論著選》，江西人民出版社1982年版，第88頁。
〔註6〕 《中國小說史略》，第87頁。

齊賢有《洛陽縉紳舊聞記》等。然而宋初作者多以史家和學者的態度爲小說，「其傳奇，又多託往事而避近聞，擬古遠且不逮，更無獨創之可言矣」〔註7〕。

及至北宋中葉，理學興起，上層文人於小說獨好筆記，有時志怪，而一般不屑於「傳奇體」。包括蘇軾那樣生性曠達喜人談鬼的文藝全才，都沒有傳奇小說留下來。於是傳奇小說落變爲中下層文人弄筆的體裁。這從北宋中葉以後傳奇小說作者如《流紅記》作者張實、《王幼玉記》作者柳師尹、《趙飛燕別傳》等篇的作者秦醇、《雲齋廣錄》的編者李獻民、《綠窗新話》的編者皇都風月主人等等都生平不詳，或極少資料，即可以推斷出來。像《青瑣高議》的編撰者劉斧秀才，應該就是市井間編寫通俗文藝作品的書會才人。他們寫作或編選的傳奇小說成爲說話人的參考書，應當是有意爲之，並且不排除謀衣食之需的動機。這樣，作品就比較容易傾向現實的題材和通俗的風格，造成傳奇小說內容與形式由實而幻、由淡而濃、由雅而俗的新變，其末流或近乎淺薄。

這類新型傳奇小說的代表作與特點，如秦醇《驪山記》《溫泉記》之憑空虛構，《雲齋廣錄》中《西蜀豔遇》《四和香》《錢塘異夢》《華陽仙姻》等之詩文相間、詞章華麗，《醉翁談錄》中《鴛鴦燈傳》和《蘇小卿》等篇的曲折宛轉，以及整體上以「傳」名篇的減少所顯示的突出敘事的美學風格，都顯示了是宋代中後期傳奇小說新變的實績，與宋初樂史等人學者型的傳奇樣式形成鮮明對照。

四、宋代志怪與傳奇的流傳、影響和研究

宋代志怪當時一般以專集行世，傳奇小說則有些曾以單篇流行，多半靠了《雲齋廣錄》《青瑣高議》《綠窗新話》《醉翁談錄》等書的選錄才保留下來。但志怪集和傳奇的選本往往一書而兼二體，顯示了宋人重在搜奇志異，而不甚留心其文體的傾向。

宋代志怪與傳奇爲明清文言小說的復興開闢了道路，提供了經驗和借鑒，正如王士禎評《青瑣高議》所說：「此《剪燈新話》之前茅也」〔註8〕；它們的許多故事成爲後世小說戲曲的本事和詩文的典故，在文學史上有深遠

〔註7〕《中國小說史略》，第87頁。
〔註8〕〔清〕王士禎《〈青瑣高議〉跋》，轉引自丁錫根《中國歷代小說序跋集》，人民文學出版社1996年版，第575頁。

而廣泛的影響。但是長期以來，人們常常只是把它們看成考史證文的資料，而對其文學性缺乏足夠的重視。這一方面由於宋代志怪與傳奇總體的成就確實不如唐人小說，另一方面也是由於研究者每以唐人小說的模式衡定，一與唐人小說不合，便以爲沒有文學價值；同時也有研究不夠的原因。向來文學史、小說史都程度不同地有此偏頗，近年來始有較爲全面和力圖作出新的評價的有關研究著作出現。

（1996 年 5 月）

宋元話本略說

一、宋元（公元 960～1368 年）時代說話藝術的底本

　　話本源於說話，早在唐代就發生了。但是唐代說話還不很發達，話本處於萌芽階段，傳世很少。宋代手工業、商業有進一步發展，促進了都市經濟的繁榮和人口的增長。北宋時京都汴梁（今河南省開封市）已經成了「八荒爭湊，萬國咸通」（孟元老《東京夢華錄·序》）的大城市，人口多達二十六萬戶。在這樣的大城市裏，市民文化自然發達起來。當時汴京市民文化娛樂活動最集中的地方叫做「瓦子」，又叫「瓦」或「瓦舍」。其中有勾欄。勾欄中演出包括說話在內的各種伎藝。如汴京東角樓街巷有桑家瓦子、中瓦和里瓦，「其中大小勾欄五十餘座」，最大的演出場地「可容數千人」（《東京夢華錄》卷二《東角樓街巷》）。聽眾「不以風雨寒暑，諸棚看人，日日如是」（《東京夢華錄》卷五《京瓦伎藝》）。南宋都城臨安（今浙江杭州）早在北宋已經「參差十萬人家」（柳永《樂章集·望海潮〔東南形勝〕》），至南宋末「戶口蕃息，近百萬餘家」（吳自牧《夢粱錄》卷十九《塌房》），說話藝術也就在這人口以十倍增長的大城市中發展到鼎盛。僅據周密《武林舊事》卷六《諸色伎藝人》所載統計，當時杭州說話藝人有「演史」二十三人，「說經諢經」十七人，「小說」五十二人，「商謎」十三人，「說諢話」「合笙」各一人，共一百零七人。考慮到杭州的說話人不止此書所載，杭州之外的說話藝人亦所在多有，就可以想見南宋說話藝術之盛了。另有記載表明，同時與南宋對立的金國的說話人也不少，到了元朝，說話仍繼續流行，不僅在城市，而且進入農村。宋元說話的興盛促進了話本大量地產生。

二、宋元話本的類別及樣式

　　宋代說話名家林立，各有門戶，一般認為有四家數。其中學者公認的有三家，分別為小說、講史和說經（包括說參請、說諢經），第四家似為合生（「生」或作「笙」）或商謎或說鐵騎兒（說士馬金鼓之事），因無話本可據，就不好確定了。四家中小說最盛，以次講史、說經等，今存宋元話本就主要是這三種類型。小說話本一般就稱作小說；講史話本一般叫作平話，明清人又叫做「評話」。小說、講史的話本也有標作「詩話」或「詞話」的，另有的並不標明文體。說經的話本只有一種即《大唐三藏取經詩話》，但它的另一個本子又叫《大唐三藏法師取經記》，可見其稱「詩話」並不固定。各家話本題材樣式有不同。小說話本題材豐富多樣，羅燁《醉翁談錄》「小說開闢」條分為靈怪、煙粉、傳奇、公案、搏刀、杆棒、妖術、神仙等八類。從所例舉各類話本名目和今存部分傳本看，其中甚至包括某些講史和說經的題材。小說話本除取材六朝及唐人筆記、傳奇者外，多寫當代奇聞逸事，與現實聯繫較為密切；其中寫愛情及公案、豪俠故事者最具魅力。小說話本較講史話本為短，但也不一定短到一次就可以講完，例如《西山一窟鬼》自說是「十數回蹺蹊作怪的小說」。不過今存小說話本除了《碾玉觀音》分上、下兩篇，其他並無明確分回的標誌。小說通常以詩詞開篇，稱作「入話」；有的在正話之前，先說一個小故事做引子，以穩定先到的聽眾和等待後來的人，叫做「頭回」；正話也稱正傳，一般以散文敘事，穿插詩詞駢文等，或作為引證，或作為評論，或作為描寫人物和景色；結尾一般用一首七言四句的詩作為結束，也有最後點明題目叫做什麼或評論整個故事的。小說話本的故事情節常借助於偶合，所謂「無巧不成書」，語言則一般為當時的口語，也有個別用淺近文言的，如《清平山堂話本》中的《藍橋記》等。平話的特點一是只說不唱，有詩詞等韻文也是供念誦的；二是篇幅曼長，分卷分目，成了後來長篇小說分章回的基礎；三是以詩開篇，以詩結束；四是正文以斷代編年的方法敘事，多據史實，但程度不同地都有想像和虛構。另外平話大都抄略史書成書，語言文白夾雜，遠不如小說的流暢生動。說經的《大唐三藏取經詩話》，形式上很像唐代的變文，而篇幅長和分段標題又與平話相近；故事則是後來《西遊記》最早的雛型。

三、宋元話本的演變及存佚

　　話本雖早在唐代就已萌芽，但是成為一種新興白話文體還是在宋元時

代。今所知宋、元話本，哪些屬於宋，哪些屬於元，已很難斷定。但是今存早期的本子幾乎都是元人刊刻的。各本演變的具體情況已不能詳，僅據各種書目統計可知，宋元小說話本存目約一百四十種，作品則大都散佚。今存除黃永年於 1979 年在西安發現的元刊《紅白蜘蛛》殘頁外，主要見於明刊的《清平山堂話本》《熊龍峰四種小說》《喻世明言》《警世通言》《醒世恒言》，以及《京本通俗小說》等書中。學者公認爲宋元之作的約四十篇，這些作品有的也可以看出明人改動的痕跡；還有十餘篇作成時代待考。另外《綠窗新話》《醉翁談錄》《也是園書目》《寶文堂書目》等書中，還載有某些失傳話本的名目或故事梗概。講史的話本主要有元刊的《新編五代史平話》《新刊大宋宣和遺事》《全相平話五種》和保存在《永樂大典》中的《薛仁貴征遼事略》、以及清刊《士禮居叢書》中的《梁公九諫》。還有一種《吳越春秋平話》，國內未見傳本。說經的只有上面提到的至晚刊於元代的《大唐三藏取經詩話》，還有一種在《永樂大典》中存有片斷的《西遊記平話》，可能與《大唐三藏取經詩話》有淵源關係。今存話本雖然大都爲元刊或保存於明清人編的書裏，但它們的成書往往始於宋、元說話人所用底本。這些底本當初幾乎都是無名氏的民間藝人所作，長期師徒授受流傳，不斷增訂，最後刊刻、再版或新版時可能又有所改定，因此今本決非一人一時之作。雖大致保持了宋元舊本的風貌，但今見所有的話本，一般只可以看作原來說話的提綱或節要，並且一般或多或少地經過了文人的加工，已經不是純粹的民間文學。

四、宋元話本的影響與價值

宋元話本是中國古代通俗小說史上重要一環。它的出現標誌了中國小說史主潮由文言文體向白話文體的轉變，此後中國小說的歷史就是章回小說、擬話本與近現代小說的歷史。人們可以很明顯地看出明清擬話本來自宋元小說話本，而章回小說來自宋元平話及說經的《大唐三藏取經詩話》的淵源關係。宋元話本對傳奇、志怪等文言小說也有影響：有的話本故事被改寫成文言小說，也有的文言小說借鑒話本的某些形式。同時詩文戲曲也無不受到宋元話本的影響，尤其歷史劇與宋元平話的關係最爲密切。更從文學發展的大勢看，宋元話本是中國最早典型的市民文學，當時在正統文學之外，別立一軍，遙啓後世，實際開始了白話文學的新傳統，在中國文學發展史上有轉移風氣的意義。宋元以後中國文學史主流由詩文轉爲小說、戲曲，完成這一轉

變，不能不說宋元話本有過很大的功勞。此外，宋元話本還保存了一些社會經濟及民風民俗方面的史料。因此，宋元話本不僅在文學上閱讀和研究的價值，對於研究當時社會經濟文化狀況也有一定意義。

五、宋元話本的整理與研究

宋元話本入明以後長期不被重視，幾至於湮沒。至明嘉靖中始有洪楩編刊《六十家小說》（其殘本即今《清平山堂話本》），使一些宋元話本得到整理流傳；稍後有熊龍峰刊別冊單行的四種小說，今刊爲《熊龍峰四種小說》（古典文學出版社 1958 年出版）；明末則有馮夢龍編訂《三言》，收錄宋元舊作甚夥，雖大都有所改訂而有失原貌，但因此而能夠傳世流行仍是一大幸事。唯是馮夢龍以後，歷經世亂，上述各書又漸次散佚或僅在日本等國有流傳，直到清末又有學者搜集整理，陸續印行，多種宋元話本才得重見天日。在這方面做出貢獻的學者有黃丕烈、董康、繆荃孫、羅振玉、王古魯、鄭振鐸等人，以及上面提到的發現《紅白蜘蛛》殘葉的黃永年先生。在研究方面，宋代羅燁《醉翁談錄》甲集卷一《舌耕敘引》（包括《小說引子》和《小說開闢》兩篇），雖偏重於資料，但也堪稱宋元話本研究最早的論文。近世較早系統研究評價宋元話本的當推魯迅《中國小說史略》。書中特設《宋之話本》《宋元之擬話本》和《元明傳來之講史》等篇，對宋元話本作了詳細介紹與評價。此後在《中國小說的歷史的變遷》一文中，魯迅稱宋元話本的出現「實在是小說史上的一大變遷」。同時他還寫過《宋民間之所謂小說及其後來》一文，對宋代的小說話本有總結性的說明。近世以來出版的各種中國文學史、小說史都有關於宋元話本的內容。章培恒、駱玉明主編《中國文學史》（復旦大學出版社 1996 年版）有關宋元話本部分的論述頗有新意。另外清末民國以來，有關的專著論文也很不少，已故學者鄭振鐸、馬廉、孫楷第、譚正璧、趙景深、胡士瑩等都有這方面的貢獻。現在中國大陸、港臺及海外學者對宋元話本也有很大關注，不斷有新的論著問世。

（1996 年 5 月）

下　編

《越絕書》作者新論
——兼及文學「泰而不作⋯⋯怨恨則作」說

　　《越絕書》十五卷，舊題子貢撰，或子胥撰，或不題撰人。題子貢或子胥撰的根據是其卷一《外傳本事第一》有云：「或以爲子貢所作。」「一說蓋是子胥所作也」〔註1〕。南宋趙希弁《郡齋讀書志附志》則曰：「或以爲子貢所作，或疑似子胥所作，皆無據。故曰：『《越絕》誰所作？』『吳越賢者所作也。』」陳振孫《直齋書錄解題》作「無撰人名氏」，以爲「戰國後人所爲，而漢人又附益之耳」。又自明楊愼《升菴集·跋〈越絕〉》、胡侍《眞珠船·越絕書》等揭出書中以廋詞藏「吳越賢者」姓名，至清修《四庫全書總目提要》（以下或簡稱《四庫提要》）乃成定論曰：

> 《越絕書》十五卷。不著撰人名氏。書中《吳地傳》稱「句踐徙瑯琊，到建武二十八年，凡五百六十七年」，則後漢初人也。書末《敘外傳記》，以廋詞隱其姓名，其云「以去爲姓，得衣乃成」，是袁字也；「厥名有米，覆之以庚」，是康字也；「禹來東征，死葬其疆」，是會稽人也。又云「文屬辭定，自於邦賢」，「以口爲姓，丞之以天」，是吳字也；「楚相屈原，與之同名」，是平字也。然則此書爲會稽袁康所作、同郡吳平所定也。〔註2〕

從而至今學者於《越絕書》作者多不取子貢、子胥等說，而主「袁康、吳平說」（以下或簡稱「袁、吳說」）。這集中表現爲通行多種整理本題署作者，或

〔註1〕俞紀東《越絕書全譯》，貴州人民出版社1996年版，第8頁。
〔註2〕《越絕書全譯》，第290頁。

作「袁康」，或作「吳平」，或並題作「袁康、吳平輯錄」等。諸本題署雖各有取捨，但皆在「袁、吳説」範圍，茲不具論。而但論「袁、吳説」雖大體可信，卻仍有未盡之處，兼及書中個別理論問題的探討。

一、袁康、吳平生平索隱

「袁、吳説」未盡之一是其雖自書末《敍外傳記》廋詞考其作者爲袁、吳，但於該廋詞所在段落實敍有袁、吳二人生平事迹卻未作考察。這在楊慎等或爲有意忽略，在《四庫提要》則可能爲體例所限，但對於今天的《越絕書》研究來説，卻關乎知人論世，是「袁、吳説」未盡之處，不得不有所深入。《篇敍外傳記第十九》有關文字如下：

> 維子胥之述吳越也，因事類，以曉後世。著善爲誠，譏惡爲誠。句踐以來，至乎更始之元，五百餘年，吳越相復見於今。百歲一賢，猶爲比肩。記陳厥説，略有其人。以去爲姓，得衣乃成。厥名有米，覆之以庚。禹來東征，死葬其疆。不直自斥，託類自明。寫精露愚，略以事類，俟告後人。文屬辭定，自於邦賢。邦賢以口爲姓，丞之以天。楚相屈原，與之同名。明於古今，德配顏淵。時莫能與，伏竄自容。年加申酉，懷道而終。友臣不施，猶夫子得麟。覽睹厥意，嗟歎其文，於乎哀哉！温故知新，述暢子胥，以喻來今。經世歷覽，論者不得，莫能達焉。猶《春秋》鋭精堯舜，垂意周文。配之天地，著於五經。齊德日月，比智陰陽。《詩》之《伐柯》，以己喻人。後生可畏，蓋不在年。以口爲姓，萬事道也。丞之以天，德高明也。屈原同名，意相應也。百歲一賢，賢復生也。明於古今，知識宏也。德比顏淵，不可量也。時莫能用，篇□鍵精，深自誠也。猶子得麟，丘道窮也。姓有去，不能容也。得衣乃成，賢人衣之能章也。名有米，八政寶也。覆以庚，兵絕之也。於乎哀哉，莫肯與也。屈原隔界，放於南楚，自沉湘水，蠡所有也。〔註3〕

按上引文字疑多舛訛，而大都無從校刊，故有若干句義難明，茲不一一討論。唯一處似爲錯簡關係甚大，並可信已有合理的解決，即俞紀東《越絕書全譯》於「兵絕之也」以下注⑭引錢培名《札記》校「姓有去」八句云：「按此釋著

〔註3〕《越絕書全譯》，第290頁。

書人姓名，當先袁後吳；此八句疑當在『蓋不在年』句下。」〔註4〕其說甚是。
以此，乃得原文敘袁康姓名、生平曰：

> 以去爲姓，得衣乃成。厥名有米，覆之以庚。禹來東征，死葬
> 其疆。不直自斥，託類自明。寫精露愚，略以事類，俟告後人。……
> 姓有去，不能容也。得衣乃成，賢人衣之能章也。名有米，八政寶
> 也。覆以庚，兵絕之也。

這段文字的大意是說袁康作爲賢者，雖爲世所難容，但也曾「得衣」「有米」
爲「八政寶也」。「八政」出《尚書·洪範》，指食、貨、祀、司空、司徒、司
寇、禮、兵八個方面的政事。「八政寶」應是指後世朝廷「六部」中尚書一級
的高官。但他的命運也如其名「康」所示，「覆以庚，兵絕之也」，似即死於
戰事。

又得其敘吳平姓名、生平云：

> 文屬辭定，自於邦賢。邦賢以口爲姓，丞之以天。楚相屈原，
> 與之同名。明於古今，德配顏淵。時莫能與，伏竄自容。年加申酉，
> 懷道而終。……後生可畏，蓋不在年。以口爲姓，萬事道也。丞之
> 以天，德高明也。屈原同名，意相應也。百歲一賢，賢復生也。明
> 於古今，知識宏也。德比顏淵，不可量也。時莫能用，篇□鍵精，
> 深自誠也。猶子得麟，丘道窮也。於乎哀哉，莫肯與也。屈原隔界，
> 放於南楚，自沉湘水，蠡所有也。

這段話所傳達除前人索隱吳平爲袁康之會稽（今浙江紹興）同鄉之意外，還
可以從其稱道吳平爲「百歲一賢」「德比顏淵」推想吳平與袁康應不是同一代
人，吳平有可能是袁康的及門或私淑的門生；而「時莫能與，伏竄自容」，則
透露其由於某種原因而避匿流竄爲生。至於「年加申酉，懷道而終」二句，
則明是說吳平在「申酉」之際即干支有「申」與「酉」的兩年之間齎志以歿，
或即傚仿屈原沉水而死。

按《越絕書》卷二《外傳記吳地傳》有「越王句踐徙琅邪，凡二百四十
年，楚考烈王並越於琅邪。後四十餘年，秦並楚。復四十年，漢並秦。到今
二百四十二年。句踐徙琅邪到建武二十八年，凡五百六十七年」等語，而上
引又有「句踐以來，至乎更始之元，五百餘年，吳越相復見於今」之句。其
中「建武」爲漢光武帝年號，「建武二十八年」是壬子年，當公元 52 年；「更

〔註4〕《越絕書全譯》，第 291 頁。

始」則是新莽末年綠林軍所立劉玄的年號，「更始之元」即更始元年癸未，當公元 23 年。考自公元 23 年至 52 年間，干支「申」與「酉」相接的兩年有三個，分別是更始二（24）年甲申和建武元（25）年乙酉、建武十二（36）年丙申和十三年丁酉、二十四年戊申和二十五年己酉。那麼吳平之死年最晚也在最後一個「申酉」即建武二十四年戊申和二十五年己酉（48～49）之際，那麼袁康更早在此前遭「兵絕之」了。

如上從袁康所遭「兵絕之」「莫肯與也」和吳平「時莫能與，伏竄自容」等遭際的特點看，二人先後遇到的應是東漢建立過程中的戰亂和東漢初對殘餘敵對勢力的政治鎮壓；又從其身處光武帝建武一朝而特別提及「更始之元」看，二人很有可能是在反對新莽政權和後來與劉秀爭奪天下終於失敗了的更始帝劉玄一方的人，甚至袁康還可能是劉玄更始朝廷的高官。

二、今本《越絕書》另有增補刪定之人

《越絕書》作者「袁、吳說」未盡之二是袁、吳二人雖分別爲此書的主要作者之一，但是他們仍不是此書全部和最後的作者。袁、吳之後，《越絕書》另有增補刪定之人。

這裡主要提出並解決的問題是，卷首《外傳本事第一》與卷末《篇敘外傳記第十九》兩篇非袁、吳二人或其中之一人所作。理由也很簡單和明顯，即上引《篇敘外傳記第十九》一段文字，既已先後敘及袁、吳之死，那麼本篇作者肯定就不會是這兩位作者中任何一人，而必是在他們之後另有其人。而從《篇敘外傳記第十九》與《外傳本事第一》之首尾呼應看，也必是有首然後有尾，而且是有首也必須有尾。從而這首尾兩篇，實際分別相當《越絕書》之序與跋，而都是《篇敘外傳記第十九》作者之外，也就是袁、吳去世以後某人的增補。

但是，此人對袁、吳《越絕書》稿所做的加工，又不僅是增補了首尾兩篇。《外傳本事第一》末述曰：

> 問曰：「或經或傳，或內或外，何謂？」曰：「經者，論其事，傳者，道其意，外者，非一人所作，頗相覆載。或非其事，引類以託意。說之者見夫子刪詩、書，就經易，亦知小藝之複重。又各辯士所述，不可斷絕。小道不通，偏有所期。明說者不專，故刪定複重，以爲中外篇。

這就是說，除增補了首尾兩篇之外，此人還曾對袁、吳《越絕書》稿本「刪定複重，以爲中外篇」，即做了文字的「刪定重複」和篇目的分爲「中外篇」之最後定稿工作。這在總體上已不是一般幫助他人整理稿件的技術性工作，而是一定程度上對袁、吳舊稿作了實質性的改造，從而此人不僅也應該被視爲今本《越絕書》的作者之一，並且只有他才是今本《越絕書》的最後定稿人。而《越絕書》成書之大略，是在「維子胥之述吳越也」以後，經袁康「寫精露愚，略以事類」和吳平「文屬辭定」，又經此人之手，才最後形成了《越絕書》傳世的第一個版本。

雖然此人是以上推考中今本《越絕書》必有之作者之一，但是可惜他的姓氏生平等竟然較袁、吳二人更不可考。茲僅就其增補兩篇之字裏行間管窺蠡測，約知其人影像有若干特點如下：

其一，他是吳平的友人。這主要體現在文敘吳平「年加申酉，懷道而終」之後，接寫「友臣不施」云云，明示自己是死者吳平的友人；

其二，他很可能也是袁康、吳平的會稽老鄉，即也是會籍人。根據是其說吳平有曰「文屬辭定，自於邦賢。邦賢以口爲姓」云云，當不僅可以理解爲吳平是袁康的會籍老鄉，同時也可以理解爲是增補者自己的「邦賢」。否則，他自己就沒有了立場，是一般正常的表達中不大可能出現的；

其三，他有可能年長於吳平。「友臣不施」以下至「後生可畏，蓋不在年」都是稱讚吳平的話。其既稱吳平爲「後生」，他自己當然就年長於吳，並可能不止大十歲八歲的樣子；

其四，他熟知並對袁康、吳平作成此書極爲讚賞，尤其以吳平爲「百歲一賢，賢復生也。明於古今，知識宏也。德比顏淵，不可量也」等，可謂稱頌備至；又述其「時莫能用」云云，表達了深切的同情，非相交至厚不至於如此。

總之，大體可以斷定這位《越絕書》的增補刪定之人是袁、吳的會稽同鄉；其年齡小於袁而大於吳；他即使與袁康不曾有交集，卻與吳平是好友，並可能是忘年之交；他在袁康較早「兵絕」和吳平也在「年加申酉，懷道而終」後的建武二十八（52）年壬子，得到了吳平所屬定袁康《越絕書》原稿，增補刪定編排爲今本的第一個祖本；他在增補中以「廋詞隱其姓名」暗記袁、吳爲《越絕書》的作者，又於袁、吳之生死閃爍其辭，應該是由於某種政治上的忌諱；他未以任何形式爲自己留下姓名，應該同是出於如袁康、吳平生

前爲世所「不能容」的原因，從而他很可能是袁、吳政治上的同黨、追隨或同情者。但是，這樣一來，就使得其敘袁、吳生平和此書形成過程頗爲隱晦，加以傳世文本殘錯等原因，其所要傳達的眞實情況就更加撲朔迷離，而讀者非悉心考索不可以窺其隱秘之一二了。

三、《越絕書》作者三分說

「袁、吳說」未盡之三是其忽略了袁康、吳平之前此書已有口述或文字記載的基礎。此見於增補者於《外傳本事第一》中說：

> 或以爲子貢所作，當挾四方，不當獨在吳越。其在吳越，亦有因矣。此時子貢爲魯使，或至齊，或至吳。其後道事以吳越爲喻，國人承述，故直在吳越也。當是之時，有聖人教授六藝，刪定五經，七十二子，養徒三千，講習學問魯之闕門。越絕，小藝之文，固不能布於四方，爲有誦述先聖賢者，所作未足自稱，載列姓名，直斥以身者也？

從上引稱「或以爲」看，「子貢所作」不是增補者的發明，而是其引述舊說。他對此說的態度似未敢遽信，卻又顯然預料之中不便忽略，乃至多方辯護其可能。所以在增補者看來，也以爲「子貢所作」至少也可備一說。乃至於《篇敍外傳記第十九》中再次肯定說「賜（按指子貢）傳吳越……謂之《越絕》」。

然而《外傳本事第一》中還說：

> 一說蓋是子胥所作也。夫人情，泰而不作，窮則怨恨，怨恨則作，猶詩人失職怨恨，憂嗟作詩也。子胥懷忠，不忍君沈惑於讒，社稷之傾。絕命危邦，不顧長生，切切爭諫，終不見聽。憂至患致，怨恨作文。不侵不差，抽引本末。明己無過，終不遺力。誠能極智，不足以身當之，嫌於求譽，是以不著姓名，直斥以身者也。

其論「子胥所作」的態度與做法與上論「子貢所作」說大體一致，也顯然是以爲可備一說的了。

但從增補者以兩說並舉可見，他其實並不眞正知道《越絕書》到底是「子貢所作」還是「子胥所作」，不過傳說如此，「信以傳信，疑以傳疑」而已。但是，由增補者於此二說均極力辯護其是，又曰「後人述而說之，仍稍成中外篇焉」可以揣知，在增補者看來，《越絕書》之初創，或子貢，或子胥，或後人掇拾二人所作有關文字，固然都遽難斷定，但這個「合抱之木，生於毫

末」的早期成書過程的存在大體可信，從而他才作出「後人述而說之，仍稍成中外篇焉」的結論。

雖然增補者論「子貢所作」「子胥所作」皆無事實的根據，後世學者或不之信，但是也有學者不同程度地採用其說。如余嘉錫《四庫提要辨證》卷七辨《越絕書》云：

> 《本事篇》云：「問曰：『越絕誰所作？』『吳越賢者所作也。』」又云：「或以爲子貢所作」，「一說蓋是子胥所作也」。是古之《越絕》，雖袁康、吳平輩，已不能確指其人，吾謂當以「吳越賢者所作」近是……然其中實有子貢事及子胥兵法，徐氏力辨不出二人者，非也。……自來以《越絕》爲子貢或子胥作者，固非其實，而如《提要》及徐氏說，以爲純出於袁康、吳平之手者，亦非也。余以爲戰國時人所作《越絕》原係兵家之書，特其姓名不可考，於《漢志》不知屬何家耳。要之，此書非一時一人所作。《書錄解題》卷五云：「《越絕書》十六卷，無撰人名氏，相傳以爲子貢者，非也。蓋戰國後人所爲，而漢人又附益之耳。」斯言得之矣。〔註5〕

又說：「其中實有子貢事及子胥兵法。」俞紀東先生《越絕書全譯・前言》中也認爲：「袁康、吳平合作是明確的結論，但這種說法也存在明顯的疑問……原文中也可能收有子貢或伍子胥的文字」。這是有關《越絕書》作者在正確方向上的新的階段性結論，但在現有資料的情況下仍可進一步探討。

雖然《越絕書》中到底哪些文字是「子貢」「子胥」或「戰國後人」所作已很難考實，但在本文以爲全書首尾兩篇均最後定稿人所增補的前提下，這個問題就有了深入一步的可能，即從兩篇的內容與形式特點可以看出某種端倪。

據《外傳本事第一》云：「問曰：『或經或傳，或內或外，何謂？』曰：『經者，論其事；傳者，道其意；外者，非一人所作，頗相覆載。或非其事，引類以託意。』」可知增補者頗已注意並充分理解此書諸篇有經、傳和內、外之分。但他卻把增補兩篇的題目一作「外傳本事」，一作「篇敍外傳記」，分別只是就「外傳」揭其「本事」或作「篇敍」，而不及其他。竊以爲這似可表明在增補定稿人意識中，「內經」與「內傳」（今本六篇）即使不能肯定爲「子貢」還是「子胥所作」，也是他所不知道的漢以前「戰國後人所爲」，所以他

〔註5〕 《越絕書全譯》，第297～298頁。

無從「篇敘」或揭其「本事」；而「外傳」（今本九篇）除首尾兩篇爲其自所增補者之外，其餘均袁康輯錄、吳平屬定。他與袁、吳二人及其與此書的關係有相當的瞭解，故方便爲之作「敘」和揭示「本事」。換言之，在增補刪定者看來，「內經」與「內傳」非袁、吳二人所作，袁、吳二人只是「外傳」的主要作者。

以上拙見雖主要由兩篇標題所顯示其內容形式特點立論，而似乎不夠堅強。但是，這一結論的基本的方面，卻與著名學者余嘉錫先生幾十年前所論爲殊途同歸。他在《四庫提要辨證》卷七本條下也正是說：「若袁康、吳平輩，特爲作外傳，而非輯錄《越絕》之人也。」〔註6〕儘管其未能把「外傳」九篇的首尾兩篇區分出來，但他從別一角度得出的這一與拙見相近的結論，仍使筆者有「吾道不孤」的信心。

這也就是說，今本《越絕書》十五卷的作者有三部分人：一是「內經」與「內傳」六篇中有子貢、子胥文字，皆漢以前「戰國後人所爲」；二是東漢初袁康輯錄子貢、子胥或「戰國後人所爲」，並撰「外傳」九篇中除首尾兩篇之外的七篇合成爲初稿，後由吳平「文屬辭定」；三是袁、吳之後增補全書首尾兩篇並最後刪削編定此書之人。這三部分人中，袁康、吳平的貢獻無疑最爲重大，所以今通行整理本單獨署名或袁康、或吳平，或並署袁康、吳平輯錄等，都不無道理。但是，若要作全面的說明，則《越絕書》之成，其發軔是在袁、吳二人前，已有子貢、子胥或戰國後其他人口述或某些文字記載的基礎；其最終是在袁、吳二人之後，還有吳平的一位無名氏友人做過重要的增補與刪削編定。這位無名氏才是今本《越絕書》祖本的最後作者。

四、「泰而不作……怨恨則作」說

如上論可以肯定的是，今本《越絕書》祖本的最後作者對此書的最大貢獻，一是刪削編定此書，二是增補了全書首尾兩篇。其所增補兩篇作爲全書首尾有序與跋之作用，已有學者論定〔註7〕，茲不贅述，而僅就其歷史與文學價值之鮮爲人提及的一點，即上所引及「一說蓋是子胥所作也」云云一段文字的文學理論價值作些討論。

按此段文字雖因「一說蓋是子胥所作」說而發，但是其據於「人情」即

〔註6〕 《越絕書全譯》，第297頁。
〔註7〕 《越絕書全譯》，《前言》第10頁。

當時普世的經驗與共識，揭示了「詩」「文」即文學創作的某些規律性特點，值得注意。

首先，提出並肯定了「夫人情，泰而不作……怨恨則作」的創作規律。這裡所說「人情」即「人性」，乃人所具有的內在規定性，或說為人處事概莫能外的道理，是可作為論據的「理證」。這個「理證」又是從人生的「窮」「達」兩面說的，即一是「泰而不作」，也就是生活太過順達安逸了，就不會有創作；二是「窮則怨恨，怨恨則作」，也就是人生遭遇逆境和挫折，心有鬱結的怨恨，就會產生文學創作以為抒解發洩的衝動。根據這樣的「人情」，吳子胥忠而見疑，有家國之恨，當然可以有「作」。這就在論證《越絕書》「一說蓋是子胥所作」的同時，客觀上提出和肯定了「夫人情，泰而不作……怨恨則作」的創作規律，且表達鮮明而準確。

其次，揭示了導致「作詩」與「作文」的「怨恨」有程度的不同。此段文字中有曰：「窮則怨恨，怨恨則作，猶詩人失職怨恨，憂嗟作詩也。」著一「猶」字，表明前言「怨恨則作」實是或偏重是指作「文」。所以，其接下又曰：「（子胥）憂至患致，怨恨作文。」那麼把上、下對比併聯繫起來思考，作者所謂「怨恨則作」應是說「怨恨」乃詩文創作共同的情感基礎，但是因「怨恨」的程度不同，倘為「失職……憂嗟」，則「作詩也」；而如果「怨恨」到了如吳子胥「憂至患致」的地步，則就可以並只能「作文」。這裡，作者在「窮則怨恨，怨恨則作」的基礎上，進一步把導致「作詩」與「作文」的「怨恨」從程度上作了區分，是創作心理學上一個有趣的嘗試，其認識或亦不失某種深刻。

最後，文、筆之分的另類表達。由此段文字區分導致「作詩」與「作文」之「怨恨」有程度的不同可以見得，增補刪定者心目中對詩與文的界限已經分得非常清楚。我們知道，中國古代文體分類體現於史著的編撰，自《史記》立《儒林傳》，《漢書》因之，至南朝宋范曄（398～445）作《後漢書》才立有《文苑傳》，標誌了文學與經學至早在東漢年間就逐漸有了明確的分途；而漢以後至劉勰（約465～520）《文心雕龍・總術》曰「今之常言，有文有筆，以為無韻者筆也，有韻者文也」，才有了明確的文、筆之分。按《文心雕龍》所謂「文」與「筆」，實分別即後世更為通行的「詩」與「文」，即有韻者詩，無韻者文。這也就是說，劉勰的「文筆說」實即《越絕書》的「詩文說」。《越絕書》的「詩文說」雖無更進一步的論述，但其以二者相對並探討其創作不

同的「怨恨」基礎，實踐中也已經包涵了詩、文即文、筆之分立的理論原則。這在當時文體的意識上是一個很大的進步，而且最後成書於東漢初的《越絕書》還要比南朝梁劉勰早了大約三百年。因此，是否可以認爲《越絕書》的「詩文說」，實質上是劉勰「文筆說」的先驅？至於後世劉勰「文筆說」並未能動搖、代替「詩文說」，則更加顯示了《越絕書》區分詩、文在文體論上的首創意義與其在古代文學史上的主流價值。

此外，《越絕書》中某些部分文字的形成可能較司馬遷《史記》爲早，但「夫人情，泰而不作……怨恨則作」云云出自本文所謂《越絕書》最後刪定者的增補，則一定在司馬遷《史記》之後。衆所周知《史記·自序》有一段著名論述說：

> 夫《詩》《書》隱約者，欲遂其志之思也。昔西伯拘羑里，演《周易》；孔子厄陳蔡，作《春秋》；屈原放逐，著《離騷》；左丘失明，厥有《國語》；孫子臏腳，而論兵法；不韋遷蜀，世傳《呂覽》；韓非囚秦，《說難》《孤憤》；《詩》三百篇，大抵賢聖發憤之所爲作也。
> 此人皆意有所鬱結，不得通其道也，故述往事，思來者。

這段話以《詩》《書》《周易》等先秦多部名著的成書爲證，對文學創作做出了「大抵賢聖發憤之所爲作」的結論，後世文論家則更進一步概括爲著名的文學創作理論上的「發憤著書」說，影響深遠。

把《越絕書》的「夫人情，泰而不作……怨恨則作」說與司馬遷的「發憤著書」說相比較，就可以發現二者有同有異。其相同之處，是都特別強調「怨」或「憤」是文學創作的主要動力，可以不說了；其相異之處，則是司馬遷雖說《詩》《書》等爲「賢聖發憤之所爲作」，但是前面加了「大抵」即數量上的限制，也就是說「發憤著書」不是指所有人的著作，所以也就不是放之四海而皆準的定律。《越絕書》則不然，其說「夫人情，泰而不作……怨恨則作」，就完全排除了不「怨恨」而有作的可能。換言之，在《越絕書》增補刪定者看來，文學創作無非「怨恨而作」，無「怨恨」則無創作。這就過猶不及，也不符合古今創作的實際，可以不論了。但也正是由此可見，《越絕書》「泰而不作……怨恨則作」說雖出《史記》之後，卻很可能並沒有受到司馬遷「發憤著書」說的影響。

雖然如此，《越絕書》「泰而不作……怨恨則作」的偏宕之說，仍在遙遠的後世有過響應。那就是託名「溫陵卓吾李贄撰」的《忠義水滸全傳序》引

「太史公曰：『《說難》，《孤憤》，賢聖發憤之所作也。』由此觀之，古之聖賢不憤則不作矣。不憤而作，譬如不寒而顫，不病而呻吟也。雖作，何觀乎？」〔註8〕雖然其說乃省改「太史公曰」原文中「大抵」二字以就其「不憤則不作」說之便，與《越絕書》之論似不相關，但其明顯有失於偏頗的理論內涵，豈非與其可能並未注意到的《越絕書》「泰而不作……怨恨則作」的偏宕一脈相承？

《越絕書》「泰而不作……怨恨則作」云云，雖然很可能與司馬遷「發憤著書說」並無直接的承衍，但在中國文論史上與「發憤著書說」屬於共同的傳統。其上溯可至《周易·繫辭下》中有云：「易之興也，其於中古乎？作易者，其有憂患乎？」委婉以論《周易》成書於「憂患」，是後世司馬遷「發憤之所爲作」、《越絕書》「怨恨則作」等說共同的先聲；其下則可見大約至晚東漢以前，古代私家著述逐漸興起的過程中，這類窮愁著書的文學思想已較爲流行。例如《吳越春秋》多依傍《越絕書》，其記大夫種、范蠡安慰被拘於吳的句踐說：「聞古人曰：『居不幽，志不廣；形不愁，思不遠。』」由其接下有述及周文王「演易作卦」〔註9〕著述之事可知，「居不幽」云云實爲有關著作之事的闡發。其大旨即司馬遷「意有所鬱結，不得通其道也，故述往事，思來者」和《越絕書》「窮則怨恨，怨恨則作」等論之意。此後以至上引託名李贄的「不憤則不作」說等等，足見我國古代關於文學創作意圖動機的探討，早在戰國秦漢間就受到了學者們高度的重視，並逐漸形成至今幾千年的傳統。唯是有幸有不幸，司馬遷「發憤著書說」因爲《史記》的巨大影響而成爲這一方面理論的代表；而「夫人情，泰而不作……怨恨則作」說以及附麗其中的「詩文說」，卻因《越絕書》的鮮有問津而少爲人知，現在應該給予適當的重視了。

（原載《學術研究》2017 年第 8 期）

〔註 8〕 陳曦鍾、侯忠義、魯玉川輯校《水滸傳會評本》（上），北京大學出版社，1981年版，第 28 頁。

〔註 9〕 張覺《吳越春秋全譯》，貴州人民出版社 1993 年版，第 269 頁。

《詩經》與小說二則

一、「讀《詩經》」與「讀書」

　　三國魏・曹丕《列異傳・談生》：「談生者，年四十，無婦，常感激讀《詩經》。夜半，有女年可十五六，姿顏服飾，天下無雙。來就生，爲夫婦之言……」此節「讀《詩經》」明抄本《太平廣記》作「讀書」。鄭學弢整理本注曰：「按《詩經》中有不少寫男女愛情的詩，談生四十未婚，懷著激動的心情朗讀《詩經》，由讀《詩經》而引來王女鬼魂，爲夫婦之言，於情理爲順。」此說不爲無見，卻是今人思維定勢使然，以論其世，則恐有所未盡，甚至不然。

　　《列異傳》雖不一定出曹丕之手，但劉宋裴松之《三國志注》、後魏酈道元《水經注》皆已徵引，則爲魏晉人作無疑。魏晉近接漢朝，本篇稱「睢陽王」，「睢陽」爲漢縣名，則故事發生在漢代；漢代重經學，《詩》爲「五經」之一，爲進入仕途之必讀書。所以談生之「常感激讀《詩經》」，一般地說也還可以兼顧到入仕以解決婚姻問題的考慮。相反地，《詩經》中雖然有許多寫男女愛情的詩，但在漢代，很少人是把它們作愛情詩看待的。如《毛詩序》云：「《關雎》，后妃之德也，風之始也，所以風天下而正夫婦也，故用之鄉人焉，用之邦國焉。」又曰：「《關雎》樂得淑女，以配君子，憂在進賢，不淫其色；哀窈窕，思賢才，而無傷善之心焉。是《關雎》之義也。」即是。以毛《序》爲曲解詩意而《關雎》等爲愛情詩，乃是很近代的事，《列異傳》成書的時代或所寫談生故事發生的漢代似無此種觀念。所以，比較鄭說《談生》作「讀《詩經》」因其愛情的內容而引來王女鬼魂的「於情理爲順」，我更傾向於認爲與他「讀《詩經》」求仕的願望有實際的聯繫，由仕而婚，不是讀《詩

經》以慰藉對異性的渴慕，才「於情理爲順」，即後世宋眞宗《勸學篇》所謂「書中自有顏如玉」者。

所以，「讀《詩經》」明抄本作「讀書」也不像是筆誤，而可能是有意的改竄。隋、唐以後，科舉取士，「五經」雖然仍是考試的主要內容，但詩文策論等所佔比重越來越大，所以宋眞宗作《勸學篇》每言「書中自有」云云，社會上流行的話頭也成了「讀書做官」。明代以八股文取士，科舉考試的題目大都出於《四書》，《詩經》與做官的關係愈見其疏遠。大約因此，抄書人見到「常感激讀《詩經》」的話，就想當然地以爲原本作「《詩經》」有誤，或者縱然以爲無誤而作「讀書」更好，徑自改使如此，以合於世情。

清因明制，仍然以八股科舉取士，與「讀《詩經》」做官的傳統又更加疏遠。所以蒲松齡《聊齋誌異・書癡》，寫郎玉柱以宋眞宗《勸學篇》爲座右銘，「實信書中眞有金粟，晝夜研讀，無間寒暑。年二十餘，不求婚配，冀卷中麗人自至……。一夕，讀《漢書》至八卷，卷將半，見紗翦美人，夾藏其中，……忽折腰起，坐卷上微笑」，即成夫妻云云。這個情節設計即取意於《勸學篇》之「書中自有顏如玉」，而有意無意中與《談生》寫讀《詩經》得王女鬼魂來爲夫婦之言的描寫，有蛛絲馬跡的聯繫。並且這裡蒲松齡不用《詩經》或其他的書而用《漢書》，應是因爲前節文字寫當「時民間訛言天上織女私逃，或戲郎，天孫竊奔，蓋爲君也」；傳說中織女的故事牽涉到銀河即天漢，因天漢而及於《漢書》。此乃小說家隨意捏合，無施不可。在這些地方，考證雖也不可全廢，但往往只可意會，不可言傳。似本文就難免揣摩之嫌，眞是一說便錯，一說就俗。

二、「氓」與「崔寧」

《詩・衛風・氓》云：「氓之蚩蚩，抱布貿絲。匪來貿絲，來即我謀。」寫的是一個貌似忠厚的農村小夥，假託以布幣換絲，來集市上與姑娘私會，商量並且不久成就了婚姻；婚後那女子以操勞家事，色衰愛弛，終於被氓拋棄。又，宋元話本《錯斬崔寧》寫小商人劉貴的妾陳二姐回娘家的路上，獨行無伴，累了，歇在路旁，卻見一個後生過來，「因問：『哥是何處來？今要往何方去？』那後生叉手不離方寸：『小生是村裏人，因往城中賣了絲帳，討得些錢，要往褚家堂那邊去的。』」於是兩人同行……。這後生即是崔寧，因此被懷疑與陳二姐有姦情，牽連入劉貴被殺的命案，送了性命。這兩個故事

情節大異，似沒有什麼關係；即使「氓」與「崔寧」都是「村裏人」的身份；一個「貿絲」，一個討「絲帳」，都因「絲」的生意而遭遇一位女子，也似乎只是情節的巧合，無可深究的。

可是，學術的研究往往因爲這樣的「巧合」而做出假設。試想我們雖然沒有根據證明《詩經》的時代「絲」已經成爲有所超越其自身的某種意象而可能直接導致後世話本小說家這樣那樣形式的沿用，但至晚到南朝吳歌中，「絲」諧音「思」，已經成了男女相互企慕心理的象徵，如《子夜歌》：「始欲識郎時，兩心望如一。理絲入殘機，何悟不成匹？」「前絲斷纏綿，意欲結交情。春蠶易感化，絲子已復生。」《華山畿》：「聞歡大養蠶，定得幾許絲。所得何足言，奈何黑瘦爲？」又有時喻牽纏之意，如《華山畿》：「腹中如亂絲，慣慣適得去，愁毒已復來。」宋元話本爲民間藝術，最容易接受這種市民喜聞樂見的象徵，那怕只是機械的套用。所以，對於《錯斬崔寧》寫崔寧身份、行事與《詩經》中「氓」有若干相似，我們並不排除它可能只是一個偶然；但是，想像宋元話本的作者（或說話人）把《氓》中「抱布貿絲」視爲「理絲入殘機」之「絲」，從而引發崔寧形象塑造中借用氓之「貿絲」的身份、行事特徵，未必不有一定的合理性。如果是這樣，《氓》的寫「抱布貿絲」來與姑娘約會商量婚期，與《錯斬崔寧》的寫崔寧因討「絲帳」與陳二姐遇巧牽連入命案大獄，皆因「絲」而成，實是基於一種傳統的民族文化心理，並非無因的「巧合」；換句話說，我國古代民間文學「絲」諧「思」和爲牽纏之喻體的意象特徵是構成「氓」與「崔寧」形象近似、情節巧合的文化心理根據。這一巧合原是文學各門類之間自然而然相互影響的結果。

一般說，這種影響不可能有更進一步堅強的證明。但是，檢宋代周密《武林舊事》卷六《諸色伎藝人》說話有「許貢士、喬萬卷、張解元、陳進士」等等，想像這些「書會才人」，如羅燁《醉翁談錄·舌耕敘錄》所謂「小說紛紛皆有之，須憑實學是根基。開天闢地通經史，博古明今歷傳奇，蘊藏滿懷風和月，吐談萬捲曲和詩⋯⋯」，都是讀書不第淪爲落市井書會的下層文人，中間某位藝人把其所有深刻印象的「曲和詩」中「絲」諧音「思」，進而《詩經》「氓」「抱布貿絲」的形象特徵移之於「崔寧」，就應該不是難能和奇怪的事情。事實上，《錯斬崔寧》雖爲道地的民間俗文學話本的公案故事，中間陳二姐與崔寧相遇不過是做成公案的過程，但作者描寫中還是不免嘲風弄月的筆墨：

　　　卻説那小娘子清早出了鄰舍人家，挨上路去，行不上一二里，
早是腳疼走不動，坐在路旁。卻見一個後生，頭戴萬字頭巾，身穿
直縫寬衫，背上馱了一個搭膊，裏面卻是銅錢，腳下絲鞋淨襪，一
直走上前來。到了小娘子面前，看了一看，雖然沒有十二分顏色，
卻也明眸皓齒，蓮臉生春，秋波送媚，好生動人！正是：野花偏豔
目，村酒醉人多。

這就與《氓》之「匪來貿絲，來即我謀」情調相彷彿，可以加強以上推想的合理
性。

　　這一推想如果不被「索隱」之譏而可以認定有基本的合理性，就應當是
顯示了我國古代文化、文學各門類之間相互滲透影響浸肌浹髓、隱微深著的
一面。甚至這種影響是飄忽無定的，在同是宋元話本的《碾玉觀音》中，「崔
寧」就成了碾玉的「待詔「了。

　　　　　　（原載中華書局《學林漫錄》第 15 期，題《經典與小説三則》。

　　　　　　　　　　　　　　　　此爲析出之二則，改今題）

《李娃傳》《鶯鶯傳》《柳毅傳》之誤讀或別解

一、《李娃傳》之誤讀

　　就大眾傳播的層面說，唐代小說有不少被誤讀的情況。如《李娃傳》在今受到大多數讀者專家的重視，實在是因爲其中有某些涉及情事的描寫而被認爲是一篇愛情小說。但是此篇又題《汧國夫人傳》，據考原題《節行倡（李）娃傳》，「旨在旌美婦人操烈、李娃節行」〔註1〕，甚至國外漢學者杜德橋先生「認爲白行簡寫這個故事的目的是爲了攻擊滎陽鄭家，那也和韓愈、柳宗元之寫『傳』情況相似」〔註2〕，由此可見《李娃傳》的主題決非如明代「十部傳奇九相思」或今天某些作者「戲不夠，愛情湊」的那麼簡單，甚至可能與愛情根本不怎麼沾邊。

　　事實上《李娃傳》意在筆先，開篇即稱「汧國夫人李娃，長安之倡女也。節行瑰奇，有足稱者。故監察御史白行簡爲傳述」〔註3〕。這實爲作者開宗明義；而篇末作者又說：「嗟乎，倡蕩之姬，節行如是，雖古先烈女，不能逾也。爲得不爲之歎息哉！予伯祖嘗牧晉州，轉戶部，爲水陸運使，三任皆與生爲代，故諳詳其事。貞元中，予與隴西公佐，話婦人操烈之品格，因遂述汧國

〔註1〕 李劍國《唐五代志怪傳奇敍錄》，南開大學出版社1993年版，第283頁。

〔註2〕 徐公持《一生一世的賞心樂事——美國學者倪豪士教授專訪》，《文學遺產》2002年第1期。

〔註3〕 〔宋〕李昉等編《太平廣記》第十冊，中華書局1961年版，第3985頁。

之事。公佐拊掌竦聽，命予爲傳。乃握管濡翰，疏而存之。時乙亥歲秋八月，太原白行簡云。」以照應開篇。所以可總而言之，是在作者及其親友看來，李娃雖爲倡女，身屬下賤，但「節行如是，雖古先烈女，不能逾也」，值得稱道，所以才有「監察御史白行簡爲傳述」。這在作者主觀上說，與今之所謂愛情眞無半點關係！

又作者爲李娃作傳之意，又於文中可能是作者自署「監察御史」之職可以窺見。按此一標舉，或疑非作者自署，乃後人所加〔註4〕，但即使如此，也當屬揣摩以爲暗合作者之意，同樣或更加值得審視。按《舊唐書·職官志》，監察御史舊爲從八品上，唐睿宗（李旦）垂拱（685～688）中改正八品上階，仍屬於很低級的職位。這一官位雖無可炫耀之尊，但由於此職掌監察百官、巡視郡縣、糾正刑獄、肅整朝儀等事，故御史有「風憲」之稱，大約當今之「紀委」或「糾風辦」主管〔註5〕，所以結合前二句述本傳之創作由於李娃之「節行瑰奇，有足稱者」，接下作者自署或後人增寫作者「監察御史」職份，實有表明此篇爲整勅風紀法度，假倡女故事以爲世人特別是士大夫說法的用心。爲此，文中固然不能不涉及男女情事並終於李娃明媒正娶爲鄭氏之婦和後來受封汧國夫人，但作者之用心和作品描寫之重心實不在是，而在於作爲其「監察御史」職責的延伸，以小說致力於節行道義等封建倫理綱常的建設與維護。故唐李匡文《資暇集》卷上《方寸亂》述《李娃傳》本名《節行倡娃傳》。今人卞孝萱以爲原題如此。李劍國以爲「匡文晚唐人，去中唐未遠……必有據，但題中似脫或省去李字，當作《節行倡李娃傳》」〔註6〕，所論甚是。而以其「旨在旌美婦人操烈、李娃節行」的判斷也密合題名及文本實際。

作者自署或後人增寫作者爲「監察御史」的文字表明，白行簡不是感於李娃與滎陽生的愛情而寫小說，而是因爲他（她）們之間李娃終能「復子（按指滎陽生）本軀，某不相負也」的「節行」有敦勵風俗裨補教化的價值，才爲之作傳。因此，除非白行簡文學描寫的才華不足以達意，或者形象在客觀上的意義太過大於作者的思想，否則《李娃傳》根本不可能成爲一篇愛情小說。而以《李娃傳》故事的並非複雜和標點後才四千餘字的篇幅，以及文本

<hr>

〔註4〕《唐五代志怪傳奇敘錄》，第281～282頁。
〔註5〕〔唐〕元結《辭監察御史表》：「臣自布衣，未逾數月，官忝風憲，任廉戎旅。」〔宋〕司馬光《初除中丞上殿劄子》：「臣蒙陛下聖恩，拔於眾臣之中，委以風憲，天下細小之事，皆未足爲陛下言之。」
〔註6〕《唐五代志怪傳奇敘錄》，第277～278頁。

所顯見作者敘事寫人駕馭題材的能力，和從文本實際上最大限度避免了滎陽生與李娃私情的描寫看，也根本未至於形象在客觀上把作者原本的創作意圖完全或大部分掩蓋了的地步。對此，宋代尚有人能尊從作者之意，如羅燁《醉翁談錄》把根據《李娃傳》縮編改寫的文本題爲《李亞仙不負鄭元和》，並單立爲「不負心類」〔註7〕。所以，近今以《李娃傳》爲愛情小說，雖然是讀者的自由，還可以理解爲見仁見智，但按之作品的實際，則大有失斧疑鄰之證實偏見（Confirmation Bias），即偏好能夠驗證假設的信息，而不是那些否定假設的信息的嫌疑，又或者選評家下意識有投合讀者心理重在演繹《李娃傳》男女私情一面的說辭，而不是獨立客觀忠實原文閱讀判斷的結果。

當然這個有意無意的誤讀並不始於今日，元高文秀《鄭元和風雨打瓦罐》、石君寶《李亞仙詩酒麯江池》和明朱有敦有《曲江池》雜劇，以及明薛近袞（一作徐霖）《繡襦記》傳奇，就都是在演繹《李娃傳》未可完全剝離的男女之情因素。雖然這種背離原作主旨的做法，在創作上無可厚非，甚至還可以說是求新求異之合理一途。但如果由此上溯《李娃傳》以其本就是一篇愛情小說，那就是很大的失誤了。

二、《鶯鶯傳》之誤判

古今學者多以《鶯鶯傳》「蓋微之自敘，特假他姓以自避耳」（王性之《傳奇辨正》），魯迅則據此進一步批評其「篇末文過飾非，遂墮惡趣」〔註8〕，也多得人附合。但實際情況恐未必然。

按「文過飾非」是在「過」與「非」被暴露之後的，但元稹縱有此過，也還無根據證明其已經暴露；而且即使有此過衍而且已經暴露，那麼如《莊子・知北遊》所說：「辨不若默。」元稹也不一定就糊塗到寫一篇先彰顯自己的「過」與「非」的小說，然後於篇末再做文飾。這也就是說，如果他正文不得不先寫了自己的過與非，再要到「篇末文過飾非」，豈不是不如不作也就用不著文飾的好？

所以我以爲元稹作《鶯鶯傳》，或囿於或迫於世俗的禮法，未免假正經派頭。但他終於不能沉默而有此作，根本還是未忘情於鶯鶯，甚至糾結難以釋懷，乃至爲情所驅，要記下初戀一段終生未了之情。這表現於篇中雖時稱鶯

〔註7〕〔宋〕羅燁《新編醉翁談錄》，遼寧教育出版社1998年版，第83頁。
〔註8〕魯迅《中國小說史略》，人民文學出版社1973年版，第65頁。

鶯爲「尤物」「妖孽」等，但具體描寫中卻於鶯鶯無一微辭，乃至篇末寫其賦詩峻拒張生，怨而不怒，品格更高一層，顯示作者對鶯鶯眞實的態度，乃似憎而實愛，並且因愛生敬，與前所描寫根本上並沒有什麼不一致的地方。

總之，自「至唐人乃作意好奇，假小說以寄筆端」（胡應麟《少室山房筆叢》卷三十六），中國優秀小說家才自覺「揉變化之理，察神人之際，著文章之美，傳要妙之情，不止於賞玩風態而已」（李公佐《任氏傳》）。唐代小說承六朝而發生的這一大變遷，決定後世讀者應當十分注意文本可能有的「變化之理」與「要妙之情」，而「不止於賞玩風態」之表層意義的瞭解。爲此，讀者應不僅是從今人立場的見仁見智，而要沉潛於歷史與文本的對照，細心研磨，予以「瞭解之同情」〔註9〕，努力發掘作品的眞正底蘊。

但在這方面，一如上述《李娃傳》和此述《鶯鶯傳》的情況，今人對唐代小說的不少名篇的解讀實有隔膜，還很有需要進一步深入的地方。《柳毅傳》又是其中最爲典型的一篇。

三、《柳毅傳》之別解

《柳毅傳》作者李朝威，生平不詳。明確的記載僅有傳末「隴西李朝威敘而歎曰」一語，可據知其爲隴西人。又據篇中敘事，可知其貞元中在世。李劍國《唐五代志怪傳奇敘錄·洞庭靈姻傳》曰：「《新唐書·宗室世系表上》蜀王李湛（李淵弟）六世孫有李朝威，推其年歷，當亦在貞元前後，頗疑即此傳作者。」〔註10〕這一發現對《柳毅傳》作者研究的意義，與《錄鬼簿續編》「羅貫中」條對於《三國演義》作者研究的情況相類似，但與《三國演義》研究中多數學者做法不同的是，李先生並未因這條資料中李朝威的時代、姓名與《柳毅傳》作者全同，而斷他一定就是《柳毅傳》的作者，體現了學術的嚴肅與治學應有的謹慎。從而他的許多考證，包括《柳毅傳》本名《洞庭靈姻傳》等都是可取的。

但是，從來《柳毅傳》的研究不出俠義、靈怪、愛情題材以及尚義、重情等題旨的辨析，唯近出周紹良先生《唐傳奇箋證》在對上述各項作出精彩分析的同時，指出小說還涉及唐代藩鎮割據與『上方』即皇帝爲代表的上層

〔註 9〕 陳寅恪《金明館叢稿二編·馮友蘭中國哲學史上冊審查報告》，三聯書店，2001年版，第 280 頁。
〔註10〕 《唐五代志怪傳奇敘錄》，第 286 頁。

社會求道學仙兩個方面的現實。更可貴是揭示了作品的人生訴求。他說：

> 做為人生理想，作者與唐代士子普遍以登第、佳妻、長生為最
> 高目標的追求基本相同，只不過他筆下的柳毅是個第一願望已經幻
> 滅的落第書生，他只能寄希望於後二者了。在前面為恪守義行而不
> 能對龍女動非分之想的情境中，柳毅選擇了前者，但為此犧牲美好
> 的愛情似乎又是士子人生的莫大遺憾，於是作者又借神明的力量操
> 縱了他的婚姻，讓他兩度娶妻皆未久長，直到迎來早有情意又恩遇
> 銘心的理想佳偶。此後，得酬恩鉅資而富甲一方的柳毅進一步沾神
> 女之光獲得了長生不老的殊惠，永遠地過上了溫馨富貴的豪族生活
> 並施仙藥於親朋，惠及家族，作者將士人追求美滿、富貴、長壽的
> 世俗生活理想發揮到了極致，讓柳毅僅以傳書之一項義舉便換得了
> 取之不盡用之不竭的幸福資源，以一時的付出換得了無限的享受。
> 這恰是柳毅這位本當在人格上熠熠生輝的義夫後來令稍有點清高的
> 讀者生厭的原因。他所接受的由十餘挑夫方可搬運的……奇珍異寶
> 等贈禮，堪與朝中王侯的財富相匹。這究竟是為落第不仕者尋求心
> 理補償呢，還是暗示人們行義必有厚報？〔註11〕

筆者以為，周先生對《柳毅傳》反映兩個方面現實的說明，對解讀本篇是重
要的指示，但他關於顯示作者人生訴求的說明，打破了《柳毅傳》解讀傳統
的思維定勢，結末兩問更為深入理解全篇主旨指出正確方向，有著更重要的
意義。本文願對上引周氏深具洞察力的見解，作文本分析的證明。

　　首先，《柳毅傳》幾乎全篇寫俠義、靈怪與愛情，但大旨所歸，實是寫唐
代士子世俗的人生理想。起句「唐儀鳳中，有儒生柳毅者，應舉下第」，點明
柳毅身份處境，就奠定全篇所述為一個落第舉子的故事。以下描寫無論如何
都是這一「儒生……應舉下第」命運的延續。所以，《柳毅傳》開篇為柳毅設
定身份，雖僅二語，卻關乎全部故事立意，讀者不當草草看過，而應當以之
為理解全部故事人生關懷的基礎。在這個意義上，《柳毅傳》正就是「為落第
不仕者尋求心理補償」。但是，這作為「心理補償」的內容，卻並不首先為唐
人所有。《殷芸小說》載：「有客相從，各言所志。或願為揚州刺史，或願多
資財，或願騎鶴上升。其一曰：『腰纏十萬貫，騎鶴上揚州。』欲兼三者。」
據篇中寫柳毅得「贈遺珍寶」「適廣陵寶肆，鬻其所得」，特別提到「廣陵」（即

〔註11〕周紹良《唐傳奇箋證》，人民文學出版社2000年版，第31頁。

揚州），可知作者寫柳毅發跡變泰，很可能是由此得到啓發。但是，柳毅既「應舉下第」，作者便不得不把《殷芸小説》中「客」所向往「揚州刺史」的美宦，改變爲唐代士人最重的娶高門大姓之女爲妻。篇中柳毅兩娶皆亡以後，三娶乃特別點出「男女二姓，俱爲豪族」，而柳毅也格外滿意於「君，盧氏也」。這裡體現了《柳毅傳》的人生訴求於婚姻方面的唐人特色。

唐代最重科舉，尤重進士科，士子以成進士爲登仙班。《太平廣記》卷181《李逢吉》：「元和十一年，歲在丙申，李逢吉下三十三人皆取寒素。時有語曰：『元和天子丙申年，三十三人同得仙。袍似爛銀文似錦，相將白日上青天。』」本篇寫柳毅「應舉下第」，自然無緣「白日上青天」，但在下第而回的路上，他仗義救了龍女，繼而發財，三娶而得與龍女結爲夫妻，隨妻兒仙去，並帶挈表弟薛嘏也成爲神仙。這顯然是假想的落魄書生發跡變態的故事。作者借這個故事所要實現的是世俗傳統的人生理想：一是從其可以使我們聯想到《殷芸小説》所載的故事，只是放棄了做揚州刺史的仕宦理想；二是我們知道，從本篇龍女託爲范陽盧氏看，其雖爲異類，卻是作者假小説以使士子娶高門女（北魏以至唐代范陽盧氏爲五大姓之一）的婚姻理想以「寄筆端」。

這樣，作者寫柳毅「應舉下第」，卻不必一考再考，而只是憑著「信義」和遇巧仗義的作爲就能發大財、娶高門女，並最終成爲神仙。這個故事表明在作者看來，得第成進士固然是好，但「應舉下第」也未必一定就壞，有時還可能更好過於成進士。可想這樣的故事雖不免有「酸葡萄」心理的嫌疑，但一定會給當時「應舉下第」的士子以心理的安慰，即周紹良先生所指「心理的補償」，其作用與弗洛伊德所説作家的「白日夢」有些相像。

其次，《柳毅傳》透露了本篇作爲落第舉子「白日夢」的現實背景，就是晚唐道德的淪喪與政治的黑暗，而作者所行克服之道的根本，就是弘揚信義的精神。洞庭君之歌充分表現了作者這一方面的認識與嚮往。其辭曰：「大天蒼蒼兮大地茫茫，人各有志兮何可思量。狐神鼠聖兮薄社依牆，雷霆一發兮其孰敢當。荷眞人兮信義長，令骨肉兮還故鄉，齊言慚愧兮何時忘！」這無疑代表了作者對其當代時局的認識：「人各有志」以下，講了「狐神鼠聖」與「眞人」，前者爲雷霆所殄滅，後者受到龍君的崇敬與護祐。兩相對比，昭示了信義的價値與力量。這自然有「暗示人們行義必有厚報」之效，但作者在這一方面的寓意，還要結合了柳毅「應舉下第」的身份，看到其有宣揚下第之「義夫」實比那些得第而爲「狐神鼠聖」者更爲高貴和可能有更好之命運

的傾向，仍然是作者「白日夢」的一個因素。

最後，《柳毅傳》寫柳毅因是「眞人」有「信義」而成仙，長住南海，而「洎開元中，上方屬意神仙之事，精索道術。毅不得安，遂相與歸洞庭。凡十餘歲，莫知其迹」。所謂「毅不得安」，當是指爲「上方……精索道術」所擾。但這在如漢武帝時李少君、欒大等以術數求富貴者看來，豈非天賜良機？但作者寫柳卻避世隱遁了。這個近乎「天子呼來不上船」的結局進一步表明，柳毅的出世隱遁，不僅是棄絕科舉仕宦之途，而且是對君權的疏遠乃至決絕。這在今天看來，不過老莊逍遙出世思想的表現，似不足爲貴。但在唐朝士人迷戀功名富貴，乃有「三十舉，方就仕宦」〔註12〕、「二十五考」始至三品階〔註13〕的時代，其批判與警世的作用，當不減於其在婚姻門第方面的內容。

總之，《柳毅傳》的成功表面看似在於寫俠義、靈怪、愛情，但作者之意實不過「作意好奇」，爲「應舉下第」者「幻設」一條經由「信義」達於世俗人生理想的「白日夢」。夢境無憑，但是，作者「幻設」之意，卻是當時落魄讀書人由熱衷不效，轉而鄙薄科舉功名心理的眞實表現。這也許不免有「酸葡萄」心理的嫌疑，但其對科舉之途的調侃與輕蔑，在科舉制還剛剛興盛的時候，還是難能可貴的。

（2009 年 10 月）

〔註12〕〔唐〕李昉等編《太平廣記》卷一八二《馮藻》：「唐馮藻，常侍宿之子，涓之叔父，世有科名。藻文采不高，酷愛名第，已十五舉。有相識道士謂曰：『某曾入靜觀之，此生無名第，但有官職也。』亦未之信。更應十舉，已二十五舉矣。姻親勸令罷舉，且謀官。藻曰：『譬如一生無成，更誓五舉。』無成，遂三十舉，方就仕宦。歷卿監峽牧，終於騎省。」注「出《北夢瑣言》」。

〔註13〕《舊唐書・職官志》：「萬歲通天元年敕：『自今已後，文武官加階應入五品者並取出身，已歷十二考已上，進階之時，見居六品官。其應入三品人，出身已二十五考以上，進階見居三品官。』」

《李娃傳》不是「愛情主題」小說
——兼及文本解讀的「證實偏見」或曰「偏好接受」

　　《李娃傳》是唐傳奇名篇，對後世小說戲曲影響很大，歷來受到讀者專家的關注。凡《中國文學史》無不論及，且大都認為是愛情小說。如近六十多年來作為大學通用教材的游國恩等《中國文學史》認為：「以愛情為主題的作品如《任氏傳》《柳毅傳》《霍小玉傳》《李娃傳》《鶯鶯傳》等，在唐傳奇中成就最高。它們大都歌頌堅貞不渝的愛情……」〔註1〕而近十幾年來由著名學者袁行霈主編的《中國文學史》又後來居上，成為大學中文專業古代文學教材的熱門之選，但該教材也幾乎同樣認為：「從貞元中期到元和末的 20 年間，小說領域又崛起了白行簡、元稹、蔣防三位傳奇大家，他們創作的《李娃傳》《鶯鶯傳》《霍小玉傳》完全擺脫了神怪之事，而以生動的筆墨、動人的情感來全力表現人世間的男女之情，取得了極大的成功……《李娃傳》……寫滎陽生赴京應試，與名妓李娃相戀……以大團圓方式結局……這種以滎陽生浪子回頭、其婚姻重新得到封建家庭認可的團圓方式抱著肯定和欣賞的態度，實際上便在一定程度上否定了小說前半部那段背離傳統、感人至深的男女戀情，削弱了作品的思想性和藝術效果。」〔註2〕

〔註1〕游國恩等《中國文學史》（二），人民文學出版社 1985 年版，第 230——231
　　　頁。本文以下引此書均據此本，不另出注。
〔註2〕袁行霈《中國文學史》（第二版）第二卷，高等教育出版社 2005 年版，第 322
　　　～323 頁。本文以下引此書均據此本，不另出注。

　　如上作爲兩種教材一致關注的名篇之一，《李娃傳》被認爲是「以愛情爲主題」或「全力表現人世間的男女之情」的小說，可概括爲「愛情主題」說。兩種教材還各自由此作了自己的發揮，這既是讀者、批評家的自由，也是當今讀書界公認《李娃傳》爲古代文言短篇小說經典的主要原因。但是，這一論斷既非《李娃傳》作者的創作意圖，也基本不合於文本描寫的實際；《李娃傳》的主題不是「愛情」，而是「節行」。《李娃傳》的表彰李娃「節行瑰奇」「雖古先烈女不能逾」之「節行」，有與「愛情主題」不相遜色的傳統文化意義。

一、《李娃傳》無意寫「愛情」

　　中國古人作文主「意在筆先」，甚至「開門見山」，除了有時用一些所謂「春秋筆法」之外，即使做小說，也絕無如恩格斯所讚賞歐洲現代小說家那種文學創作中「作者的見解越隱蔽，對藝術作品來說就越好」〔註3〕的意識，而往往迫不及待地自揭主題，《李娃傳》就是這樣。

　　首先，標題即排除「愛情」。文學史上流傳《李娃傳》，又題《汧國夫人傳》《節行倡娃傳》。其原題，卞孝萱據《類說》以爲當作《汧國夫人傳》，李劍國考「當作《節行倡李娃傳》」，乃《節行倡娃傳》脫一「李」字〔註4〕。本文一方面傾向於認爲李劍國考論可從，另一方面認爲《李娃傳》題名在傳播史上從未出現有關「情」的字詞或暗示，反而其傳至日本又有「白行簡《義妓傳》」〔註5〕之說，表明在《李娃傳》的標題上，古代中日學者一致不曾往「愛情」上去想，而至少是有人主張其本來或應當的題目裏就有「節行」二字，或具體化的節行即「義」。只是由於此篇近世流傳唯題《李娃傳》，更由於普通讀者或鑒賞家不常注重讀書從推考題目讀起，從而在這一閱讀最不應該忽略和最容易得到提示或啓發的地方無所用心，結果就滑向了誤會《李娃傳》主題的方向。

　　其次，首尾議論都不及「愛情」。白行簡的胞兄大詩人白居易在《新樂府序》中說：「首句標其目，卒章顯其志。」這既是白氏文論的主張，也姑且可

〔註3〕〔德〕恩格斯《致瑪格麗特·哈克奈斯》，轉引自中國作家協會、中央編譯局編《馬克思　恩格斯　列寧　斯大林論文藝》，作家出版社 2010 年版，第 139 頁。
〔註4〕李劍國《唐五代志怪傳奇敘錄》，南開大學出版社 1993 年版，第 278 頁
〔註5〕《唐五代志怪傳奇敘錄》，第 285 頁

以拿來論白行簡的這篇「古文」體的《李娃傳》了。《李娃傳》首句說:「汧國夫人李娃,長安之倡女也。節行瑰奇,有足稱者,故監察御史白行簡爲傳述。」開宗明義,表達了作者願爲李娃「傳述」,是因其「節行瑰奇,有足稱者」;又於傳末寫其感慨道:「嗟乎,倡蕩之姬,節行如是,雖古先烈女,不能逾也。爲得不爲之歎息哉!」如此首尾照應,在敘事完整的同時,重以作者的現身說法圓滿表達了《李娃傳》之作是並且僅僅是由於李娃作爲「倡蕩之姬,節行如是,雖古先烈女,不能逾也」的特異表現,感動了白行簡,他才有了如對待「古先烈女」一樣爲李娃「傳述」的動機。言外之意,如果不是李娃有此番可以媲美「古先烈女」的「節行」,他「監察御史白行簡」怎麼會爲一個「倡蕩之姬」去作這樣一篇「傳述」呢?上引「故監察御史」云云之一個「故」字,就等於聲明了全篇唯以「節行」爲標目,而排除了「傳述」李娃「節行」之外還有其他任何意圖,當然就不必說到「愛情主題」。

其三,由作者自署「監察御史」之職可以窺見。按此自敘行事署記官職,雖屬古文舊例,但於小說中特別是寫妓女的小說中並不多見;而據李劍國《唐五代志怪傳奇敘錄》則疑其非作者自署,乃後人所加,其實待考。但即使爲後人所加,也當屬揣摩以爲暗合作者之意,與作者自署同樣或更加值得審視。按《舊唐書‧職官志》載,唐代監察御史舊爲從八品上,唐睿宗(李旦)垂拱(685～688 在位)中改正八品上階,仍屬於很低級的職位。這一官位雖無可炫耀之尊,但由於其職掌監察百官、巡視郡縣、糾正刑獄、肅整朝儀等事,故御史有「風憲」之稱〔註6〕,負肅紀、糾風之責。所以結合前二句述本傳之創作由於李娃之「節行瑰奇,有足稱者」,接下作者自署或後人增寫作者「監察御史」職份,實有表明此篇爲整勅風紀法度,假「長安之倡女」而能有「節行」的故事以爲世人特別是士大夫說法的用心。爲此,文中固然不能不涉及男女情事並終於李娃明媒正娶爲鄭氏之婦和後來受封汧國夫人,但也由此可見作者之用心和作品描寫之重心實不在是,而在於作爲其「監察御史」職責的延伸,以小說致力於節行道義等封建倫理綱常的建設與維護,哪裏可能把李娃的故事寫作「愛情主題」。

最後,傳末述創作過程再強調「節行」。《李娃傳》最後說:「予伯祖嘗牧

〔註6〕 〔唐〕元結《辭監察御史表》:「臣自布衣,未逾數月,官忝風憲,任廉戎旅。」
〔宋〕司馬光《初除中丞上殿劄子》:「臣蒙陛下聖恩,拔於眾臣之中,委以風憲,天下細小之事,皆未足爲陛下言之。」

晉州，轉戶部，爲水陸運使，三任皆與生爲代，故諳詳其事。貞元中，予與隴西公佐，話婦人操烈之品格，因遂述汧國之事。公佐拊掌竦聽，命予爲傳。乃握管濡翰，疏而存之。時乙亥歲秋八月，太原白行簡云。」這個結尾首先或表面上的作用是補充以上敘事的根據由來，進一步坐實敘事的可信性，以加強文章感化世人的效果。但其次和內在的用意，或客觀的效果，也是通過李公佐對李娃「操烈之品格」的讚賞加強了本傳表彰李娃「節行」的主題，而「愛情」云云則如風馬牛之不相及也。

　　總之，作爲朝廷中有糾察官員風紀之責的監察御史，白行簡作《李娃傳》之意，只是因於李娃雖賤爲「倡女」，卻憑著自己爲人行事的「操烈」，而能晉身爲「汧國夫人」的品位。這是一個封建社會中極端「草根」逆襲成功的曠世典型，所以才能感動他有糾風之責的八品文官做一篇「傳述」。而在唐代禮法鬆弛，有平康坊爲進士「風流藪澤」（王仁裕《開元天寶遺事》）的長安，士子與妓女的悲歡離合只是小事一樁。任何這類的故事，若非有李娃這樣不可思議的美好結局，恐怕白行簡根本不會爲之心動並形之於筆墨。李娃故事能打動白行簡的，按他所說是「節行」，但歸根到底還是在「倡女」幫助下的榮陽生浪子回頭科舉得官，並且「倡女」自己也成了「汧國夫人」。有了或者作者必要寫爲這樣的結果，那就不必說李娃有「節行」當然就是有「節行」，沒「節行」大概也要發現或虛構出來「傳述」一番。若不然，還是「文以載道」嗎？

二、《李娃傳》避寫「愛情」

　　《李娃傳》寫李娃與榮陽生終成夫妻的故事，自然脫不了寫及男女之情，而且以今人所思所想，男女必然是因爲愛情才會走入婚姻的殿堂。事實上今天看來，一對男女終成夫妻的故事，如果不有愛情的描寫，那還真不好寫，從而也很難寫好，或者寫出來很不像是愛情小說。但是文學史上有人就這麼做，例如一對青年男女爲了某個共同崇高的目標，在並無多少個人交往的情況下就「閃婚」般做了夫妻，或者那怕本來是轟轟烈烈又纏纏綿綿之靈與肉的愛情，但作者硬是寫他（她）們爲了諸如「節行」或「操烈」的偉大而結合之類，讀者也只好認可它也是「文學」。如果文筆還好，還可以是不錯的文學。《李娃傳》就是這樣的小說。以題材論，讀者有理由期待它濃墨重彩寫娃、生男女之情即愛情，但爲作者一心表彰李娃如「古先烈女」般「節行」的意

圖所左右,《李娃傳》的描寫卻有意並最大限度地避免了娃、生間必有的愛情過程描寫,甚至以李娃參預鴇母對滎陽生的騙逐暗示其對後者的愛情未必存在,或不值一提,而聚精會神心無旁騖地集中筆墨於李娃「節行」的刻畫。這看起來是一個主題先行的問題,實際是作者自主處理題材的權力與藝術。讀者可以不喜歡,卻不能不給予認可與尊重。

《李娃傳》寫娃、生之始交,其實只是一般妓女與嫖客的關係。從滎陽生方面說,至少在雪夜被救之前,他從未想過如何為李娃脫籍娶她回家。即使這件事他辦不到也總該想一想,卻從來不想,表明其迷戀李娃,還只是一般風流子弟尋花問柳的不能自拔而已。即使按照「不以結婚為目的的談戀愛都是耍流氓」的標準,滎陽生對李娃的迷戀至高只是半耍流氓的層次;至於李娃,怎見得她對滎陽生一定有真愛性質的好感?如寫滎陽生訪娃二人再見一節:

> 扣其門,俄有侍兒啟扃。生曰:「此誰之第耶?」侍兒不答,馳走大呼曰:「前時遺策郎也。」娃大悅曰:「爾姑止之,吾當整妝易服而出。」生聞之,私喜。

論者或從上引描寫中看出了娃、生之間由其初一見鍾情的發展,加以接寫李娃主動留生宿而且當晚一切「免費」,以及夜來娃、生彼此「願償平生之志」的表白等,確實可以認為娃、生之間已經有了可以稱作「愛情」的聯繫。但是,這既只是娃、生關係的一面,另一面即兩人間嫖客與妓女關係的事實依然存在,而且在李娃來說後者仍然是更重要的,所以才有後來李娃夥同鴇母騙逐滎陽生情節的發生。如果認為這時的李娃即已對生有了「堅貞不渝的愛情」,那麼她夥同鴇母從容玩弄為她落到床頭金盡的滎陽生於股掌之上,並將其拋棄的行為,以及在拋棄滎陽生之後也未曾有一念及的表現,就不可能得到適當的解釋。

對此,雖然上引袁行霈《中國文學史》有辯說是李娃「深知自己的地位與貴介公子的滎陽生是難以匹配的,所以當滎陽生在妓院蕩盡錢財時,她又主動參預了鴇母騙逐滎陽生的行動」。此說看似有一定道理,但一方面沒有文本描寫上的根據,只是想像之辭,從而並不足信;另一方面細思極妄,如果李娃對生確已有「堅貞不渝的愛情」,那她即使因為婚姻無望而「主動參預了鴇母騙逐滎陽生的行動」,也至少還可以設法從自己私積之「千金」中送滎陽生若干,以為其生活過度糊口之資,然後再隨鴇母遁去,才稍可心安。然而

李娃不僅當時不爲此舉，是沒想到？而且事後也未曾有一念及身無分文的滎陽生被騙逐之後的生死音耗。這不可能有別的解釋，而只能認爲李娃身爲妓女，自認對嫖客本無此責，或至少是居處有鴇母，心中唯自身，而一時把滎陽生忘卻到爪哇國去了。如此而已，還能說是「堅貞不渝的愛情」？而由此反觀本文上述娃、生初見、再見情事描寫所蘊含，滎陽生對娃之癡情固然無可懷疑，但李娃對滎陽生的期待與悅見，就難說只是愛情，而不包含任何倚門賣笑的成分，——怎麼見得李娃對生所言情話不是逢場作戲，或最好只是一時衝動呢！

　　這就是說，《李娃傳》寫滎陽生愛李娃是眞實的並且始終如一，但寫李娃對滎陽生是否眞愛就撲朔迷離了，至少不是什麼「堅貞不渝的愛情」。而且李娃即使對滎陽生有愛，也未表現爲她主動的追求。對於這樣一位風塵女子的描寫，這固然顯得不夠眞實，但從作者寫「節行」的主題說，娃、生之間的男女之情只須一筆帶過（姥笑曰：「男女之際，大欲存焉……」），並不展開描寫，既是必要的，也是合理的。這也就是說，爲了突出寫李娃的「節行」，而在其對滎陽生感情方面盡可能「留白」，是《李娃傳》基本的敘事策略，從而讀者想看而看不到或不能清楚看到的是「愛情」（主要是娃對生一面），讀者（尤其是當今讀者）未必想看卻更容易看到的是李娃的「節行」。從而造成作者創作意圖——文本實際與讀者閱讀期待上的錯位，成爲《李娃傳》闡釋上的一個特殊的難題。對此，筆者的主張是：尊重文本，實事求是。否則，縱然說得天花亂墜，卻與作品的實際不沾邊，又何益哉！

　　順便說到以《李娃傳》爲「愛情主題」或「背離傳統、感人至深的男女戀情」之作，不僅是無視作者於一篇之首尾一再堅持聲明之主旨的結果，而且是一系列與此相關的對情節與細節的誤讀所致。如袁行霈《中國文學史》述論云：

　　　　小說的精華在前半部，尤其表現在對李娃形象的塑造上。李娃年僅二十，是一個被人侮辱、身份低賤的妓女，一出場就以妖艷的姿色吸引了滎陽生，並大膽讓滎陽生留宿，「詼諧調笑，無所不至」，表現得溫柔多情。但她深知自己的地位與貴介公子的滎陽生是難以匹配的，所以當滎陽生在妓院蕩盡錢財時，她又主動參預了鴇母騙逐滎陽生的行動，儘管她內心深處仍對滎陽生情意綿綿。此後，滎陽生流落街頭、乞討爲生，李娃對這位已「枯瘠疥癘，殆非人狀」

的昔日情人不禁生出強烈的憐惜之情和愧悔之心,「前抱其頸」,「失
聲長慟」,並毅然與鴇母決絕,傾全力照顧、支持榮陽生,使他得以
功成名遂。但直到此時,她也沒對榮陽生抱不切實際的幻想,而是
十分理智地提出分手,給對方以重新選擇婚姻的充分自由。這種過
人的清醒、明智、堅強和練達,構成李娃性格中最有特色的閃光點。

以上引文所論可說大都於文本無據或根據極爲薄弱。如說李娃「一出場就以
妖艷的姿色吸引了榮陽生」是符合實際的,但說李娃「並大膽讓榮陽生留宿,
『諧謔調笑,無所不至』,表現得溫柔多情」數語,就屬於對這類故事一般都
基於愛情和表現愛情的「證實性偏見」(Confirmation Bias)〔註7〕或曰「偏好
接受」了。試想李娃身爲妓女,倚門賣笑,豈能不「大膽讓榮陽生留宿」,還
有妓女怕嫖客「留宿」的嗎?又豈能不「諧謔調笑,無所不至」?還有妓女
見多金之客而橫眉冷對、裝聾作啞的嗎?還有妓女作如此「表現」就一定是
「溫柔多情」了嗎?雖然我們不便認爲此節寫李娃對榮陽生全無感情而只是
尋常妓女做派,但同樣可想的是如果認爲這時的李娃一定是爲愛情所驅,那
麼人世間柳陌花巷還有娼妓倚門賣笑一回事嗎?至於以上引文又說李娃「傾
全力照顧、支持榮陽生,使他得以功成名遂。但直到此時,她也沒對榮陽生
抱不切實際的幻想,而是十分理智地提出分手,給對方以重新選擇婚姻的充
分自由」云云更不靠譜。因爲說李娃不敢想和沒有準備與榮陽生結婚是可以
的,但由此而推斷其以理智壓抑了對後者的感情,則純屬無根之談。如果不
是有某種「證實偏見」或曰「偏好接受」的心理作怪,而根本不考慮「證僞」
之必要的話,怎麼見得一個不準備甚至不想到與他結婚的女性,而能對他有
「堅貞不渝的愛情」呢?

三、《李娃傳》意主「節行」

《李娃傳》中與有意迴避寫娃、生男女之情相反的,是有關李娃「節行」
濃墨重彩的描寫。首先是對榮陽生,寫其與娃雪夜再見云:

> 見生枯瘠疥癘,殆非人狀。娃意感焉,乃謂曰:「豈非某郎也?」
> 生憤懣絕倒,口不能言,頷頤而已。娃前抱其頸,以繡襦擁而歸於
> 西廂。失聲長慟曰:「令子一朝及此,我之罪也。」絕而復蘇。姥大

〔註7〕見《百度百科》「證實偏見」條目;張全信《人類思維的嚴重弱點——力求證
　　　實的偏見》,《山東師範大學學報》(社會科學版),1992年第3期。

駭奔至，曰：「何也？」娃曰：「某郎。」姥遽曰：「當逐之，奈何令至此。」娃斂容卻睇曰：「不然，此良家子也，當昔驅高車，持金裝，至某之室，不逾期而蕩盡。且互設詭計，捨而逐之，殆非人行。令其失志，不得齒於人倫。父子之道，天性也。使其情絕，殺而棄之，又困躓若此。天下之人，盡知爲某也。生親戚滿朝，一旦當權者熟察其本末，禍將及矣。況欺天負人，鬼神不祐，無自貽其殃也。……」

上引描寫表明，使李娃「失聲長慟曰：『令子一朝及此，我之罪也。』絕而復蘇」的，並不是她對滎陽生「堅貞不渝的愛情」，而是接下所寫爲滎陽生落魄至乞食殆死所觸動的「娃斂容卻睇曰」的表白：一是李娃自感所爲「殆非人行」，於父子倫常干犯太大，貽惡天下；二是「生親戚滿朝，一旦當權者熟察其本末，禍將及矣」；三是「欺天負人，鬼神不祐，無自貽其殃也」。其中雖不免夾雜有逼鴇母從己所求的用心，但主要是其在道義與責任上感到的愧與懼，二者兼而有之，卻沒有對滎陽生的愛在裏邊。如果李娃眞的因對生的愛情而欲攜生別居，那麼她並非不可以把對滎陽生的愛情作爲一個理由對姥直言。因爲李娃早就知道姥對此事的態度，即認爲「男女之際，大欲存焉。情苟相得，雖父母之命，不能制也」。李娃所以不把對滎陽生的愛情作爲一個理由，即使與感情的有無無關，也一定是由於在李娃看來，那不是她所看重的。比較或有或無、或深或淺的愛情，作者筆下的李娃本人更看重的，也是對滎陽生應持的「節行」。換言之，李娃對滎陽生有沒有愛情並不足論，重要的是李娃不是因爲愛情而救生、助生，而是爲了她心目中更高的原則即「節行」才如此去做，從而實至名歸爲一位「節行倡」，而不是以愛情女主角成爲一篇之傳主。從而《李娃傳》的主題是「節行」，所謂「愛情主題」至多是潛在可能和次要鋪墊的內容。

再者，李娃之雪夜救護並接納滎陽生之行爲實出於義，而非出於情，還可以從以李娃對滎陽生所慟言「令子一朝及此，我之罪也」，與幫助滎陽生科舉得官後娃謂生曰「今之復子本軀，某不相負也」的照應明顯可見。李娃私下對滎陽生前後一致的表白也證明，其對滎陽生的救助只是在「節行」上對自己的要求，而完全不關情感。縱然這一過程未嘗不有男女之情的底色暗中作用，但至少在李娃來說，那絕未至於到「堅貞不渝的愛情」即「愛情主題」之地步。否則，果然李娃爲滎陽生所做一切都出於愛情了，那麼其「節行瑰奇」和「婦人操烈之品格」的一面，則就沒有了著落，或至少要黯然失色，造成對作者預設的偏離，是不可能也不應該的。

最後，李娃「節行」的內涵是「不相負」，實質即孔子所說「己所不欲，勿施於人」，也就是今言所謂對得起人，憑良心。在這個意義上，《李娃傳》寫娃的「節行」，固然主要通過對滎陽生所為體現出來，但同時也在寫她對鴇母的言行上有很到位的表現，除卻忠告姥以負生有可能賈禍之外，還對自己出居以後鴇母生活上作了安排，說：「某為姥子，迨今有二十歲矣。計其貲，不啻直千金。今姥年六十餘，願計二十年衣食之用以贖身，當與此子別卜所詣。所詣非遙，晨昏得以溫清，某願足矣。」可知《李娃傳》中比較寫娃、生之情的能避則避，寫李娃為人之「節行」則是見縫插針，滴水不漏，頗有得心應手之致。

順便說到《李娃傳》寫李娃對滎陽生「不相負」之「節行」，本身就是一個藝術上的陷阱。因為，一方面這一發生在嫖客與妓女之間的故事不免男女之情或說「愛情」的底色與參預，另一方面李娃對滎陽生「不相負」的「節行」本質是公眾社會道義的原則起了決定的作用。以娃、生間難免的男女之情論，《李娃傳》若果為「歌頌堅貞不渝的愛情」而作，就不必也不能寫到她的「節行瑰奇」和「婦人操烈之品格」上去；而以表彰娃之「節行」論，則稱美李娃之「節行瑰奇」和旌表「婦人操烈之品格」，縱然不絕對排斥男女之情的底色和參預，但也決不可能使之上升為作品的主線與主旨。這也就是說，《李娃傳》中「愛情」與「節行」雖可以有條件共存，卻在實際的描寫中必然是此消彼長。即從達至結果的動因看，「愛情」的力量增加一分，「節行」的表達就減少一分，反之亦然。因此，《李娃傳》意主「節行」描寫所遭遇的困難，就是如何在盡可能輕淺的男女之情底色與參預之上，集中筆墨於突出李娃始於「使之一朝至此」之惡，而終於「復子本軀」之善。《左傳》曰：「人誰無過？過而能改，善莫大焉。」（《宣公二年》）正是在這個意義上，《李娃傳》成功地實踐了「藝術就是克服困難」。

四、餘論

對於《李娃傳》的主題，唐以後宋代尚有人能尊重作者之意，如羅燁《醉翁談錄》把根據《李娃傳》縮編改寫的文本題為《李亞仙不負鄭元和》，並為此特設「不負心類」〔註8〕。所以，近今以《李娃傳》為「愛情主題」小說，

〔註8〕〔宋〕羅燁《新編醉翁談錄》，遼寧教育出版社1998年版，第83頁。

或曰寫了「背離傳統、感人至深的男女戀情」，雖然是讀者、批評家的自由，還可以理解為見仁見智，但按之作者的意圖與文本的實際，則大有失斧疑鄰之「證實性偏見」，筆者以其為「偏好接受」的嫌疑，即偏好能夠驗證假設的信息，而置可能有的否定假設的信息於不顧的認知態度。

當然，對《李娃傳》主題之有意無意的誤讀並不始於近今。早在元代高文秀《鄭元和風雨打瓦罐》、石君寶《李亞仙詩酒麴江池》和明初朱有燉有《曲江池》雜劇，以及明薛近袞（一作徐霖）《繡襦記》傳奇，就都是在演繹《李娃傳》未可完全剝離的男女之情因素上做文章，並因此而大行於世。近今主張強調《李娃傳》「愛情主題」的傾向即與高文秀等以來演繹《李娃傳》的傳統或不無關係。但是這種背離或歪曲《李娃傳》原旨的做法，雖在創作上無可厚非，甚至還可以說是求新求異之合理一途，但作為文學批評而上溯《李娃傳》就是「愛情主題」，那就是研究者的失誤了。

那麼，作為一篇無論從作者的意圖和文本的實際看都是一篇歌頌娼妓李娃之「節行」的作品，《李娃傳》在今天看來還有什麼可以汲取借鑒的思想文化價值嗎？答案是肯定的，而大略有四：

一是李娃的「節行」和圍繞李娃「節行」描寫所體現人與人之間「不相負」的精神值得繼承與發揚。故事的開始和中心，雖然是李娃不負滎陽生，但大團圓結局表明，滎陽生包括他的父親也終於沒有辜負李娃的「節行」。從而這個故事，不僅是表彰了李娃「雖古先烈女，不能逾」的「節行」，而且提出了「不相負」即人與人之間建立互信的問題，從而會通於現代社會存在的基礎，即誠信原則和契約精神；

二是《李娃傳》寫滎陽生與妓女李娃的終於結合，在過去往往視為落了「大團圓」的俗套，但在今天看來，卻有打破門第、階層局限，推動社會高低層人溝通、流動與融和的象徵意義。因為無論如何，「人往高處走」，人生在世，特別是女性通過婚姻改善自身地位，追求幸福生活，絕非不光彩的事。而且女性的婚姻上的擇優追求正是人種進化、社會進步的動力之一；

三是《李娃傳》敘事的成功，體現了共同價值觀的重要性。正是在封建社會幾乎人人趨之若鶩的功名富貴生活目標上，娃與生、生父的根本一致才有了最後這一對男女和父子也就是整個家庭的「大團圓」。這一美滿結局的達成，李娃個人的品質、見識與努力是關鍵的因素。但是，李娃所做的一切若非與滎陽生父子的追求相一致，則斷然不會有此「大團圓」的美滿。由此可

見共同的人生價值觀才是婚姻、家庭的基礎；

四、無庸諱言《李娃傳》表彰「節行」的訴求是維護封建禮教，但封建時代「聖人緣情以制禮」，後世禮教之過主要在於實踐中對人情事理的異化對待，並非壓根全部都是罪惡。如此篇所稱李娃「節行」所之「不相負也」的核心思想，就應當屬於中華民族的優秀文化傳統。這是建立社會信任，構建和諧社會的基礎。從這一角度說《李娃傳》故事的趣味有可能降低，但其社會價值意義，卻並不見得比「愛情主題」有何遜色。

綜上所述論，唐「監察御史白行簡」所精心「傳述」的《節行倡李娃傳》所寫，是一個古代「草根」女子逆襲爲郡國夫人的曠世典型。其成功的秘訣不是堅持她固有方式的思考與生活，而是向上走當時成功女性相夫讀書、科舉做官之路，以此換取嫁入高門的婚約。這既然不是靠愛情就可以實現的，那麼在這樣的故事中，愛情也就不可能成爲敘事的中心與主題。因此，白行簡《李娃傳》以寫李娃那包含了使滎陽公家道重興之巨大利益的「節行」爲主題，看似落了俗套，卻是眞正的現實主義的藝術。那種置作者對作品主題公開的提示於不顧，執意把作者有意低調處理的「愛情」因素強調爲全篇主題的做法，不僅是閱讀上的不夠深入所致，更是因爲忽視了參照生活的經驗。

（原載《南都學壇》2018 年第 3 期）

胡粉與繡鞋
——一個故事情節流變的考察

　　中國古代小說、戲曲故事情節相互移植和因襲化用的情況錯綜複雜，從中可以考察文學題材流變之迹及相關文學意象、文化因子積漸形成的過程，可以總結歷代文學家奪胎換骨、點鐵成金，化腐朽爲神奇的藝術經驗，因而有研究的價值。今試以古代小說、戲劇寫胡粉與繡鞋故事爲題，漫說如下。

　　胡粉可以飾容，起自古代北方少數民族。至晚漢代傳入中原，漢末三國得大行於世。《淵鑒類函》卷三八一引《漢官儀》曰：「省中以胡粉塗壁。」又引《魏名臣奏議》曰：「中書監劉放奏云：『今官販粉賣胡粉，與百姓爭錐刀之末利，宜乞停之。』」知當時中原胡粉用量多，已成爲市場暢銷商品，而與士庶生活關係密切，於是乃有關於胡粉的小說發生，南朝宋劉義慶《買粉兒》：

　　　　有人家甚富，止有一男，寵恣過常。遊市，見一女子美麗，賣胡粉，愛之，無由自達。乃託買粉，日往市，得粉便去。初無所言，積漸久，女深疑之。明日復來，問曰：「君買此粉，將欲何施？」答曰：「意相愛樂，不敢自達，然恒欲相見，故假此以觀姿耳。」女悵然有感，遂相許以私，尅以明夕。其夜，安寢堂屋，以俟女來。薄暮果到。男不勝其悦，把臂曰：「宿願始伸於此。」歡踊遂死。女惶懼不知所以，因遁去，明還粉店。至食時，父母怪男不起，往視，已死矣。當就殯殮，發篋笥中，見百餘裹胡粉，大小一積。其母曰：「殺吾兒者，必此粉也！」入市遍買胡粉，次此女，比之，手迹如

先。遂執問女曰：「何殺我兒？」女聞嗚咽，具以實陳。父母不信，
遂以訴官。女曰：「妾豈復吝死，乞一臨屍盡哀。」縣令許焉。逕往，
撫之慟哭曰：「不幸致此。若死魂而靈，復何恨哉！」男豁然更生，
具說情狀。遂爲夫婦，子孫繁茂。（《太平廣記》卷 274，注出《幽
明錄》）

故事的中心情節，一是富家兒以買胡粉爲由得親近店女，「歡踴而死」；二是
店女臨屍「撫之」，富家兒死而復生。這前一點僅言「歡踴」，未涉性事；這
後一點是作者以爲「死魂而靈」的，其實未必就是怪異。這兩個由買「胡粉」
生發的情節爲後世小說、戲曲因襲化用和發展，並且帶出女子之「繡鞋」，共
爲某些文學故事的關鍵，構成了新的審美意象。

《元曲選》題曾瑞卿撰《王月英元夜留鞋記雜劇》簡稱《留鞋記》，《楔
子》寫月英與寡母王婆「守著胭脂鋪，過其日月」，爲落榜秀才郭華望見，遂
生相思，劇中郭華白曰：

> 時運不濟，榜上無名。屢次束裝而回，卻又擔閣。人都道我落
> 第無顏，羞歸故里。那知就中自有緣故。這相國寺西有座胭脂鋪兒，
> 一個小娘子生得十分嬌色，與小生眉來眼去，大有顧盼之意。我每
> 推買胭脂粉，覷他一遭。……〔做見正旦云〕小娘子祗揖，有脂粉，
> 我買幾兩呢？〔正旦云〕秀才萬福。有有有，好個聰俊的秀才也。
> 梅香取上好的胭脂粉來。打發這秀才咱……

胭脂粉與胡粉同類，這裡也許就是胡粉的別名。劇中郭華託買胭脂粉，與月
英言來語去，互通情愫，分明敷演《買粉兒》故事。後來由梅香傳詩，元宵
夜約會於相國寺觀音殿。郭華酒後赴約，醉臥不醒；月英以羅帕包繡鞋留爲
表記而歸。郭華酒醒後，得繡鞋而追悔不已，乃吞帕自盡。爲寺僧發現，欲
移屍出山門，遇見郭華的琴童尋來。琴童告狀。包公訪得繡鞋，並拿王月英
歸案。月英供出實情，包公使月英詣相國寺認郭華屍首，並尋取香帕。月英
從郭華口中扯出香帕而郭華復活，包公斷二人結爲夫妻。這個女詣男屍而男
子復活並最後團圓的情節，也分明借自《買粉兒》。

所以，《留鞋記》一劇雖以「留鞋」情節名題，但它的框架本事還應是《買
粉兒》。此劇除了改富家兒的身份爲落第秀才和吞帕而死，並增加傳詩約會、
包公斷案等事外，故事的主體框架與《買粉兒》同一機杼。傳詩約會的情節
唐傳奇中已多有，包公是許多元雜劇公案故事「箭垛」般的清官，唯香帕裏

以繡鞋爲男女定情之物的描寫似《留鞋記》的創造。這一創造肯定不直接從《買粉兒》引發而來。但是，劇本創作最重結構；一般而言，《留鞋記》的構思，必是取《買粉兒》的故事框架，實以「留鞋」等情節，撰成此劇。至少可以這樣認爲，沒有《買粉兒》提供的故事框架，這個劇根本就不可能產生，或者成爲另外的樣子。在這個意義上，可說《買粉兒》的故事框架成爲「留鞋」情節生成和存在的基礎。因此，情節上「買粉」並不生出「留鞋」，但爲「留鞋」情節的生成導夫先路。

《留鞋記》影響不算很小。同題材作品，據趙景深主編、邵曾祺編著《元明北雜劇總目考略》記載：「元南戲有《王月英月下留鞋》（殘），《寒山譜》有《郭華胭脂記》（疑即上劇），明傳奇有徐霖《留鞋記》（佚），童養中《胭脂記》（存）。近代地方戲有許多劇種都有《郭華買胭脂》。」所以，從南朝的《買粉兒》算起，「胡粉」從小說化入戲曲，並且帶出「繡鞋」故事的流變之迹，也算是源遠流長的了。

《買粉兒》情節爲後世小說繼承並進一步發展。凌濛初《二刻拍案驚奇》卷三十五《錯調情賈母罵女，誤告狀孫郎得妻》，故事本馮夢龍《情史》卷十《吳淞孫生》，略曰孫生與鄰女相挑，女母知而掬女。女投環死。女母賺孫生至家，「縛之屍旁，趨而投牒」。孫生「自分必死。私謂從無一夕之歡，而乃罹於法，豈宿業所致耶？惆悵間，見女貌如生，因解屍淫之。謂一染而死，夫復何恨？甫一交，女氣息微動。生異之，急扶而起，女已蘇矣。俄母偕捕者至，啓戶，則兩人方並坐私語。母惘然自失。……邑令以爲冥數，當令遂配爲夫妻。」這同樣是一個男女私情故事，寫女因男而死，男與女交而女復生，與《買粉兒》寫男與女交而男死，女撫哭男而男活，正相反對。二者看似絕無關係，但這個正相反對，也許就是反其道而行之的模倣，儘管最後的結局是一樣地歡喜團圓。當然，這類故事成爲悲劇結局的情況也時有發生。如宋元話本《刎頸鴛鴦會》寫鄉農女兒蔣淑珍誘鄰兒阿巧「強合焉。忽聞扣戶聲急，阿巧驚遁而去，……回家，驚氣衝心而殞」；《戒指兒記》寫陳小姐元宵聽曲與對鄰阮三一見鍾情，後相約於尼姑庵私通，阮三力竭氣絕，死於禪床。這兩篇小說都寫男女私通，男死於交媾而未能復活，結局與《買粉兒》相反，但它們前半的情節，卻與《買粉兒》和《留鞋記》大致無異，因而是研究中值得提及的。

《聊齋誌異》故事題材有不少襲自前人，《阿繡》的開篇即全摹《買粉兒》

或《留鞋記》：

> 海州劉子固，十五歲時，至蓋省其舅。見雜貨肆中一女子，姣
> 麗無雙，心愛好之。潛至其肆，託言買扇。……脫買徑去。明日復
> 往，又如之。……由是日熟。……所市物，女以紙代裹完好，已而
> 以舌舐黏之。劉懷歸不敢復動，恐亂其舌痕也。積半月，爲僕所窺，
> 陰與舅力要之歸。意惓惓不自得。以所市香帕脂粉等類，密置一篋，
> 無人時，輒闔户自檢一過，觸類凝視。……

即使篇中並不微露所市「脂粉」物，讀者也很容易看出其追摹《買粉兒》之
迹。

《買粉兒》或《留鞋記》給蒲松齡的印象大概很深，所以在《阿繡》中
一用之後，另有一篇小說則徑題《胭脂》。「胭脂」是篇中牛醫女兒的芳名，
卻一般看似不宜於作爲人名。而「胭脂」與「胡粉」雖同爲化妝品，我們卻
還不能僅憑這一點斷定《胭脂》的得名緣於《買粉兒》中之「胡粉」或《留
鞋記》中之「胭脂粉」。但是，這篇小說寫胭脂愛上了南巷的秀才鄂秋隼，相
思而病，以「繡鞋」爲信物約鄂生私會，後來生出種種波折。這「繡鞋」爲
通情之信物的意想，即是《留鞋記》在《買粉兒》男女通情套路中增加的情
節。所以，蒲松齡小說使用「繡鞋」意象，溯源就應該是《留鞋記》或者其
它同題材之作。由此觀之，牛醫女兒「胭脂」之得名與《留鞋記》進而與《買
粉兒》實有蛛絲馬跡的聯繫。

但是，在蒲松齡小說與《留鞋記》或其同題材作品之間，「留鞋」情節曾
長時期大量地被應用於小說中男女私情故事的描寫。著名的如《醒世恒言》
卷十六《陸五漢硬留合歡鞋》，寫浮浪子弟張蓋看上了潘家的閨女壽兒，幾番
眉目通情之後，二月十五日月下，張蓋又來到潘氏樓下：

> 見那女子正捲起簾兒，倚窗望月。張蓋在下看見，輕輕咳嗽一
> 聲。上面女子會意，彼此微笑。張蓋袖中摸出一條紅綾汗巾，結個
> 同心方勝，團做一塊，望上擲來。那女子雙手來接，恰好正中。就
> 月底下仔細看了一看，把來袖過。就脫下一隻鞋兒投下。張蓋雙手
> 承受，看時是一隻合色鞋兒。將指頭量摸，剛剛一折。把來繫在汗
> 巾頭上，納在袖裏，望上唱個肥喏，女子還個萬福。

後來張蓋買通陸媒婆，使陸婆拿合色鞋與壽兒相約私通，壽兒以另一隻合色
鞋與之配成一雙，交陸婆轉給張蓋：「壽兒道：『你就把這對鞋兒，一總拿去

為信。他明晚來時，依舊還我。』」不料這一雙鞋落到陸婆兒子陸五漢手裏。陸五漢是個無賴和凶徒，逼他母親說出壽兒約張藎相會之事；便瞞了陸婆，憑合色鞋冒充張藎去騙奸了壽兒；久而生事，誤殺了壽兒的父母，卻幾乎冤枉了張藎。後來真相大白，陸氏母子伏法，壽兒羞愧，撞死於階下。這個以繡鞋為定情之物的構想大約就從《留鞋記》中來，卻充分發展了繡鞋在故事中的作用，使成為一篇小說敘事的關鍵。至於《金瓶梅》中西門慶藏了來旺兒媳婦的繡鞋，而引起潘金蓮吃醋大鬧的情節，更是「繡鞋」意象運用淋漓盡致的發揮，卻「行行重行行」地離《買粉兒》《留鞋記》的故事更遠了。

古代小說、戲曲中「胡粉」「繡鞋」往往與男女私情相關，卻不能認為這一種關係就是天緣注定，更未必就有相關許多故事發生和派生引發種種。但是，由於《買粉兒》的作始和《留鞋記》的後來居上，蔚成文學景觀，引起明清作家一定的注意，創作中聯類無窮，雜花生樹，遂使這兩件不起眼之物成為小說戲曲寫男女私情常用的文學意象。從而歷史給定我們這樣一份文學遺產，使我們有以接受並為著文化的傳承和發展不能不給予適當的關注。

但是，由以上散漫的述說可以看出，這一小小題目涉及實較廣泛。「買粉」作為原始情節雖很簡單，但在後世因襲化用中變異生發的情況十分複雜。其或化整為零，或與他事重組，或草蛇灰線，蛛絲馬跡，來龍去脈，殊難考信，因此有關研究的精確性也往往大打折扣，往好處說得到的也常常只是一個近似值，有時更不免失之毫釐，謬之千里。但是，這種帶有冒險性的歷史考察平添了研究中探秘的情趣。筆者好奇，常常為之吸引，故不避瑣屑牽強之譏，為此小文，以就正於方家。

（原載《蒲松齡研究》2001 年第 3 期）

瞿祐《過蘇州》詩與《秋香亭記》

　　明代著名小說家《剪燈新話》的作者瞿祐，同時是明初有影響的詩人。其詩風情綺麗，多偎紅倚翠之語，當時爲人傳誦，後世卻頗爲人所輕。唯詠史之作，獨能感慨蒼涼，爲人稱道。可能因此，有把他的情詩佳作誤認爲是詠史者，如《過蘇州》詩：

> 桂老花殘歲月催，秋香無復舊亭臺。
>
> 傷心烏鵲橋頭水，猶望閶門北岸來。

清王夫之《明詩選評》曰：「不減劉夢得當年。」夢得，唐劉禹錫字。「不減」云云當指劉禹錫《石頭城》詩：

> 山圍故國周遭在，潮打空城寂寞回。
>
> 淮水東邊舊時月，夜深還過女牆來。

此詩爲唐人弔古名作。乍讀之下，《過蘇州》確實與之情調、用韻、句法都有近似之處。而且瞿祐是錢塘（今浙江杭州）人，元末避亂曾住在蘇州。瞿祐《歸田詩話》卷下《哀姑蘇》載張士誠據吳時，「好養士。凡不得志於前元者，爭趨附之，美官豐祿，富貴赫然」。瞿祐對此雖不以爲然，卻絕無惡感。王夫之大約因此想到瞿祐此詩是弔張氏之覆亡，卻犯了一個望文生義的錯誤。

　　《過蘇州》其實是一首情詩。《剪燈新話》附錄有《秋香亭記》，敘至正間商生遊蘇州，僑居烏鵲橋，宅有秋香亭。鄰居楊氏有女采采，與生爲中表兄妹。二人相愛，中秋月夕，女就生於秋香亭私會。後一歲，亭前桂花始開，女以折花爲名，遣婢女致生詩請和。生答詩二首，其一云：

> 深盟密約兩情勞，猶有餘香在舊袍。
>
> 記得去年攜手處，秋香亭上月輪高。

後因戰亂，兩家各走南北，十年不通音訊。亂平，生知女已嫁王氏，致書責其負約。采采答書有云：「倘恩情未盡，當結伉儷於來生，續婚姻於後世耳。」作者自稱爲「生之友」，「備知其詳」，「記其始末，附於古今傳奇之後」。很明顯，《過蘇州》詩中「桂花」「秋香亭」「烏鵲橋」等，皆言《秋香亭記》中事。讀了《秋香亭記》，《過蘇州》詩之爲情詩，乃明白無可懷疑。

這首詩確證了瞿祐愛情生活的一段痛苦經歷。作者好友凌雲翰《剪燈新話序》說：「至於《秋香亭記》之作，則猶元稹之《鶯鶯傳》也。余將質之宗吉（瞿祐字），不知果然否。」證以此詩，凌雲翰所說應是事實。而《歸田詩話》卷上《鶯鶯傳》可以加強這一結論。該條有云：「其（指元稹）作《鶯鶯傳》蓋託名張生。複製《會眞詩》三十韻，微露其意，而世不悟，乃謂誠有是人者，殆癡人說夢也。唐人敘述奇遇，如《后土傳》託名韋郎，《無雙傳》託名仙客，往往皆然。」等於承認了《秋香亭記》是自己託名商生「敘述奇遇」，複製《過蘇州》詩以「微露其意」，一詩一記都是自寫身世之作。《記》中商生乃作者自況，采采是他苦戀未偕連理的情人。其實《過蘇州》詩中「桂花」已透露自寫身世之意。《歸田詩話》卷下《折桂枝》載，作者年十四，因即席詠雞，得名士章彥復「大加稱賞，手寫桂花一枝，並題詩其上以贈云：『瞿君有子早能詩，風采英英蘭玉質。天上麒麟元有種，定應高折廣寒枝。』」其父因作傳桂堂寄望子攀桂之意並資紀念。因此，詩中「桂花」乃作者自指，「桂老花殘」云云，乃老去詩人長恨之辭。詩的本事正是《秋香亭記》中作者託商生、采采之名的「敘述奇遇」。

徐朔方先生《瞿祐年譜》據陳霆《渚山堂詞話》對《秋香亭記》所作的考證，與上述從一詩一記關係所作的推斷正相符合。他說：

> 上引《渚山堂詞話》以爲《秋香亭記》寓自傳因素，可信。男主角商生，或以孔門弟子商瞿寓作者姓氏，「隨父宦遊姑蘇」。女主角係詩人楊載之孫女，名采采。楊載妻爲商生之祖姑。祖姑云：「吾孫女誓不適他族，當令事汝，以續二姓之親，永以爲好也。」後張士誠亂起，「生父挈家，南歸臨安，輾轉會稽四明以避亂。女家亦北徙金陵，音耗不通者十載。吳元年，國朝混一，道路始通時，生父已歿，獨奉母居錢塘故址……則女以甲辰（至正二十四年，時宗吉十八歲）適太原王氏有子矣。」時地俱合，女年當略少於宗吉，故有「兄妹」之云。《歸田詩話》卷下《宗陽宮玩月》云：「楊仲宏……

　　夫人瞿氏，予祖姑也。嘗以仲宏親筆草稿數紙授予，字畫端謹，而
　　前後點竄幾盡，蓋不苟作如是。」瞿家有傳桂亭，小說則云商宅「秋
　　香亭上有二桂樹」，非偶然也。〔註1〕

　《過蘇州》詩與《秋香亭記》都有自敘傳性質。但是，《秋香亭記》作於洪武十一年（1378）他完成《剪燈新話》的三十二歲之前，末云：「仍記其始末，……使多情者覽之，則章臺柳折，佳人之恨無窮；仗義者聞之，則茅山藥成，俠士之心有在。又安知其終如此而已也！」可知作《記》時作者尚存重續情緣的希望。而《過蘇州》詩已是絕望痛苦之辭，當是作者垂老重經睹物感舊之作。其事與情與文藝，又正如宋代陸游與唐琬故事。所以，《過蘇州》詩所倣之眞本，絕非劉夢得《石頭城》，而應當是陸游《沈園二首》之一：

　　　城上斜陽畫角哀，沈園非復舊亭臺。

　　　傷心橋下春波綠，曾是驚鴻照影來。

　《歸田詩話》卷中《沈園感舊》曾引陸游此詩，稱其「詩意極哀怨」，又謂陸游作《釵頭鳳》詞「蓋終不能忘情焉爾」。今以《過蘇州》相比較，一望可知正是陸詩的模倣。但是，由於所寫的是一個與陸游、唐氏同樣悲慘而情景獨別的故事，所以詩在形式上雖有模倣之跡，而哀感頑豔，淒切動人，又不減陸游當年。不過，陸游《沈園》詩情調用韻確實明顯受到了劉禹錫《石頭城》詩的影響，從而瞿祐《過蘇州》詩也不能不帶有「夢得當年」的風味。這一點上，王夫之不爲無見，雖然他根本上是誤會了。

　　瞿祐、采采之事略同於陸游、唐婉，《過蘇州》詩與《沈園》異曲同工；又《過蘇州》與《秋香亭記》一詩一傳奇，猶元稹之《會眞詩》與《鶯鶯傳》。瞿祐其人、其事、其詩，竟能與唐、宋兩位天賦才情的大家後先輝映，也自是中國古代詩與小說的一則佳話。但是，崔（鶯鶯）、張（生）故事，陸、唐悲劇，千載流傳，古今同歎，至於演爲小說、戲曲、電影、電視，幾家弦戶誦，人人皆知；瞿祐與楊氏采采之情與事、詩與文不減前者，而此恨綿綿，起於波折離亂，其慘切又出於二者之外，竟無人表而出之，誠爲憾事。吾故爲此文，盼專家讀者知瞿、楊之事不減崔張、陸唐，更盼世有董解元、王實甫作《秋香亭》戲曲，與《西廂》並傳。

（原載《文學遺產》2000 年第 3 期）

〔註 1〕徐朔方《小說考信編》，上海古籍出版社 1997 年版，第 468 頁。

「三言」述論

中國古代白話短篇小說從「話本」到「擬話本」的演進，經過了從唐、宋至元、明三代漫長的過程。這一過程的終結者，或者說從「話本」的編撰向「擬話本」創作轉變完成的標誌，就是馮夢龍所編著的」三言」。」三言」作爲今存北宋至明末這大約 600 年間話本、擬話本包括舊作與新著的總集，上接「街談巷語、道聽途說」之上古民間講故事的小說源頭，下啓明末文人獨立創作白話短篇小說的新風，是中國古代小說史特別是白話短篇小說史上劃時代的編著，里程碑式的作品，並不因其非長篇大作而稍減其歷史的與文學的價值。

一

馮夢龍（1574～1646），字猶龍，又字子猶、耳猶，別號墨憨齋主人等。江蘇長洲（今蘇州）人。少有才氣，10 餘歲爲諸生，與兄夢桂、弟夢熊並稱「吳下三馮」。吳中商業發達，自嘉靖以來就有才士放誕之習。夢龍生長於斯，加以屢試不第，曾不免尋歡買醉，「逍遙豔冶場，遊戲煙花裏」〔註1〕。他還參加過明末進步文人的組織「復社」，交遊多一時名士。57 歲選拔爲貢生，61 歲出任福建壽寧知縣，在任「政簡刑清，首尙文學，遇民以恩，待士以禮」〔註2〕。越三年，任滿還鄉，平居著書。清兵南下，他曾參加抗清活動，後憂憤而卒。

〔註 1〕〔明〕王挺《挽馮夢龍》，高洪鈞輯《馮夢龍集》，河北人民出版社 1992 年版，第 6 頁。
〔註 2〕《壽寧縣志》，轉引自繆詠禾《馮夢龍與〈三言〉》，《古小說評介叢書》本，遼寧教育出版社 1992 年版，第 12 頁。

　　馮夢龍深受王艮、李贄等「王學」左派思想的影響，鄙薄偽道學，肯定「人欲」，崇尚「眞情」。並因此而重視通俗文藝的作用，認爲「說話人當場描寫」，可以使「怯者勇、淫者貞、薄者敦、頑鈍者汗下。雖日誦《孝經》《論語》，其感人未必如是之捷且深也」〔註3〕；而山歌可以「借男女之眞情，發名教之僞藥」〔註4〕。所以，他一生除了讀經應試、短暫爲官和著有多種經、史著作之外，大部分精力便都用在民間文學、通俗文學的搜集、整理和創作上。他搜集編刊過《掛枝兒》《山歌》兩種民歌集，風行海內，招致「無賴馮生唱掛枝」之譏，卻爲後世保存了「有明一絕」的市井小曲；他編過散曲集《太霞新奏》，著有《雙熊記》《萬事足》兩種劇本，更定戲曲10餘種，傳世有《墨憨齋定本傳奇》，今天崑曲演出的《牡丹亭》「春香鬧學」「遊園驚夢」等折子戲，仍是馮氏的改本，又撰《墨憨齋詞譜》已佚。但是，他對通俗文學的最大貢獻是小說的整理與創作。經他編纂、改編或增補過的小說就有《平妖傳》《新列國志》《智囊》《智囊補》《古今談概》《情史類略》《笑府》《燕居筆記》《太平廣記鈔》等 10 餘種。其中成就最大，價值最高，影響最廣的就是「三言」。

　　「三言」是《喻世明言》《警世通言》《醒世恒言》的統稱。可一居士《醒世恒言序》末云：「吾不知視此三言者得失何如也。」據考可一居士是馮夢龍的別號，可知「三言」也正是編著者對三書的總稱。但是，當「三言」的第一種即後題《喻世明言》一集大約於天啓元年（1621）初刻時，這三部書的總名還叫做《全像古今小說》，而《喻世明言》總目上也題爲《古今小說一刻》，並有刊刻者天許齋《識語》曰：「本齋購得古今名人演義一百二十種，先以三分之一爲初刻云。」可知「古今小說」是馮夢龍最初總稱這 120 篇小說的定名，而一分爲三也是事先計劃好的，第一本即「一刻」，後出的當依次爲「二刻」「三刻」。但是，後來續出兩種的書名卻分別成了《警世通言》和《醒世恒言》，而且其間重刊的《古今小說一刻》也易名爲《喻世明言》，於是有上引《醒世恒言序》末「三言」之稱。這似乎不經意的一提，卻使「三言」取代「古今小說」，成爲總稱三書的正名通行於世，而「古今小說」則一般被看作《喻世明言》的別署。儘管如此，「三言」初名《古今小說》還是給「三言」

〔註3〕　〔明〕綠天館主人（馮夢龍）《古今小說序》，《馮夢龍集》，第47頁。

〔註4〕　〔明〕馮夢龍《三報恩傳奇序》，轉引自《曲海總目提要》，天津古津出版社1992年影印本，第 735 頁。

的編著留下了深刻印記，即三書所收作品無時代先後之序，而各爲「古今」即宋、元、明三代作品的彙編。可一居士《醒世恒言序》云：「三刻殊名，其義一也。」雖然主要指其教化之義，但是也說明其初把120篇小說一分爲三，並未對作品做思想與藝術上的區別，而只是各自都爲「古今小說」而已。

雖然如此，「三言」120篇爲10個12即天干與地支之數的乘積，而一分爲三爲《老子》「道生一，一生二，二生三，三生萬物」之序，所以「三言」編纂的總體設計也體現了我國古代文獻──文學「倚數」的傳統。這一特點可從其120篇的來源得到證明。按馮夢龍又別稱「綠天館主人」和「茂苑野史氏」。據綠天館主人《古今小說序》云：「茂苑野史氏家藏古今通俗小說甚富，因賈人之請，抽其可以嘉惠里耳者，凡四十種，界爲一刻。」似乎馮氏只是編選，而120篇全爲「古今」他人之作，其實不然。《警世通言》第18卷《老門生三世報恩》一篇即可肯定爲馮夢龍自撰〔註5〕。而據近人考證，「三言」中馮氏自撰之作至少有7篇之多〔註6〕。這就是說，「三言」中馮夢龍從「藏」書中「抽」出的只有110篇左右，乃自作數篇以足成120篇，以促成三刻各40篇之數。總之，「三言」的編纂雖「因賈人之請」，又是爲了「嘉惠里耳」。但馮夢龍具體作來卻是一項有周密籌畫的工作。不過，當「一刻」出版之後，馮夢龍作爲儒生又萌生以通俗小說行儒家教化的想法，從而爲三書分別命名，表達其以小說覺世，「喻」以「明」之、「警」以「通」之、「醒」以「恒」之，使「導愚」「適俗」和「習之而不厭，傳之而可久」之意〔註7〕。這應該是「三言」中前人之作被大加修訂改作的原因。而其時正當夢龍中年，思想與文藝的才華都達到高峰，遂使這三部書中，舊本入選者經訂補而更多精彩，經重寫者化腐朽爲神奇，自撰者模擬得神，幾乎可以亂眞，代表了可以確知的明代擬話本創作最早的成就。但是，除了某些有舊本可資對照或舊本特徵明顯者外，「三言」大多數作品中，哪些是宋元話本，哪些是明人所作，哪些是馮氏個人的創作，至今學術界還沒有統一的認識。

造成這種狀況的原因，一方面是源於民間「談論故事」之說話──說書的話本與擬話本小說本一脈相承，有許多共同的特徵，後世難以從根本上加以區分；另一方面也是更重要的原因，即馮夢龍的加工（包括部分的創作）

〔註5〕〔明〕墨憨齋主人（馮夢龍）《敘山歌》，《馮夢龍集》，第122頁。

〔註6〕袁行雲《馮夢龍〈三言〉新證──記明刊〈小說〉（五種）殘本》，《社會科學戰線》1980年第1期。

〔註7〕〔明〕隴西可一居士《醒世恒言序》，《馮夢龍集》，第53頁。

使這些出自不同時代、作者的內容形式不無差異的原本，被賦予了大致統一的風格。因此，「三言」作爲馮夢龍之前宋、元、明話本、擬話本的總集有寶貴的資料價值，卻是要經過細心甄別才能使用的；而作爲包羅了經馮氏不同程度修訂乃至重撰和自撰之作的一部小說集，對於研究馮夢龍作爲「選家」與小說家的思想與藝術有更爲方便的用途。

「三言」120 篇作品，取材廣泛，涉及此前歷朝歷代。據繆詠禾統計所寫故事發生的年代，分別爲春秋戰國的 4 篇，秦漢的 6 篇，兩晉南北朝的 2 篇，隋唐的 18 篇，五代的 5 篇，宋代的 50 篇，元代的 4 篇，明代的 28 篇，年代不詳的有 3 篇〔註8〕。其中取材於宋代的幾於總數之半，而取於明代的也將近三分之一，應能說明宋、明二代此道最爲興盛，而當時說話人或編寫話本、擬話本的人，也大都喜歡取當代的故事爲說，並往往比較成功，所以能較多留傳爲後來馮夢龍所選取。

「三言」的題材內容涉及生活的方方面面，各類歷史的、現實的、想像的或幻想的人物幾乎都寫到了，可說是我國明朝以前社會世態人情的生活畫卷，尤其是宋、元、明三代市民社會的文學寫眞。大略有三大部類：一是寫神仙鬼怪故事的，如《張道陵七試趙升》（《喻》13。按指《喻世明言》第 13 卷，餘下類推）、《崔待詔生死冤家》（《警》8）、《灌園叟晚逢仙女》（《醒》4）等，約有 30 篇作品；二是寫名人故事的，如《史弘肇龍虎君臣會》（《喻》15）、《王安石三難蘇學士》（《警》3）、《盧太學詩酒傲公侯》（《醒》29）等，也約有 30 篇作品；三是寫普通人主要是市民生活故事的，如《蔣興哥重會珍珠衫》（《喻》1）、《杜十娘怒沉百寶箱》（《警》32）、《十五貫戲言成巧禍》（《醒》33）等，大約有 60 篇。可知出於說話藝術的話本——擬話本因爲要取悅於觀眾——讀者，關注的主要是下層普通人的生活，尤其是市井細民的生死禍福、悲歡離合、喜怒哀樂。而即使寫神仙鬼怪、歷史人物故事的，也每能體貼市民的情趣。例如《張古老種瓜娶文女》（《喻》33）寫的是上仙張古老娶妻，反反覆覆，都是靠錢的作用：10 萬貫一色小錢的定禮不消說了，即使要王三、趙四「去尋兩個媒人婆子」，張公也要許諾「若尋得來時，相贈二百足錢，自買一角酒吃」。可見雖神仙故事，依據的仍是「有錢能使鬼推磨」之赤裸的市場規律。

然而在這樣的地方，馮夢龍往往會依其文人的趣味加以改造。例如在綠

〔註 8〕 《馮夢龍與〈三言〉》，第 25 頁。

天館主人《喻世明言序》中被稱為「鄙俚淺薄」的宋元舊本《柳耆卿詩酒翫江樓》(《清平山堂話本》卷 1),經改寫為《眾名姬春風弔柳七》(《喻》12)以後,原曾指使舟人強姦歌妓周月仙的柳耆卿,一變而成了周月仙的恩人。這一改編的結果當然是好的,卻是明顯出於馮夢龍不同於市井說話人的文人立場和動機。又如《俞仲舉題詩遇上皇》(《警》6)頭回文君、相如故事,據宋元舊本《風月瑞仙亭》(《清平山堂話本》卷 1)改寫,舊本中司馬相如曾對文君說:「深感小姐之恩,但小生殊無生意。俗語道:『家有千金,不如日進分文;良田萬頃,不如薄藝隨身。』我欲開一個酒肆,如何?」這幾句市井口吻的話,被馮夢龍刪改為「日與渾家商議,欲做些小營運。奈無資本」云云。總之,「三言」對舊本的改寫增補,主要是提升原作的藝術品位,使其俗不害雅,乃至俗中帶雅,但也因此銷蝕了話本作為民間文學粗獷生新的氣息。

雖然如此,「三言」畢竟不完全是馮夢龍的創作或重寫。他的工作主要還是修訂或增補,包括其部分的創作,也正如對舊宅的修繕、改造和部分的增廣,看上去煥然一新了,卻是基本格局和風貌沒有太大的改變。從而「三言」整體上基本保持了宋、元、明這近 600 年間話本、擬話本的特徵,並有最新的創造;而如上述馮夢龍對舊作所做的工作,雖使話本的市井趣味有所削弱,卻也每有其思想與藝術上的理由,同時也大概是民間文藝向「經典」提升的必由之路。

二

《喻世明言》傳世有天許齋刊本。全書40篇,據繆詠禾《馮夢龍與〈三言〉》考證,本事「出於正史9,出於雜史筆記30,不詳1」〔註9〕,幾乎都有來歷。而各卷故事或所據本事發生的時代,除第1卷《蔣興哥重會珍珠衫》、第10卷《滕大尹鬼斷家私》、第28卷《李秀卿義結黃貞女》、第40卷《沈小霞相會出師表》等 4 篇為明朝而確知為明人所作者外,其他均出自前代,多數應為前人所作。又據學者考證,本書首尾兩篇即《蔣興哥重會珍珠衫》和《沈小霞相會出師表》為馮氏自所編撰,其他大都為據舊本修訂而成。

《喻世明言》所寫主要是神佛鬼怪、俠義公案、(歷史)人物傳奇或時事、世情等等的故事。有些作品表現了對美德的讚揚和對正義的渴望。前者如《羊

〔註9〕《馮夢龍與〈三言〉》,第 26 頁。

角哀捨命全交》《吳保安棄家贖友》《范巨卿雞黍生死交》寫主人公彼此間生死不渝的友誼，《葛令公生遣弄珠兒》《裴晉公義還原配》寫在上的人能對下施恩義，《楊謙之客舫遇俠僧》寫楊謙之與俠僧間相交至誠以及楊謙之與李氏間的眞情；後者如《陳御史巧勘金釵鈿》寫騙奸顧阿秀的歹人梁尚賓被處極刑而魯學曾的冤獄終於得到昭雪，《滕大尹鬼斷家私》寫倪太守遺計使幼子終於爭回應屬於自己的財產，《木綿庵鄭虎臣報冤》寫南宋奸臣賈似道惡貫滿盈死於仇人子鄭虎臣之手，《簡帖僧巧騙皇甫妻》寫惡僧某騙占皇甫松之妻最後被繩之以法，以及《鬧陰司司馬貌斷獄》《遊酆都胡母迪吟詩》等，有爲飲恨含冤之忠臣義士抒憤的同時譴責了人性的醜惡。有些作品表現了對人生窮達、命運叵測的困惑與感慨。前者如《窮馬周遭際賣鎚媼》《史弘肇龍虎君臣會》《臨安里錢婆留發迹》分別寫三個歷史人物發迹變泰之事；後者如《趙伯升茶市遇仁宗》寫書生的窮通際遇，《單符郎全州佳偶》《楊八老越國奇逢》《楊思溫燕山遇故人》寫戰亂中人的悲歡離合，《沈小官一鳥害七命》《任孝子烈性成神》《汪信之一死救全家》《沈小霞相會出師表》等寫意外的或民事的、政治的紛爭給主人公造成的不幸。某些神怪題材的作品如《張道陵七試趙升》《月明和尚度柳翠》《梁武帝累修歸極樂》等寫尋仙慕道之事，雖荒誕無稽，卻也曲折反映了世人以宗教爲心靈安慰的訴求。另有《眾名妓春風弔柳七》寫宋代詞人柳永的風流佚事，《宋四公大鬧禁魂張》寫俠盜之傳奇等，也各有情趣。然而，總以寫世情者爲多，其中寫婚姻愛情的又最具思想的光彩。

《喻世明言》的婚戀故事大都因事明理，有爲而發，如《閒雲庵阮三償宿債》寫玉蘭與阮三的苟合，實是其父一味「揀門擇戶，扳高嫌低」，沒能及時爲女擇婚所致，而《陳御史巧勘金釵鈿》中的婚姻悲劇是「婚姻論財，夷虜之道」的結果，《金玉奴棒打薄情郎》則是針對負心漢「嫌貧棄賤，忍心害理」的卑鄙行徑等等。這些作品共同表達了婚姻問題上的人道主義和誠信原則，但同時欣賞納妾，又有時鼓吹「從一而終」的「婦節」。只是在《喻世明言》中，「婦節」多是出於女性「自覺」的要求，如《陳御史巧勘金釵鈿》中顧阿秀反對父親悔婚的理由即「婦人之義，從一而終」，《金玉奴棒打薄情郎》中玉奴仍然願爲莫稽之妻也是爲了「從一而終」，從而顯示本書在婚姻問題上，並未從根本上反對封建禮教，只是對女性的態度變得較爲溫和，並往往通過男性對待女性態度的描寫進一步顯示出來。在這一方面，如果說《葛令公生遣弄珠兒》中的葛令公把弄珠兒贈於申徒泰爲妻，雖然最終對弄珠兒有

利，當時卻一點不曾顧及弄珠兒作為人的權利，那麼，《裴晉公生義還原配》中裴度還唐璧之妻，與《蔣興哥重會珍珠衫》中吳知縣把王三巧還給蔣興哥，以及《金玉奴棒打薄情郎》寫轉運使夫婦欲使金玉奴「夫妻再合」，就都不同形式地徵得了女方的同意，顯示了對女權的些許尊重。尤其吳知縣的理由是為「你兩人如此相戀，下官何忍拆開」，明白說出對「相戀」之情即愛情的尊重，更是前此少見的。而且從其情節過程來看，吳知縣向蔣興哥歸還王三巧，表面上平等地為了「兩人」，實際上更多是為王三巧著想，這就在客觀上包含了對女性權利的關懷，儘管其仍然出於一個男人的賜予。

《喻世明言》在兩性觀念上的進步，更突出表現在對女性「貞節」有了較為理性的看法和寬容的態度。《蔣興哥重會珍珠衫》寫商人蔣興哥之婦王三巧被陳商通過王婆騙奸之後，實已薄於蔣而厚於陳，成為陳的情人。但是，蔣興哥發現之後，憤怒之餘，卻能自責「貪著蠅頭微利，撇他少年守寡，弄出這場醜來，如今悔之何及」，「雖則一時休了，心中好生痛切」，並且於王三巧再婚之際還贈以「陪嫁」，而王三巧因此曾後悔生不如死，所以再嫁之後能對陷入官司的前夫蔣興哥一施援手，並與之夫妻再合。這裡夫妻之愛壓倒了傳統「貞節」觀念，也多少反映了歷史的進步。同樣《單符郎全州佳偶》寫單符郎做官之後，仍踐其初約，娶因戰亂而淪落風塵的未婚妻邢春娘為妻，就更是把傳統的「貞節」看得淡了。雖然「古代僅有的那一點夫婦之愛」〔註10〕和「權衡利害的婚姻」〔註11〕還遠不同於真正愛情，但是，因此而能在一定程度上打破封建的「貞節」觀念，也是一種歷史的進步。

《喻世明言》對愛情的肯定與歌頌也有自己的特色。《閒雲庵阮三償宿債》寫帥府的千金與商人子弟的愛情，似可以看作當時商人地位有所提高的一個象徵。而且這場幾乎無法收場的悲劇，作者還是責備做父母的「只管揀門擇戶，扳高嫌低，擔誤了婚姻日子」，而對「男子便去偷情闞院，女兒家拿不定定盤星，也要走差了道兒」，多所原諒，說：「情竇開了，誰熬得住？」至於《張舜美元宵得麗女》之男女私奔為婚故事的結局，是女方的父母以為「『不意再得相會，況得此佳婿，劉門之幸。』於是大排筵會，作賀數日」，並不想到其不遵「父母之命，媒妁之言」而苟合的前情。與此事相反而情相類的是

〔註10〕 〔德〕恩格斯《家庭、私有制和國家的起源》，《馬克思恩格斯選集》第四卷，人民出版社1972年版，第72頁。

〔註11〕 《馬克思恩格斯選集》第四卷，第67頁。

《蔣興哥重會珍珠衫》中王三巧的父母，在女兒因被休歸而尋短見時說：「你好短見，二十多歲的人，一朵花還沒有開足，怎做這下梢的事？莫說你丈夫還有迴心轉意的日子，你真休了，恁般容貌怕沒人要你？少不得別尋良緣，圖個下世受用，你且放心過日子去，休得煩悶。」也把女兒的生命與幸福看得比「三從四德」更為重要。這種基於父母之愛對女性「越軌」行為的寬容，體現了女性在家庭中的地位已有所改善，從特定角度顯示了歷史的進步。

　　總之，《喻世明言》婚姻愛情故事的描寫已使我們模糊地看到，那種恩格斯所說的「使丈夫的統治具有了比較溫和的形式，而使婦女至少從外表上看來有了古典古代所從未有過的更受尊敬和更加自由的地位」的「新的一夫一妻制」的思想萌芽。雖然這種萌芽還非常微弱，卻是有可能發展出「整個過去的世界所不知道的現代的個人性愛」〔註 12〕的基礎。這在先前的文學中是沒有過的。

　　《喻世明言》故事多能曲折生動，有許多「無巧不成書」的情節和淋漓盡致的描繪，頗能引人入勝，體現了我國「話本」的傳統和馮氏修訂編著的文學水平。但是，這些在細節和語言上大都源於生活的精心編織的故事，往往被諸如輪迴報應、謫世升仙等等的俗套所限制，加以某些封建說教的成分，有時顯得駁雜甚至平庸。這是它的缺陷，也是它的古拙之處，讀者識之可也。

三

　　《警世通言》刊於明天啟 4 年（1624），有金陵兼善堂刊本、三桂堂刊本、衍慶堂刊本（兩種）。全書 40 篇，據繆詠禾《馮夢龍與〈三言〉》考證，本事「出於正史 2，出於雜史筆記 26，不詳 12」〔註 13〕，大都有來歷。而各卷故事發生的時代，可知為明朝事者有第 12 卷《蘇知縣羅衫再合》、第 17 卷《鈍秀才一朝交泰》、第 18 卷《老門生三世報恩》、第 22 卷《宋小官團圓破氈笠》、第 24 卷《玉堂春落難逢夫》、第 26 卷《唐解元一笑姻緣》、第 31 卷《趙春兒重旺曹家莊》、第 32 卷《杜十娘怒沉百寶箱》、第 34 卷《王嬌鸞百年長恨》、第 35 卷《況太守斷死孩兒》等 10 篇，可確定為明人所作；其他故事均發生在前代，多數應為前人所作。與《喻世明言》相比，本書明人寫明事的作品有所增加。又據考本書《老門生三世報恩》《玉堂春落難逢夫》《杜十娘怒沉

〔註 12〕 《馬克思恩格斯選集》第四卷，第 65 頁。
〔註 13〕 繆詠禾《馮夢龍與〈三言〉》，第 26 頁。

百寶箱》三篇爲馮氏自所編撰〔註 14〕，其他大都爲馮氏據舊本修訂而成。

《警世通言》中至少有 13 篇爲神仙鬼怪故事，而以鬼魂與物異故事爲多。其中鬼形象多爲女性，乃魏晉以來志怪小說的遺風。鬼魂故事有的涉及命案，如《三現身包龍圖斷冤》寫大孫押司被害後，鬼魂三次現身，使案情爲包公所知，終於得到昭雪，意在「寄聲暗室虧心者，莫道天公鑒不清」。有的寫生死不愈的性愛或愛情，如《崔待詔生死怨家》寫養娘璩秀秀因咸安郡王一句話，而生死都要扯定崔寧做自己的丈夫；《小夫人金錢贈年少》寫因婚姻不幸的小夫人死後，其鬼魂仍不忘情於生前的意中人張勝；《金明池吳清逢愛愛》寫小酒店主人的女兒愛愛死後，還借屍還魂嫁給自己心愛的吳清，贊其「隔斷死生終不泯，人間最切是眞情」。本書這類作品中女性成爲性愛主動的一方，是前此少見的。寫物異的故事以動物成精者爲多，如《崔衙內白鷂招妖》寫崔衙內炫耀新羅白鷂招致妖怪纏身；《計押番金鰻產禍》寫計安釣了一條金鰻魚，一時疏忽被家人食用，害得全家死於非命；《白娘子永鎮雷峰塔》寫白蛇、青蛇成精幻化白娘子爲許宣之妻；《假神仙大鬧華光廟》寫雌、雄兩隻龜精假冒神仙呂洞賓、何仙姑作怪；還有《皂角林大王現形》寫老鼠精爲禍一方，《福祿壽三星度世》寫綠毛靈龜、黃鹿、白鶴作怪，《旌陽宮鐵樹鎮妖》寫孽龍之禍，結果往往是被「眞人」「道士」或「眞君」制服。這幾篇所寫故事分別發生在唐玄宗、宋徽宗、宋高宗、元至正初、宋眞宗和三國吳赤烏年間，其崇奉道教數術的傾向顯然與彼時宗教風尚相關，而能收入本書，則與明朝道教盛行有很大關係。

《警世通言》寫歷史人物的傳奇或軼事的約有 7 篇，即《俞伯牙摔琴謝知音》《莊子鼓盆成大道》《王安石三難蘇學士》《拗相公飲恨半山堂》《李謫仙醉草嚇蠻書》《錢舍人題詩燕子樓》《宋太祖千里送京娘》等，題旨分別關乎朋友之情、夫妻之愛、爲學爲政之道、行俠仗義和男女私情等。其中《莊子鼓盆成大道》諷刺做妻子的在丈夫「生前個個說恩深，死後人人欲扇墳」，沒有一個是靠得住的。其說雖有偏頗，卻也道出人性的某種眞實；有關王安石的兩篇分別從爲學與爲政的角度對王安石行褒貶，是宋史上「黨爭」影響的產物。《宋太祖千里送京娘》寫趙匡胤搭救京娘，千里相送，只爲義氣，贏得京娘的敬重，但是，當京娘的父母家人懷疑其二人有私，執意要把京娘嫁給趙匡胤時，趙匡胤拂袖而去，結果京娘羞愧自縊而死。本篇寫趙匡胤拒娶

〔註 14〕《馮夢龍〈三言〉新證——記明刊〈小說〉（五種）殘本》。

京娘，與《喻世明言》第 28 卷《李秀卿義結黃貞女》寫黃貞女不嫁李秀卿，都是為禮教而忍情。但是，京娘之死與黃貞女終於得偕佳偶結局完全相反。讀者不能不為趙匡胤欲做「好漢」卻「為好成歉」即好心做壞事而感到遺憾，這就在客觀上有了諷刺意味。此外，寫科舉制下讀書人遭際的有《鈍秀才一朝交泰》《老門生三世報恩》和《俞仲舉題詩遇上皇》等 3 篇，大概說功名由命，富貴在天，而科舉無憑，學問無用，是古代白話小說中較早對科舉制度有所諷刺的作品。

　　愛情是文學永恒的主題。因此，《警世通言》最多最有價值的仍然是愛情婚姻題材的作品。這類作品即使不包括上述寫人鬼戀之作，單是寫人間事或主要是寫人間事的，也有《蘇知縣羅衫再合》《范鰍兒雙鏡重圓》《宋小官團圓破氈笠》《樂小舍拼死覓偶》《玉堂春落難逢夫》《唐解元一笑姻緣》《宿香亭張浩逢鶯鶯》《趙旺兒重旺曹家莊》《杜十娘怒沉百寶箱》《喬彥傑一妾破家》《王嬌鸞百年長恨》《蔣淑真刎頸鴛鴦會》等 12 篇。這在全書已占較大比例，而且多為名作，影響深遠。其中《蘇知縣羅衫再合》《范鰍兒雙鏡重圓》兩篇分別寫夫妻因遭遇不測而悲歡離合的故事；《宋小官團圓破氈笠》以下 5 篇所寫故事基本上都屬於由愛而婚的喜劇，往往是當事人為追求美好婚姻而百折不撓，相關者也多能持寬容的態度，甚至主動玉成其事，如《宿香亭張浩逢鶯鶯》寫鶯鶯隨張浩私奔，後經官斷為婚。其所表達「禮順人情」的實質是關於禮教改良的思想傾向，比較《喻世明言》中所見更進一步顯示了社會對愛情和自主婚姻的寬容。

　　上述 12 篇中最後 5 篇的內容與思想傾向則比較複雜。其中《杜十娘怒沉百寶箱》中的杜十娘與《玉堂春落難逢夫》中的玉堂春同為名妓並且都因愛而從良，《王嬌鸞百年長恨》中的王嬌鸞與《宿香亭張浩逢鶯鶯》中的鶯鶯都私定終身，結局卻完全相反，固然有客觀的原因，然而根本只在杜十娘、王嬌鸞所遭非人，而玉堂春、李鶯鶯幸遇佳偶，從而表明愛與婚姻根本上是一個人性問題，唯是愛為「不會有別的動機」的「相互愛慕」〔註 15〕，而婚姻總不免是「權衡利害」〔註 16〕的產物。《趙旺兒重旺曹家莊》與《喬彥傑一妾破家》立意相反，前者寫妓女從良相夫旺家，後者寫因為一個小妾的性情不淑、行為越軌，導致家破人亡。其所關注主要不在男女之間的感情，而是婚

〔註 15〕　《馬克思恩格斯選集》第四卷，第 78 頁。
〔註 16〕　《馬克思恩格斯選集》第四卷，第 60 頁。

姻問題的延伸，即男人娶妻賢與不賢對家庭的影響。《蔣淑眞刎頸鴛鴦會》所寫蔣淑眞則是一罕見的悲劇型女性。她天生麗質，而性愛風流，初因婚姻蹉跎而強與少男阿巧交合，致阿巧驚懼而死；後來又因爲嫁不如心而紅杏出牆，再嫁依然，終於與其情夫一起被殺。這種對風流才子來說只是「一笑姻緣」或爲拈花惹草之類的小節，在蔣淑眞就成了不赦之大惡。與杜十娘、王嬌鸞的所遭非人相比，蔣淑眞因青春風流招致「闆里皆鄙之」的悲劇，更具有人性與現實衝突的典型性。

此外，《警世通言》還突出描寫了商人的生活，上已論及的《喬彥傑一妾破家》固然是家庭婚姻問題，但是，卻與喬彥傑因經商而夫妻常常分居直接相關。《呂大郎還金完骨肉》寫商人呂大郎因爲拾金不昧和輕財好義，結果兒子失而復得，妻子在家被其弟二郎出賣也能化險爲夷。但是，二郎所以敢於賣嫂，也正由於其兄經商「一去三年」杳無消息。與呂大郎的行好得好相反，《桂員外窮途懺悔》中的商人施濟對經營虧本的同學桂富五的資助，換來的卻是其忘恩負義的對待；而桂富五在夢中遭天譴以後，也只得去施家認罪懺悔。總之，《警世通言》生動展現了商業活動在給經營者帶來利潤的同時，也帶來了家庭與社會關係的新的矛盾和問題。作者於解決之道極爲茫然，還只能用最省力的辦法即以神道設教，並綴以各種封建倫理道德的說教。

與《喻世明言》相近，《警世通言》的故事情節也多曲折生動，有許多「無巧不成書」的描繪，卻表現獨特。如《蘇知縣羅衫再合》與《玉堂春落難逢夫》的故事，眞可以說是大開大闔，特別是後者寫玉堂春以磚瓦易金銀的「掉包計」，應屬奇想。而《老門生三世報恩》寫蒯主考有意避開老秀才鮮于同的卷子，卻因此遇個正著，恰如爲了讓道而至於撞車，也構想不俗。尤其是《唐解元一笑姻緣》的輕喜劇風格，在話本與擬話本中更屬於少見。這些也頗能體現我國「話本」的藝術傳統和馮氏編著的文學水平。因此，雖然神道設教和封建說教的傾向也使本書的某些作品顯得平庸與駁雜，但這並不能掩蓋其整體上的蒼古常新之美，所以《警世通言》仍稱得上是我國古代短篇小說的奇葩。

四

《醒世恒言》刊於明天啓 7 年（1627），有金閶葉敬池刊本、葉敬溪刊本、衍慶堂刊本（兩種）。全書 40 篇，據繆詠禾《馮夢龍與〈三言〉》考證，本事

「出於正史 3，出於雜史筆記 30，不詳 7」〔註 17〕，也大都是有來歷的。而各卷故事發生的時代，可知爲明朝事者有第 7 卷《錢秀才錯占鳳凰儔》、第 9 卷《陳多壽生死夫妻》、第 10 卷《劉小官雌雄兄弟》、第 15 卷《赫大遺恨鴛鴦絛》、第 16 卷《陸五漢硬留合歡鞋》、第 18 卷《施潤澤灘闕遇友》、第 20 卷《張廷秀逃生救父》、第 22 卷《張淑兒巧計脫楊生》、第 27 卷《李玉英獄中訟冤》、第 29 卷《盧太學詩酒傲王侯》、第 35 卷《徐老僕義憤成家》、第 36 卷《蔡瑞虹忍辱報仇》、第 39 卷《汪大尹火焚寶蓮寺》等 13 篇，可確定爲明人所作；其他故事均發生在前代，多數應爲前人所作。與《喻世明言》《警世通言》相比，本書中明人寫明事的作品又有增加。另據學者考證，本書《吳衙內鄰舟赴約》《陳多壽生死夫妻》兩篇爲馮氏自所編撰〔註 18〕，其他大都爲馮氏據舊本修訂而成。

《醒世恒言》中寫神仙鬼怪或較多涉及神仙鬼怪故事的作品至少有 11 篇，大部分應是前代之作。這就是說，本書與前兩書一樣，明人寫明事的作品沒有一篇屬神怪題材，由此可以看出明代通俗小說直面現實品格的成長。又與前兩書相近的是，其寫神怪題材的作品偏重宣揚道教神仙思想，11 篇之中就有 7 篇寫神仙故事，應是由於明朝道教盛行，前代神仙題材的小說容易保留下來之故。7 篇之中，《灌園叟晚逢仙女》在話本、擬話本小說中爲不可多得的優秀之作。它寫「花癡」秋先，一生篤於種花、養花、惜花、護花，又「葬花」「浴花」「醫花」，從而感動上帝，派瑤池王母座下司花仙子下凡，幫助秋先制服了毀花的惡人，並度秋先爲「護花使者」成仙而去。故事一反話本的傳統，不以情節驚險曲折取勝，而注重主人公感受和心境的刻畫，以富於詩意的優美的描繪沁人心脾，從而一個實際是關於花農的通俗的故事，被賦予了難得的優雅風格。

《醒世恒言》中據正史或野史筆記寫成關於歷史人物的傳奇故事也有近 10 篇之多。其中《兩縣令競婚義女》《三孝廉讓產立高名》分別表彰「義」與「讓」的德行，固然有可嘉之處，但是，前者競婚孤女的鍾離公是因「他也是個縣令之女」而兔死狐悲，高公則爲的是與鍾離公「同享其名，萬世而下，以爲美談」；後者更等而下之的是許武故意自污，以成兩個弟弟「讓產」的所

〔註 17〕 繆詠禾《馮夢龍與〈三言〉》，第 26 頁。
〔註 18〕 《馮夢龍〈三言〉新證——記明刊〈小說〉（五種）殘本》，《社會科學戰績》1980 年第 1 期。

謂高行，乃不折不扣的欺世盜名。《蘇小妹三難新郎》與《佛印四調琴娘》各為文人風流故事。前者寫才子佳人，意在顯揚巾幗之才情不讓鬚眉；後者寫蘇東坡欲化佛印還俗，結果自己反倒為佛印所化，從而證明「佛力無邊」，可以「慈航愛河」，是「三言」中少見的有鮮明佛教輔教傾向的作品。與此風調相接近的還有《馬當神風送滕王閣》，敷衍唐代天才早夭的傑出詩人王勃作《滕王閣序》故事，以王勃成神仙為文章吐氣。其他還有《金海陵縱慾亡身》與《隋煬帝逸遊召譴》兩篇，題目已昭示所寫分別為權臣和昏君作惡及其可恥下場。這類人物傳奇故事中，尚有《盧太學詩酒傲王侯》一篇寫明嘉靖間太學生盧楠有傲世風，只不過惹了當地知縣不快，就被羅織以罪，繫獄十餘年，後僥倖獲釋出獄。與此相類的是《李玉英獄中訟冤》寫明正德年間因家庭矛盾而起的一大冤案，驚動了朝廷，正德皇帝派三法司鞫審，才得平反昭雪。這些作品構成了本書的內容的一大特色。

《醒世恒言》中最具亮色的仍然是婚姻愛情題材的作品。這類作品有十餘篇之多。其中側重寫婚姻之事的有《錢秀才錯占鳳凰儔》與《喬太守亂點鴛鴦譜》，各在陰差陽錯中成全了一對意中人的婚姻，在前兩書之後，更突出地表現了「禮順人情」的婚姻觀；還有《陳多壽生死夫妻》與《白玉娘忍苦成夫》，各寫夫妻之間雖歷經磨難而始終不渝的真情，但是白玉娘還要忍受丈夫的誤會，朱多福（陳多壽之妻）則要隨丈夫同死，就使這些淒美的故事中，女子一方的遭遇更令人同情。側重寫愛情的作品有《賣油郎獨佔花魁》《鬧樊樓多情周勝仙》《吳衙內鄰舟赴約》和《黃秀才徼靈玉馬墜》。其中除了《鬧樊樓多情周勝仙》的結局悲涼之外，其他三篇都是有情人終成了眷屬。尤其前兩篇最負盛名。《賣油郎獨佔花魁》寫賣油郎秦重真情感人，終於獲得了名妓花魁娘子的芳心並娶其為妻；《鬧樊樓多情周勝仙》寫員外的女兒周勝仙愛上了樊樓開酒店的范二郎，便生死以之。前者為明人之作，後者為宋元話本。除了各自情節的生動感人之外，前者秦重和花魁娘子的日久生情，與後者范二郎和周勝仙的一見鍾情，形成鮮明對照，結局也大相徑庭，顯示了從宋至明白話短篇小說思想與藝術的進步。

《醒世恒言》中有不少女性形象顯示了非凡才情或過人膽略。除上已提及《蘇小妹三難新郎》之外，《李玉英獄中訟冤》寫李玉英身陷囹圄而能訟冤自救絕處逢生，《張淑兒巧計脫楊生》寫張淑兒的善良與智慧，《蔡瑞虹忍辱報仇》寫蔡瑞虹的能屈能伸都頗具特色。同時書中還寫有一些普通人的高行

或幹才，如《張孝基陳留認舅》寫贅婿張孝基教化內弟過遷敗子回頭後歸還其家產，《張廷秀逃生救父》寫木匠的兒子張廷秀九死一生後還做了官，脫父親於冤獄後又與妻子破鏡重圓，《徐老僕義憤成家》中的老家人阿寄長於營運，使孤兒寡母的主人家道興旺，自己則分文不取；此外，還有《李汧公窮邸遇俠客》寫俠客，《陸五漢硬留合歡鞋》寫公案，《施潤澤灘闕遇友》寫兩小織戶的友誼等，都有可觀。而《赫大卿遺恨鴛鴦縧》寫監生赫大卿淫蕩送命，可與《金海陵縱慾亡身》相參觀；《劉小官雌雄兄弟》後半寫劉方、劉奇共同經商而成為夫妻的構思與命意，與《喻世明言》第28卷《李秀卿義結黃貞女》一篇相近，可以對讀。

與前兩書相近，《醒世恒言》藝術上也體現了話本、擬話本的傳統，並有自己的特色。最突出之點是本書比前兩書各多出近15萬字，從而篇幅比前兩書一般都明顯加長，能容納更多的人物、情節與細節，提高了作品的表現力。相應有更多情節曲折綿長的作品。如《一文錢小隙造奇冤》雖然說不上是精品，但是，它從「一文錢小隙」寫出13條人命的冤案，又從一點轉機寫出這一系列案件的破獲，就比《喻世明言》第26卷《沈小官一鳥害七命》的手筆更有魄力了，而篇幅也增加了一倍。至於本書描寫的手段也有明顯提高之處，如《賣油郎獨佔花魁》寫秦鍾攢銀去見花魁娘子心理的細緻，在前兩書中是未曾見到的。總之，「三言」之中，本書雖然刊刻最晚，但其思想與藝術的價值並不讓前刻，某些方面還可以說是後來居上。

（本文由原載河北大學出版社2004年版《喻世明言》《警世通言》
《醒世恒言》的三篇《導讀》刪節合成）

關於《西湖二集》的幾個問題

　　《西湖二集》〔註1〕三十四卷，卷各一篇。這三十四篇作品都是明末盛行的擬話本小說，集中寫杭州西湖故事，雖然未入「名著」之列，但是誠如「湖海士題於玩世居」的《序》開篇所說：「天下山水之秀，寧復有勝於西湖者哉！」所以，作爲今存第一部「西湖」專題擬話本小說集的《西湖二集》，正如西湖之不可不一遊，而值得一讀並認眞關注其相關研究。因就近世《西湖二集》研究的幾個問題略抒淺見如下。

一、《西湖一集》和《西湖小說》

　　由《西湖二集》書名，可知此書之前有《西湖一集》（或《西湖初集》）。今本《西湖二集》第十七卷《劉伯溫薦賢平浙中》也正是有作者自道：「《西湖一集》中《占慶雲劉誠意佐命》大概已曾說過，如今這一回補前說未盡之事。」所以學者多認曾有《西湖一集》而早佚，於今片紙不存；而且除上引《西湖二集》之外，今見明清文獻中別無提及，包括清人選集明代擬話本小說有錄自《西湖二集》的，卻沒有一篇選自《西湖一集》。這就不僅是從來讀者的一個遺憾，更成爲《西湖二集》研究如影隨形的一個疑惑，而無從索解。

　　近年來唯一嘗試解釋這一疑惑的是已故學者蘇興先生。他著文「頗疑並無另一與《西湖二集》一樣的名爲《西湖一集》或《西湖初集》平話集，所謂『大概』的《西湖一集》即指田汝成的《西湖遊覽志餘》」〔註2〕。其實這

〔註1〕〔明〕周清源著，劉耀林、徐元校注《西湖二集》，杭州：浙江人民出版社，
　　　　1981年。
〔註2〕蘇興《所謂〈西湖一集〉的問題》，《明清小說研究》1990年第2期。

是一個誤會。因為很顯然，周清源說「《西湖一集》中《占慶雲劉誠意佐命》大概」，決非蘇先生所說「『大概』的《西湖一集》」；由《西湖二集》第十七卷《劉伯溫薦賢平浙中》與「《西湖一集》中《占慶雲劉誠意佐命》」兩篇之間的關係，不可能推考出「《西湖一集》即指田汝成的《西湖遊覽志餘》」兩書之間的關係的結論。再說已有研究表明，《西湖二集》的故事雖較多取材《西湖遊覽志餘》，但是除了《西湖遊覽志餘》也多是採自他書之外，《西湖二集》取材仍有不少來自其他筆記或史傳等，是據多書所載故事「大概」敷衍而來；又《西湖遊覽志》和《西湖遊覽志餘》同為田汝成所編撰，一先一後，本即「前志」和「志餘」，是確定的「一集」與「二集」或「續集」的關係了，從而不可能再有《西湖遊覽志餘》成為或被看作是另一個與《西湖二集》為系列的《西湖一集》的可能。所以，《西湖二集》之前有《西湖一集》是肯定的，但《西湖一集》決不可能是田汝成《西湖遊覽志餘》，儘管很遺憾沒有也幾乎不可能再見到《西湖一集》這部書了。

由《西湖二集》遙想《西湖一集》的編撰，當如馮夢龍編訂的《三言》，其《喻世明言》本名《古今小說一刻》顯示其與續編後二集小說的總名為「古今小說」，以及大約同時的凌濛初創作的《拍案驚奇》分「一刻」和「二刻」一樣，周清源《西湖一集》和續作《二集》也有一個總名，即湖海士《序》中提到的《西湖說》。但此《西湖說》「說」字前應奪一「小」字，因為談遷《北遊錄・紀郵上》順治十一（1754）年七月「壬辰」條正是稱「杭人周清源……嘗撰《西湖小說》」〔註3〕。總之，《西湖一集》和《西湖二集》都出自周清源一人之手，其本名和總名是《西湖小說》。今本《西湖二集》卷首湖海士《序》及《序》中「予讀其《序》而悲之」所稱作者自序，也都是《西湖小說》的總序。《西湖一集》的篇卷應與《西湖二集》相當，而《西湖小說》全部規模差可比肩於凌濛初的《拍案驚奇》，周清源在擬話本小說創作上的地位與成就值得重視。

二、「周清源」及其生平

《西湖二集》明刊本題「武林濟川子清源甫纂」（「源」或作「原」），「武林抱膝老人訐謀甫評」，卷首有本文前已引及湖海士（「士」或作「子」）寫於

〔註3〕 〔清〕談遷《北遊錄》，北京：中華書局，1960年，第65頁。

「玩世居」的《序》。武林即今浙江杭州舊城。談遷《北遊錄》也稱「杭人周清源」。所以，周清源是杭州人沒有問題了。但是，「源」作「原」卻容易與清初的武進人周清原和乾隆時錢塘人周清原相混淆。這個可能因同名致誤的危險，早在半個多世紀前魯迅、鄭振鐸以及阿英等相關著作中都曾經查考提示過；二十六年前（1991）吳禮權先生《西湖二集：一部值得研究的小說》〔註4〕一文又曾經強調，但是近年仍有人把官至工部侍郎的武進人周清原混同於《西湖二集》的作者「周清原」。於是又只好有陸勇強先生作《此「周清原」非彼「周清原」——〈西湖二集〉作者考辨》〔註5〕予以糾正。這都是必要和正常的討論。但問題的解決必須正本清源，即作為同一人的姓字，雖有古本「周清源」之「源」或作「原」，但作者本人必不會兩可，也就是說「源」或作「原」必有一是一誤。那麼據此書所附《西湖秋色》詩所題「武林周楫清原甫著」，可知周氏名「楫」，而「楫」乃渡水之船具。所以儘管古代「原」「源」相通，但是畢竟「原」字其他義項尚多，古人「名以正體，字以表德」，以作者周氏名「楫」，表字「清源」，作「源」與「楫」更相符合。事實也是除了明刊本亦有作「源」者外，上引談遷《北遊錄》也稱其為「周清源」可作旁證，從而比較僅出現在刊本的「周清原」更為可信。今通行本署作者名多作「周清原」不妥，而以作「周清源」或「周楫」為宜。

今見有關周清源生平記載，一是湖海士《序》中說，「其人曠世逸才，胸懷慷慨」，但「懷才不遇，蹭蹬厄窮」，至於「貧不能供客，……用是匿影寒廬，不敢與長者交遊……蓋原憲之桑樞、范丹之塵釜交集於一身」，兼且「司命之厄我過甚，而狐鼠之侮我無端」，是一位淪落到社會懸崖邊上的窮讀書人；二是上所引及談遷《北遊錄》載：「壬辰，觀西河堰書肆。值杭人周清源，雲虞德園先生門人也。嘗撰西湖小說。噫，施耐庵豈足法哉。」「壬辰」是順治十一（1654）年七月壬辰；「西河堰」即北京前門外西河沿，是清代北京琉璃廠興起之前最大的書店街和外地士人來京幹事謀生寓居的地方。談遷當時暫住在這裡逛書店中認識了周清源，以為可記的就只有周所自「云虞德園先生門人也。嘗撰西湖小說」。可見入清十年之久，周清源還是北京類今之「北漂」一族，境況堪憂。

〔註4〕吳禮權《西湖二集：一部值得研究的小說》，《明清小說研究》1991年第2期。
〔註5〕陸勇強《此「周清原」非彼「周清原」——〈西湖二集〉作者考辨》，《明清小說研究》2012年第1期。

周清源的老師「虞德園先生」，名淳熙，字長孺，號德園。杭州人。萬曆十一（1583）年進士。歷遷至吏部稽勳司員外郎。萬曆二十一（1593）年以「部臣專權結黨」（《明史·孫鑨傳》）削籍歸里，有《德園全集》六十卷等。虞德園雖讀書做官，卻一味佞佛。據說他三歲能唱念佛號，出仕前坐館，曾教幼學坐禪，引起學生家長的不滿；中進士後在家守孝，還曾受戒於蓮池大師；後來結識西洋傳教士利瑪竇，亦曾勸其多讀佛書。至於削職歸鄉後，更是癡迷於弘揚佛法，建放生池，大做佛事，終入山修行，直到天啓元（1620）年去世。周清源拜師虞德園，至晚應在天啓元（1620）年之前。如果那時他將及弱冠，至順治十一（1654）年偶識談遷於北京，虞德園死已三十四年，那麼周清源的年齡就該在五十歲以上了，還逢人自稱「虞德園先生門人」，可見其應念念不忘虞德園之教誨。因此可以認爲，《西湖二集》中多推崇迴護佛教，有大量轉世和報應（第一、第七、第八、第九、第十三、第十六卷）、特別是放生得福報（第八、第二十一、第三十三）的故事，與他這位佞佛的老師虞德園先生的影響是分不開的。外此則周清源的生平都不得而知，《西湖二集》是其唯一的遺著，就只好從《西湖二集》尚論其思想與文學了。

三、《西湖二集》的取材與創作意圖

《西湖二集》寫西湖實即杭州故事，資料來源主要是明代田汝成的《西湖遊覽志》和《西湖遊覽志餘》，陳建撰、沈國元訂補《皇明從信錄》，詹詹外史（馮夢龍）評輯《情史類略》，瞿祐《剪燈新話》，元代陶宗儀《輟耕錄》，唐、宋、元、明諸史及筆記等，幾乎無一事無來歷，而鮮有作者自所見聞。胡士瑩《話本小說概論·〈西湖二集〉三十四篇》、戴不凡《小說見聞錄》《中國通俗小說總目提要·西湖二集》等諸書均有考證，茲不贅述；故事的時代背景應是上與《西湖一集》以唐前爲主相銜接，本集故事則多發生在唐、宋、元三朝和明萬曆之前，是杭州歷史最稱風雲變幻的多事之秋；其所涉及人物，則帝王將相、后妃宦官、孝子忠臣、才子佳人、僧妓俠寇、商人匠作、神仙鬼魅，各色人等；情節則忠孝節義、愛恨情仇、發跡變泰、官場黑幕、禦寇平亂、旦夕禍福、善惡報應，各種變態。

《西湖二集》以上取材特點與同時《二拍》《型世言》等擬話本並無大異，唯一不同是《西湖二集》更多關乎明朝政治事件與人物的作品，如寫劉基薦朱亮祖爲明朝開國建功（第十七卷），明永樂「靖難之役」，司禮太監懷恩助

商輅平定滿四（第十八卷），所謂建文帝遁逃始末（第二十五卷），王禕、吳雲忠孝（第三十一卷），周新斷案神明（第三十三卷），胡宗憲剿平王直、徐海等海賊倭寇（第三十四卷）等。其中懷恩是明史上唯一留有好名聲的大太監，書中讚揚「那懷恩果係大聖大賢之臣，千古罕見，妙處不能盡述」，是別種書中未見寫到的；第三十四卷所寫及海上巨盜徐海的「壓寨夫人王翠翹」，為後來多種小說戲曲演義，乃至近年還有福建方朝暉編薌劇《王翠翹》演出，受到廣泛歡迎和好評。當然，《西湖二集》作為擬話本小說集最與眾不同的是其以「西湖」之一地故事為專題，從而一方面如湖海士《序》稱是「西湖之功臣也哉！即白、蘇賴之矣」（湖海士《序》），另一方面也在古代小說史上創造了「西湖小說」的品類與概念。

　　《西湖二集》更實質性的成就主要不在集撰了西湖故事，而在其以故為新中自覺投注了個人豐富的思想與情感，即湖海士《序》所謂「借他人之酒杯，澆自己之磊魂，以小說見」。作者於第一卷中借評本朝瞿祐作《剪燈新話》小說有自白曰：

> 看官，你道一個文人才子，胸中有三千丈豪氣，筆下有數百卷奇書，開口為今，闔口為古，提起這枝筆來，寫得颼颼的響，真個煙雲繚繞，五彩繽紛，有子建七步之才，王粲《登樓》之賦。這樣的人，就該官居極品、位列三臺，把他住在玉樓金屋之中，受用些百味珍饈、七寶床、青玉案、琉璃鐘、琥珀盞，也不為過。巨耐造化小兒，蒼天眼瞎，偏鍛鍊得他一貧如洗，衣不成衣，食不成食，有一頓，沒一頓，終日拿了這幾本破書，「詩云子曰」「之乎者也」個不了，真個哭不得、笑不得、叫不得、跳不得，你道可憐也不可憐？所以只得逢場作戲，沒緊沒要做部小說，胡亂將來傳流於世。……一則要誠勸世上都做好人，省得留與後人唾罵；一則發抒生平之氣，把胸中欲歌欲笑欲叫欲跳之意，盡數寫將出來，滿腹不平之氣，鬱鬱無聊，藉以消遣。

由此可見，周清源作《西湖二集》，初心不是要做一個小說家，而部分地是讀書做官不成退以求其次的「逢場作戲」，又部分地是借小說這一與做官相比「沒緊沒要」的手段，實現其作為一個儒生的人生價值，即「誠勸世上都做好人」，以圖「將來傳流於世」即「傳世」留名；另外「胡亂」寫來，也好「發抒生平之氣」即「發憤」。

四、《西湖二集》的思想內容

如上《西湖二集》編撰的這兩個意圖加以客觀眞實的藝術描寫，使《西湖二集》有了以下思想內容上的特點。

首先，《西湖二集》專注於懲惡揚善，努力於鞭笞醜惡，彰顯美德，闡揚人生向善的經驗。這本是中國古典文學共同和一以貫之的價值取向，並大都通過對人之美德如正直、忠誠、仁愛、孝友、慈悲、善良等等的讚美，或通過故事人物正與邪、仁與暴、忠與奸、智與愚、善與惡等等的矛盾與鬥爭得到形象的顯示。《西湖二集》繼承發揚這一優秀文學傳統，可説每卷都從不同角度盡心於這種體現，如伸張正義，褒獎良善，揭發姦邪，諷刺愚昧，鞭撻罪惡等等。這從各卷故事的因果、人物的命運對比分析可見，乃至某些卷的標題都表明此種用心，如「李鳳娘酷妒遭天譴」（第五卷）、「姚伯子至孝受顯榮」（第六卷）等，不繁舉例。當然從作者爲便於「垂教訓」的詩詞韻語中更可以一目了然，如其説：「惡有惡報，善有善報。若還不報，時辰未到。」（第五卷）「萬兩黃金未爲貴，一家安樂值錢多。」（第六卷）「慈悲勝念千聲佛，作惡空燒萬炷香。」（第七卷）「德可通天地，誠能格鬼神。但知行好事，何必問終身。」（第二十四卷）等等。這類並不一定是作者自創又往往夾雜了宗教宿命甚至鬼神觀念的「雞湯」式格言警句，今天看來肯定是不夠「科學」，也顯然是作品議論過多的體現，但作者「誠勸」世人之苦心亦由此可鑒。同時也應該看到，古人迷信，故「聖人以神道設教」（《周易・觀卦》），通俗小説爲「俗」人説法，這類俗語更易於聽於耳而入於心和播於口，起到誠人爲惡、導人向善的現實作用，所以爲「治身理家」之金玉良言。以往某個時期以偏概全，完全否定這類作品的價值，反而不是「科學」的文學批評態度和做法。

其次，《西湖二集》之「發憤」即魯迅先生所稱「又多憤言」〔註6〕，往往針對某種具體的社會醜惡，而集中於社會價值觀的倒錯，即人役於物的一切向錢看。第二十卷《巧妓佐夫成名》中寫妓女曹妙哥開導書生吳爾知道：

> 當今賄賂公行，通同作弊，眞是個有錢通神。只是有了『孔方兄』三字，天下通行，管甚有理沒理，有才沒才。你若有了錢財，沒理的變做有理，沒才的翻作有才，……世道至此，豈不可歎？

〔註6〕魯迅：《中國小説史略》，北京：人民文學出版社，1973年，第173頁。

又說：

> 況且如今世上戴紗帽的人分外要錢，若像當日包龍圖這樣的官料得沒有。就是有幾個正氣的，也不能夠得徹底澄清。若除出了幾個好的之外，贓官污吏不一而足，衣冠之中盜賊頗多，終日在錢眼裏過日，若見了一個『錢』字，便身子軟做一堆兒，連一挣也挣不起。……所以如今『孔聖』二字，盡數置之高閣。若依那三十年前古法而行，一些也行不去，只要有錢，事事都好做。

其最義憤填膺的是科舉不公，所以又借人物之口說道：

> 「多少舉人、進士、戴紗帽的官人，其中有得幾個眞正飽學秀才、大通文理之人？若是文人才子，一發稀少。……況且如今試官，……若是見了明珠異寶，便就眼中出火，若是見了文章，眼裏從來沒有，怎生能辨得眞假？所以一味糊塗，七顛八倒，昏頭昏腦，好的看做不好，不好的反看做好。』臨安謠言道：『有錢進士，沒眼試官。』這是眞話。」

曹妙哥與吳爾知故事雖然託於宋代，但讀者不難明白其爲指桑罵槐，是針對當朝的罵世「憤語」。有此等「憤語」在先，再讀後世《聊齋誌異》《儒林外史》《歧路燈》《紅樓夢》中類似激憤之辭，應不會再有什麼新鮮。可惜如今多數讀者，但知有諸名著而不知有《西湖二集》、但知有羅貫中、曹雪芹而不知有周清源。

第三，《西湖二集》描寫客觀上反映了某些歷史的眞實。如第三十四卷《胡少保平倭戰功》寫胡少保（宗憲）與所平「倭寇」首領王直（《明史》作「汪直」）、徐海等，皆爲明嘉靖中歷史人物。汪、徐本爲東南「靠海吃海」做海外貿易的商人，因與倭人做生意「極有信行」云云，才把生意越做越大。又因爲官府禁沿海「互市」，並有官家勢要詐害海商才聚眾反抗並叛居海上。其本意只是做生意逐利，而非與明廷爲敵。所以，胡宗憲剿倭兵至，王直便思歸順。書中寫道：

> 先是陳可願進見，胡公一一問了備細。方才葉宗滿等進見，道：「王直情願歸順中國，今宣諭別島未回，所以先遣葉宗滿等投降，情願替國家出力。成功之後，他無所望，只願年年進貢，歲歲來朝，開海市通商賈而已。」胡公道：「開市之事何難，吾當奏請。」遂上本乞通海市，朝廷許之。

明人葉權約於嘉靖四十四年（1565）成書的《賢博編》記「海寇之變」，也稱「幸寇首（本文作者按：指王直）一意降」〔註7〕。卻不料明「朝廷許之」不過是胡公假意答應的誘降之計，反而多方刺激王直、徐海等降而復叛，最終仍以趕盡殺絕了之。或據《明史‧王忬傳》載：「胡宗憲計降汪直，欲赦直以示信。忬言此叛民與他納降異，直遂誅。」當然更不會落實王直提出「開海市通商賈」的歸順條件。由此一方面可見明代所謂「倭患」的情況儘管甚為複雜，但是明廷「片板不許入海」（《明史‧朱紈傳》）、拒絕海外貿易而不知變通的「海禁」，客觀上是起了逼良為寇的作用，絕非善政；另一方面可見胡宗憲等奉旨「平倭」，不過為「平倭」而「平倭」，根本不想真正為朝廷立信，為百姓造福，為國家開太平。結果一個本來可以「和平」解決的，其本質很大程度上是中國官、民衝突的「倭寇」問題，終以血雨腥風的屠殺暫告平息，豈不可痛！今讀本篇寫王直等求降「只願年年進貢，歲歲來朝，開海市通商賈」的乞告，想當初明廷如果真有靖海富民之心，並稍知海外貿易之利，妥行「互市」之策，則恐怕不僅能夠形成海上貿易的良性互動，海疆清晏，長遠看也有助於「天朝」對外的逐步開放，豈非華夏社會進步之大幸？卻終於海山對撞，「驚濤拍岸，激起千堆雪」！由此篇可見中國六百多年前即開始落後於世界發展大趨勢的一大重要原因了。

第四，《西湖二集》描寫了宋、元、明三代杭州的某些人文景觀與社會風俗。如第二卷《宋高宗偏安耽逸豫》寫宋高宗時的西湖勝景、臨安城中的酒樓以及錢塘觀潮的熱鬧等，都詳載名號，有的至今可以顧名思義，想見其勝；有的描寫具體生動，如珍貴的歷史留影，研究者多有舉證，茲不復述。但說從某些有關風俗的描寫還可擴大歷史的知識，如第七卷《覺闍黎一念投錯胎》載寧宗楊皇后《宮詞》有云「擊鞠由來豈作嬉？不忘鞍馬是神機」，點出宋代宮廷「擊鞠」雖為遊戲，但初心卻是居安而不忘戰，值得治古代體育史、遊戲史者注意；又第十二卷《吹鳳簫女誘東牆》寫「元宵佳節，理宗皇帝廣放花燈，……鰲山燈高數丈，人物精巧，機關轉動，就如活的一般。香煙燈花薰照天地，中以五色玉珊簇成『皇帝萬歲』四大字」，也如畫如見。尤其記「五色玉珊簇成」之「四大字」為標語口號之法，亦古籍中少見。

最後，《西湖二集》思想內容上也有明顯平庸迂腐之處。一是其敘事行文中「好頌帝德，垂教訓」，如第二卷《宋高宗偏安耽逸豫》題意本就是寫高宗

<hr>

〔註7〕〔明〕葉權撰，凌毅點校《賢博編》，中華書局，1987年，第9頁。

沒出息了，卻又說：「那時百姓歡悅，家家饒裕。唯因與民同樂，所以還有一百五十年天下，不然與李後主、陳後主又何以異乎？」曲意為這位亡國之君開脫；尤其書中開口閉口「我洪武爺、永樂爺」（第十八卷），以及建文、景泰、正統、嘉靖、萬曆諸帝，凡有提及，必稱以「爺」；甚至說「我洪武爺百戰而有天下，定鼎金陵」云云，好像朱元璋的「家天下」就有他的份；乃至操心「永樂爺」與「建文爺」「景泰爺」與「正統爺」（第十八卷）相殺互害爭位的是非，就不能不使我們對這位已被「我洪武爺」的繼承者們「鍛鍊得他一貧如洗」（第一卷）的作者之為人感到詫異了，——豈不是「被人賣了，還幫人數錢」？由此可見近世傳說「越窮越革命」之不可全信，而中國傳統士人皇權觀念和奴性意識之根深蒂固，決不可以低估。

二是書中寫了大量女性，有對女性德行、見識、才華的肯定和讚揚，對女性不幸的同情，但是由於男性的偏見和封建禮教的立場，書中對女性的描寫往往妍媸並存，瑕瑜互見。如第十九卷《俠女散財殉節》寫僕女朵那忠心事主，不計私利，竟至於為了侍奉家道中落的女主人而終身不嫁；第二十卷《巧妓佐夫成名》中心在歌頌妓女與士子的愛情，但是為了取得愛情的物質基礎或說「硬件」，只好寫了曹妙哥巧妙利用了官場的「潛規則」「佐夫成名」，客觀上等於與既得利益集團同流合污了；至於第十六卷《月下老錯配本屬前緣》寫才女朱淑真的婚姻悲劇，雖同情有加，但是把她的悲劇歸因於她前世本為一男子，誘姦一婦人並始亂終棄，所以有今世為女並所嫁非人、含恨而死的果報。這就不僅是作者「胡亂將來」，「想入非非」〔註8〕，而且有嫌污人清白了。

五、《西湖二集》的擬話本樣式與手法

《西湖二集》作為擬話本，其樣式與手法大體不外宋元話本的套路。如每篇有「引子」（第三卷）或稱「入話」（第五卷）、「頭回」（第二十三卷），有「正回」（第三卷）或稱「正文」（第八卷）和頻以「話說」轉換敘事；每篇首以詩（或詞、曲）起，尾以詩結，中間雜以詩詞曲賦等，都是宋元傳統的話本樣式與手法，但是也有某些明顯的變化：

一是「入話」即「引子」或「頭回」不拘一格。雖有符合於宋元話本一

〔註8〕阿英《〈西湖二集〉所反映的明代社會》，《文學》1935年第5卷第5期。

般以一兩個短小故事引入「正回」者，但也有不用「入話」的，如第二十七、第三十四卷，有「入話」爲敘三事者如第二十八卷，還有多至敘四事者如第六、第十三卷。其不一而足，既在作者看來爲敘事的需要，但根本在作者爲文人博覽群書、熟悉掌故，又是寫了供持卷消閒閱讀的，從而形成擬話本小說文人化、書卷氣的特點；

二是雜用詩文（包括古諺俗語）的篇數和體裁種類更加豐富，作用更加突出。一篇之中如第二十七卷插入詩文多達四十餘首；第七卷插入韻文五十餘首，僅錄宋寧宗楊後宮詞就有三十首。詩文中宋元話本中不常見的書信、祭文、奏章、詔書等也明顯多了起來。插入詩文的作用雖然仍主要是配合敘事，但在個別篇如第十六卷《月下老錯配本屬前緣》「正回」即寫朱淑眞的部分，幾乎就是用朱淑眞的詩爲線索連綴起來，使一篇之中韻、散文字的比例與所起作用的大小都更加接近。這種狀況頗有瞿祐《剪燈新話》敘事之致，堪稱擬話本中的「詩文小說」﹝註9﹞，顯示作者似有以小說說詩、傳詩之意；

三是以學問入通俗小說，出高深以淺俗，使普通讀者易讀易曉，乃至喜聞樂見。如第七卷《覺闍黎一念錯投胎》中說「三教合一」云：

> 話說儒、釋、道三教一毫無二，從來道：「釋爲日，儒爲月，道爲星，並明於天地之間，不可分彼此輕重。就有不同，不過是門庭設法，雖然行徑不同，道理卻無兩樣。」所以王陽明先生道得好，譬如三間房子，中一間坐了如來，左一間坐了孔子，右一間坐了老子，房子雖有三間，坐位各一，總之三教聖人：戴了儒衣儒冠，便是孔子；削髮披緇，便是釋迦牟尼佛；頂個道冠兒，便是太上老君。

這一段話雖綜合舊說，但是作爲小說中述「三教合一」的一家之言，誠爲別出心裁。有時「胡亂將來」，如第二十五卷《吳山頂上神仙》中說「三教」與皇權的關係：「我洪武、永樂二位聖人，原是三教宗師，不唯信佛，又且信仙。」第八卷《壽禪師兩生符宿願》中說：「宗泐雖是佛門，卻好說那儒家的話，宋景濂雖是儒家，卻又專好說那佛門的話，……洪武爺常稱讚這兩個道：『泐秀才，宋和尙。』洪武爺大闡佛法、講明經典者，雖是天聰天明、宿世因緣，亦因此二人輔助之功也，眞不負西來救世之意矣！」等等，也了了數語，把他所認爲的儒、釋、道三家之間及其與明朝政治的關係，說得有鼻子有眼，好像眞有其事兒。由此看來，作者既然僅以小說爲人生「逢場作戲，沒緊沒

﹝註9﹞孫楷第《日本東京所見小說書目》，人民文學出版社，1971年，第127頁。

要」的手段，那麼《西湖二集》就更多因作者的天賦成全了。

　　四是《西湖二集》敘事多引《西遊記》《水滸傳》《三國演義》《剪燈新話》《牡丹亭》等當時流行小說戲曲作品，既可見本書受當時流行小說戲曲作品的影響，又可見當時這些小說戲曲作品，特別是其中章回小說傳播和受到關注的情況。如第十卷《徐君寶節義雙圓》寫張順、張貴兄弟抗元，有詩讚曰：「忠臣張順救襄陽，力戰身亡廟祀雙。此是忠臣非盜賊，休將《水滸》論行藏。」可爲考證和評價《水滸傳》中張順兄弟形象的參考。而書中無一語引及《金瓶梅》，可爲考察《金瓶梅》成書或早期流佈情況的一個參照。

　　　　　　　（原載《山東師範大學學報（人文社會科學版）》2018 年第 2 期）

《醒世姻緣傳》的題材、思想與藝術

　　《醒世姻緣傳》〔註1〕是一部近百萬字的長篇小說。它在許多方面竟可以說是傑作。「五四」時期天才而早逝的浪漫詩人徐志摩和他的夫人陸小曼，曾「一連幾天，……眼看腫，肚子笑痛」，以爲「書是眞妙，逢人便誇」〔註2〕，也就可知這部書是如何地值得一讀了。

　　《醒世姻緣傳》最可使人注意的是題材。此書與《金瓶梅》雖然都寫婚姻家庭，但二者的區別很大。《金瓶梅》寫西門慶娶了若干個妻妾，他便是這一群妻妾的總管，妻妾間一切的爭風吃醋，都不過是爲了討得西門慶的歡心，男尊女卑、夫爲妻綱的封建秩序不曾有半點動搖；《醒世姻緣傳》則恰恰相反，它寫狄希陳在妻子薛素姐面前根本做不成人：

> 　　素姐跑上前把狄希陳臉上兜臉兩耳拐子……打的那狄希陳半邊臉就似那猴腚一般通紅，發麵饃饃一般暄腫。狄希陳著了極，撈了那打玉蘭的鞭子待去打她，被她奪在手內，一把手踩倒在地，使腚坐著頭，從上往下打。狄希陳一片聲叫爹叫娘的：「來救人！」（第四十八回）

但是，爹娘救助的結果是素姐放一把火要把他和他的爹娘一塊燒死。這是第一個回合。

　　從此薛素姐成了狄家的山大王，公公婆婆奈何不得，狄希陳更威風掃地

〔註1〕〔明〕西周生《醒世姻緣傳》，黃肅秋校注，上海古籍出版社 1981 年版。本文以下引原文均據此本，說明或括注回數。

〔註2〕徐志摩《〈醒世姻緣傳〉序》，〔明〕西周生《醒世姻緣傳》，黃肅秋校注，上海古籍出版社 1981 年版，《附錄一》。

被素姐管束如階下囚。後來狄希陳雖然借著天高素姐遠的機會，瞞著素姐在北京娶了寄姐爲妾，卻又連小妾也怕，依然是拜倒在石榴裙下。全書最後的結局，雖然是佛法幫助狄希陳制服了素姐，勉強立起了體統，但是改變不了全書所寫夫妻綱常潰亂的局面。第九十一回寫成都府吳推官自己怕老婆，又考察屬下官員都怕老婆，不由地感慨道：

> 「據此看將起來，世上但是男子，沒有不懼内的人。陽消陰長
> 的世道，君子怕小人，活人怕死鬼，丈夫怎的不怕老婆？……看將
> 起來，除了一位老先生斷了二十多年弦的，再除一個帶家眷的，其
> 餘各官也不下四五十位，也是六七省的人才，可見風土不一，言語
> 不同，惟有這懼内的道理到處無異。」

這就是《醒世姻緣傳》描寫的中心，也就是它的主題。

其實這部書的中心人物狄希陳的名字就已經寓有這一主題。狄希陳，字友蘇，名與字均取義於宋代蘇東坡和他怕老婆的朋友陳季常。但眞正促使作者寫出這樣一個怕老婆的男人故事的，卻是上引一段文字所寫的現實生活。這一部小說的出現，雖然頗帶有意與《金瓶梅》寫男人打老婆的故事唱反調之嫌，但也多少可以說明《金瓶梅》之後，明末兩性關係和封建家庭内部的狀況確實有了較大的變化，以至於西周生再不能像蘭陵笑笑生那樣坦然地在「夫爲妻綱」的題目下做文章了。

這一種「陽消陰長」丈夫受制於妻妾的現象是怎樣造成的呢？作者的解釋並體現於情節的設計是「大怨大仇，勢不能報，今世皆配爲夫妻」，「做了他的妻妾，才好下手報仇，叫他沒處逃沒處躲，……風流活受，這仇才報得茁實」。這理由與設計甚諧謔，也甚荒唐，然而堪稱絕世的妙筆，足使人過目不忘。但是書中具體描寫，薛素姐對狄希陳所施一切的閫刑，又幾乎都出於現實的原因——即使不該打罵，也免不了要嚴加教訓的。讓我們來聽聽薛素姐的怨辭：

> 這樣有老子生沒老子管的東西，我待不見哩！一個孩子，任著
> 他養女弔婦的……憑著他，不管一管兒！別人看拉不上，管管兒，
> 還說不是！生生的拿著養漢老婆的汗巾子，我查考查考，認了說是
> 他（希陳的母親）的，連個養漢老婆也就情願認在自己身上哩……
> 兒子的這歪營生，都攬在身上。到明日閨女屋裏拿出孤老來，待不
> 也說是自家哩……「我還有好幾項地哩，賣兩項給他嫖！」你能有

> 幾項地？能賣給幾個兩項？只怕沒的賣了，這兩把老骨拾還叫他撒
> 了哩！小冬子要不早娶了巧妮子去，只怕賣了妹子孃了也是不可知
> 的！你奪了他去呀怎麼？日子樹葉兒似的多哩，只別撞在我手裏，
> 我可不還零碎使針践他哩！我可一下子是一下子的。我沒見天下餓
> 殺了多少寡婦老婆，我還不守他娘的那屄寡哩！（第五十二回）

素姐這番刨根搜底，使狄婆子聽了只能「咽咽兒的咽氣」，狄希陳無言答對就更不必說了。如果作者不是出於封建的偏見把這看作「悍妒婦怙惡乖倫」，那麼，他還有什麼必要另外去尋一個因果報應的解釋呢？這樣的丈夫和公婆不正是需要一個素姐教訓教訓嗎？我們會覺得薛素姐的辭令有些不雅，但不覺得她有半點的不合理，罵得痛快淋漓出許正是她的好處。由此可知，「唯有這懂內的道理到處無異」，並非是天下的內人都特別「怙惡」，而是由於那封建末世的夫君們多的是情虧理缺的窩囊事，「讓人看拉不上」。

這樣一種顯示就不是先前的《金瓶梅》中所有的了。所以，縱向上不嫌武斷地概括說來，中國古代小說寫兩性間的「戰爭」：《金瓶梅》是男人罵女人，《醒世姻緣傳》是女人罵男人，後來的《紅樓夢》中則是男人罵男人（賈寶玉說：」我……見了男子便覺得濁臭逼人。」）在小說人物這一「陽消陰長」的過程中，《醒世姻緣傳》作者西周生主觀上雖與蘭陵陵笑笑生一樣堅持站在男權的立場，但其描寫在客觀上顯示的意義，已是處在寫禮教和寫反禮教的過度階段上。

又從橫向上看，《醒世姻緣傳》的這一題材和主題正是《金瓶梅》以後時代風氣的產物。凌濛初《二刻拍案驚奇》卷十一《滿少卿饑附飽揚，焦文姬生仇死報》：

> 天下事有好些不平的所在。假如男人死了，女人再嫁，便道是
> 失了節……萬口訾議。及至男人家喪了妻子，卻又憑他續弦再娶，
> 置妾買婢……並沒有人道他薄情負心……就是生前房室之中，女人
> 少有外情，便是老大的醜事，人世羞言；及至男人家撇了妻子，貪
> 淫好色，宿娼養妓，無所不為，總有議論不是的，不為十分大害。
> 所以女子愈加可憐，男人愈加放肆。這些也是伏不得女娘們心裏的
> 所在。

這就是出現薛素姐這一形象和作者所謂「惡姻緣」的時代心理。在夫權專制下生活了幾千年的婦女們不平則鳴，要求商品交換般對等的夫妻關係，由此

引起封建家庭、社會秩序的動蕩。這是《醒世姻緣傳》透露的重要的時代信息了，也是它題材內容的最大特色。

　　然而這一特色只是客觀上「文變染乎世情」（劉勰《文心雕龍·時序》）的結果。西周生正如他這一化名所示，是一位封建綱常的衛道士。在婚姻問題上他信奉「夫婿叫是夫主，就合凡人仰仗天的一般，是做女人的終身倚靠」（第四十四回）。他「醒世」的目的就是要維護「夫爲妻綱」的禮教。所以他寫了狄希陳許多情缺理虧的短處，客觀上已構成素姐「查考查考」的理由，卻並不予以承認，還是要歸到前世的冤仇；而對薛素姐的一切都不予理解和寬恕，視爲惡鬼換心、狐精報冤的所爲。這一種頑固的偏見，使他固然不滿於怕老婆的男人，但是更不能容忍「管管兒」丈夫的婦女。所以書中除薛素姐之外，沒有正面評論狄希陳過錯的人。千錯萬錯，大家都能容忍同情他，唯一的理由就是狄希陳是男人、丈夫；薛素姐即使有理，也還是要遭到相妗子等人的毆打。只是這些全然無用，反而激起薛素姐對狄希陳更加施虐，乃至「把一熨斗的炭火，盡數從衣裳領中傾在衣服之內，燒得個狄希陳就像落在滾湯地獄裏的一樣」，就有一位相公姓周名景楊的來打抱不平：

　　　高聲罵道：「世間那有此等惡婦！天雷不誅，官法不到，留這樣惡畜在世！狄友蘇，你也過於無用！如此畜類，就如狼虎蛇蠍一樣，見了就殺，先下手爲強！受他的毒害，還要留在世上？」素姐在房罵道：「賊扯淡的蠻囚！你掙人家二兩倒包錢使罷了，那用著你替人家管老婆！他不殺我，你替他殺了我罷！」周相公道：「我就殺你，除了這世間兩頭蛇的大害，也是陰騭！我這不爲扯淡！古人中這樣事也盡多！蘇東坡打陳慥的老婆，陳芳洲打高相公的老婆，都是我們這俠氣男子幹的事，殺你何妨！我想狄友蘇也奇得緊，何所取義，把個名字起做狄希陳！卻希的是那個陳？這明白要希陳季常陳慥了！陳季常有甚麼好處，卻要希他？這分明是要希他怕老婆！且是取個號，又叫是甚麼友蘇，是要與蘇東坡做友麼？我就是蘇東坡，慣打柳氏不良惡婦！你敢出到我跟前麼！」周景楊只管自己長三丈闊八尺的發作，不堤防被素姐滿滿的一盆連尿帶屎黃呼呼劈頭帶臉，澆了個「不亦樂乎」，還說道：「我這敢到了你跟前，你敢怎麼的我！」眾人見潑了周相公一臉尿屎，大家亂作一團。周相公待要使手抹了臉上，又怕污了自己的手，待要不使手去抹他，那尿屎只要順了頭從上而下，流到口內。（第九十七回）

可知作者對「陽消陰長」的現實雖無比憎惡，卻又無可奈何，所以最後只能如《西遊記》寫佛祖易如反掌地收服孫悟空「安天」一般，不恤靠了《金剛經》的法力，才制服了薛素姐，勉強維持了書中世界儒家的綱常。這一結局不僅至少會使女性讀者感到特別憋氣，更使小說整體構思墮入因果報應、一飲一啄莫非前定的惡趣。

《醒世姻緣傳》「惡姻緣」中心題材的周圍是明末官場黑暗、社會風俗澆薄和人民痛苦的畫面。在描寫官場和社會風俗方面，作者是一位憤世嫉俗的天才。他寫晁思孝靠「走後門」得了華亭知縣，得官「不十日之內，家人有了數十名，銀子有數千兩」；再以兩千兩銀子向大太監王振行賄，很快就升了通州的知州，「至少算來將兩年，也不下二十萬銀子」（一處說「三載贓私十萬多」）。真是有官就發財，發財就陞官，陞官更發財。然而晁源仍不滿意，「恨不得晁老兒活一萬歲，做九千九百九十年官，把那山東的泰山都變成掙的銀子，移到他住的房內方好」（第十八回）。他父子就只認得錢，也先的隊伍進犯，有為朝廷守土之責的知州晁思孝就要「棄官逃回罷了」。晁源卻想著留他父親在通州城做「孤注」，「萬一沒事」，繼續「賺錢給他使」，自己卻跑回家去，「走在高岸上觀望」。

在金錢的衝擊下，這些官僚士紳臣忠子孝的觀念已蕩然無存，更不必說朋友相交的義氣。晁源圖財，不惜出賣了於家有恩的梁生、胡旦，他的人生哲學是「該受人搯把的去處，咱就受人搯把；人該受咱搯把的去處，咱就要搯把人個夠；該用著念佛的去處，咱就燒那香，遲了誰來？」全不顧「那天理合那良心」。王振收了晁思孝派人送的銀子，卻不受他拜認乾父，對來人說：「那認兒子的話，別要理他。我要這混賬兒子做什麼？」都是只認錢的。有了錢可以買官，可以逢凶化吉，「天大的官司倒將來，使那麼大的銀子罷將去」。所以，為了錢，族人要哄搶晁家的財產，素姐要閹割公公，三姑六婆要裝神弄鬼，銀匠摻假，裁縫賺布……由官場而社會，「那些刻薄沒良心的事體漸漸行將開去，習染成風，慣行成性，那還是舊日的半分明水」。作者勘破世情，感慨地說：「這靠山第一是財，第二才數著勢。就是勢也脫不過財去結納，若沒了財，這勢也是不中用的東西。」然而無可奈何，作者救世的辦法仍舊是那個「生死輪迴」「因果報應」的告誡，如他自己承認的那種「村見識」（第十五回）。

這樣一個官僚統治階級是與人民尖銳對立的。第十回寫武城縣尹對證人高氏說：「一個官要捗就捗，管你什麼根基不根基。」第十八回寫晁思孝罷官

後最難忘懷的就是「上了公座，說聲打，人就躺在地下；說聲罰，人就照數送將入來」。即使有個別官吏同情民瘼，欲解民於倒懸，無奈這一個既得利益集團總不能發半點善心。第三十一回寫繡江縣受災饑民相食，「縣大夫沿門持缽，守錢虜閉戶封財」的情況就是如此。又風俗敗壞，道德淪喪，第八十四回寫一個十二歲的女孩被賣給寄姐做婢，她的母親說：「你一歲給我一兩五錢銀子罷。」寄姐還嗔道：「你汗鼈了，說這們些！」而小珍珠被賣後受折磨而死，他的父親還以屍首作爲向狄希陳勒索錢財的把柄。包括狄員外夫婦和薛教授夫婦的氣鬱成疾而死，晁源與唐氏的被殺，乃至珍哥的害人害己等等，這一幕幕悲劇，雖然有的有當事人的責任，但根本上是由那個黑暗污穢的社會環境造成的，是由封建制度造成的。第十二回寫褚推官看了武城縣聚斂不下萬金的發落票後說：「這等一個強盜的地方，怎得那百姓不徹骨窮去，地方不盜賊蜂起哩！」已是很深刻明白的認識。然而作者又往前走了一步，重新墜入天命論和因果報應的泥淖。他是描繪生活現象的巨匠，卻是認識生活本質的多烘。

《醒世姻緣傳》的天才描寫與平庸思想的矛盾同樣表現在藝術的形式上。它以因果報應結構全書，前二十二回寫武城晁家，是「因」，實際是全書一個長長的序篇；二十三回以後寫繡江狄家爲主，武城晁家爲輔，結於胡無翳點化晁梁、狄希陳；狄希陳夢遊地府，明瞭報應，是「果」，也是全書的主體。這因果報應又分爲兩面：一面是晁源的母親晁夫人善有善報，一面是晁源的通過其後身狄希陳惡有惡報，以後者爲主。兩面的因果報應同時起於晁家，在兩地兩家平行發展，最後由從晁家逃出皈依佛門爲高僧的胡無翳，在香岩寺關合這兩地兩家（實是一家）的善惡果報。全書情節呈合——分——合的布局，兩極對比，主次分明，又前後照應。在章回小說中，這種雙線發展的模式前所未有，後來蒲松齡《聊齋誌異》中《夢狼》寫白翁的長子與外甥爲官各自善惡的報應與此彷彿，而《紅樓夢》寫甄、賈兩府、兩寶玉的對比雖著墨不多，也不夠分明，但其用爲雙線的結構還是顯然的，與《醒世姻緣傳》若有後行相承的聯繫。

就以因果報應結構故事而言，作爲全書的中心人物，晁源與狄希陳，狐精與素姐、計氏與寄姐、珍哥與小珍珠，實際上各都是一個人，他們的兩世命運、相互冤報也都一飲一啄，絲毫不爽。例如晁源——狄希陳與狐精——素姐間的報施：狐精領小鴉兒殺晁源是現世報，報殺身之仇；狐精託生爲素

姐折磨狄希陳是來世報，報剝皮做褲之仇，包括前世晁源射狐精一箭，今世素姐還射狄希陳一箭，都是精心的安排。又如狐精——素姐兩世的性格——怕鷂鷹、好飲燒酒吃雞蛋、時動情慾等，都統一於狐的習性，也是細密的布置。所以，作為佛教因果報應故事小說，它的結構可以說是無可挑剔的，舊時迷信因果報應的讀者絕不會說它的布局有什麼不好。今天看來我們也不能不承認作者頗富編織故事的才情，在利用因果報應處理題材方面，他的手腕是古代小說家中很高明的。可惜他處理的是一個現實生活的題材，所以，不能如神魔小說一樣地得到今日批評家的諒解。其實我們讀古代小說，不應該只是為了尋求什麼進步思想，考察一下西周生如何在一個平庸的思維模式中奮施文學的才華，他的才華又如何被平庸的思想所限制，在本來可以寫得極自然妥貼的地方造成扭曲或做作，也是可以有啟發的。

　　《醒世姻緣傳》的藝術成就突出表現於人物塑造和生活場景、情節、細節的具體描繪。它描寫了各階層各色各樣眾多人物形象，無論官僚豪紳、商賈醫算、匠作短工、僧丐妓尼，三教九流，無不躍然紙上。尤以婦女形象刻畫最多也最為成功。薛素姐可以說是古代所謂悍婦的典型，是前此長篇小說中未有的。相應狄希陳也是小說史上少有的怕老婆男人的典型。狄、薛二人與《金瓶梅》中的西門慶、潘金蓮有閒閒遙對之妙，可能是西周生有意使然。雖然作者的才能為因果報應思想所限，未能很好地把握顯示人物性格的發展變化，但在突出人物較為穩定的基本性格方面，卻窮形盡相，聲情畢現，例如第一回寫射獵中珍哥表現：

> 晁大舍說：「你一個女人家，怎好搭在男人隊裏！且大家騎馬，你坐了轎，如何跟得上？」珍哥說：「這夥人，我那一個寫不出他的『行樂圖』來！十個人我倒有十一個是我相處過的。我倒也連這夥人都怕來不成？若說騎馬，只怕連你們都還騎不過我哩！每次人家出殯，我不去裝扮了馬上馳騁？不是『昭君出塞』，就是『孟日紅破賊』。如今當真打圍，脫不了也是這個光景，有甚異樣不成！」

描寫是如此地惟妙惟肖，用筆是如此地潑辣酣暢。他又能筆下蓮花，調侃戲謔，如第九十七回寫狄希陳讀「隔牆送過秋韆影」詞一段文字：

> 且那「影」字促急不能認得。曾記得衫子的「衫」字有此三撇，但怎麼是隔牆送過秋韆衫？猜道：「一定打秋韆的時候，隔牆摔過個衫子到他那邊，如今差人送過來了。」遍問家裏這幾個女人，都說

> 並沒有人摔過衫子到牆那邊去。狄希陳又叫問那送字的來人，問他
> 要送過來的衫子。來人回說沒有，方回了個銜名手本去了。心裏納
> 悶……

這段描寫，我們讀到一半也許就要笑了，然而作者似乎只把這當作尋常，搖筆一直寫下去，直到把狄希陳的愚蠢刻畫到纖毫不遺。他是一個趣劇的天才，「永遠是一種高妙的冷雋，任憑筆下寫得如何活躍，如何熱鬧，他自己永遠保持了一個客觀的距離，彷彿在微笑的說：『這算是人』，『這算是人生』！」〔註3〕。

　　《醒世姻緣傳》雖係家庭故事，但寫生活場景並未局限於主人公狄希陳鄉里，而是地域有大幅度轉換，具體小環境富於變化。從京師院落到外省村店，從官府衙門到閨閣秘室，從寺院禪榻到航船臥倉……作者對其筆下一切的場景都似都非常熟悉，而摹寫細膩逼真，風趣自如地為故事的進展點染通幽之徑。例如第八十七回《童寄姐撒潑投河，權奶奶爭風吃醋》的故事，顯然得力於行船的環境和氣氛；第九十七回「狄經歷惹火燒身」的故事則與經歷衙門的狹隘有關：

> 素姐從家鄉乍到了官衙，也還是那正堂的衙舍，卻也寬超。如
> 今回到自己首領衙宇，還不如在自己明水鎮上家中菜園裏那所書
> 房，要掉掉屁股，也不能掉的圓泛……這般野猴的潑性怎生受得這
> 般悶氣，立逼住狄希陳叫他在外面……紮起大高的架秋韆……循環
> 無端打那秋韆玩耍。

然後是打秋韆引起吳推官的嘲諷，周相公的議論，拆秋韆架的爭鬥……一直到素姐火燒狄希陳，都是由素姐在「這促織匣子般的去處，沒處行動」引起和推動，把環境、人物、情節的描寫結合得如此密切，是古代小說藝術的一大進步。

　　《醒世姻緣傳》情節曲折，往往一波三折，騰挪跌宕。例如第四十五回寫狄希陳、薛素姐新婚：第一夜，狄希陳被關在新房門外；第二夜，狄希陳依了薛三省娘子的計策，早早坐新房中不出，卻又被素姐賺出，關在門外；第三夜才乘了素姐酒醉宿在房中，正如「三顧茅廬」「三打祝家莊」的不能輕易「取鼎」，而生活氣息更為濃鬱。細節描寫精妙傳神，如第四十五回寫薛三槐娘子叫素姐起床開門：

〔註 3〕徐志摩《〈醒世姻緣傳〉序》。

　　　　薛三槐娘子驚訝道：「好俺小姐！婆婆梳了頭這一日，還關著門
　　哩！待我叫他去。」跑到她那門前，又怕狄婆子聽見，不敢大聲叫
　　她。

這正與《水滸傳》寫林沖打高衙內「先自手軟了」一節有異曲同工之妙。而
寫狄希陳「仗著他娘的力量，還待要喝門」，更是誅心之筆。至於此書運用山
東方言的圓熟自如，酣暢淋漓，已是可以從上引許多的文字中看出了。此外，
《醒世姻緣傳》有些故事情節借鑒了前人的創作或有事實的根據，而此書也
對後世小說的創作產生一定的影響，已有人論及，不再贅述。

　　然而《醒世姻緣傳》敘述與描寫也是有缺陷的，如有少量色情描寫、過
度誇張的傾向等等。薛素姐打猴子的描寫與全書情節基本寫實的風格明顯不
夠和諧。這些連同前已論及思想藝術方面其他不足，都是令人遺憾的。但瑕
不掩瑜，若論它總體的成就，則徐志摩所說「我們五名內的一部大小說」〔註
4〕，並非沒有一定的道理。

　　　　　　（原載周鈞韜、歐陽健、蕭相愷主編《中國通俗小說鑒賞辭典》，
　　　　　　　南京大學出版社 1993 年版，收入本卷有修訂）

〔註 4〕徐志摩《〈醒世姻緣傳〉序》。

漫說《醒世姻緣傳》的「主幹」

一、一個「怕老婆」的故事

　　《醒世姻緣傳》寫一對冤偶，老婆薛素姐是個妒婦，狄希陳是個懦弱的、不中用的、窩囊的丈夫。薛素姐把狄希陳幾乎折磨至死，幸而佛法保祐，狄希陳最後治服薛素姐，才了結這前世的冤仇。小說就是寫這麼一個畸形的婚姻，稱作「惡姻緣」。徐志摩說「這是一部以『怕老婆』作主幹的一部大書」[註1]，概括得很好。

　　這正如徐志摩已指出的，從《醒世姻緣傳》後半故事的主人公狄希陳的名義即可得到證明。這個「狄」字諧音的確的「的」；「希」就是學習、傚仿；「陳」指陳慥。陳慥是宋朝蘇軾的朋友，所以小說中狄希陳的字就成了「友蘇」。宋代蘇軾的這位朋友陳慥各方面都很好，只有一個毛病大家笑話他，那就是怕老婆。蘇軾有一首詩專門嘲笑他，其中兩句是「忽聞河東獅子吼，挂杖落地心茫然」。陳慥的老婆姓柳，柳姓出河東。「獅子吼」是一個佛教的典故，指佛教對人的喚醒、警醒就像獅子吼叫那樣震撼人。「河東獅子吼」，就是柳氏大喝一聲，把陳慥嚇得手杖都掉在地上了。所以「狄希陳」的意思是說：的確是學習陳慥的一個人。從這個人物命名上可以清楚地看出這部書的主題確實是一個「怕老婆的故事」。

　　作為「怕老婆的故事」，《醒世姻緣傳》在我們中國小說史上很有特色，因為它反映了中國古代家庭生活的某一個側面。中國古代男尊女卑，男女不

〔註 1〕徐志摩《〈醒世姻緣傳〉序》，西周生《醒世姻緣傳》，上海古籍出版社 1981
　　　　年版，《附錄一》。

平等，夫妻之間也不平等，夫妻之間相敬如賓只是一個理想，眞正做到的情況少。在大多數情況下，這不平等極端的表現是男人打老婆，老婆怕丈夫。但是無論從理論上還是從實際生活上，還都有另一面，那就是男人怕老婆，而老婆虐待丈夫。所以歷史上有《列女傳》記貞婦烈婦，也有妒婦的故事世代相傳。早在南朝宋就有了虞通之奉敕撰的《妒婦記》，後來小説中這類的故事也層出不絕，世代流衍，到明末就結成了《醒世姻緣傳》這部百萬字的「怕老婆的故事」，是中國古代小説的一個收穫。

為什麼說這是一個收穫呢？因爲作爲中國古代文學最重要的體裁之一長篇小説的閱讀，一個中國人如果想知道古人政治上如何勾心鬥角、爾虞我詐，如何打仗，如何改朝換代，那可以去看《三國演義》；如果想知道古代江湖上英雄好漢如何路見不平拔刀相助，和他們如何大塊吃肉大碗喝酒的浪漫豪俠，那可以去看《水滸傳》；如果想知道古人想像中的那些奇域幻境、神魔鬼怪，鬥寶鬥法，可以去看《西遊記》；如果想知道古代男人如何打老婆，老婆如何侍候丈夫和怕丈夫可以去看《金瓶梅》……但如要知道古代男人如何怕老婆、老婆如何虐待丈夫，那就只有或者最好是看《醒世姻緣傳》。換句話說如果沒有《醒世姻緣傳》，你想看古代男人如何怕老婆的長篇故事，那就難得找到了。因此《醒世姻緣傳》在發展至明末的中國古代長篇小説史上等於說填補了一個題材的空白，是章回小説寫人生畫卷的一個新的開拓。它所展示的是中國古代婚姻生活、兩性關係的一種顯然存在而較爲少見的特別的結構形式，那就是男人「怕老婆」。

二、產生的根源

《醒世姻緣傳》「怕老婆的故事」是中國古代社會傳統與當時思想界鬥爭的產物。中國古代社會不平等，男尊女卑，但在歷史發展的不同時期，兩性關係的具體特徵是有變化的。一般說來，在社會穩定的時期，儒學的傳統、思想上的束縛比較嚴重。所以從國到家到夫妻間關係都比較正統，妒婦可能就少一些；但是到了一個王朝的衰世或改朝換代的亂世，禮崩樂壞，從思想到政治然後影響到家庭關係都會漸漸鬆弛甚至有部分或一定程度上的逆反。在這種情況下，妒婦就有可能多起來。《醒世姻緣傳》產生的年代是明末，由於王學左派思想的影響，那時知識界、思想界對男女兩性關係的看法出現一些異端的想法，也就是解放的鬆動。李贄就公開講過，說男人頭髮短，女人

頭髮長可以；但是說頭髮短的見識長，頭髮長的見識短就不可以。他公開提倡女子也要有見識、有膽識，不讓鬚眉，甚至壓倒鬚眉的這種巾幗英雄。所以在明朝末年，人們對婦女地位的看法，婦女在實際生活中的地位確實有提高的跡象。這種情況就使得一部分女子有可能越「禮」行事，儘管她們多是為了爭取自己的正當利益，但總是被封建衛道士看不慣，稱為「妒婦」「悍婦」「惡婦」。《醒世姻緣傳》又名《惡姻緣》就是這種衛道保守的思想逆流的產物。他寫這樣一個故事「醒世」，就是要讓天下「怕老婆」男人看看狄希陳這個樣子，窩囊吧？丟人吧？要不要挺起脊梁骨來好好做人，把老婆管起來，把家治理好，改變這種情況呢？總之，其所謂「醒世」就是在男女兩性關係這方面立意的。這是我們中國古代以兩性關係的調整為自己討論中心的唯一的一部小說。

但西周生的「醒世」實是「以其昏昏，使人昭昭」。從《醒世姻緣傳》字裏行間流露來看，它的作者西周生在男女婚姻與兩性關係上的思想觀念是非常傳統，非常保守的。在他看來，世界雖不能沒有女人，但男人是女人的天，女人供奉男人，妻子服從丈夫，這個原則天然合理，永遠不能改變。因此他一旦從自己周圍的生活來感受到男女關係的新變化、新變動，女性要求解放自己的努力，便看不慣，受不了，從而思考這個問題的根源。他思考得出的結論很可笑，即凡是這種「惡姻緣」，都是由於前世有大冤大仇不得報，後世就結為夫妻，形影相隨，夜以繼日，如頭上生瘤，鈍刀割肉，這仇才報得紮實徹底。這種冤仇既是前世所結，即非人力所可以解釋，只有求助於佛法。所以最後幫助狄希陳脫出薛氏虐待的是僧人胡無翳和《金剛經》。這一安排是「三教合一」思想的表現，但其根本卻是以佛濟儒，乃儒家治世不濟，不得已而求助於佛也。

從小說藝術的傳統上說，這個故事應該是從《金瓶梅》來的。《金瓶梅》所寫從兩性關係上可以說是老婆怕丈夫、男人打妻子的故事。這在古代中國是最普遍、最典型的一種兩性婚姻故事。《金瓶梅》把這一方面的內容寫得淋漓盡致，以致作者都在感歎說「為人莫作婦人身，百年苦樂由他人」。這使在它之後，如果人們再寫這一類故事想要得出新意就難了。而且《金瓶梅》出來以後，自然就給人一個想法，難道人世間就只有女人怕男人，妻子怕丈夫的這種情形嗎？難道男人都能做到像西門慶那樣是「打老婆的班頭，降婦女的領袖」麼？實際上毫無疑問答案就是：不會都是這個樣子的。因此有可能

激發出相反方向的想像來！《醒世姻緣傳》應該就是從《金瓶梅》寫「打老婆」故事的反面設想來的。它從《金瓶梅》故事的反方向上取材命意，是對《金瓶梅》題材手法的一個反模倣。也就是說，你那裡寫打老婆，我這裡就寫打女婿；那裡寫打老婆的法變化多端、毒計百出，這裡寫打丈夫的法也是變化多端、毒計百出。處處反對，故事就翻新成了一部新書。

三、故事的意義

這個「怕老婆的故事」有什麼意義呢？

首先，這一主題在一定程度上反映了我們中國古代兩性關係、家庭生活、夫妻之間的一種實際。即雖然中國古代一般的情況是男尊女卑，女性處於弱勢、劣勢，常常被侮辱被損害，但是也不可否定，無論古今都有怕老婆的故事發生。在普遍女性地位低下的情況下，也有少數在家欺凌丈夫，虐待公婆的妒婦。這是生活的一個實際。作者選取這種題材，他的用心無可厚非，確實反映了生活一個方面的實際，並試圖在這個問題上表達一下自己的看法。希望能有些矯正，來整頓風俗，重創人心，這些用意也是可取的。

但也應該指出的是，這部小說把這個現象和問題的嚴重程度太過誇大、誇張了。例如書中有這樣的描寫，狄希陳去四川做官，在路上遇到一個官也是怕老婆的。到了四川衙門之後的上司也是怕老婆的，並且這個上司對此不以為然。有一天，他上司把衙門裡的人都集合起來討論一個問題，說我們今天也有幾個省的人才了，那麼我想問問我們中間有誰不怕老婆。凡是怕的，站在這邊；不怕的站在另一邊，結果大家都老老實實的站在這邊，只有兩個人站到不怕老婆的一邊。上司看到就問，你們兩位有何法術不怕老婆。其中一個說他老婆剛死了，還沒續弦；另一個說他到現在還沒結婚，沒老婆可怕。所以上司聽了就非常開心，講普天之下是一個陰盛陽衰的天下，沒有一個是不怕老婆的。小說從這個角度出發，來描寫這個怕老婆的故事，就勢必把誇大誇張了。

其次是它具體描寫所顯示歷史的真實、生活的真實，即故事本身所顯示了某些怕老婆故事背後真正的原因。那個原因就是那些男人不像男人，使得老婆看不起他們，近而不尊重他甚至欺凌他。《醒世姻緣傳》所寫的狄希陳就是這麼一個人。例如他上學時讓老師栽茅坑；考試這樣一件大事他居然忙於狎妓沒入考場就回來了；在北京等著選官他還娶了個妾；官好容易花錢選上

了，上朝面君的時候又起晚了，降了三級。就這樣一個東西，他老婆能看得起他嗎？這不是一個讓女人尊重的丈夫。薛素姐可以說除了作者有意給他加的那些先天的宿命原因之外，從現實生活描述上說寫了薛素姐對他所做的那些事特別看不上。她給婆婆說，我想在家裏管管他，他出去考個試還狎妓，您還不讓管，您還說賣上幾頃地讓他去嫖，您家有幾畝地可以賣，能賣多少次，是不是還要賣了閨女讓他嫖。薛素姐講這些話，在他家完全有道理，說到病根上去了。所以《醒世姻緣傳》事實上在客觀上寫出了在那個時代一些富家子弟意志薄弱，吃喝嫖賭，游手好閒，沒有理想，沒有志向，沉淪腐蝕，就是後來《紅樓夢》中寫的一代不如一代了。就這樣，一些有見識、有知識的女性當然對自己的丈夫很不欣賞，所以在客觀上倒寫出了那樣的家庭在興旺幾代之後後繼無人、漸漸顯出一種落敗的趨勢。所以這部小說同樣是一部對封建家庭的命運的一曲輓歌，一個探討。他的見識主觀上看沒有可取的，但是客觀的描寫具有真實性非常值得我們注意。

最後，是圍繞「怕老婆的故事」這一中心，這部小說還寫了社會生活的方方面面。比如官場的貪污腐敗。很多小說都這樣寫的，而《醒世姻緣傳》比較《金瓶梅》可以說，即使不是後來居上，也是並駕齊驅。官場的黑暗讓我們看到那麼一個朝代、政權如果不滅亡、不垮臺那才怪呢。他寫民生疾苦，又是旱災，又是水災，餓殍遍地、民不聊生，讓我們看到我們中國人一代代生活過來是多麼不容易，而由此我們也應對今天社會的發展進步感到滿意。說這些不是拿小說當作教化，而是確確實實歷史在前進。但是如果不是有這些書，把當時歷史上的慘象記錄下來，我們怎麼能夠知道那些情況呢。所以這部小說，在這方面的價值也是不容低估，不容忽略的。

四、餘論

除上所述論之外，它的語言還風格獨特。獨特之處，別的書熱情洋溢，比如《金瓶梅》寫人物、故事、情節。那個作者好像親身參與，在為之手舞足蹈，心情踊躍，這也是《金瓶梅》常常受到批評的原因。他的那些性描寫，有人說一面是性描寫，另一面又透露出欣賞、投入的狀態，這就是《金瓶梅》。但《醒世姻緣傳》不然，作者寫這些故事，使我們覺得他好像離這些故事很遠。他似乎在旁邊看著別人活動，這個人物發怒也罷，歡欣鼓舞也罷，作者一點表示都沒有。他用冷靜的筆調在那裡講故事，他的故事又講得那麼優美，

充滿趣味，卻完全不動聲色。在這種反差中領悟這部書，得到的感受就與《金瓶梅》很不一樣。它那一種冷靜的筆調，又能讓我們忍俊不禁，才是眞正的風趣。

它的語言非常通俗生動、優美傳神，顯示了作者確實是一位了不起的文學天才。可惜他的思想太陳腐，沒見識。結果一個很會講故事很會描寫的人，才華沒有用到最有用的地方，沒有提到更高的即名著的水平。這是思想局限了創作的一個非常遺憾的例子。儘管如此，這部書在題材、描寫等多方面的成就也已經使它介於一流和二流名著之間，是一部值得一讀的古代小説。

（2006 年 12 月 1 日錄音，據范芃蕊整理稿改定）

《醒世姻緣傳》心理分析

　　弗羅伊德認為，文藝是作家的「晝夢」，是作家生活欲望的化裝形式的滿足；因此，文藝作品是作家意識尤其是潛意識的表現。這種潛意識乃是全人類都有的先天遺傳而後天被壓抑到無意識處的原始的性的衝動，在術語上就是所謂「里比多情結」〔註1〕。勃蘭兌斯則認為，「文學史，就其最深刻的意義來說，是一種心理學，研究人的靈魂，是靈魂的歷史。……如果從歷史的觀點看，儘管一本書是一件完美、完整的藝術品，它卻只是從無邊無際的一張網上剪下來的一小塊」〔註2〕。這兩種對文學作品的解釋，都注重心理的考察，前者側重於作家主觀的個性分析，後者側重於給作家以巨大影響的社會心理的研究。二者都有一定的合理性和各自的局限，茲不具論。概略而言，二者的結合，方能提供文學作品心理分析的比較完美的途徑。今試由此途徑對《醒世姻緣傳》作者及其社會的心理作一考察。

　　對《醒世姻緣傳》作者心理分析的最大困難，在於我們完全不瞭解這位作者的生平。竊以為他是明末山東章丘人，這從書中每稱明朝為「我朝」和關於舊日明水充溢鄉戀之情的詩意描寫可以斷定，只是這不足以成為對之進行心理分析的出發點。這個出發點唯一的是蘊含了作家意識的《醒世姻緣傳》本文。

　　《醒世姻緣傳》是一部婚姻家庭題材的長篇小說，敘述一個兩世姻緣冤冤相報的故事。這個故事的現實生活依據，是社會家庭中的悍婦和怕老婆的

〔註1〕　〔奧〕弗羅伊德《精神分析引論》，高覺敷譯，商務印書館1986年版，第293頁。

〔註2〕　〔丹麥〕勃蘭兌斯《十九世紀文學主流》第一分冊《引言》，張道真譯，人民文學出版社1980年版。

男人的糾紛。從全書的情調看，這是一位男性作者站在男性立場上爲男性所寫的「醒世」之書，因而可以稱做男人怕老婆的故事。這部書的男主人公狄希陳，字友蘇，名、字都取義於宋代蘇東坡和他的怕老婆的朋友陳慥。但作者寫作這部書，實乃致慨於當時社會夫妻操戈家反宅亂的狀況。書前《凡例》說：「本傳其事有據，其人可徵。」又說：「本傳間有事不同時，人相異地。」可見非完全鑿空之談。第九十一回《狄經司受制孽妾，吳推官考察屬官》也寫得明白：

> 吳推官道：「據此看將起來，世上但是男子，沒有不懼内的人。陽消陰長的世道，君子怕小人，活人怕死鬼，丈夫怎的不怕老婆？……看將起來，除了一位老先生斷了二十多年弦的，再除一個不帶家眷的，其餘各官也不下四五十位，也是六七省的人才，可見風土不一，言語不同，惟有這懼内的道理到處無異。」

這番話顯然誇張，似遊戲筆墨，但其中卻蘊含作者的眞實心理，即對怕老婆的不滿。按照作者的意思，老婆是不應怕的，做了官的就更不應怕老婆。這中間有沒有作者自身經歷的苦惱是很難說的，但他一定見到和聽說過許多怕老婆的眞人眞事。這些人和事刺激他產生了精神上的焦慮和不安。他不滿於此種狀況，又無法在現實中理解和改變它，精神上的壓抑促使他寫一個怕老婆的故事，以針砭那些不爭氣的男人，慰藉自己不安的靈魂。這也可以算作一種「退論書策，以舒其憤，思垂空文以自見」（司馬遷《報任少卿書》）的罷。這些，尚屬於作者自覺意識的層面。

然而《醒世姻緣傳》的作者雖有司馬遷「抒其憤」的志向和手段，卻沒有司馬遷理解生活和歷史的卓識，因而從當時盛行的佛教關於人生的虛構中尋求怕老婆的根源。他說，世上的惡姻緣都是「大仇大怨，勢不能報，今世皆配爲夫妻」。一部大書的思想基礎就建立在這樣一個荒唐邏輯之上。狄希陳怕老婆，就是因爲前生欠下了妻子薛素姐的命債。今天看來，這是可笑的迷信。但在當時作者，卻是一個鄭重的解釋——無可解釋的解釋，背後隱蔽著對人生的困惑。書中寫狄希陳百計不得躱過薛素姐的闇刑，更不敢稍有反抗的表示，最後還是靠了佛經的法力，才消禍彌災，幸免於難。這個怕老婆故事的結局同樣是虛幻的。但作者既在現實生活中找不到填補人生缺陷的方法，就只能設計這虛構的「晝夢」去滿足自己和滿足讀者。因此，不能把《醒世姻緣傳》對惡姻緣的解釋和處理僅僅看做宣揚迷信，它實質上是作者於無可奈何之際用心造的幻象救正心理傾斜的努力，是作者自我的痛苦的掙扎。

作者內心的痛苦，不僅來自悍婦威撲丈夫的事實，同時也來自受儒家禮教規範的男性的偏見。作者化名「西周生」，本第二十六回所說：「這明水鎮的地方，若依了數十年先，或者不敢比唐虞，斷亦不亞西周的光景。」孔子說：「郁郁乎文哉，吾從周。」「西周生」的化名正體現了作者「從周」的儒家思想；書名《醒世姻緣傳》，開篇從《孟子》的「三樂」引起，歸結到「第一要緊再添一個賢德妻房，可才成就那三件樂事」，表明這書是爲成就儒家的「樂事」而作的。即使把添一個賢德的妻房做爲「第一要緊」，也還是儒家夫婦乃人倫之始的古訓。一直到書中多次重複的丈夫是「女人的天」的說教，都嚴格在儒家禮教的範圍內。儒家的倫理觀念使西周生堅持丈夫要做「女人的天」，追求夫權家庭的「樂」。這種信念越是強烈，他對現實中閨房威撲的現象就越是不滿和感到痛苦。但是，加劇這一痛苦的儒家禮教規範對西周生的男性偏見來說，仍然只是外在的後天的培養。

這種偏見的最深刻的根源還應是弗羅伊德所說的「男性的原欲」。所謂「原欲」，是指人的性本能的興奮力量；所謂「男性的」，弗羅伊德自注指出，精神分析學上「說原欲是男性的，它便意指；本能永遠是主動的，甚至在他追求被動性的目的時亦然。」〔註3〕他同時認爲，各種「男性的原欲」是任何男人和女人都具有的，其對象可以是男人，也可以是女人。但是，隨著人的成長，「使男孩原欲更向前跨進一大步的青春期，在女孩身上卻帶來潛抑的新潮。……青春期的潛抑作用在女人身上所加強的性抑制，對男人的原欲而言乃是一種刺激，增加其能量」〔註4〕。按照這一理論，正常成年男子的原欲永遠是針對女子的主動性。它存在於潛意識之中，一旦發動，便形成強烈的佔有支配女人的意識。西周生偏見的心理根源正在於這種男性的原欲，並且由於夫權制度的保護和助長，時時發露，成爲他寫作這一男人怕老婆、依靠佛法終於戰勝老婆故事的動機。可以想像，當他書成擲筆，陶醉在這個心造的男人終於征服了女人的「畫夢」中時，該是如何地得意和滿足。他爲「拯救」了怕老婆的男人，報復了凌虐丈夫的女人，而又成功地掩飾了這一報復的「不道德的根源」〔註5〕充滿歡樂——來自男性生命深處的本能的快感。

〔註3〕 〔奧〕弗羅伊德《性學三論》，《愛情心理學》，林克明譯，作家出版社 1986
  年版，第 116 頁。
〔註4〕 《愛情心理學》，第 98 頁。
〔註5〕 《精神分析引論》，第 301 頁。

　　以上，我們試分析了《醒世姻緣傳》本文蘊含的作者心理。這種心理一定程度上具有普遍的文化人類學的意義。這只要注意到古今中外對老婆怕男人習以爲常，對男人怕老婆大驚小怪，每做故事流傳的狀況，就足以明白。但是，《醒世姻緣傳》畢竟不等於作者個人心理的傳奇。弗羅伊德指出：「至於眞正的藝術家則不然。第一，他知道如何潤飾他的畫夢，使失去個人的色彩，而爲他人欣賞；他又知道如何加以充分的修改，使不道德的根源不易被人探悉。」〔註6〕這就是說，眞正的藝術家必然把個人的「畫夢」潤飾修改爲普遍的公開的形式，即成爲從勃蘭兌斯立場上看到的「從無邊無際的一張網上剪下來的一小塊」。在這個意義上，作家個人的心理必然要用社會心理的形式裝飾起來，並成爲一定時代社會心理的典型形態。《醒世姻緣傳》的情況正是如此。從上述作者「男性原欲」的分析逆推，我們實際上已經揭示了這種裝飾還有取於道教的觀念，例如書中多次稱道泰山老奶奶；晁夫人死後登仙做的是嶧山道教之神，還差道人送仙藥醫治她陽世的兒子；薛素姐前生是一隻修煉得道的仙狐等，這些都是道教觀念的表現。揉和釋、道以濟儒，三教（家）合一，是《醒世姻緣傳》總體構思和具體人物、情節處理的思想原則。

　　作爲故事，《醒世姻緣傳》的總體構思是生死輪迴、因果報應的兩世姻緣，是佛教影響的產物；作爲一部醒世之書，《醒世姻緣傳》維護的是儒家理想的封建婚姻家庭制度。儒學與佛教雖同爲關於人生的學問，但二者的取向和價值觀念大相徑庭。梁漱溟《東方學術概觀・儒佛異同論之二》曾經作過一個有趣的比較：

　　　　儒書足以徵見當初孔門傳授心要者宜莫如《論語》；而佛典如《般若心經》則在其大乘教中最爲精粹，世所公認。《論語》闢首即拈出悦樂字樣，其後樂字復層見疊出，僂指難計，而通體卻不見一苦字。相反地，《般苦心經》總不過二百數十字之文，而苦之一字前後凡三見，卻絕不見有樂字。此一比較對照值得省思，未可以爲文字形迹之末，或事出偶然也。〔註7〕

可知儒家以人生爲樂，婚姻家庭即樂的一個所在，所以有修身、齊家、治國、平天下的理想。儒家的學問專在一個「樂」字，其人生觀的取向是積極入世的」；佛教則不然，它以人世爲苦海，婚姻家庭直至人自身肉體都是苦的根源，

〔註6〕《精神分析引論》，第301頁。

〔註7〕《梁漱溟全集》第七卷，山東人民出版社1989年版，第155頁。

生死輪迴、因果報應則是眾生（包括人）受苦的過程，所以有出家修行的要求。佛教的精神專在一個「苦」字，其人生觀的取向是消極出世的。然而《醒世姻緣傳》卻用佛教苦的、出世的、反家庭婚姻的學說，助成儒家入世的、修身以齊家的樂的教化，這不是很奇怪嗎？

還有，道教的人生取向亦為出世的，自與儒家不同；道教與佛教雖同為出世間法，但道教相信靈肉合一，人可以長生久視，飛昇成仙，與佛教身死魂不滅、輪迴報應之說又自不同。但《醒世姻緣傳》卻寫仙狐可以轉世，晁夫人升仙為嶧山之神的天詔安放在佛閣上（第九十二回），這不是又很可奇怪的嗎？

其實，這都可以理解，揉和釋、道以濟儒正是中國傳統文化——心理結構的基本特點。作為一位小說家，他知道只有這樣潤飾他的「晝夢」，才能使失去個人色彩，而為他人所欣賞。另一方面，作為活動在明末的一位小說家，他思想的形式也必然受時代社會文化——心理結構的制約，而成為這張「網」上的「一小塊」。

中國傳統文化的核心是儒、釋、道三家的思想。從歷史的觀點看，三家之學雖各立門戶並有深微獨到的造詣，但總的趨勢是在鬥爭中相互融合。這種融合在思想界是緩慢實現的，在實際生活中卻發展很快。例如，《南齊書·張融傳》載：

> （融）病卒，遺令：入殮，左手執小品《孝經》《老子》，右手執《法華》。

《南史·陶弘景傳》：

> 曾夢佛授其菩提記云：「名為勝力菩薩」。乃詣鄮縣阿育王塔自誓，受五大戒。既沒，遺令：「冠巾法服，左肘錄鈴，右肘藥鈴，佩符絡左腋下，繞腰穿環，結於前，釵符於髻上，通以大袈裟覆衾蒙首足。……道人、道士並在門中，道人左，道士右。百日內，夜常燃燈，旦常香火。」

《北史·由吾道榮傳》：

> 又有張遠遊者，文宣時，令與諸術士合九轉金丹。及成，帝置之玉匣云：「我貪人間作樂，不能飛上天，待臨死時取服。」

至於民間送父母之喪，並請和尚、道士誦經做醮事，更是古代中國行之久遠的風俗。宋元以後，尤為盛行，書載累累，無煩贅述。所以「三教合一」以滿足實際生活的需要，是古代中國人傳統的文化心理。蓋中國人不尚思辨，最重實際，對於任何一種思想理論，往往從其切合目前生活的具體需要去理

解和應用。所以宋元以降，學者多以儒爲治世之學，佛爲治心之學，道爲治身之學，都是從實際的角度予以把握，對各自微言大義或存而不論，或敬而遠之，實際奉行的乃是「三教合一」的生活原則，只是因時因人各有依違，很少有什麼純粹的儒者、道士或佛教徒。《醒世姻緣傳》的作者正是如此，他作爲「西周生」，卻又信報應，慕神仙，雜取二氏，說到底不過爲自己內心的痛苦尋一條發泄的出路而已，是完全不足爲怪的。

中國傳統文化發展歷史的大勢雖爲「三教合一」，但發展中三教的地位並不相同，大致儒家占主導的地位，而釋、道爲之輔翼。這固然與歷代封建統治者的政策有關，但根本上還在於中國人是最重實際的民族，儒家治世的實踐理性之學，較之遊淡無根的二氏虛空之言，更易爲中國人所遵信。所以「三教合一」的實質，在大多數中國人乃是以釋、道濟儒，趨向於入世的人生目標。這一特點影響和決定了《醒世姻緣傳》全書的基本傾向。它的人物結局，除作惡的必用輪迴報應以懲罰外，行善修福的，除胡無翳原本是和尚不曾還俗、晁夫人去世做了道教之神以外，一律安享人世的快樂。晁梁的妻子姜氏勸晁梁不要出家爲僧的一段話，最能代表本書「三教合一」的本質趨向：

> 你做了半生孝子，不能中舉中進士，顯親揚名，反把稟受父母來的身體髮膚棄捨了去做和尚道士。父母雖亡，墳墓現在，……你出家修行去了，你倒有兒子在家，只是父母沒有了兒子。我聽見你讀的書上：「逃墨必歸於楊，逃楊必歸於儒。」你讀了孔孟的書，做了孔孟的徒弟，這孔孟就是你的先生，……一旦背了他，另去拜那佛爲師，這也不是你的好處。

晁梁本是要出家爲僧的，聽了這番話，也以爲「甚是有理」，遂做了在家修行的居士。雖誦經念佛，大處仍然是孔孟的徒弟，父母的兒子。這就是《醒世姻緣傳》的「三教合一」及其在三家中的依違。《金瓶梅》寫孝哥出家，絕了西門慶之嗣；《紅樓夢》寫賈寶玉出家，卻爲賈寶玉留下子嗣；《醒世姻緣傳》寫晁梁既爲晁家延嗣，自己也不出家，做帶髮修行的居士。就對全書主要或重要人物的處理而言，《醒世姻緣傳》較前後兩書更多地表現了儒家入世的精神，從而也更典型地反映了中國傳統文化——心理結構以釋、道濟儒的基本特徵。

（原載《明清小說研究》1988 年第 4 期）

人類困境的永久象徵
──《嬰寧》的文化解讀

　　《嬰寧》是《聊齋》名篇，膾炙人口，但是它的意義並不容易瞭解。淺嘗如珍饈佳饌，爽口悅目；深味則覺有絲絲悲涼，起於字裏行間。表層的喜劇色彩和內在的悲劇情味，使這篇以寫「笑」著稱的短篇小說跨在了喜劇與悲劇的邊緣，成為女性命運和人類困境的一個絕妙的象徵。而這一切又都被作者自覺和成功地隱括於題目之中了，近三百年來未見有揭出者，今試為一說。

　　查《辭源》「嬰」通「攖」；「嬰寧」即「攖寧」。「攖寧」見於《莊子‧大宗師》：

　　　其為物，無不將也，無不迎也，無不毀也，無不成也，其名為
　　攖寧。攖寧也者，攖而後成者也。

很顯然，蒲松齡是取《莊子》「攖寧」為自己的小說命題。孔子曰：「必也正名乎，名不正則言不順，言不順者事不成。」（《論語‧子路》）蒲松齡為自己的小說取「攖寧」為題，當然出於慎重的考慮，還可以說是深思熟慮。則其一篇命意、構思，都不可能不受《莊子》「攖寧」之義的規範和制約。依今天寫作理論家之說，「攖寧」當是蒲松齡此一小說的「旗幟、靈魂和眼睛」。對這篇小說的理解，若不抓住此點，總攬全篇，而由一般社會人生的觀念作尋常解會，則難得其真義，有負作者哲思幻設、學際天人以為小說的良苦用心，那真成小說研究上歷史的誤會。

　　《莊子‧大宗師》是莊子論「道」和「道」之修養的重要篇章。其中南

伯子葵問於女偊曰：「道可得而學邪？」女偊回答，舉自己教卜梁倚學「道」
——「以聖人之道告聖人之才」的過程說：

> 吾猶守而告之，三日而後能外天下；已外天下矣，吾又守之，
> 七日而後能外物；已外物矣，吾又守之，九日而後能外生；已外生
> 矣，而後能朝徹；朝徹而後能見獨；見獨而後能無古今；無古今而
> 後能入於不死不生。殺生者不死，生生者不生。

下即前引「其爲物」云云。也就是說，經過這樣「三日」「七日」「九日」……
若干的階段，卜梁倚才達到了「攖寧」的境界，此境界乃「攖而後成」。所以，
「攖寧」既是學「道」達成的狀態，又是達「道」成功的過程。換句話說，「攖
寧」是對這樣一個狀態和過程的描述，上升到理論的概括則稱「大宗師」。葉
玉麟《白話譯解莊子》引陸樹芝說：「『大宗師』就是大道法。」《嬰寧》對《莊
子·大宗師》所講論「大道法」的形象闡釋，就從「攖寧」作爲學「道」達
成的狀態和達「道」成功的過程兩面下筆，結成嬰寧性格和一篇思想的主構。

　　「攖寧」作爲學「道」達成的狀態，也就是「其（道）爲（支配）物」
的「將」「迎」「成」「毀」之狀，即如今本《辭源》「攖寧」條引唐成玄英疏
云：「攖，動也。寧，寂靜也。……動而常寂，雖攖而寧者也。」釋義說：「接
觸外界事物而不爲其所擾亂，保持心境寧靜。」今人曹礎基《莊子淺注》則
釋曰：「攖寧，雖受干擾而寧靜自如。」換句話說是在外物干擾下不爲所動的
寧靜心境；清·王先謙《莊子集解》序說：「余治此（按指《莊子》一書）有
年，領其要，得二語焉，曰：『喜怒哀樂，不入於胸次。』竊嘗持此以爲衛生
之經，而果有益也。噫！是則吾師也夫！」又於《大宗師》揭示其旨說：「本
篇云：『人猶傚之。』傚之言師也。又云：『吾師乎！吾師乎！』以道爲師也。
宗者，主也。」「攖寧」即有「師（道）」爲「宗（主）」的狀態，也就是得「道」，
「其要」，則「喜怒哀樂，不入於胸次」，此可以說是對成疏「動而常寂」最
通俗而準確的說明。我們看小說最後：

> 母曰：「人罔不笑，但須有時。」而女由是竟不復笑，雖故逗，
> 亦終不笑；然竟日未嘗有戚容。

就可以知道嬰寧之爲「攖寧」，其思想性格正是《莊子》「動而常寂」得「道」
狀態的形象體現。

　　作爲達「道」成功的過程，「攖」「寧」間有前後因果的關係。晉郭象注
「攖而後成」云：「物縈而獨，不縈則敗矣。故縈而任之，則莫不曲成矣。」

釋「攖」爲「縈」。其注「見獨」則謂「當所遇而安之，忘先後之所接，斯見獨者也」。「獨」即隨遇而安、無先後古今之見的精神狀態，也就是「攖寧」的「寧」。所以郭注「攖寧」句的意思即是說：人爲外物所擾亂，才能成就寧靜自如的心境；否則便不能成功。也就是說，遭遇外物干擾而順應之（任之），委屈求全，無不能成功。「攖而後成」，即「攖」而後「寧」。清人郭嵩燾云：「《孟子》趙注：攖，迫也。物我生死之見迫於中，將、迎、成、毀之機迫於外，而一無所動其心，乃謂之攖寧。置身紛紜蕃變交爭互觸之地而心固寧焉，則幾於成矣，故曰：攖而後成。」今人曹礎基《莊子淺注》釋「攖而」句云：「指寧靜自如的境界，是經受過干擾才能形成。」我們看小說寫嬰寧因西鄰子之事幾遭禍患，經老母勸誡，然後才有「雖故逗，亦不復笑」的性格轉變，達到無喜無戚的「常寂」狀態，也正就是「攖而後成」的過程。因此，嬰寧思想性格的轉變，正就是《莊子》「攖而後成」這一達「道」成功過程的演義。

總之，「攖寧」既是對「道」的靜態的寫照，又是對「道」的動態的描述，是《莊子》所謂「道可得學」達成的境界與途徑。正是在這個意義上，《嬰寧》一篇成爲演義《莊子·大宗師》思想的有深刻哲理性的小說。它是中國古代哲學滲透爲小說精神，在哲學與藝術的結合上帶有典範意義的小說名作。

這還可以進一步從作品的具體描寫得到證明。作品中的嬰寧爲狐女，生於秦氏家，褓褓中被狐母攜入深山，託於鬼母掬養。其居爲「亂山合沓」的谷底茅舍，避世長成，如山花野草，天眞爛漫，言笑由心，率性自然。鬼母說她「頗亦不鈍，但少教訓，嬉不知愁。」所謂「少年不知愁滋味」者。其性格最突出的特徵就是愛笑：「笑容可掬」「笑語自去」「含笑撚花而入」「嗤嗤笑不已」「笑不可遏」「忍笑而立」「笑不可仰視」「大笑」「笑聲始縱」「狂笑欲墮」……。她的「笑」，出於自然，是生命的歡歌，自由的樂章，象徵了人生無憂無慮、一任性情的理想狀態。蒲氏對嬰寧的笑，在感情上是傾心愛悅讚美的，除寫了她「笑處嫣然，狂而不損其媚，人皆樂之」，還說「每值母憂愁，女至，一笑而解」。篇末曰：「我嬰寧殆隱於笑者矣。」一篇小說的情感導向竟可以說是對嬰寧之「笑」餘音繞梁的頌歌。許多讀者也正是在這一點上最得會心。但是，小說寫嬰寧由無時不笑到「雖故逗亦不復笑」性格的轉變，無疑顯示了作品還存在另外的價值判斷，那就是在理智上作者認爲嬰寧的「笑」不合「動而常寂」之道。鬼母曰：「有何喜，笑輒不輟？若不笑，當爲全人。」這在很大程度上代表了作者的看法，一種飽經世事挫磨產生的

謹慎處世和超然於世俗的態度，其實質正與《莊子》「攖寧」相通。對上引鬼母之言，清人但明倫評曰：「……若不笑，不得爲全人。」何體正評曰：「……我正以其笑爲全人。」都是自道性情，於作品眞義、作者用心相去甚遠，謂之南轅北轍，不爲過也。而如今許多讀者往往停留於《嬰寧》寫「笑」的玩味歡賞，則又不免只是看它表面文章。

按「全人」即完美之人，出《莊子·庚桑楚》：「聖人工乎天，而拙乎人。夫工乎天而俍乎人者，唯全人能之。」這就是說，「全人」是比「聖人」還要高明的人。他既能保用天性（工乎天），又能順應人事（俍乎人），《莊子·達生》所謂「不厭其天，不忽於人，民幾乎以其眞」，講的就是此種爲人境界。所以，得爲「全人」，「工乎天」與「俍乎人」二者缺一不可。以這個標準，嬰寧之率性自然可謂「工乎天」；但她的無時不笑，則顯然是「拙乎人」。例如與王子服嬉遊，從樹上「失手而墮，笑乃止」，已露其端倪；進一步，出山之後「不避而笑」，引西人子肆其淫心，畢命成訟，累及全家，更是嚴重的情況。這些都表明以其「笑」，不得爲「全人」，嬰寧實際尚未達到「攖寧」的境界。但是，也正以這次嚴重干擾（攖）爲契機，嬰寧完成了性格的重大轉變——「女由是竟不復笑，雖故逗，亦不復笑；然亦終日未嘗有戚容。」這裡，無「笑」無「戚」即是「寧」，即所謂「置身紛紜蕃變交爭互觸之地，而心固寧焉」。而故事情節所顯示因「攖」而「寧」的過程，又就是所謂「攖寧者，攖而後成者也。」其結果就是嬰寧成了鬼母所期望的「全人」，亦作者一篇人物故事的歸宿。這裡既有《莊子》「攖寧」觀念的直接影響，也有作者社會人生經驗的介入。在作者看來，世事難測，人葆其天眞，卻不可以一任其天眞，女性尤應如此。這是作者的人生理想與現實可能的折衷，是他練達人情之見，而恰恰會通了《莊子》學道成全的「攖寧」之說，取以爲一篇人物題目之名，雖爲妙手偶得，實際也是「心有靈犀一點通」。

《莊子》人生態度的根本特徵，是「知不可奈何而安之若命」，「大宗師」即「大道法」不可能不染有這種悲觀的色彩。蒲松齡由《莊子·大宗師》取義，「嬰寧」形象的處理便不免帶有莊子人生態度的消極傾向，例如嬰寧不能不改變其「笑輒不輟」的一任性情之態，便是明證。但是，蒲松齡在不得不寫出嬰寧性格逆變的過程中，突出了「工乎天」與「俍乎人」有不能相兼的一面。他說：「女由是竟不復笑，雖故逗，亦不復笑。」一個「竟」字，透露作者對嬰寧從此損其天然的深切遺憾和發自內心的慨歎。在作者看來，嬰寧

的笑無疑是美的。這種讚美態度在潛意識上也許帶有男子賞玩女性的嫌疑，但其根本還是對人之個性生而自由的肯定。而世事紛擾，人生多忌多艱，女子的處境則尤爲難堪。即以「笑」而言，充其量只能「有時而笑」。在這兩難的選擇中，作者由現實的教訓不得已而使嬰寧成爲「全人」，但他內心卻不能不爲之感到遺憾和悲哀。補償這遺憾，排遣這悲哀，作者於故事結末安排了嬰寧「生一子，在懷抱中，不畏生人，見人輒笑，亦大有母風云」。「異史氏曰」一段議論，更於房中爲女性留下一暢其笑的小小空間。這一良好的用心，正表現了作者爲嬰寧不能不有如此歸宿命運所承受的痛苦。

因此，《嬰寧》稱名取義雖取自《莊子》，但作品實際所顯示一篇主旨與《莊子》思想仍有一定的質的不同。一方面，蒲松齡於嬰寧的轉變實未嘗「安之若命」，他使嬰寧不得不成爲「攖寧」，更多地出於現實生活得失利害的考量。這反映了作者情感與理智、理想與現實的巨大矛盾；另一方面，作者使人物趨向的是入世，而不是莊子的厭世。加以鬼母「少學詩禮」的教訓，《嬰寧》表現在封建禮教和複雜社會環境中的處世原則，其傾向不妨說是儒、道互補的。作爲偉大的小說家，蒲松齡從《莊子》「攖寧」受到啓發，更用他的全部人生經驗和理想鑄造了這一不朽名篇。正如任何好的「演義」都是作者基於舊有資料的再創造，《嬰寧》的主題雖因緣於《莊子》，卻經過作者的深思熟慮而有了新的內容，更不用說一般形象大於思想的可能。

由以上論述可以進一步看出，《嬰寧》的價值根本上不在於它是一個優美的愛情故事，也不僅由於嬰寧形象的生動描寫，而在於寫出了舊時一個少女生世的歡樂與苦辛，寫出了作者基於儒、道等傳統思想文化和實際生活經驗對社會人生的獨特理解。因此，就作者用意和作品主旨，這篇小說並不如一般認爲的是愛情題材作品，而是借一對青年男女浪漫結合爲線索的關於人類、特別是人類女性社會生活困境的一個象徵。這裡，如果說它描寫了王子服與嬰寧的愛情，那麼對於嬰寧而言，這一愛情進而她與王子服的婚姻，只是她步入家庭和社會生活的必由之路，是她脫離言笑由心的自在狀態進入人世生活的儀式。正是經過愛情、婚姻進而家庭社會生活的歷練挫磨，嬰寧由一個渾沌未開、率性自然、不諳世事的少女，一變成爲心存至性、態度莊肅、無笑無戚、從容應世的少婦。這個帶有逆折性的變化，是人類社會理想純眞與現實庸俗衝突的普遍永久的象徵。它以嬰寧的故事所提出和試圖解決的問題是：張揚個性，還是委屈求全於世俗？葆其天眞，求身心全面的解放，還

是退縮滿足於內省反觀的心靈的自由？蒲松齡無可奈何地選擇了後者，從而使這篇以寫「笑」著稱的名作，帶有了眞正的悲劇意味，並高度濃縮於「嬰寧」這一原本是古老哲學概念的篇名之中。

《嬰寧》的悲劇意味通於後來的《紅樓夢》。脂胭齋評《紅樓夢》說：「女兒之心，女兒之境，兩句盡矣。余謂撰全部大書不難，最難是此等處，可知皆從『無可奈何』而有。」就根本而言，這句評語用於《嬰寧》也甚爲恰當。因此，《嬰寧》是蒲松齡早在十七世紀對女性、進而對人類生存困境的一個文學發現。它和後來《紅樓夢》關於「女兒之心，女兒之境」之「無可奈何」的探討，都不僅是有女性解放的意義，而且是關於整個人類永遠需要協調並爲之付出沉重代價的個性與群體衝突的象徵。這個困境是永久的，從而這個主題也是不朽的。

古人云「詩無達詁」，庶幾優秀小說也是如此。筆者故不揣淺陋，爲此一說。《莊子》曰：「天下治方術者多矣。」《嬰寧》早就不是、現在更不能只是這一種方式的解讀；但是，對《聊齋誌異》這一深深植根於中國傳統文化土壤的古代文言小說名著，如本文所試以必要的考據的態度，對於作品意義的分析把握，應當更有利於接近歷史的眞實。誠請識者正之。

（原載《文學評論》1999 年第 5 期）

《聊齋誌異》與儒典考述

　　蒲松齡是講故事的高手，《聊齋誌異》中凡屬情節構思較為曲折的故事，幾無不精妙絕倫。但蒲松齡寫這些故事不僅是為了故事本身的生動有趣，而且往往要寄託義理教訓。這些義理教訓或出自作者的閱歷經驗，或出自前代著作，包括道、釋經典，百家雜說，但其中最多是從儒家典籍中來。《聊齋誌異》的讀者如果同時熟悉儒典，便不難發現那些光怪陸離的狐鬼故事中，不時點染或含化有儒典辭藻與思想。有時儒典的一句話，一個觀念，到蒲氏筆下就能幻出一處人天妙境，仙凡佳話。使人不知作者是在講故事，還是在說教訓；又不知其為概念化，還是化概念。只覺其融藝術與學問為一爐，變態多端，不可思議，真可以說達到了儒家義理與詩的融合。茲就這方面情況在全書中比較顯而易見者，分述如下。

一、《聊齋》之「聊」以及名義考索

　　《聊齋誌異》之「聊齋」，或謂是蒲松齡的齋名，還未便斷定。但從書中《狐夢》自稱「聊齋」「聊齋先生」看，無論此齋之有無，作者有以「聊齋」為齋名進而別號之意，進而冠為所著《誌異》的題前，稱《聊齋誌異》，自然就與原題《誌異》或《鬼狐傳》的名義有了不同，是讀者需要明白瞭解的，但向無確解。這一問題看來不大，卻應該是蒲松齡《聊齋誌異》研究首當其衝的，成為積年的困惑，不能不說是一個突出的遺憾。筆者也不敢說已經找到了答案，但就「聊齋」之「聊」以及「聊齋誌異」，勉做考索，聊為一解，或勝於無。

　　按《說文》：「聊，耳鳴也。從耳，卯聲，洛蕭切。」今見文獻中用此義

者如《楚辭·九歎·遠遊》：「耳聊啾而堂慌。」今言「聊天」或亦用此義。但主要用其後起延伸義，有三：一爲依靠、依賴。如《戰國策·秦策一》：「上下相愁，民無所聊。」在這個意義上後世組詞有「聊賴」，意謂憑藉、寄託。如蔡琰《悲憤詩》：「雖生何聊賴。」謂活著而無所寄託、憑藉，即今常用詞「無聊」或成語「百無聊賴」的意思；二爲姑且、暫且。《詩經·魏風·園有桃》：「聊以行國。」同書《泉水》：「聊與之謀。」屈原《九章·哀郢》：「登大墳以遠望兮，聊以舒吾憂心。」《左傳·襄公十一年》：「聊以卒歲。」均爲無奈勉爲之辭，乃從「聊賴」義引申而出；三爲願、想，如《詩經·檜風·素冠》：「聊與子同歸兮。……聊與子如一兮。」這些意義都從古人必讀書中來，蒲松齡讀經科舉，肯定是熟悉的，從而以「聊」名齋，進而用爲書名、別號，應不出此三義，甚至三義並用也是可能的。

但是，筆者以爲：以「誌異」之事屬之於「聊齋」，還不僅僅是從上引諸義例而來，應當與孔子學說有一定的聯繫，並因此而具有了特定的意義；或者縱然沒有這樣一層實際的聯繫，卻可以作有這種聯繫來看，構建出其所應有之特定的意義。

就今見先秦儒家諸典籍檢索，與孔子相關用「聊」字似僅一處，即《荀子·子道篇第二十九》：

> 子路問於孔子曰：「有人於此，夙興夜寐，耕耘樹藝，手足胼胝，以養其親，然而無孝之名，何也？」孔子曰：「意者身不敬與？辭不遜與？色不順與？古之人有言曰：『衣與！繆與！不女聊。』今夙興夜寐，耕耘樹藝，手足胼胝，以養其親，無此三者，則何以爲而無孝之名也？意者所友非人邪？」孔子曰：「由志之，吾語女。雖有國士之力，不能自舉其身。非無力也，勢不可也。故入而行不修，身之罪也；出而名不章，友之過也。故君子入則篤行，出則友賢，何爲而無孝之名也！」

這段文字託子路與孔子問答，講「有人」行事至孝，卻無孝之名聲，以論君子成名之道。孔子在答語中認爲，這個人無孝之名可能的原因，一是他雖行能盡衣食日用之養，但「身」（舉動）、「辭」（言語）、「色」（表情）等即今所謂「精神贍養」的方面做得不到位，也就是沒有做到《孝經》所說的「生事之以禮」，《孟子》所說的「大孝終身慕父母」（《萬章上》），所以還不能完全稱得上孝之名；二是如果他在如我們所謂物質與精神兩方面的贍養都做得很

好了，卻還是沒有得到孝之名聲，那就應該是他沒能「友賢」，即沒有交上好的朋友，從而沒有人爲他揄揚延譽而孝「名不章」。所以，一個君子的成名正如這個人的爲孝，要「入則篤行，出則友賢」，內外兼修，才能眞正贏得孝子的名聲。

以上引《荀子》中孔子的話，雖重在後者即「友賢」的教誨，但一面從總體來看，這是與《論語》載「子曰：『君子疾沒世而名不稱焉。』」（《衛靈公》）教導相關，先秦文獻記載中孔子對君子成名之道的進一步思考，當有可能引起很少不汲汲以求名的後學們的注意。從而因其引古人云「衣與！繆與！不女聊」爲說，使「聊」字與古代士人普遍關心的成名之道有了可能的聯繫。這一點雖然只是可能而並無很大的必然性，但對於學者、文人這班最會思想的「動物」來說，我們寧願相信這對於他們的使用「聊」字會有所啓發。

按唐楊倞於「衣與」三句下注云：「繆，紕繆也。與讀爲歟。聊，賴也。言雖與之衣，而紕繆不精，則不聊賴於汝也。或曰繆，綢繆也。言雖衣服我，綢繆我，而不敬不順，則不賴汝也。」此說並舉兩解，但據孔子答語僅從「身」「辭」「色」方面說來看，前解「繆，紕繆也」云云不確，當從後解雖衣食供養不差，但態度上「不敬不順」爲是。又楊注並云三句另見《韓詩外傳》，唯前二句作「衣予，教予」。可見「衣與」三句當爲先秦社會上說孝養之道流傳頗廣的熟語，而一旦經孔子說「孝之名」所稱引，則在客觀上便與君子成名之道建立起了某種意義上的聯繫，其中就包括了這裡所重點考察的「聊」字。

雖然「衣與」三句之中，「聊，賴也」是說做兒子的盡孝，只在衣或者還有食的方面都供給得很不錯了，但「身」（舉動）、「辭」「色」卻表現得「不敬不順」，做父母的也就「不女聊」即不再依賴這樣的兒子，乃從受供養的父母一面講的，但是，也正是由於父母「不女聊」之故，做兒子的也就失去了「聊」以成孝之名的依靠，而無所成名。這樣一來，豈非「聊」與不「聊」，就成了欲得孝子之名的關鍵，而與君子成名的普遍之道聯繫在一起了！

後世以「聊」字與成名相聯繫創爲「聊齋」的第一人應是北宋後期名臣鄒浩。鄒浩（1060～1111）字志完，宋常州晉陵（今江蘇常州）人。元豐五年（1082）進士，擢右正言，坐諫立劉后，謫新州。徽宗朝行吏部侍郎，再謫永州。大觀元年復直龍圖閣卒。高宗朝贈寶文閣學士，諡曰「忠」。浩深研儒學，著有《論語解義》《孟子解義》。當其以極諫得罪南遷，乃自號道鄉居士，有《道鄉集》。鄒浩首創「聊齋」之稱，是就讀復旦大學博士生劉洪強君近來

發現的，根據是《道鄉集》中的兩首詩。其一曰《謝仲益惠蘭》：

> 隣家得蘭惜不得，數本分來好顏色。
> 兒童見之喜欲顛，驚回午夢松江側。
> 起隨斤斸聊齋前，面勢欄干相併植。
> 氤氳猶帶鳳山雲，彌天道安端我即。
> 璧丘亭高秀谷幽，想見僧移動晴碧。
> 根深叢逈無他虞，青眼東君方著力。
> 影連桂月共扶疎，香入梅風更引翼。
> 此心莫逆知誰何，金粟如來在東壁。

其二曰《思聊齋》：

> 泮宮聊爾耳，卒歲亦優游？
> 昔已騰佳譽，今應屬勝流。
> 竹聲鏘密雪，桂影弄高秋。
> 爲爾猶牽思，天涯一轉頭。

兩詩寫作背景雖然尚不得清楚，但從第一首「起隨斤斸聊齋前，面勢欄干相併植」看，「聊齋」當爲鄒氏齋名；而從第二首題爲「思聊齋」且詩云「泮宮」又結於「天涯一轉頭」看，當是南遷中回憶早年遊泮時光景。那麼「聊齋」當爲鄒氏中進士前居家讀書科舉的書齋之名了。

劉洪強君又考得明清之際譚貞默（字梁生，又字福徵、孟恂）「曾經用『聊齋』爲書齋名」。並引李日華《味水軒日記》記曰：「二十二日，爲譚孟恂書『聊齋』二字扁，仍係語其後，云：涪翁云，白雲青山，江湖湛然，可復有不足之歎邪？無不足之謂聊也。」又引《檇李詩繫》《古今禪藻集》題譚氏「聊齋」詩多首，以爲「蒲松齡這樣博覽群書的人，說他不知道『聊齋』是前人的書齋名不太可能。……他的『聊齋』是源於鄒浩還是受譚梁生的影響？從理論上說，兩者皆有可能。……但宋代鄒浩的材料不多，時代又遠。因此，筆者認爲，蒲松齡應該更多的是從譚梁生處受了啓發」〔註1〕，可備一說。但是，如果從蒲松齡長期淹蹇場屋決非「無不足之謂聊」的人物著眼，則蒲氏之「聊齋」似與鄒浩「泮宮聊爾耳」之讀書科舉的「聊齋」更爲相近。這就與上考《荀子》載孔子的話使「聊」字與君子成名的普遍之道相聯繫起來的傳統一脈相承了。

〔註1〕劉洪強《〈聊齋〉名義考》，《蒲松齡研究》2008年第4期。

　　因此之故，我思考作爲蒲松齡的齋名、自號，並進而爲書名的《聊齋誌異》之「聊」的意義，非必如用於一般行文只可能作一義解，而是應有盡有。即除了兼具原有爲依賴、依靠和姑且、暫且等二義之外，更應該結合了《荀子》用「聊」字有與君子成名之道的聯繫，和宋人鄒浩以讀書科舉之書房爲「聊齋」之命義綜合考量，進而《聊齋誌異》的書名可包含以下義項：

　　一、「聊齋」之「誌異」。又含二義：一是於「聊齋」之室中所作的「誌異」，二是出自「聊齋先生」之手所作「誌異」。

　　二、「聊」以「誌異」爲事之「齋」。這裡「齋」以指室，進而指人。《聊齋誌異》全名又含二義：一是不爲世用，「聊」以「誌異」爲生；二是無所成名，唯以「誌異」爲成名之「聊（賴）」。

　　我認爲這兩大義項都可以用來解釋《聊齋誌異》之名，而其中第二義項之第二解，當更能反映作者的處境心思，以及此書創作的實際，並符合於作者命名此書之意。

　　我這樣認爲的理由，除有上引《荀子》《道鄉集》爲文獻上可能的根據之外，還在於自《楚辭》以降，古典詩文中用「聊」字多關無奈失意之情緒。而蒲松齡肯定不是得意之人，所以這個「聊」作依賴、依靠與姑且、暫且義解的話，「聊齋」就應當爲失意而欲有所「聊（賴）」、姑且居住之齋。這正合乎《聊齋自誌》所說「獨是子夜熒熒，……妄續幽冥之錄；……僅成孤憤之書。寄託如此，亦足悲矣」〔註2〕的處境與情緒。然而其「寄託如此」之「此」是什麼呢？顯然就是他所稱「幽冥之錄」「孤憤之書」的《聊齋誌異》。那麼「聊齋誌異」的意思，也就應該是說以於「齋」中「誌異」而爲「聊（賴）」。但其「聊（賴）」所求，卻非僅爲消遣度日，而是如《自誌》接下所說：「嗟乎！驚霜寒雀，抱樹無溫；弔月秋蟲，偎欄自熱。知我者，其在青林黑塞間乎！」其中「驚霜寒雀」以下四句爲自謙之辭，實乃登高必自卑，意在引出對「知我者」希的感慨與渴求，言外則是孔子「疾沒世而名不稱」之儒者爲傳名計的考慮。這就可以歸結到上論《荀子》載孔子所稱引用「聊」字的意義上來了。

　　從並無旁證蒲松齡確係從上引《荀子》的「聊」字或《道鄉集》的「聊齋」得到啓發而有如此的寄託來看，我們似不便以《聊齋誌異》之「聊」有

〔註2〕〔清〕蒲松齡《聊齋誌異（會校會注會評本）》，張友鶴輯校，上海古籍出版社1986版。本文引此書均據此本，說明或括注篇目。

成名之「聊（賴）」的意義。但是，我們從蒲松齡用「聊齋」為室名別號雖不為獨創，卻第一個用為小說書名來看，蒲松齡給「聊齋」的命義應與「誌異」密切相關。這只有結合了《聊齋自誌》才容易看得清楚。《自誌》結以「知我者」云云，一面表明其落拓鄉塾，僅能為「誌異」的不得已之情；另一面也表明其雖功名蹭蹬，不得已以「誌異」為著作，但仍非僅遊戲消遣之作，而是寄希望於此書能使自己為世人所知，死而不朽。這個意思使我們即使不能確定《聊齋誌異》之「聊」，有與上引《荀子》中「聊」字具實際的聯繫，也可以因上引《荀子》載孔子論君子成名的道理，而想到《聊齋誌異》之「聊」，其實正應該理解為有以「誌異」為「聊（賴）」成名方面的意義。

總之，《聊齋誌異》之稱名取義，似近而遠，似淺而深，似單純而實豐富。既寓有作者窮困潦倒無聊才著書（小說）以遣懷的悲愁，也不無儒者以傳名為大，因《荀子》載孔子稱引使「聊」字與君子求名相聯繫之意義的可能。雖然，如果我們能夠舉出蒲公確因讀《荀子》此說而取「聊齋」為室名進而為書名、別號的直接證據，也才好最終能夠服人，但學術史上類似疑案探討的經驗表明，極少有最後能夠做到那等鐵證如山的情況出現。從而如《聊齋誌異》之「聊」並全名的意義，這種實是因為不易解才似乎不必解，而至今無解之不怪而怪的問題，倘以為有一雖不盡可靠卻不無根據的假說，總比停留在無可問津的茫無頭緒要好一點的話，那麼本文之作，就應該可以得如王漁洋評《聊齋誌異》所謂「姑妄言之姑聽之」的寬待了。

二、《考城隍》之儒家——理學心態

《聊齋誌異》卷一首篇《考城隍》，寫廩生宋燾被請赴陰間試，錄為城隍，實為陽壽已盡，死轉陰間為官。但閻王為其純孝所感，破例「給假」即增壽九年，而後再赴陰間之任。故事不僅荒唐，而且與書中其他志怪有所不同，幾乎專在宣揚舊時一般民眾所普遍迷信的「死生有命，富貴在天」與「輪迴報應」觀念，而完全分析不出近世研究者往往更喜見的「歌頌」或「批判」之意味，從而頗不為學者所重，有關論述很少；遂使其價值得不到充分的認識與評定，無疑是《聊齋誌異》研究中的一個缺失，有給予關注的必要。

這應該是蒲松齡所作第一篇或很早的一篇小說，各本《聊齋誌異》都置於卷首，堪稱《聊齋》一書「壓卷之作」，不能不說有體現作者對本篇的重視之意，而由此上窺蒲氏作書之志，也應該是適當與可能的。清人不乏注意到

這一現象者，如但明倫於本篇後評云：「立言之旨，首揭於此。一部大文章，以此開宗明義，見宇宙間惟仁孝兩字，生死難渝……」何垠於本篇下評曰：「一部書如許，託始於考城隍，賞善罰淫之旨見矣。篇內推本仁孝，尤爲善之首務。」諸說均爲推闡舊時道德倫理，今人或以爲陳腐，但在蒲氏著書與何氏評點的清代，實爲天經地義，光明正大，不可以今天意識形態與思想文化的進步而一概抹殺之。此中道德倫理、思想文化的是非，茲不具論。但說由此當可以見出，至少蒲氏著書之當初，於政教倫理、思想文化上並無一定要驚世駭俗、標新立異之想，而大致推本儒家倫理道德，摻以《易傳》「聖人以神道設教」的用心，除個人聊以成名之外，欲對世道人心，有所懲創而已。雖然《聊齋誌異》創作時間漫長，作者身世閱歷，思想心態，與世推移，浮沉不已，又「文章染乎世情」，諸篇旨趣前後不能不有所變化，但從作者最後仍以此篇冠首看，可知其爲小說「立言」以懲創人心、淑世正俗的基本態度與用心，前後是一致的。這種一貫的態度與用心體現的是比較正統的儒家觀念，從而今人從中看到的蒲氏之進步思想云云，也在基本上只是其正統儒家觀念中較爲合理的分，或者這種成分在蒲氏小說中的進一步發揚。《聊齋誌異》思想的這一根本特點，從本篇「立言之旨」就可以看得出來。

城隍爲迷信觀念中陰間一城之長官。本篇題爲《考城隍》，虛構陰間選拔城隍的考試中，宋生以仁心被取，又以孝行得增壽九年的獎勵，故事本身顯然已是「推本仁孝」之意。但作者未止於此，更借考題與答卷的描寫，寄寓其對「爲政」的看法。考題「一人二人，有心無心」二句，與宋生答卷中「有心爲善，雖善不賞；無心爲惡，雖惡不罰」四句，大約因爲屬於清人不難明白，而今人卻不易明白之用典，所以清人未作注，而今人難爲注，以致從未見有人注說評論。但這顯然是非要有所瞭解，才可以通觀全篇意旨的，所以不能不有所解說。

按考題與答卷諸語應是明清科舉中人多能熟誦的話頭。「一人二人」之「一人」，即「人」字，「二人」即「仁」字，乃以破字寓《孟子》「仁也者，人也」（《盡心下》）之句意，根本即《論語》仁者「愛人」（《顏淵》）、「爲政以德」（《八佾》）的仁政理想。「有心無心」即下文宋生文所解「有心爲善，雖善不賞；無心爲惡，雖惡不罰」四句的略語。四句中心講爲政執法用刑的標準，唯重動機，完全不看效果，是典型的唯「心」主義。所以，馮鎮巒評稍有異議云：「此爲高一層議論，可通其理於聖學。昔牟癡居士爲之解曰：『中人以

下，雖有心爲善亦賞；中人以上，雖無心爲惡亦罰。』更爲圓通。」此解一定程度上注意到從動機與效果的結合上看問題了，但仍不夠徹底；而且因人而異，兩套標準，不僅不是「法律面前人人平等」，而且誰爲「中人」以下或以上，殊難掌握，不易實行，所以也不是什麼善策。總之，這裡無論作者、評者，都唯重或偏重在從「心」即動機論刑賞，而人「心」難測，空口無憑，結果必然會使刑賞任意，輕重失衡，哪裏還會有但明倫氏評說的「造物賞罰之大公」？但比較馮氏所稱半癡居士之解的說易而行難，蒲氏的觀念就完全不可行，顯然是更加「迂遠而闊於世情」（《史記・孟子荀卿列傳》）了。

蒲氏這種顯然迂腐的爲政觀念根本於孔孟的「仁」學、「仁政」思想，但並不從《論語》《孟子》引出，甚至雖與孔孟遙爲相關，卻直接是後世宋儒理學思想的響應。《朱子語類》卷十六《大學三》說「誠意章」云：

> 「如惡惡臭，如好好色，此之謂自慊。」慊者，無不足也。如
> 有心爲善，更別有一分心在主張他事，即是橫渠所謂「有外之心，
> 不可以合天心」也。

他沒有說到「雖善不賞」。後二句出處無考，或者就是蒲松齡的推衍。而無論如何，四句原本理學，是無可疑了。這表明蒲松齡至少在「選賢與能」（《禮記・禮運》）和「爲政」的政治觀上，所信奉是宋儒極端的唯「心」學說。

蒲松齡一生有數十年都在做館與應試，《四書》並朱注幾乎是他每日誦習的功課，積見成識，久而忘返，受程朱理學的影響而自覺不自覺地信奉之，實在有很大的必然性。從而蒲松齡《聊齋誌異》，首篇寓「立言之旨」，即推本孔孟，標榜朱子，以儒家——理學爲全書開宗明義，正是他儒生本色和此書思想特色。

對於《聊齋誌異》的這一特色，今人無論喜歡與否，都是客觀的存在，應該承認並諒解它。而且儒學雖在近世痛遭撻伐，但那是我國自古以來亂世或亂世初平時的常態，並不證明儒學一無是處。否則，中華文明五千年垂統，最近兩千年何以主要由儒學作思想的維繫？而宋儒理學的唯「心」主義，雖有空疏無實不切世用的毛病，但作爲受到佛教禪宗思想濡染的更加精緻的新儒學，單從中國人精神文化的發展來看，它重視人之心靈的返觀、體驗、分析與塑造的態度與做法，對於文學特別是小說寫人藝術的發展，其實是有過促進作用的，也不可一概否定，盲目抹殺。

最後順便說到，蒲松齡作《考城隍》，雖屬「鬼話」，又思想上推本孔孟，

標榜朱子，儒家——理學意味甚濃，但其因俗化民，作為小說，所塑造宋公人格，純真純孝，生死不渝，特別是寧肯不做官而歸養老母，終能以純孝格天，增壽成全，還是有感人之處的。至今看來，也未必不有諷世的意義。至於其臨末有句云：「有花有酒春常在，無燭無燈夜自明。」但明倫評曰：「亦自寫其胸襟爾。」為作者所想望居官者「仁以為己任，不亦重乎」（《論語‧泰伯》），但也不能不有淡薄恬退之心。若一味想著做官，做大官，便有可能不擇手段，為所欲為。這就是要先做人，後做官。如此一來，一篇就不僅曲終奏雅，而且全作者以小說所寄寓「為政」之旨，「自寫其胸襟」恐怕還在其次。

三、《瞳人語》《畫壁》與「非禮勿視」

《論語‧顏淵》載：

> 顏淵問仁。子曰：「克己復禮為仁。一日克己復禮，天下歸仁焉。為仁由己，而由人乎哉？」
>
> 顏淵曰：「請問其目？」子曰：「非禮勿視，非禮勿聽，非禮勿言，非禮勿動。」

由此可知，孔子以「仁」學的修養，根本在「克己復禮」；「克己復禮」的工夫有四目，即依次在己之視、聽、言、動上，都能克制內心的欲望，依禮而行，然後才能達至「仁」的境界。而四目之中，首在「非禮勿視」。《聊齋誌異》於此一端甚為關注，有不少直接相關的描寫，茲以卷一《瞳人語》與《畫壁》兩篇並說之。

《瞳人語》寫長安士方棟才子無行，「每陌上見遊女，輒輕薄尾綴之。……偶步郊郭，見一小車，……車幔洞開，內坐二八女郎，紅妝豔麗，尤生平所未睹。目炫神奪，瞻戀弗捨，或先或後，從馳數里。忽聞女郎呼婢近車側，曰：『為我垂簾下。何處風狂兒郎，頻來窺瞻！』婢乃下簾，怒顧生曰：『此芙蓉城七郎子新婦歸寧，非同田舍娘子，放教秀才胡覰！』言已，掬轍土颺生。生眯目不可開。才一拭視，而車馬已渺。驚疑而返。覺目終不快。倩人啟瞼撥視，則睛上生小翳；經宿益劇，淚簌簌不得止；翳漸大，數日厚如錢；右睛起旋螺，百藥無效。……」

又《瞳人語》下篇為《畫壁》，寫「江西孟龍潭，與朱孝廉客都中。偶涉一蘭若，殿宇禪舍，……兩壁圖繪精妙，人物如生。東壁畫散花天女，內一

垂髫者，拈花微笑，櫻唇欲動，眼波將流。朱注目久，不覺神搖意奪，恍然凝想。……女回首，舉手中花，遙遙作招狀，乃趨之。舍內寂無人；遽擁之，亦不甚拒，遂與狎好。……樂方未艾。……見一金甲使者，黑面如漆，絡鎖挈槌，……似將搜匿。……朱踢跼既久，覺耳際蟬鳴，目中火出，景狀殆不可忍……」

雖然從生活到小說，故事總是多起於「視」的，因此我們不便僅因為故事起於「視」而斷定其與「非禮勿視」之觀念有關。但是，這兩篇小說不同於一般寫因為見到了什麼而引發故事的作品，而是一因追窺陌上之「芙蓉城七郎子新婦」而招致轍土眯目，得眼疾，並從題目上就強調了「視」為故事的關鍵；一因「注目」天女之隨侍「垂髫者」而生淫心，遭金甲神搜捕，身陷危境，幾經恐怖，也突出了非常之「視」的影響。從而兩篇故事雖然很不相同，但其發端皆從主人公目迷於色開始，可知其所懲戒，乃在見色起淫心，正從《論語》論君子修身首重「非禮勿視」而來。

按蒲松齡《聊齋誌異》於卷一即連續兩篇敷衍書生見色起淫心故事，為輕薄子說法，應該就是從他所朝夕誦習的《論語》之上引二章而來。他應是對此「聖學」修養「克己」四目的次序頗為介意，以為孔子以「非禮勿視」居首，太是練達人情，洞明世故了，值得以小說為之演義一番，於是便有了此作。

但是，蒲松齡一下就想到並寫成見色起淫心的故事，卻不直接從「非禮勿視」上來，而還經由孔子關於「色」之論述的過渡。上引「顏淵問仁」章謂孔子教人「非禮勿視」，是就一切視而「非禮」者言，肯定包括了女色，卻應該不僅是女色。所以，假若就「非禮勿視」做全面的演義，見色起淫心儘管可以作為故事的中心，卻也至多是其核心部分而已。所以，蒲松齡從「非禮勿視」只是想到並寫成見色起淫心的故事，應該有諸多「勿視」中以「色」為最的考量起了作用。

這種考量自然會主要是從生活的經驗中來，但同是載在儒典的孔子等儒家代表人物對「色」的看法，很可能也給了他以提醒。如《論語・學而》載孔子曰：「賢賢易色。」（《學而》）以「色」作比強調尊賢為上的態度；又載孔子曾感歎說：「吾未見好德如好色者也。」（《子罕》）也是把「色」之對男人的吸引力看得無比強大。這吸引力自然首先從對眼球開始，這應該就是上引孔子論「克己」的四目，首言「非禮勿視」的原因了。換言之，蒲松齡大

概因此深明孔子首重「非禮勿視」之意，主要是從「坊民所淫」（《禮記·坊記》）的角度考慮的，所以他以小說淑世，對孔子「非禮勿視」的理解與化用，就只是在寫女色上弄筆，並在逐意轉深之中，對各種不同情況有了具體的分析和區別的對待，始成一篇篇花團錦簇般文字。

《聊齋誌異》寫對女色之「非禮勿視」的具體分析與區別對待，表現在首先是把男人違背「非禮勿視」而邪視女人的情況分為兩類：一是對平民或異類女子的「非禮」而視卻屬出於真情的，多發生在歷盡曲折終能與女子成為眷屬的故事。如王子服對嬰寧的一見著迷，被嬰寧取笑為「個兒郎目灼灼似賊」（《嬰寧》）的描寫即是。一是對上層婦女或女性神祇，只因「秀色可餐」而肆目褻瀆者，如本文所論兩篇中方棟、朱孝廉「非禮」而視的對象：一為「芙蓉城七郎子新婦」，一為散花天女之隨侍「垂髫者」，結果都受到了懲罰。似在蒲松齡看來，前者雖屬「非禮」，卻畢竟是發生在下層又是人狐之未婚兩性之間，一面「禮不下庶人」（《禮記·曲禮上》），又「飲食男女，人之大欲存焉」（《禮記·禮運》），即使非禮，也屬造次可原。又其後來畢竟成了夫妻，所以幾乎未予任何譴責；而後者不然，乃對仙婦神女之非禮，賊目淫心，肆行褻瀆。這在不倫之外，還兼為犯上，是絕對不能允許的。所以，作者讓他們一一吃了苦頭。由此可以看出蒲松齡男女之大防的態度與認識，只是「束身名教之內，而心有依違」，乃有限度地從權而超越禮法的羈絆而已，並不曾到「反封建」的地步。

其次，除如上兩類「非禮」而視的結局，一得佳偶，一受肉體或精神的痛苦，判若地天之外，同屬於後一類故事的《瞳人語》《畫壁》中，蒲松齡把他的這種分析與區別，貫徹得每況愈深，各極其妙。這體現在《瞳人語》所擬大致是現實的場境，方棟「非禮」追視的是「芙蓉城七郎子新婦」，既為「現行」，又「或先或後，從馳數里」，發展到「言」與「動」，情節實屬惡劣，所以他受到的懲罰是生翳疼痛，幾至於失明；《畫壁》中的朱孝廉只是對壁畫神女垂髫侍者「注目久」而心蕩神馳，屬「精神出軌」，並非有實際「言」與「動」的「現行」。所以，作者仿唐人《枕中記》，改道人而為老僧，作法給他的懲罰，仍不過使其歷幻境遭受恐怖與驚嚇，而後感悟，並通過這個故事寄寓「幻由人生」，「非禮勿視」的道理而已。

通過兩篇小說情節、結局的相較，可知蒲氏為小說，筆鋒縱恣，墨瀾淋漓中，似同而異，似是而非，抑揚高下，法度儼然，不失分寸，各極其妙，

豈非小說聖手！與此相類的還有卷二《董生》，寫董生一見「竟有姝麗，韶顏稚齒，神仙不殊」，便行輕薄，遭至狐女「訴諸冥曹。法曹謂董君見色而動，死當其罪」。結果雖然未至於死，但「病幾危，半年乃瘥」，也受到了應有的懲罰。他如卷一《畫皮》寫「太原王生，早行，遇一女郎，……急走趁之，乃二八姝麗，心相愛樂」，結果遭受惡鬼之害，幾乎至死，也是一個戒人不要見色起意，即「非禮勿視」的故事。

最後要說到，孔子講「非禮勿視」，即使單從對女色方面看，固然有「禮坊民所淫」《禮記‧坊記》的效果甚至是其主要的用心。但是，與《老子》主張「不見可欲，其心不亂」不同，孔子不贊成絕情斷欲，而且觀「子見南子」可知，孔子甚至不反對與女性交往，而只是主張男女之間要有一個「禮」的限度而已。甚至在他看來，「禮」並不一定是真正愛情的障礙。這突出體現在《聊齋誌異》中故事，男主角凡見色即起淫心者，下場一定可悲。如《杜翁》寫杜翁夢中被誤勾魂至陰間，還陽「途中遇六七女郎，容色姣好，悅而尾之」，結果誤入歧途，投胎化為豬；而男主角凡能見色不亂、克己從禮者，後來必定得到好處。如《小謝》所寫陶生雖「夙倜儻，好狎妓」，但「有婢夜奔，生堅拒不亂」，後因不以輕薄對待秋容與小謝，而能夠一娶雙美，給人以「名教中自有樂地」的想像。蒲松齡《聊齋誌異》所秉持並演義的，正是孔子的這種「非禮勿視」的思想態度，體現的是在蒲松齡看來一位真正儒者與女性應該如何交往的準則。依筆者愚見，這一準則可能偏於謹慎，或顯得有些保守，但如果不被歪曲或濫用，就大致是合理的，而由此可見蒲松齡在兩性關係的認識上，基本上是一位傳統的儒者，還未到過去專注於尋找作品進步性時所期待的反封建的地步。

四、從儒家「好色論」說《嬌娜》

我國古代的儒家不談愛情，但談「男女」，談「好色」，儘管只是從男性立場上說的。這方面的言辭零星散見於以孔孟為代表的先秦諸儒的著作裏，自身並不成系統，但綜合分析概括起來，也可以稱得上是一種理論，姑名之曰「好色論」。

儒家的「好色論」不是本文討論的重點。但是，本文「首創」此一概念，以作為本文討論的理論基礎，這裡還是需要先對這一理論的內容作一番梳理，就從儒的根本特點說起。

我們知道，儒學治世，治世的方法就是以其學說化成天下，即所謂教化。教化自然要抓住世人的根本。而儒家認為世人的根本在「性」即人性，所以教化要從人性的修養做起。這就是《禮記‧中庸》所說：「天命之謂性，率性之謂道，修道之謂教。道也者，不可須臾離也，可離非道也。」

然而「天命」之「性」是什麼？「孟子曰：『口之於味也，目之於色也，耳之於聲也，鼻之於臭也，四肢之於安佚也，性也。』」（《孟子‧盡心下》）但最有名是其引告子所說：「食、色，性也。」（《孟子‧告子上》）同樣意思的話還見於《禮記‧禮運》曰：「飲食男女，人之大欲存焉。」

這就是說，在儒家看來，「色」即今天所說人的性欲，是人性一分為二中僅次於「食」的本性之一，當然是不可以抹殺的。所以《孟子》中又說：「好色，人之所欲。……知好色則慕少艾，有妻子則慕妻子。」（《萬章上》）而且這並不一定妨礙人在德行方面的發展。《孟子‧梁惠王下》：

> 王曰：「寡人有疾，寡人好色。」對曰：「昔者太王好色，愛厥妃。《詩》云：『古公亶父，來朝走馬，率西水滸，至於岐下，爰及姜女，聿來胥宇。』當是時也，內無怨女，外無曠夫。王如好色，與百姓同之，於王何有？」

又，《禮記‧祭義》：

> 文王之祭也，事死者如事生，思死者如不欲生，忌日必哀，稱諱如見親，祀之忠也。如見親之所愛，如欲色然，其文王與？

這就是說，「好色」並不一定妨礙於聖道。由此可見，後儒「存天理，祛人欲」，特別以「好色」為士行不端的表現，甚至以女色為「禍水」的偏見，並不合於以孔孟為代表的先秦儒家之道。

但是，以孔孟為代表的先秦儒家，雖然認可了「色」為人性中僅次於「食」的本質之一，卻又認為除了如大舜、太王那樣的聖人之外，對於一般人來說，「好色」既是修道之最大的妨礙，同時又是修道所可能比擬的最高境界。《論語‧子罕》：

> 子曰：「吾未見好德如好色者也。」

又《衛靈公》：

> 子曰：「已矣乎！吾未見好德如好色者也。」

雖然孔子兩次所言意思並無不同，但一件事要說到兩次，可見其於此體會之深，所以後一次的意思雖然較前沒有變化，但已經是感慨繫之了。幾乎同樣

的比較還見於《禮記・大學》云：

> 所謂誠其意者，毋自欺也。如惡惡臭，如好好色，此之謂自謙。

孔子所以感慨繫之，是因為在他看來，一個人最好的是色而不是德，那是非常危險的。《論語・季氏》把「色」作為君子「三戒」之一：

> 孔子曰：「君子有三戒：少之時，血氣未定，戒之在色；及其壯也，血氣方剛，戒之在鬥；及其老也，血氣既衰，戒之在得。」

《荀子・君道》甚至有引「語曰：『好女之色，惡者之孽也。』」這句話可以說是開了後世女人「禍水」論的先河。

所以，儒家一面從學說上提倡重德而輕色，《論語・學而》：

> 子夏曰：「賢賢易色；事父母，能竭其力，事君，能致其身；與朋友交，言而有信。雖曰未學，吾必謂之學矣。」

又，《禮記・中庸》：

> 去讒遠色，賤貨而貴德，所以勸賢也。

一面為了把「好色」限定在一定範圍內，重設禮教之防，卻又防不勝防。《禮記・坊記》：

> 子云：「寡婦之子，不有見焉，則弗友也，君子以闢遠也。故朋友之交，主人不在，不有大故，則不入其門。以此坊民，民猶以色厚於德。」

《坊記》又載：

> 子云：「好德如好色。諸侯不下漁色。故君子遠色以為民紀。男女授受不親。御婦人則進左手。姑姊妹女子，子已嫁而返，男子不與同席而坐。寡婦不夜哭。婦人疾，問之，不問其疾。以此坊民，民猶淫泆而亂於族。」

這些做法要達到的目標，應該就是《毛詩序》論詩所說「發乎情，止乎禮義」，具體說就是《史記・屈原列傳》評《詩經・國風》所謂「好色而不淫」，即在不能不有的「好色」與「好德」之間走「中庸」之道，於名教中求一樂地。蒲松齡《聊齋誌異・嬌娜》就是演義以孔孟為代表的儒家這種「好色」觀，某種意義上可以說做了先秦儒家「好色論」形象的圖解。

《嬌娜》寫書生孔雪笠訪友天台不遇，結識狐仙公子皇甫氏，先後得睹香奴、嬌娜、松娘三仙女，並娶阿松為妻，而嬌娜別嫁。松娘雖然貌美「與嬌娜相伯仲也」，但嬌娜曾使孔生一見鍾情，並曾施神術救過孔生性命。所以，

孔生眞正的戀人是嬌娜，卻因爲當時嬌娜「年約十三四，……齒太稚」，所以娶了嬌娜姨姐18歲的松娘。而孔生對嬌娜的戀愛，已是癡到「曾經滄海難爲水，除卻巫山不是雲」的地步。所以，後來皇甫家有難，孔生捨身相救，爲了嬌娜幾乎失去性命。但是，即使後來嬌娜喪夫爲寡，別園而居，日常「棋酒談宴，若一家然」，但與《聊齋》多寫一娶雙美的模式相反，本篇寫孔生終於未娶嬌娜。

對於故事這樣結局，篇末「異史氏曰：余於孔生，不羨其得豔妻，而羨其得膩友也。觀其容可以忘饑，聽其聲可以解頤。得此良友，時一談宴，則『色授魂與』，尤勝於『顛倒衣裳』矣。」可見本篇立意不在於寫「豔妻」，而在於寫「膩友」；不在於寫性愛，而在於寫無性之愛，即今所謂「紅顏知己」，或「精神戀愛」。在蒲松齡看來，男女精神上的彼此相許，契合感通，遠勝於肉體上的結合即「顛倒衣裳」。由此可見，單就這一篇而言，蒲松齡所張揚的可說是中國17世紀的「柏拉圖式愛情」。

但與柏拉圖爲了回到「理念世界」而肯定唯精神的戀愛不同，《嬌娜》中作者所讚賞孔生以嬌娜爲「膩友」並非初衷，而是做不成夫妻的情況下不得已而如此，和最後雖然能夠納嬌娜爲副室做夫妻了，卻又自我克制與嬌娜保持並限定在這種「膩友」關係。因此，《嬌娜》寫孔生與嬌娜的關係不是純粹想像中的精神交往，而是受各種外部條件規約下的現實行爲，是在不止一種可能情況之下出於某種價值觀念的個人選擇，其中儒家的「好色論」起了關鍵的作用。

使我們一下就想到儒家「好色論」的是本篇主人公的姓氏族裔，爲「孔生雪笠，聖裔也」。這是《聊齋誌異》一書近500篇作品寫及當不下兩三千個人物中，除卷二《湯公》提及「孔聖」而並無描寫之外，所寫唯一姓孔的人物，又特別強調其爲聖人之後，應非無意爲之。這是因爲，封建時代孔姓作爲聖人之家氏，有特別崇高的地位。除歷史人物外，小說中人物形象極少設爲孔姓的。有之，則往往爲儒家思想觀念的化身或傳聲筒。如乾隆中李綠園著《歧路燈》中的孔耘軒、孔慧娘父女，就是這類的典型。蒲松齡爲山東人，終生業儒，無疑是尊孔的聖人之徒。他命名本篇主人公爲孔雪笠，又特別強調其爲「聖裔也」，可知其寫孔生的豔遇，不可能不是按照一位聖人之徒所應有的樣子，也就是按照儒學「好色論」的要求來塑造孔生，使之成爲名教中自有風流的典型。從而我們有理由把它與書中各種寫男女之事的其他作品區

別看待，而「大膽假設」其是一篇闡發聖道「好色論」的文章，進而從具體描寫「小心求證」其是否果然如此。

首先，《嬌娜》寫孔生「爲人蘊藉，工詩」，正如其名「雪笠」，所友皇甫公子「呈課業，類皆古文詞，並無時藝。問之，笑云：『僕不求進取也。』」也是一位淡泊名利之士。兩人愛好文學的共同特點是他們隨情節向「是眞名士自風流」方向發展的基礎。這一發展在孔生方面，是見美色而好之，由香奴而嬌娜，急欲得妻的心情一步步緊迫，直到不得已與松娘成爲夫妻；在皇甫公子方面則不僅善解孔生之意，而且愼重其事，積極物色，助之使成。這一過程所體現的，除二人的友誼之外，就是孔生對美色的傾慕和皇甫公子對孔生急欲得妻之同情的理解。這一理解的實質是對儒家「飲食男女，人之大欲存焉」與「知好色則慕少艾」說法的肯定。雖曰風流，實際卻只是儒家「好色論」認識的基礎，乃人性之常。

其次，《嬌娜》寫孔生雖然風流，但美色在前，絕無忘情之舉；雖急欲得妻，卻一定是等待皇甫公子爲之物色。不僅對所喜歡的香奴總不過「目注之」，而且自見嬌娜之後，「懸想容輝，苦不自已。自是廢卷癡坐，無復聊賴」，到了「曾經滄海難爲水，除卻巫山不是雲」也就是非嬌娜不娶的地步，但一經皇甫公子解說掇弄，馬上捨嬌娜而娶松娘。對此，讀者不能不懷疑孔生對嬌娜的感情與其擇妻的願望，何以唯皇甫公子是聽？這裡可能的解釋：一是孔生對自己內心眞正感情的壓抑克制直至抹殺，二是他對封建婚姻禮教的恪守與順從。具體說就是孔生「好色」以至有非嬌娜不娶之心，乃「發乎情」，而終於放棄另娶是「止乎禮」。這個禮就是《孟子·滕文公下》所說婚姻憑「父母之命，媒妁之言」。因爲需要憑「媒妁之言」，雖然孔生急欲得妻，也已經有了自己的心上人，卻不能自己與她去決定這件事，而一定要求並等待皇甫公子出面爲媒；因爲需要遵「父母之命」，所以雖然孔生眞正所愛的是嬌娜，但既然嬌娜的父兄都以爲嬌娜「齒太稚」而不宜，那麼這就是嬌娜的「父母之命」，嬌娜不可違背，他也只好放棄自己的所愛，而娶了貌似嬌娜的松娘爲妻。雖然孔生娶松娘之後「甚愜心懷」，但讀者無不清楚這仍然有違孔生初衷。這不止在今人看來，乃人生大遺憾之事，清人何垠評也說：「嬌娜一席，卻被松娘奪去。使孔生矢志如雷轟時，未必不有濟也。」爲之抱憾，設想也誠爲有理。但如果是那樣，孔生豈不成了《青鳳》中的狂士耿生？雖如願娶了嬌娜爲妻，卻在人格上有違聖教，將不合爲「聖裔」之孔生了。

這裡的關鍵在於作者所預設孔生「為人蘊籍」。蘊籍，何垠注引《前漢書・薛德廣傳》注云：「寬博有餘也。又注：多所蓄積也。」在孔生被強調為「聖裔也」的前提下，其「為人蘊籍」，當是指其性情學問，尤其是儒學的修養，「寬博有餘」「多所蓄積」。從而在「嬌娜一席」之事，雖有儒學所承認的「好色」乃人性之常，但關鍵時能夠而且必須「克己復禮」，保持其「聖裔」的人格。因此，孔生的能夠割捨嬌娜與不懼五雷轟頂，看似判若兩人，其實同一為儒學「克己」工夫的體現。只不過前者為自我精神上捨己的「革命」，後者為自我身體上捨己的「革命」。正是這兩方面的「革命」，體現了孔生的「為人蘊籍」，也就是其修養的「寬博有餘」和「多所蓄積」，不愧為「聖裔」。

第三，由上可知，蒲松齡《嬌娜》一篇所寫孔生，是一位「好色而不淫」的儒雅風流之士。因為其風流，所以時一把持不住，未能做到「非禮勿視」，蕞爾小過，能夠得結嬌娜為心上人，觀嬌娜為其說腫塊之由「宜有是疾，心脈動矣」可知；因為其儒雅，所以終能夠做到「非禮勿言，非禮勿動」，「克己復禮」，一切循禮而為，所以坐失良機，僅得豔妻，而與理想伴侶嬌娜失之交臂。但也正是因為其風流儒雅，所以關鍵時能冒五雷轟頂之險，以性命酬報知己，表現出「士為知己者死」的大丈夫氣概。從而雖因格於禮法而未得娶嬌娜為妻，但其內心實已以嬌娜之丈夫自任，而又遠過於所謂「夫妻本是同林鳥，大限來時各自飛」的普通夫妻，而能以同生共死相許！

總之，《嬌娜》不是尋常愛情題材小說，更不僅是一般寫友誼與「紅顏知己」的故事。它的內涵正如孔生為人的「蘊籍」，但明倫評所謂「蘊籍人而得蘊籍之妻，蘊籍之友，與蘊籍之女友。實以蘊籍之筆，人蘊籍，語蘊籍，事蘊籍，文亦蘊籍」，玉成孔生是一位「好色而不淫」的君子榜樣，風流儒雅名士的典型。

這一典型形象一定程度上體現了蒲松齡的人格理想。不僅從小說總反映作者心理的真實看，而且從本篇寫孔生落拓無歸，不得已做了皇甫公子的塾師，與作者為同一身份看，孔生這一人物形象可以視為作者理想人格的體現。而篇末「異史氏曰：余於孔生，不羨其得豔妻」云云，則體現了蒲松齡對異性朋友即紅顏知己的嚮往，也是老先生天性自然風流儒雅的真實流露，當時雖可以稱「率性之為道」，但恐為道學家所不喜，從而有進步性。即使今天航天探月的時代，能公開宣稱羨慕有「紅顏知己」的男士又能有多少！

然而，「異史氏曰：余於孔生，不羨其得豔妻，而羨其得膩友」即嬌娜這

位紅顏知己云云，只是蒲松齡為要孔生做一個他所認為標準的「聖裔」人物而發，卻有意無意地忽略了孔生內心的真實要求，那就是對嬌娜的愛情。如果不然，他還可以並且應當提到孔生其實是違心地娶松娘僅得「豔妻」，而使嬌娜徒為「膩友」不得「豔妻」之份，自己也因此不得「色授魂與」與「顛倒衣裳」即「靈」與「肉」合一之圓滿的情愛。換言之，孔生的理想應是「豔妻」而兼「膩友」，卻不幸實際主要是因為他「為人蘊籍」，中了封建禮教的毒害太深，致使「該出手時」，未「出手」，鑄成兩情終身可望而不可即之人生最大的遺憾！豈不可惜、可歎而又可憐？

蒲松齡在《嬌娜》中對愛情的輕忽與漠視，暴露出他作為一位傳統士人思想上「束身名教之內」的根本特徵；而對孔生得「膩友」的歡羨，則體現出其雖「束身名教之內」，卻「心有依違」，具某種企圖有所突破的願望與衝動。由此我們可以體會歷史上新思想、新觀念的成長以至社會進步的艱難與希望。同時這種成長與進步又不應該以全盤否定過去的基礎為代價，正如我們可以遺憾於孔生的以禮節情的小儒習氣，卻不能不讚賞他臨難不懼為知己者死的大丈夫作風。

因此，《嬌娜》雖為短篇，但小中可以見大。它一面生動地體現了儒家風流「好色不淫」的真實意義，其底限就是精神上不免出軌，但行動上必定守禮；一面客觀上反映了中國歷史發展到清初，個性解放思想在禮教重壓下成長的艱難與曲折，於作者與其所寫人物的渾然不覺之中，顯示了這種艱難曲折的複雜與深刻性。本篇男主人公「孔生雪笠」這個名字，或從柳宗元《江雪》一首化出。《江雪》詩云：「千山飛鳥絕，萬徑人蹤滅。孤舟蓑笠翁，獨釣寒江雪。」從篇中所展現作者對人物內心感受的麻木，深味其中幾乎徹底的悲涼，不能不令先覺的讀者有「獨釣寒江雪」的感受。其在表面的歡笑中「蘊籍」的幾乎無可覺察的痛苦與無奈，不正是人生往往而有之境遇的真實寫照嗎？

五、《青娥》《紅玉》與「鑽穴相窺，逾墻相從」

我國古代宗法制度下以一夫一妻為原則的婚姻制度的有關記載，最早見於《周禮・地官司徒下》：「媒氏掌萬民之判，凡男女自成名以上，皆書年月日名焉。令男三十而娶，女二十而嫁。」可知至晚周代的婚姻是由官府的「媒氏」按冊判合的；又《禮記・昏義》曰：「昏禮者，將合二姓之好，上以事宗

廟，而下以繼後世也，故君子重之。是以昏禮納采，問名，納吉，納徵，請
期，皆主人筵几於廟，而拜迎於門外，入，揖讓而升，聽命於廟，所以敬慎
重正昏禮也。」又可知經官判合後的婚姻，從締結到完成仍有由主人主持的
固定的儀式。總之，中國自周朝臻於完備的封建婚姻制度，基本上是一種由
政府而家族掌握的「配給制」。

大約到春秋戰國之世，禮崩樂壞，婚姻大事的判合權，開始由代表官府
的「媒氏」逐漸轉移到子女的「主人」即父母一方，「媒氏」只起從中說合與
證明人的作用。《詩經·齊風·南山》即曰：「取妻如之何？必告父母。……
取妻如之何？匪媒不得。」又，《孟子·滕文公下》載孟子答周霄問「君子之
仕」曰：「丈夫生而願爲之有室，女子生而願爲之有家。父母之心，人皆有之。
不待父母之命、媒妁之言，鑽穴隙相窺，逾牆相從，則父母國人皆賤之。古
之人未嘗不欲仕也，又惡不由其道。不由其道而往者，與鑽穴隙之類也。」
雖然不是專講婚姻，但是也把那時婚姻的制度與觀念講得清楚而且具體，那
就是必待「父母之命，媒妁之言」，而決不可以「鑽穴相窺，逾牆相從」。

這成爲後世至「五四」以前中國婚姻的金科玉律。如果有誰敢不遵「父
母之命，媒妁之言」，而「鑽穴相窺，逾牆相從」，那肯定是被「父母國人皆
賤之」。然而這個制度完全不顧婚姻當事男女個人的權力與願望，從而妨害當
事人的幸福，進而阻礙社會的發展，其日益遭到婚姻當事青年男女和其他有
識之士的懷疑與反對，是不可避免的。只是比較有整個封建制度作靠山的禮
教的壓力，這種反對的聲音往往顯得微弱，有時還顯得不夠理直氣壯，有些
吞吞吐吐罷了。

《聊齋誌異》中的《青娥》與《紅玉》兩篇，就是這種反對「父母之命，
媒妁之言」，而又不夠理直氣壯，顯得吞吞吐吐的作品。這兩篇分別因「鑽穴
相窺」與「逾牆相從」而起的愛情婚姻故事對封建婚姻禮教的衝擊，使我們
想到乒乓球賽中「打擦邊球」的場景與效果，雖從圓滿與可靠的角度看曾著
實爲之擔心，而不夠令人愜意，但畢竟是命中了。

《青娥》的故事說，「霍桓，……聰惠絕人。十一歲，以神童入泮」。隔
壁鄰家「有女青娥，年十四，美異常倫」。霍一見鍾情，而求婚不得，「行思
坐籌，無以爲計」。一日，偶得外來道士贈以小鑱神奇，「頓念穴牆則美人可
見，而不知其非法也」，遂穴牆入青娥閨中，「酣眠繡榻」。事發，「眾指爲賊，
恐呵之。始出涕曰：『我非賊，實以愛娘子故，願以近芳澤耳。』眾又疑穴數

重垣，非童子所能者。生出鑱以言異。共試之，駭絕，訝爲神授。將共告諸夫人。女俛首沉思，意似不以爲可。眾窺知女意，因曰：『此子聲名門第，殊不辱玷。不如縱之使去，俾復求媒焉。詰旦，假盜以告夫人，如何也？』女不答。眾乃促生行。生索鑱。共笑曰：『駭兒童！猶不忘兇器耶？』……仍自寶中出。」因此之故，霍桓後與青娥由官斷爲婚。青娥隨父成仙而去，霍又用小鑱鑿石壁追入仙府，與青娥共做神仙夫妻。篇末異史氏曰「鑽穴眼榻，其意則癡；鑿壁罵翁，其行則狂」云云。

《紅玉》的故事說，「一夜，（馮）相如坐月下，忽見東鄰女自牆上來窺。視之，美。近之，微笑。招以手，不來亦不去。固請之，乃梯而過，遂共寢處。問其姓名，曰：『妾鄰女紅玉也。』生大愛悅，與訂永好。女諾之。夜夜往來，約半年許」。後爲馮父發現制止，「生跪自投，泣言知悔，女亦自愧，曰：『妾與君無媒妁之言，父母之命，逾牆鑽隙，何能白首？』」乃爲生薦衛氏女自代，而後辭去。但後來衛氏遭權豪侮辱而死，馮生也身陷囹圄，紅玉乃飄然而來，救馮生出獄，爲之撫子持家，並幫助相如中舉，家道復興。

兩篇故事各有不少枝蔓，意義也頗爲複雜。這裡都擬不論及，而只說兩篇故事中關鍵情節，分別是「鑽穴相窺」和「逾墻相從」。這兩種行爲除了從來爲禮教風俗所禁止之外，更明明白白是上引《孟子》一書中所嚴厲抨擊的。這在日以《四書》教讀爲業的蒲松齡與他的文友、門生們，當是無不熟悉而且奉爲聖教不敢有違和有任何不恭的。但從《青娥》寫「女入門，乃以鑱擲地曰：『此寇盜物，可將去！』生笑曰：『勿忘媒妁。』」看，蒲松齡顯然有意與《孟子》中的這兩句聖教開一點玩笑，而且正如但明倫評已經涉及的，女曰「此寇盜物」云云，還可能就是從《周易・屯・六二》「匪寇，婚媾」的爻辭脫化來的。蒲松齡以如此戲謔的態度對待儒家經典，這本身就需要有些勇氣。當然，他的勇氣與諧謔的程度也很有限，從《紅玉》篇特意借馮父與男女主角之口，把「逾墻鑽隙」的行爲著實數落了一番看，蒲松齡對故事以這樣的描寫開始，頗有些不自安，覺得必須要如此表白自己的立場與孟子和「父母國人」無異，甚至在別樣的場合如《姊妹易嫁》中借妹之口曰：「父母之教兒往也，即乞丐不敢辭。」蒲氏以爲這樣才對得起自己是一位做教師的人。但因此一來，我們反而不能不置疑於蒲老先生，這裡又何必以如此情節作故事的開始，更何必把由此開始的故事之結局一寫爲夫妻雙雙成仙，一寫爲男主人公科舉發財，都是那麼圓滿而誘人呢？

我想其中道理不難明白：蒲松齡肯定是不敢直面那時的婚姻制度和禮教風俗而反對之，卻又顯然不滿意於其中的弊端，便忍不住以小說給它一點諷刺，「鑽穴」「逾墻」的情節於是便產生了。這既在宏觀上是儒學對《聊齋誌異》影響的表現，又具體是蒲松齡教書可能年年都要念叨《孟子》的這幾句話，同時在做小說的結果。至於其雖然寫了男女主人公「鑽穴」「逾墻」的結果好之又好，卻又不得不把這種行爲「罵曰」一番，也可以看出他身爲教書先生，一面要做那時世俗標準的人倫師表，一面又要有新穎的意識把小說寫得好的矛盾處境及其左右爲難，從而造成兩篇小說在表達對禮教的不滿與對青年男女自由戀愛自主婚姻的肯定上，都顯得不夠理直氣壯和吞吞吐吐。儘管如此，作品以各自都得偕佳偶的美滿結局，至少是顯示了「鑽穴」「逾墻」雖爲人所笑，但如果是出於眞情，又能向禮教妥協和運氣好的話，最後的結果還可能很不錯。從而告訴青年人，完全可以自由自主地尋求個人戀愛婚姻生活的幸福，而不必死守「父母之命，媒妁之言」的禮教！

總之，這兩篇小說的關鍵情節都自《孟子》脫化而來與封建婚姻禮教「打擦邊球」的事實，使我們不能不十分重視儒學對《聊齋誌異》的深刻影響，格外注意蒲松齡塾師身份與其小說創作的關係，力求從此一角度推進《聊齋誌異》文本的解讀。

最後要補充說明的是，關於《青娥》「鑽穴相窺」情節脫化自《孟子》一事，趙伯陶先生《〈聊齋誌異〉注釋小議》早已揭出，並在引《孟子》「男子生而願爲之有室」一段話後評論說：「《青娥》一篇，將《孟子》所說『父母國人皆賤之』的行爲，用於迫不得已之中，並非否定儒家的婚姻觀，也並非追求現實婚姻的自主與自由，其主旨在於肯定情癡與孝心的統一，沒有過多地偏離儒家的價值觀。……蒲松齡在構思小說的有關情節時明顯受到《孟子》上述一段話的啓發，但又不是有意唱反調。」〔註3〕誠爲卓識。本文見解略有不同的地方是認爲蒲松齡這樣做的動機，雖然決非公開否定儒家婚姻觀，但也決非要人恪守這種婚姻觀不越雷池一步，而是以一種戲謔的態度與口吻來消解禮教的刻板與森嚴，至少是在使人們看到這裡面有經也可以有權，引起對這種婚姻觀的懷疑。加以蒲氏從《孟子》所受啓發同時成就了另一篇小說《紅玉》的一大關鍵情節，有同樣的與禮教「打擦邊球」的效果，所以本人在拜讀趙先生的高論之後，仍還要有此一說。

〔註3〕趙伯陶《〈聊齋誌異〉注釋小議》，《蒲松齡研究》1994年第4期。

六、《蓮香》與《詩》《易》等雜考

《蓮香》爲《聊齋》名篇。其所以能爲名篇，今人或多從寫男女情事眞摯動人，曲折跌宕、蕩氣迴腸處看，無疑是對的。但其所以達到這樣的效果，卻由於立意構思，寫人狀物，敘事抒情，無不從中國傳統文化深厚土壤中來，所謂根深葉茂，醇厚甘甜，非尋常略知書之編故事人所可以寫得，從而也只有從學問入手，才可以深入瞭解其內涵，試從其立意到寫人敘事之學問淵源論說如下。

《蓮香》寫桑生「爲人靜穆自喜，日再出，就食東鄰，余時堅坐而已」。偶因東鄰生之戲言，先交接狐女蓮香，後迷戀鬼女李氏。蓮香雖爲狐，但非採補者流，故桑生無害；但李氏既爲鬼，陰氣太重，即出無心，交接之中，亦必有損於桑生。蓮香屢次苦勸無效，乃不得已捨桑生而去。後桑生因與李氏交接日久瀕死，蓮香又早爲之採藥備用，飄然而來，與李氏一起將桑生救活。後來李氏恥爲鬼，還魂爲張氏女燕兒；蓮香亦恥爲狐，因受李氏啓發，死後轉世爲韋氏女。張、韋二女分別爲桑生妻妾，以「兩世情好，不忍相離」，遂請於桑生，使二者前世「白骨同穴」，「親朋聞其異，吉服臨穴，不期而會者數百人」。結末異史氏曰：

> 「嗟乎！死者而求其生，生者又求其死，天下所難得者，非人身哉？奈何具此身者，往往而置之，遂至覥然而生不如狐，泯然而死不如鬼。」

這番話應該就是《蓮香》作者自道一篇的立意了。雖然不難明白，但近世少見有從這一角度批評討論者，豈非辜負作者卒章道破之用心？

按本篇首出桑生，另有李氏與蓮香並爲女主角，卻題曰《蓮香》，當是因爲蓮香既爲篇中兩女主角之一，同時又是左右乃至支配了鬼女李氏與桑生關係，並使桑生始終得到成全的人物，乃一篇實際的中心。

但從全篇的命意看，李氏與蓮香一鬼一狐，到頭來鬼慚爲鬼而借屍還魂並復其前世面目，狐慚於爲狐自求早死而後轉世乃得人身，代表的是鬼狐異類且慚爲非人，乃生生死死，求爲世人，表現出對人的崇尚，對人生的嚮往。這自然不僅在於蓮香、李氏雖分別爲狐鬼而求爲人之眞形，還在於她們都對桑生有眞正人的感情即愛情。這表現在蓮香雖深戀交合，但更是百般愛惜桑生的健康；李氏雖以陰氣害桑生幾乎死，但誠如她所說：「與郎偕好，妾之願也；致郎於死，良非素心。」後亦能輔助蓮香共救桑生於瀕死之際，表現了

人道之心與男女感情。

因此，以二者雖非人類，卻都能知人身之可寶、人情之可貴，對人生執著嚮往，對比桑生雖立天地之間而得爲人，卻不自愛惜，好色傷身，幾乎死於非命，瀕死之際，又貪生怕死至「但念殘息如絲，不覺失聲大痛」，迂腐而且無用，即所謂「覥然而生不如狐，泯然而死不如鬼」，便形成對桑生強力的針砭。從中強調的乃是人生在世，當知好自爲人，首在愛護此難得之身，即做到《孝經》所教導：「身體髮膚，受之父母，不敢毀傷，孝之始也。」倘如桑生，雖「靜穆自喜」，實際卻操守不堅。一爲色所迷，瀕死不悟，甚至不如狐鬼之迷人者，尚能有一線之明，未泯之善！豈不就是孔子所感慨：「已矣乎！吾未見好德如好色者也！」（《論語・衛靈公》）

本篇意義表達的關鍵在寫鬼女李氏借屍還魂爲張燕，燕出嫁桑生後，自述「還魂」之由曰：「爾日抑鬱無聊，徒以身爲異物，自覺形穢。別後憤不歸墓，隨風漾泊。每見生則羨之。晝憑草木，夜則信足浮沉。偶至張家，見少女臥床上，近附之，未知遂能活也。」而「蓮聞之，默默若有所思」，遂有後來蓮產兒後暴亡轉世，十四年後再嫁桑生事。對此，但明倫評曰：「鬼恥爲鬼，鬼已人矣。狐雖生，終非人也。鬼以身爲異物，自慚形穢而求生；狐得不以身爲異類，自慚形穢而求死乎？狐不死不得爲人，是狐之恥爲狐而卒得爲人者，由有感於鬼之恥爲鬼而然也。故下文只以恥於爲鬼作收，已是兩邊都到。」可知《蓮香》一篇，以一男二女之故事情節論，可說是寫情愛之私；以情節發展之立意深心論，卻是借寫桑生生不如狐、死不如鬼，以譏彈世間男子，迷色傷身，違於孝道者。其意若曰：鬼狐尚且知道努力爲人，何以人而不善自爲之，竟不如鬼狐嗎！

因此，這個故事所要表達的中心思想，與全書壓卷之《考城隍》一脈相承，即「一人二人」的「仁」。具體說即《孟子》曰：「仁者，愛人。」（《離婁下》）這個「愛人」包括愛自己，也愛他人，所謂「夫仁者，己欲立而立人，己欲達而達人」（《論語・雍也》）。在李氏形象的意義，還有所謂「無心爲惡，雖惡不罰」的一面，也值得一提。

《蓮香》寫人敘事更多體現《聊齋誌異》以學問爲小說的特點，可從《蓮香》之篇名說起。蓮香，諧音「憐香」。這對於該狐作爲女性形象而言，似不可解。但在本篇，蓮香對鬼女李氏，始以爲敵，終乃化敵爲友，篇中寫「李亦每夕必至，給奉殷懃，事蓮猶姊。蓮亦深憐愛之」，又寫「蓮益憐之」，「蓮

曰：『窈娜如此，妾見猶憐，何況男子。』」三復「憐」之，寫出了作者以狐為雌性而得名「蓮香」以諧音為「憐香」的理由。

上引蓮香「妾見猶憐，何況男子」語，自《世說新語・賢媛》「桓宣武平蜀」條注引《妒記》化出。《妒記》曰：

> 溫平蜀，以李勢女為妾。郡主凶妒，不即知之。後知，乃拔刃往李所，因欲斫之。見李在窗梳頭，姿貌端麗，徐徐結髮，斂手向主，神色閒正，辭甚淒惋。主於是擲刀前抱之，曰：「阿子，我見汝亦憐，何況老奴！」遂善之。

《妒記》，南朝宋虞通之撰。從該條妾為「李勢女」還可以認為，本篇與狐女蓮香相對，寫鬼女以李氏為姓，也一併自本條化出。

由鬼女姓李，進而鬼女借屍於張姓女還魂為張燕，情節的發展又自然借徑於成語「張冠李戴」，同時正如篇中已經點出的，鬼女再生後容貌美麗如故，誠所謂「似曾相識燕歸來」。「似曾」句出宋代晏殊《浣溪沙》，原詞曰：「一曲新詞酒一杯，夕陽西下幾時回？無可奈何花落去，似曾相識燕歸來。小園香徑獨徘徊。」這就是說，鬼女再生後姓張名燕之情節的進一步發展，又自此詞脫化而來，從而因「燕」之一字，使故事、人物平添許多詩意。

但是，「李」又諧「履」，故篇中寫李氏贈桑以履，桑玩履則李至，李至而桑生損。此一情景，不免使人想到「李下不正冠，瓜田不納履」。雖匪夷所思，卻正是藝術構思聯類無窮所可能發生的。同時，按《周易・履・九二》：「履道坦坦，幽人貞吉。象曰：幽人貞吉，中不自亂也。」馬振彪《周易學說・履卦第十》引李士鉁曰：「陽為人，二居澤中，一陰掩之，幽蔽之象。履得中道，無行險徼幸之心。雖見幽蔽，守其志節而不變，故曰貞吉。」〔註4〕由此似又可知，本篇寫李氏贈履，履之意象實蘊李氏雖為鬼女即「幽人」，但心中「坦坦」，「守其志節而不變」，合於「貞吉」之象，所以到頭來能再生享受人間愛情的幸福。這也許有嫌於穿鑿，但是，《聊齋誌異》頻用《周易》言辭義理，即使本篇也不僅此一見（詳下），所以我們寧肯認為是作者有從《履・九二》爻辭之義設為履之意象的用心。

然而，有關蓮香情節的設計不遜色於李氏。蓮香為狐女，「狐」諧音「弧」，弧即古代的木弓。篇中寫蓮香為桑生生兒子延續後代，據《禮記・內則》：「子生，男子設弧於門左；女子設帨於門右。」「設弧」應該同時是寫蓮香為狐和

〔註 4〕馬振彪《周易學說》，張善文整理，花城出版社 2002 年版，第 117 頁。

能為桑生生兒子的理由，即因設為蓮香為「狐」而諧音「設弧」，應該生兒子；又因設蓮香生兒子而被「設弧」即寫為狐女形象。

不僅如此，蓮香死後再生，而為「韋氏」女，隱義更為豐富。「韋」，本即柔皮，性柔韌，可以做弓弦。這裡「韋」即隱指「韋弦」。弦即弓線，狀緊直。《韓非子‧觀行》載：「西門豹之性急，故佩韋以自緩。董安于之心緩，故佩弦以自急。」後世因以「韋弦」指他人對自己有益的勸誡。蓮香為狐時，能向桑生進逆耳忠言，死而轉世為「韋氏」女之義，即所謂「弧佩韋弦」，意謂能時時規勸桑生守身進德的人。當然是作者所欣賞肯定的，也就是本篇為什麼首出桑生，卻以「蓮香」為題的根本原因了。

又如上述及，「狐」諧音「弧」；本篇故事起於狐女蓮香，因鬼女李氏間入，而桑生受害幾死，仍由狐女蓮香求治病癒恢復如初。這一情節的邏輯，不免使人想到蒲松齡時代讀書人無不熟悉的《周易‧睽》：「《象》曰：睽，火動而上，澤動而下。二女同居，其志不同行。說而麗乎明，柔進而上行，得中而應乎剛，是以小事吉。天地睽而其事同也。男女睽而其志通也。萬物睽而其事類也，睽之時用大矣哉！」與「上九，睽孤，見豕負塗，載鬼一車，先張之弧，後說之弧，匪寇，婚媾。往遇雨則吉。」其中「二女同居，其志不同行」、「男女睽而其志通」「睽之時用大矣哉」等語，分明就是本篇人物關係進而情節設計的邏輯根據；而「載鬼一車，先張之弧，後說之弧」之象，豈不又是本篇狐開色迷桑生之始，中間鬼女加入，又狐脫桑生之難以終之象！其得《易經》之理，竟又如此深密。

至於本篇寫「桑生，名曉，字子明」，也用意非淺。按《詩經‧鄘風‧桑中》是一首男女相悅於桑林的情詩。全詩三章，以女子口吻，三言「期我於桑中」，求偶急切。而本篇寫鬼、狐二女，競相來男主角處求歡，情景有似於詩中女子，故因其「期我於桑中」設男主角為桑姓。另外，佛教也有不三宿於桑間之說。又命桑生名曉，字子明；「子」乃天干之子，時當夜半，亥盡子生，寓其迷色傷身，死而復活，故曰「子明」。

以上本篇所秉《論語》《孟子》《詩經》《周易》等儒典及其他經史為小說肌理的特點，清人何垠於篇末總評早已大略指出：

> 蓮以憐稱，李以履著，同歸於桑，曰相連理。揆其託名假義，為狐為鬼，並屬於虛。故夫女也借身，無異張冠李戴；蓮兮再世，何殊弧佩韋弦！至若兩屬秘密，並慕竊窺，納李垂危，依蓮復活，

> 正《易》所謂「見豕負塗，載鬼一車，先張之弧，後說之弧」者矣。
>
> 夫何遊魂漾泊，宛如兔死狐悲，寒食淒涼，祇有墓門草宿，一片迷離景況，祇令魂銷。浮屠氏不三宿桑間，良有以也。

此評似嫌不夠具體，但細讀可知，實已批郤導窾，逐節指點出此篇解讀要領。唯是今人多據普通注本，閱讀往往不及何氏此一評語，又因其太過簡略之故，於是詳說之，並稍廣其義。

《蓮香》以儒典等經史為小說肌理的事實，進一步突出表明，蒲松齡《聊齋誌異》以儒家觀念為宗和以學問為小說的思想藝術特點。其對儒典等經史運用之妙，遠不止於辭藻上的信手拈來，而是爛熟於心中，熔化於筆墨，揮灑自如中學問與小說渾然無間，正詩畫之所謂神來之筆，盡成化境。讀蒲氏此篇，不有以上出入經史諸解，不影響其為優美的小說，從來多數讀者都是這樣欣賞的；而倘能以如上出入經史的眼光深入來看，則會進一步知其小說之優美背後，更有文化底蘊的博大與醇深。其似俗而雅，似淺而深，正是使從「一代正宗」王漁洋到普通士人雅俗共賞的根本原因。

七、說《白於玉》中的「王請無好小色」

蒲松齡因一生淹蹇場屋未能科舉得功名之故，頗懷鬱悶，著之於《聊齋誌異》，就有了如《葉生》《司文郎》《賈奉雉》等諷刺抨擊科舉制度弊端的作品，膾炙人口，也受到研究者的重視。但對於其他雖非專注科舉制度本身，而實際涉及非淺的作品，往往就忽略了。《白于玉》就是這樣一篇被忽略的鄙薄科舉制度的優秀小說，其構想之奇妙，再一次證明了蒲松齡以學問為小說的優勢，同時提供了《聊齋誌異》與傳統文化特別是儒學聯繫又一佳例。

按《白于玉》寫秀才吳筠有才名而貧，「（葛）太史有女絕美」，因人與吳筠約以吳倘能「青廬奮志雲霄」，當以女妻之。於是筠大喜亦頗自信，但結果「秋闈被黜」，婚事蹉跎。時有秀才白于玉來，教吳以修道成仙之術，吳生以生子延後和戀葛氏女拒之。但後在白于玉的幫助下，吳不僅飛昇得賞玩天界眾仙女之美，共飲酒為樂，而且與其中一仙女春風一度生子，並因此絕意功名人世，一心向仙：

> 生於是使人告太史，身已將隱，令別擇良匹。太史不肯。生固以為辭。太史告女，女曰：「遠近無不知兒身許吳郎矣。今改之，是二天也。」因以此意告生。生曰：「我不但無志於功名，兼絕情於燕

好。所以不即入山者，徒以有老母在。」太史又以商女。女曰：「吳郎貧，我甘其藜藿；吳郎去，我事其姑嫜：定不他適。」使人三四返，迄無成謀，遂諏日備車馬妝奩，嬪於生家。生感其賢，敬愛臻至。女事姑孝，曲意承順，過貧家女。逾二年，母亡，女質奩作具，罔不盡禮。生曰：「得卿如此，吾何慁！顧念一人得道，拔宅飛昇。余將遠逝，一切付於卿。」女坦然，殊不挽留。生遂去。

結果吳筠雖未「青廬奮志雲霄」，卻不僅得了仙女，而且仍舊得到了太史之女，可說是仙凡絕色兼得，還有了兒子延嗣並科舉做官，光大門楣，可謂人生得意。這就遠非「青廬奮志雲霄」而只娶太史女一位太太的結局所可比了，故曰「白于玉」。

本篇題曰「白於玉」，當從流行宋真宗《勸學詩》「書中自有顏如玉」設想而來。雖為成仙秀才之名，但注此而寫彼，實在是說未必「書中自有顏如玉」，亦即不一定走科舉功名的路才可以娶美女，更有不習時文科舉，不圖功名富貴，而可以娶到比凡間美女更美之仙女的途徑，那就是修道成仙。其意若曰：科舉不中不是什麼大不了的事，修道成仙比科舉功名的路要好多了！

毋庸諱言，比較「書中自有顏如玉」，這條路固然新奇，卻更加不可靠。但作者之意卻並不在仙之有無，「白于玉」之可能與否，而是藉此給科舉功名以鄙薄之色，一抒其胸中抑鬱無聊之氣。因此，本篇雖未直接諷刺抨擊科舉制度，也沒有說功名無憑，或如何沒有價值，但其以吳筠並無科舉功名而坐擁雙美，有子成名，己身升仙等舊時種種人生夢想的實現，鄙薄了科舉功名對人生的意義。而且在蒲松齡的同題材小說中，這是表現得最為豁達灑脫的一篇，因而獨具特色。

《白于玉》寫士子落第娶仙女成仙人以鄙薄科舉功名，機杼當襲自唐人小說《柳毅傳》寫柳毅落第行俠，而得娶龍女並成仙人的故事，可不具論。這裡我們更關注的是本篇寫白于玉要吳筠棄科舉以學仙的勸告，實際是一篇故事情節發展轉折的關鍵：

生笑曰：「僕所急不在此。且求仙者必斷絕情緣，使萬念俱寂，僕病未能也。」白問：「何故？」生以宗嗣為慮。白曰：「胡久不娶？」笑曰：「『寡人有疾，寡人好色。』」白亦笑曰：「『王請無好小色。』所好何如？」生具以情告。白疑未必真美。生曰：「此遐邇所共聞，非小生之目賤也。」白微哂而罷。

以上據各家校注，略無不同，都標點「寡人有疾，寡人好色」「王請無好小色」爲引語，或注出《孟子·梁惠王下》。其實只有「寡人」二句爲《孟子》原文，「王請無好小色」一句卻在《孟子》中絕對沒有，而是蒲松齡引申《孟子》論「好色」的意思，仿《孟子》「王請無好小勇」句式捏造出來的。

「王請無好小勇」句出《孟子·梁惠王下》：

> 王曰：「大哉言矣！寡人有疾，寡人好勇。」對曰：「王請無好小勇。夫撫劍疾視，曰：『彼惡敢當我哉！』此匹夫之勇，敵一人者也。王請大之！」

這段話在《孟子》本篇答梁惠王「好貨」「好色」之前，乃因「小勇」而言「大」勇。卻並沒有延續這一辯論方式進一步有「小貨」「小色」之說。大約蒲松齡反覆誦習《孟子》至此，浮想聯翩，因孟子論「好勇」之有「小勇」，念及「好色」也當有「小色」。由此可見蒲松齡讀《孟子》以至讀經的思想狀態，絕非盲從古訓遵注解經，而是獨立思考，靈機一片，乃至於有如今天「戲說」的傾向；這直接影響了小說創作的構思，形成《聊齋誌異》以學問爲小說的創作特色。

這種特色在普通讀者也許渾然不覺，或有覺察而以爲這種如同詩文中「掉書袋」的筆法，未必就有什麼好。但在至少在一部分學者讀來，應不難感受到其來自經典的意味與戲謔的風格。如清人馮鎮巒《讀聊齋雜說》就曾經指出：「《聊齋》於粗頭亂服之中，略入一二古句，略裝一二古字，如《史記》諸傳中偶引古諺時語及秦漢以前故書，斑駁陸離，蒼翠欲滴，彌見大方，無一點小家子強作貧兒賣富醜態，所以可貴。」但他沒有特別抉出蒲松齡「略入」「偶裝」中對儒典的偏愛與戲謔態度，以及由此而形成的風格。這種態度與風格是蒲松齡學識淵博，又因無名位而較少拘束風流倜儻的人格在小說創作中的體現，決非達官文人所可能和願意有的。

蒲松齡在《白于玉》中就讀用《孟子》遊戲三昧所創造「小色」即凡間女子之美的概念，使白于玉輕而易舉地完成了對吳筠棄「書中自有顏如玉」而向道學仙的說辭，而篇中隨後有關仙家更多佳麗的描繪，自然是展示白秀才心目中所謂的「大色」即仙姝之美了。這就形成了一個以仙家之美的「大色」與凡間「顏如玉」之「小色」對照的空中樓閣，達至以修道學仙之更高一籌鄙薄科舉功名的藝術效果。

值得注意而更非庸手可及的是，蒲松齡並沒有因此使人間之「顏如玉」

真正相形見絀，而是通過對葛氏女矢志不渝，終嫁吳筠為賢妻良母的結局，進一步表達了即使在人間，真正內外兼美的「顏如玉」，也不僅從「書中」來，而是必然是嫁所當嫁，不會以男子的科舉功名與否為轉移的。這裡雖然有「女子從一而終」的禮教落後成分，但作為對全篇主題的有力支持與小說以團圓結局的需要，這一處理也還可以說是成功的。

八、《夜叉國》與「子欲居九夷」

《聊齋誌異》研究中，《夜叉國》幾乎從未引起學者們的注意，實在是一個很大的遺憾。原因以下將隨文溯及，這裡先指出它其實是《聊齋》作為蒲松齡「孤憤之書」中寄託最為廣大而獨特的作品。

《夜叉國》寫「交州徐姓，泛海為賈。忽被大風吹去」，入夜叉國。見夜叉「牙森列戟，目閃雙燈，爪劈生鹿而食，……徐大懼，取囊中糧，並牛脯進之。分啗甚美」；又為夜叉「束薪燃火，煮其殘鹿，熟而獻之」，教以熟食之法。於是得夜叉信任，「聚處如家人」，並「攜一雌來妻徐」，生二子一女。因夜叉之「天壽節」，徐得節禮「骨突子（珠）……五十之數，……一珠可直百十金」。後因「接天王」之宴，「眾又贊其烹調。……大夜叉掬盡飽，極贊嘉美，且責常供，……於項上摘取珠串，脫十枚付之，……俱大如指頂，圓如彈丸」。「居四年餘，雌忽產，一胎而生二雄一雌，皆人形，不類其母。眾夜叉皆喜其子，輒共抱弄。……一日，雌與一子一女出，半日不歸。而北風大作。徐惻然念故鄉，攜子至海岸，見故舟猶存，……父子登舟，一晝夜達交。……至家，妻已醮。出珠二枚，售金盈兆，家頗豐。子取名彪。十四五歲，能舉百鈞，粗莽好鬥。交帥見奇之，以為千總。值邊亂，所向有功，十八為副將」。後彪又迎養其母與弟妹，皆來中國，名「弟曰豹，妹曰夜兒，俱強有力。彪恥不知書，教弟讀。豹最慧，經史一過輒了。又不欲操儒業；仍使挽強弩，馳怒馬。登武進士第。聘阿游擊女。夜兒以異種，無與為婚。會標下袁守備失偶，強妻之。夜兒開百石弓，百餘步射小鳥，無虛落。袁每徵，輒與妻俱。歷任同知將軍，奇勳半出於閨門。豹三十四歲掛印。母嘗從之南征，每臨巨敵，輒擐甲執銳，為子接應，見者莫不辟易。詔封男爵。豹代母疏辭，封夫人。」

這個故事分明是寫異國風俗，但篇末異史氏曰：「夜叉夫人，亦所罕聞，然細思之而不罕也：家家床頭有個夜叉在。」竟然顧左右而言他，而且俗不

可耐了。這大概是本篇少受研究者重視的原因之一，但我很疑心蒲老有意作此嘔人語，以掩蓋其篇中放言夷夏、傷時罵世之意。

《夜叉國》的放言夷夏、傷時罵世之意，自然突出表現在寫徐之幼子從一商口中初聞「副將」，不知為何名。「商曰：『此中國之官名。』又問：『何以為官？』曰：『出則輿馬，入則高堂；上一呼而下百諾；見者側目視，側足立；此名為官。』」這一番對話寫中國官文化中人性扭曲的醜態，真如頰上三毫，讀之如覺芒刺在背！特別它又寫徐一家除徐本人之外，夜叉與所生二子徐彪、徐豹，一女夜兒，都雖然不識字，或「不欲操儒業」，但個個武藝高強，因徐而歸中國之後，各建功立業，光大門楣。但明倫評曰：

> 母不惟佐夫教子，亦且執戟獻功。封男爵可也，封夫人亦可也。

蓋以其夫人而男兒者也。

又曰：

> 夜叉之子，粗莽好鬥，其種然也。而建功勘亂，則忠；泛海尋親，則孝。至誠所感，菩薩化身，遂遠害於毒龍，果得逢於母弟，帆風天助，奉母而歸。以視席厚履豐，板輿迎養，其難易迥不相侔矣。豹也既操儒業，復作虎臣，如熊如羆，難兄難弟，而且女能貫劄，佐婿奇勳，母克披堅，為兒後勁。娘子軍全摧巨敵，夫人城同建一門，盛矣哉。

這雖然只是評點家的意見，但其見也有自。即作者於此雖然並未置一辭，但其寫夜叉夫人母子如此，寫中國的「官」如彼，豈不使後者相形見絀？又豈不使讀者在讚歎夜叉夫人母子的同時，也為中國「官」的萎靡腐敗深感遺憾，而怒其不爭？

《夜叉國》放言夷夏、傷時罵世之意，更集中寄寓於對臥眉山夜叉國風俗的描寫。它寫臥眉山夜叉雖然只是「物」，生活也只如原始人的茹毛飲血，但待人接物，有仁有義。如徐誤入夜叉國，雖為異類，但由於他能夠尊重夜叉，又有做熟食的一技之長，即受到眾夜叉包括「天王」的接納，並不斷給予更高的禮遇。特別在徐並無要求的情況下主動為其置妻，更是這位不速之客不曾想到的。又那裡「天王」與臣下的關係，雖有上下，但如父子家人一般。迎接「天王」的禮節，也只是夜叉們「東西列立，悉仰其首，以雙臂作十字交。大夜叉按頭點視，問：『臥眉山眾，盡於此乎？』群哄應之」，又「天王」先食，然後群下一頓肉飽而已。因此，徐初入夜叉國時，還曾擔心被吃

掉沒了性命，但漸漸就大致入鄉隨俗了。雖然徐畢竟存「非我族類」之念，又家國念切，終於還是伺機回到了中國的家鄉，但他決不是因爲夜叉待之不好，又在那裡居大不易才回鄉的。而且很顯然，徐回鄉以後的家富子貴，都源自從夜叉國所受惠。因此，讀者倘不泥於篇末「異史氏曰」插科打諢似的戲結，那麼篇中寫夜叉國的幾如羲皇古風，只能是看作對理想國的一種美好想像了。而這一想像的出發點，就是對當時中國現實制度文化的不滿。

這種不滿在篇中雖如上引僅微露而已，但就篇中寫夜叉國待徐之恩義，但明倫於「大夜叉掬盡飽，極贊嘉美，且責常供。又顧徐云：『骨突子何短？』眾曰：『初來未備。』物於項上摘取珠串，脫十枚付之」下評曰：

> 物有賞齎之恩。國而夜叉，曷取諸：初入其處，群起而爭啗之矣，乃糗糒並牛脯進，而怒即稍解也；釜甑煮熟並進獻，而喜即時形也。且樂不欲獨，而爲敬客焉；珍不敢私，而爲之獻上焉。憐其鰥，而予以琴瑟之好；賞其勞，則賜以骨突之榮。是夜叉其國，而不夜叉其俗也。夜叉其面，而不夜叉其心也。今有入其鄉，而秦越視之，魚肉視之，供之者已罄其貲，而求得未厭；事之者已竭其力，而受者若忘。方且盡其室家而滅之，方一奪其子女而私之。此鄉之人，視臥眉山眾爲何如？不且誤入毒龍國哉？夜叉且恐爲人所凌，吾願見夜叉，不願見此人矣。

但明倫所說「今有入其鄉」之鄉與「此鄉之人」，顯然是指其當世的中國。而但氏的評論，正是篇中隱而未發的意思。因此，由篇中僅微露和但明倫評所揭示的，這種以夜叉國之雖樸陋無文，卻親仁尚義，禮貌出於眞誠自然，與中國以「官」爲代表的文化的對比，達至對中國制度文化的全面針砭與批判，才是本篇中作者所寄託眞正的「孤憤」。看不到這一點，或只相信篇末「異史氏曰」的諢說，就難免不造成對本篇認識與評價上的遺珠之憾！

《夜叉國》以異國風俗對比諷刺中國封建制度風俗文化的認識與設想，溯源還應該到《論語》中孔子「欲居九夷」的思想。《論語》載：「子欲居九夷。或曰：『陋，如之何？』子曰：『君子居之，何陋之有？』」（《子罕》）又載：「子曰：『夷狄之有君，不如諸夏之亡也。』」（《八佾》）這些語錄，歷代注家意見紛紛，乃至有完全對立的看法，都不必說。而但從本篇的寫作看，蒲松齡顯然是肯定了孔子以爲九夷雖陋，卻有比中原還更可居的優越性；那裡的「天王」即「君」，也不像中原的天子，「天高皇帝遠」，令人怕而且厭煩

的；那裡的一切雖然樸陋到茹毛飲血的地步，但「物」之相與，似乎更平等，也更「人性」。否則，「九夷」既然比中原「陋」，孔子爲什麼還有移居那裡的想法呢？應是因此，蒲松齡筆下的夜叉國，看似粗陋，實質卻幾乎就是一個充滿原始儒家倫理道德之純樸仁厚的世界，唯是非我族類而已。自然，蒲松齡也通過徐姓形象演義了孔子居夷之道，那就是《論語》中孔子答「樊遲問仁」所說：「居處恭，執事敬，與人忠。雖之夷狄，不可棄也。」（《子路》）我們看徐事夜叉們所表現的恭敬忠順、小心謹慎等，就可以知道這一形象思想性格塑造的根據，乃從孔子這番話啓發而來。

因「子欲居九夷」而以異國或少數民族所建國度之制度風俗與中原相對比作歷史之反省的，明清學者中殊不少見。如明謝肇淛《五雜俎》卷四《地部二》中就說：

> 孔子當衰周，欲居九夷，此非戲言也。夷狄之不及中國者，惟禮樂文明稍樸陋耳。至於賦役之簡，刑法之寬，虛文之省，禮意之真，俗淳而不詐，官要而不繁，民質而不偷，事少而易辦，仕宦者無朋黨煩囂之風，無訐害擠陷之巧，農商者無追呼科派之擾，無征榷詐騙之困。蓋當中國之盛時，其繁文多而實意少，已自不及其安靜，而況衰亂戰爭之日，暴君虐政之朝乎？故老聃之入流沙，管寧之居遼東，皆其時勢使然。夫子所謂『夷狄之有君，不如諸夏之無』者，其浮海居夷，非浪言也。

同篇還說：

> 韃靼之獰獷，而敬信佛法，愛禮君子，得中國冠裳者皆不殺，即配以部落婦女。」

又顧炎武《日知錄》卷二十九《外國風俗》云：「歷九州之風俗，考前代之史書，中國之不如外國者有之矣。」〔註5〕同篇又引宋余靖言：「燕薊之地，陷入契丹且百年，而民亡南顧心者，以契丹之法簡易，鹽麥俱賤，科役不煩故也。」〔註6〕蒲松齡以形諸小說的這一方面的思考，正是接續了謝、顧等人的這種認識，而使之空前地被賦予了小說的表現形式，《夜叉國》也因此成爲《聊齋誌異》中寄託最爲廣大而獨特的小說。

〔註5〕〔清〕顧炎武著，黃汝成集釋《日知錄集釋》卷二十九《外國風俗》，嶽麓書社1994年版，第1037頁。

〔註6〕《日知錄集釋》，第1039頁。

但是，蒲松齡能接續這種認識而形諸小說，更深層的原因恐怕還在於他生當清初滿洲貴族統治還處在上升階段，眼見入主中原的滿洲貴族與漢族士人性情好尚、風俗文化之異，而油然生出其間確有優劣高下的感慨，為中國人的「醜陋」而有某種隱憂，遂有此「孤憤」之作。這從篇中寫夜叉夫人「母女皆男兒裝，類滿制」，就可以得到堅強的證明。由此可以看出，這不僅在《聊齋誌異》中，而且是清初罕見的一篇冷眼考察滿漢文化差異的現實意義極強的小說。

以上對這篇小說意義的發現與發明，使我們對蒲松齡的為人可有一點新的認識。那就是他雖然一生沉抑鄉塾，談狐說鬼所反映也大都是下層普通人特別是下層士人的壽夭窮通、悲歡離合，至高也只是虛構到個別達官的故事，似乎只是一位普通的關注社會現實生活的志怪者了，其實不然。由於其所長期誦習與教授的儒家典籍與當時學界風氣的直接影響，也由於現實的感召，在他的思考與創作中，仍有以天下為己任，關注國家民族制度風俗文化興衰的一面，於本篇有「子欲居九夷」之心，可以見之。

九、《辛十四娘》與《詩經·行露》

《聊齋誌異·辛十四娘》寫馮生與狐女辛十四娘的「情緣」，自然是蒲氏的創作，但故事構造卻似乎部分地從《詩經·行露》反面結想而來，試比較探討如下。

按《詩經·召南·行露》曰：

厭浥行露，豈不夙夜，謂行多露。

誰謂雀無角？何以穿我屋？誰謂女無家？何以速我獄？雖速我獄，室家不足。

誰謂鼠無牙？何以穿我墉？誰謂女無家？何以速我訟？雖速我訟，亦不女從。

本詩三章：一章三句，二、三章各六句。蒲松齡當時教讀《四書》，必據朱注。因舉朱熹《詩經集傳》為證，其於第一章三句下釋曰：

賦也。厭浥，濕意；行，道；夙，早也。南國之人，遵召伯之教，服文王之化，有以革其前日淫亂之俗。故女子有能以禮自守，而不為強暴所污者，自述己志，作此詩以絕其人。言道間之露方濕，我豈不欲夙夜而行乎？畏多露之沾濡而不敢爾。蓋以女子夙夜獨

行，或有強暴侵凌之患，故託以行多露而畏其沾濡也。

這就是說，本章所寫爲女子自道。乃謂女子拒絕男子之邀約，託言雖欲早夜而行赴會，但凌晨行道，多露沾濡，行有不便。其眞實的意思，是擔心遭到男子的強暴侵凌，卻又不想直接回絕，故委婉拒之。

如上《行露》本章描寫的反面就是女子「多露」而行，遭遇不良男子的強暴等非禮對待，即今所謂性騷擾或性暴力。《辛十四娘》的故事就是這樣發生的：

> 廣平馮生，少輕脫，縱酒。昧爽偶行，遇一少女，著紅帔，容色娟好。從小奚奴，躡露奔波，履襪沾濡。

這裡的「少女」即辛十四娘。她後來的稱與馮生的「情緣」就由此而起，具體則起於她作爲一個美貌少女，於「昧爽」之際「躡露奔波，履襪沾濡」，被輕薄子馮生「心竊好之」。因此種下馮「薄暮醉歸」再一次相遇時的近乎糾纏式的求婚，中間「生日：『小生只要得今朝領小奚奴帶露行者。』」一筆，正是承上點出這一開端的描寫乃用《詩經·行露》句意，乃作者以詩爲小說之巧思。

全篇故事的這一開端，既是馮生「少輕脫，縱酒」的輕薄行爲，卻又是辛十四娘作爲「少女」未能「以禮自守」，「帶露行」所招致，後來二人所遭種種磨難，皆由此一節非禮之合而來，又仍然是合於《行露》的反面。詩的第二、三章分別涉及「獄」「訟」，朱熹釋第二章日：

> 興也。家，謂以媒聘求爲室家之禮也。速，招致也。貞女之自守如此，然猶或見訟，而召致於獄。因自訴而言，人皆謂雀有角，故能穿我屋。以興人皆謂汝與我，嘗有求爲室家之禮。故能致我於獄。然不知汝雖能致我於獄，而求爲室家之禮，初未嘗備。如雀雖能穿屋，而實未嘗有角也。

又釋第三章日

> 興也。牙，牡齒也。墉，墙也。言汝雖能致我於訟，然其求爲室家之禮，有所不足，則我亦終不汝從矣。

這就是說，兩章近乎重複同一個意思，即因爲男方未能備禮求爲室家，女子不從而招致男方提起訴訟。女子雖因此入獄，但仍堅持譴責男方「求爲室家之禮，初未嘗備」，並表示自己爲無辜和堅決拒絕的立場。

如上《行露》二、三章描寫的反面，從大的方面說就不是女子被訴訟入

獄，而是男子被訴訟入獄。雖然嚴格說來還應該是那女子對該男子提起訴訟並把他送進監獄，但小說各取所需，顯然不必也不太可能講求邏輯到那般地步。從而我們在《辛十四娘》中看到的，就是馮生又因為人「輕脫，縱酒」，招致楚銀臺公子的嫉恨與報復，誣以殺人罪擬絞。幸而辛十四娘千方百計，竭力營救，馮生方免於一死。馮生因此幾乎致死的教訓，頓改前非。而辛十四娘為馮生料理一切，置女自代，而後仙去。

在辛十四娘的保護、規勸與經理之下，馮生的結局也相當美好。但比較一般這類小說往往夫妻比翼雙飛，馮生卻未能隨辛十四娘一起成仙。這個道理應該就是何垠評所說：「輕薄之態，施之君子則喪吾德，施之小人則喪吾身，能守斯言，雖至聖賢可也，豈但神仙哉！辛十四娘名列仙籍而不與俱，正恐佻脫者非其器也。」這一情節所顯示的應是蒲松齡到底未能完全原諒馮生。其所以如此，又應是與「異史氏曰」所言作者自己「嘗冒不韙之名」，深受其害，如今「言冤則已迂」，唯是不敢不「刻苦自勵」的寫作動機有關，即以馮生之終於未能隨妻成仙的安排，體現作者自悔與不敢放鬆警惕的心情。

當然，我們說《辛十四娘》從《詩經·行露》反面設想而來，主要是指其立意與框架結構。從人物形象的塑造來看，辛十四娘雖為「行露」女子，在「以禮自守」上不無微疵，但她後來能深自警惕，恪守閨訓，非禮不嫁，又婦道甚謹，事馮生有始有終，所以最終能夠成仙；馮生對辛十四娘最初的態度與做法固然輕薄，但其情出於真誠。又後來雖然因輕薄賈禍，但出獄後能痛改前非，所以結果也還是到了好處。比較《行露》的事簡而情深，《辛十四娘》的故事顯然更加放大而多理趣，因此而有了增加人物和充實意義的可能，包括使楚銀臺公子做了「速我訟」「速我獄」的惡人，以其最後受到懲罰，下場可悲，體現了對善的張揚。總之，如同任何可能並值得比較的事物，《辛十四娘》與《行露》之間的可比性是有限的。而且這種可比性的本質不是簡單的翻案模擬，而是作為對《行露》的小說化詮釋，構成了《辛十四娘》構思立意之重要成分。這是本篇的一個創造，也是《聊齋誌異》全書的一個突出特點。

至於蒲翁自謂「言冤則已迂」之事，馮鎮巒評說：「聊齋才人，於朋輩中出輕薄語，或亦有之。然余觀其議論心術，君子人也。」但明倫評也說：「余說有鑒於此，故於先生之戒人也，低徊之而不去。」唯是已無可考證。但是，如果做一個大膽的猜測，則篇中寫馮生諷刺楚銀臺公子「君到如今，尚以為

文章至是耶」一語賈禍，雖不一定是蒲翁實事，卻有可能是他的實情。

　　儘管如上本篇寫作蒲松齡個人遭際的因素已無可考證，但由以上考論可知，這是一篇一定程度上帶有蒲松齡自我懺悔性質的小説。引起他懺悔的自謂「言冤則已迂」之事，當時或曾使其遭受困窘，後來也未必不有負面的影響，但肯定是久已不能釋然於心。於是偶因《詩經・行露》寫及應對男子之邀約，女子雖戒「行多露」，還難免遭人「速我訟」「速我獄」的怨情，而深感人心之叵測，世事之難料，遊世之難工，而抑鬱不平，更神思興會，奪胎換骨，顛倒生發，加以巧思，遂有這樣一篇託以「情緣」懲戒「士類」之「輕薄」的小説。同類作品尚有卷七《仙人島》，其中提出的「輕薄孽」，可作爲此類作品題材的概括。

　　《聊齋誌異》化用《詩經》不止見於本篇，有的已經前人指出，如卷二《鳳陽士人》下何垠評曰：「似從《詩》『甘與子同夢』翻出。」但本篇從反面借殼《行露》的構思特點，舊本無注説；如今《詩經》已經很少人能夠通讀，又很不容易讀懂，一般難得從本篇見及《詩經・行露》的影響，所以值得拈出，爲此一説。

十、《土偶》《鴉頭》與「從一而終」

　　封建時代要求女子的「三從」，出《禮記・郊特牲》曰：「天地合而後萬物興焉。夫昏禮，萬世之始也。取於異姓，所以附遠厚別也。幣必誠，辭無不腆。告之以直信。信，事人也。信，婦德也。壹與之齊，終身不改。故夫死不嫁。……婦人，從人者也：幼從父兄，嫁從夫，夫死從子。」其中「嫁從夫」之義，即「壹與之齊，終身不改。故夫死不嫁」。這個意思又常常表達爲「從一而終」。其實《禮記》的「嫁從夫」應該正是自「從一而終」而來。「從一而終」出《周易・恒卦》：「六五，恒其德，貞，婦人吉，夫子凶。《象》曰：婦人貞吉，從一而終也。」即是説婦人「從一而終」，是「貞吉」之象，必定得到好處。因此之故，而有《禮記》的「嫁從夫」和後世的「嫁雞隨雞，嫁狗隨狗」「餓死事小，失節事大」等。在這類禮教問題上，《聊齋誌異》以許多婚姻故事進行了探討，如卷四《土偶》、卷五《鴉頭》等是明顯突出的例子。

　　《土偶》寫「沂水馬姓者，娶妻王氏，琴瑟甚敦。馬早逝。王父母欲奪其志，王矢不他。姑憐其少，亦勸之，王不聽。……以死誓，……命塑工肖

夫像，每食，酹獻如生時」。結果馬姓本應絕嗣，卻因爲王氏的這種「苦節」感動冥司，破例准許其夫之鬼以「土偶」與婦合而生子。這使「聞者罔不匿笑；女亦無以自伸」，後由縣令據「鬼子無影」論驗證，又其子「長數歲，口鼻言動，無一不肖馬者。群疑始解」。這個故事的核心觀念即封建婚姻禮教所要求女性的「從一而終」。從故事發展的主要因果關係與結局看，蒲松齡似非常讚賞並極力維護這一禮教原則。

而《鴉頭》寫勾欄中狐女鴉頭，經其母得金後同意許與王生「一宵歡」，鴉頭乘機乃與王生「宵遁」，異地過起了清淡然而美滿的夫妻生活。不料日久生變：

> 女一日悄然忽悲，曰：「今夜合有難作，奈何！」王問之。女曰：
> 「母已知妾消息，必見凌逼。若遣姊來，吾無憂；恐母自至耳。」
> 夜已央，自慶曰：「不妨，阿姊來矣。」居無何，妮子排闥入。女笑
> 逆之。妮子罵曰：「婢子不羞，隨人逃匿！老母令我縛去。」即出索
> 子縶女頸。女怒曰：「從一者得何罪？」

這個故事中「從一而終」甚至成爲了女子發自內心的要求，就更是合於封建禮教的精神了。

但這恐怕多半只是表面現象，蒲松齡並沒有能夠眞正爲「從一而終」提供合理的解釋，他也沒有無條件地讚賞「從一而終」。兩篇的描寫中某些看似極端禮教化的成分，即使不完全是蒲松齡做館教書爲人師表不得不做出的一種姿態，也肯定有蒲松齡爲不與當時占統治地位的封建禮教正面衝突有意迂迴的一面，試析如下。

首先，《土偶》一篇敘事中，作者雖已使王氏所生子經官私人等，據當時可稱爲「親子鑒定」的「鬼子無影」理論驗證過了，「群疑始解」，作爲小說已可謂極盡彌縫之能事，使至少在蒲松齡已感到放心，以爲在那一時代人們的普遍觀念上，這個「謊」已經說得夠「圓滿」了，不應該再對王氏夫死之後生子有什麼疑問了。然而不然，清代評點家何垠在本篇末的評語，卻只是個兩字句：「詫異。」他「詫異」什麼？頗可令人尋味。倘是指一般鬼故事的虛無實際，乃人盡皆知，何垠當不會從這一角度生出什麼「詫異」。否則，《聊齋誌異》爲「鬼狐傳」，幾乎每一篇都要令他「詫異」了。所以，我推想他的「詫異」，應還是把故事中王氏夫死之後產子作了眞正的事實看，而把小說寫其生子的原因，爲冥司准其夫之「土偶」來與交合認爲虛構。就是說這個故

事在何氏看來，王氏一定是未能守節，私下與他人通姦而懷孕生子，爲了掩飾此一當時被視爲奇醜之事，乃捏造靈異，把縣令等世人都蒙蔽了。由此可知，無論蒲松齡對本篇的所寫自信與否，讀者中卻總是有持懷疑態度的。這種懷疑態度的實質，至少是以「從一而終」並無那般感天動地之效果，而於其善報不必寄什麼希望。《土偶》故事在清代接受中爲人所懷疑的實際，也許不是蒲松齡所能夠想到和願意看到的，卻是因其所敘述故事的本身自然生出的閱讀效果。

其次，如果說《土偶》中王氏的「從一而終」主要出於對禮教的尊順，但仍然強調了王氏與其夫生前「琴瑟甚敦」，而沒有完全歸結到對禮教的尊順上的話，《鴉頭》中對鴉頭這一方面的描寫，就似乎絕對是從「從一而終」之禮教出發的了。其實不然，比較《土偶》的描寫，《鴉頭》中對「從一」的具體運用，可說已經走向了封建禮教的反面。這主要是因爲，鴉頭與王生眉目傳情、色授魂與在先，而母之許鴉頭與王生「一宵歡」在後，並且是王生、鴉頭在趙賈的幫助之下對母軟硬兼施促成的，所以有後來母欲拆散二人婚姻的變故，並引出鴉頭大呼「從一者何罪」。在這種情況下，鴉頭的「從一」雖表面上是封建禮教「嫁從夫」的「一」，但實際是對自由戀愛、自主婚姻的堅守。蒲松齡應不是沒有感覺到這一點，而是有意通過這一描寫強調「從一而終」只是男女雙方間自覺自願的事，而不必聽命於父母，特別是不能盲從於父母的亂命。類似情節還出現《白于玉》中，寫葛太史女兒看上了貧而有才的吳郎，後雖吳郎辭婚，父母也欲其另適，但葛女仍堅持說：「遠近無不知兒身許吳郎矣。今改之，是二天也。」雖然其所標舉完全是封建禮教之義，但事實的過程所體現卻主要是女子個人的意志，不是簡單地就可以肯定或否定的。

綜上所述，無論從作者主觀上的全部或從其創作主客觀的統一上來看，這兩篇小說不足爲蒲松齡《聊齋誌異》主張女子「從一而終」的文本根據。他在這一方面的思想確實並無太多超越封建禮教的成分，但從全書寫及這一類問題的內容來看，他總能在具體描寫中蘊藉有對女性痛苦的某種體諒，包括《土偶》中特別點出王氏與其夫生前的「琴瑟甚敦」，實是作爲王氏堅持爲其夫守節在個人感情上的理由之一。

這類體諒在他篇中也有生動的表現，如卷二《水莽草》寫祝生誤食水莽草而死之後，「母號涕葬之。遺一子，甫周歲。妻不能守柏舟節，半年改醮去。母留孤自哺，劬瘁不堪，朝夕悲啼」，並未對改嫁再醮之婦有任何微詞；又同

卷《耿十八》寫道：

> 新城耿十八，病危篤，自知不起。謂妻曰：「永訣在旦晚耳。我死後，嫁守由汝，請言所志。」妻默不語。耿固問之，且云：「守固佳，嫁亦恒情，明言之，庸何傷！行與子訣，子守，我心慰；子嫁，我意斷也。」妻乃慘然曰：「家無儋石，君在猶不給，何以能守？」耿聞之，遽握妻臂，作恨聲曰：「忍哉！」言已而沒。手握不可開。妻號。家人至，兩人攀指，力掰之，始開。

後來，耿死爲鬼，卻得東海匠人之鬼幫助返魂再生，「由此厭薄其妻，不復共枕席云」，也只是比較客觀地描寫了人之「恒情」，並未對夫死改嫁有何苛論。當然這也是極有分寸的，如卷五《金生色》中同樣夫死不守的木氏女，卻因母親誨嫁，「自炫求售」，乃至於喪期中與無賴子通姦，結果遭到報應而死於非命；卷七《牛成章》寫牛死後，其妻鄭氏捨下少子幼女，「貨產入囊，改醮而去」，使子女受盡磨難，結果爲牛成章之鬼報復而死。這兩個故事表明，在蒲松齡看來，夫死改嫁固無不可，但是如果做得太過於不近人情，就是應該受到譴責的了。

值得注意的是，《聊齋誌異》在一定程度上原囿女子夫死再嫁的同時，還通過某些故事針砭了男子的始亂終棄和富貴易妻，甚至反對再娶。前者如卷六《雲翠仙》寫梁有才「寡福，又蕩無行，輕薄之心，還易翻覆」，在甘言卑辭得娶雲翠仙之後不久，即聽信人言，思鬻妻爲娼以籌措賭資，結果落得「繫獄中，尋瘐死」的下場。又卷四《姊妹易嫁》寫妹代姊嫁後云：

> 毛郎補博士弟子，往應鄉試。經王舍人莊，店主先一夕夢神曰：「旦夕有毛解元來，後且脫汝於厄，可善待之。」以故晨起，專伺察東來客，及得公，甚喜。供具甚豐，且不索直。公問故，特以夢兆告。公頗自負；私計女髮鬢鬢，慮爲顯者笑，富貴後當易之。及試，竟落第，憊塞喪志，報見主人，不敢復由王舍，迂道歸家。逾三年再赴試，店主人延候如前。公曰：「爾言不驗，殊慚祇奉。」主人曰：「秀才以陰欲易妻，故被冥司黜落，豈吾夢不足踐耶？」公愕然，問故。主人曰：「別後復夢神告，故知之。」公聞而惕然悔懼，木立若偶。主人又曰：「秀才宜自愛，終當作解首。」入試，果舉賢書第一。夫人髮亦尋長，雲鬟委綠，倍增嫵媚。

後者如《黎氏》寫謝中條「佻達無行，三十餘喪妻，遺二子一女」。一日，謝

路逢黎氏，野合後納爲繼室。後謝以公事外出，歸至「寢室，一巨狼衝門躍出，幾驚絕。入視子女皆無，鮮血殷地，惟三頭存焉」。異史氏曰：「士則無行，報亦慘矣。再娶者，皆引狼入室耳；況於野合逃竄中求賢婦哉！」這個故事表明，在蒲松齡看來，男子喪妻之後，如果已經有了子女，就不必再娶，客觀上也是一種有條件的「從一而終」。

两篇如上情節在唐宋以降小說戲曲中不難見到，即使在《聊齋誌異》中也不很引人注目。但在《聊齋誌異》中，它們與寫女子「從一而終」故事的綜合，可使我們看到蒲松齡雖然根本上未脫男權主義的立場，但其已經努力不片面要求於女性，而是在一定條件下（如妻亡而遺有子女）同時要求男性對自己的妻子也能夠做到「從一而終」，即如《狐聯》中焦生所說：「僕生平不敢二色。」

十一、《辛十四娘》《霍生》與「非禮勿言」

《論語·顏淵》載孔子答顏淵問「仁」學之目云：「子曰：『非禮勿視，非禮勿聽，非禮勿言，非禮勿動。』」這四「目」的實質是要人謹慎自己的言行，否則會有不好的結果。但是，由於孔子給這種謹慎的做法定了一個標準即「禮」，而「禮」是自周公制訂下來以後基本上不能變的，所以，隨著著社會的發展，特別是「五四」後經常的「批孔」以來，四「目」逐漸成爲儒家僵化迂腐之教條的代表，而爲世人所棄。其實平心則論，四「目」的不能與時俱進，只在乎其中的「禮」是不能變的，倘能把「非禮」的「禮」視之爲一個隨時代不斷進步的道德法紀，四「目」豈不是爲人處事、治國安邦的善規良方？這個道理僅從書本到書本做考論，很難得有一致的意見，但一經事實的證明，就不容置疑。小說雖然絕非事實，但其一定意義上作爲生活的模倣，有「事實勝於雄辯」的感染說服之力，所以本章前文曾舉《瞳人語》《畫壁》等篇論及蒲松齡小說對「非禮勿視」的演義，今再就《聊齋誌異》演義「非禮勿言」的表現略作探討。

這裡先須指出，上引孔子「仁」學四「目」中，尤其「非禮勿言」其實是中國人處世最早的經驗之一。所以，早在《論語》之前，《尚書》已云：「惟口出好興戎。」（《大禹謨》）又云：「惟口起羞。」（《說命》）《大戴禮》亦云：「皇地惟敬，口生垢，口戕口。」因此，孔子講「非禮勿言」，其實是他對前人在這一方面生活經驗的體認與總結和發揚。而在小說中至晚宋元話本就已

經有過《錯斬崔寧》的故事，以「勸君出話須誠信，口舌從來是禍基」。這篇話本後來由馮夢龍編訂收入《三言》的題目，就是《十五貫戲言成巧禍》。也就因此之故，這裡討論作爲一位老塾師蒲松齡先生《聊齋誌異》中有關的描寫，固然不可不溯源到《論語》「仁」學四「目」的影響，但更進一步應該把包括四「目」在內前人有關的總結和表現，都視爲古人社會生活經驗的反映。這即使在以下例舉蒲氏小說中的表現，也更突出地表現爲是生活的教訓，儘管也可以視爲『非禮勿言「的演義。

《聊齋誌異》卷四《辛十四娘》寫「廣平馮生，少輕脫，縱酒」。因此得有豔遇，也因此招致大禍：

> 邑有楚銀臺之公子，少與生共筆硯，頗相狎。……翼日公子造門，……且獻新什。生評涉嘲笑，公子大慚，不歡而散。……會提學試，公子第一，生第二。公子沾沾自喜，走伻來邀生飲，生辭；頻招乃往。……公子出試卷示生，親友疊肩歎賞。酒數行，樂奏於堂，鼓吹儔侕，賓主甚樂。公子忽謂生曰：「諺云：『場中莫論文。』此言今知其謬。小生所以忝出君上者，以起處數語略高一籌耳。」公子言已，一座盡讚。生醉不能忍，大笑曰：「君到於今，尚以爲文章至是耶！」生言已，一座失色。公子慚忿氣結。

雖然馮生的冤枉主要是楚銀臺公子豺狼狠毒所強加，但馮生自負文才，不能慎言，因此招致公子報復，誣以殺人論死，也正是血的教訓。

故事的結局雖然是馮生有辛十四娘百計救出，但獄囚窘辱，酷刑榜掠，已是受盡苦楚。對於這個教訓，蒲松齡結合自己的經歷結以「異史氏曰」云：

> 輕薄之詞，多出於士類，此君子所悼惜也。余嘗冒不韙之名，言冤則已迂，然未嘗不刻苦自勵，以勉附於君子之林，而禍福之說不與焉。若馮生者，一言之微，幾至殺身，苟非室有仙人，亦何能解脫囹圄，以再生於當世耶？可懼哉？

這是對才士出語輕薄痛下針砭，自然是合於並發揚孔子「非禮勿言」的教導了。

《聊齋誌異》寫以口造孽更爲惡劣者，當推卷三《霍生》：

> 文登霍生，與嚴生小相狎，長相謔也。口給交御，惟恐不工。霍有鄰媼，曾與嚴妻導產。偶與霍婦語，言其私處有贅疣。婦以告霍。霍與同黨者謀，窺嚴將至，故竊語云：「某妻與我最昵。」眾不

信。霍因捏造端末，且云：「如不信，其陰側有雙疣。」嚴止窗外，聽之既悉，不入徑去。至家，苦掠其妻；妻不伏，榜益殘。妻不堪虐，自經死。霍始大悔，然亦不敢向嚴而白其誣矣。嚴妻既死，其鬼夜哭，舉家不得寧焉。無何，嚴暴卒，鬼乃不哭。霍婦夢女子披髮大叫曰：「我死得良苦，汝夫妻何得歡樂耶？」既醒而病，數日尋卒。霍亦夢女子指數詬罵，以掌批其吻。驚而寤，覺唇際隱痛，捫之高起，三日而成雙疣。遂為痼疾。不敢大言笑；啓吻太驟，是痛不可忍。

這個故事頗不雅遜，又因《聊齋》一貫之風格流為狐鬼勾當，加以異史氏曰「死能為厲，其氣冤也。私病加於唇吻，神而近乎戲矣」云云，很大程度上轉移了本篇真正的意義。但是，從故事本身特別是「霍始大悔」看已不必再思，即可以明白此篇欲給人的教訓，也正是要慎言。至少是教人要嘲謔有度，無傷大雅。其旨當然也就是「非禮勿言」了。

（錄自拙作《齊魯文化與明清小說》，齊魯書社 2008 年版）

《夢狼》漫議

　　《夢狼》是《聊齋誌異》的名篇。論及《聊齋》對清代官場的暴露，研究者幾無不徵引，但是專文論述此篇者似不多見。其實它遠不止是一代黑暗官場的現形記，更是封建政治的深刻的批判書。它所顯示的古代民主思想，不僅在《聊齋》中最為激進，而且在中國思想史上帶有超前的特徵；它的成就，決不亞於同書中那些最為優秀的作品，值得專文加以說明。

　　本篇的故事有作品在，不必贅述；故事由孔子「苛政猛於虎」（《禮記‧檀弓上》）的話引發而來，並且南朝齊祖沖之《述異記》也早有過漢宣城太守封邵化虎食郡民的故事，都無須詳說。必須指出的是，蒲松齡雖在本篇正文之末寫有「（官）況有猛於虎者也」的話，但他把孔子這一批判暴政的思想結合於小說的具體描寫時，在借鑒「封邵化虎」故事的基礎上，還是做出了新的獨特的創造：即以生動的理性的線條和鮮明的感情的色彩，繪製了「苛政猛於虎」的圖畫，並且從官府的內部分而言之，把「苛政」具體為「官虎而吏狼」。這看來好像是從孔子退步了，而實際上是把這一認識的實質具象化從而更加鮮明，使讀者從那「墀中，白骨如山」和「銜死人入……聊充庖廚」的描寫，直接感悟到封建政治「吃人」的本質。稍前的黃宗羲說人君「屠毒天下之肝腦，離散天下之子女，以博我一人產業，曾不慘然……敲剝天下之骨髓，離散天下之子女，以奉我一人之淫樂，視為當然」（《原君》）；後來的戴震說封建政治「酷吏以法殺人，後儒以理殺人」（《戴東原集‧與某書》），都是很深刻的批判。但是為廣大民眾說法，蒲著《夢狼》對封建政治本質的這一顯示，應當說更為集中鮮明，通俗易曉，因而也就具有特別的戰鬥力。「五四」新文化運動的先驅魯迅先生在所著《狂人日記》中寫道：「我翻開歷史一

查，這歷史沒有年代，歪歪斜斜的每葉上都寫著『仁義道德』幾個字。我橫豎睡不著，仔細看了半夜，才從字縫裏看出字來，滿本都寫著兩個字是『吃人』。」竊以爲在揭示封建社會「吃人」本質一點上，《夢狼》比較二百多年後的《狂人日記》，也並無多少遜色，可謂異曲同工。這一個縱向的比較，可以使我們看出，《夢狼》在作者的時代，表現了多麼超前的民主意識。

從具體內容上看，《夢狼》對封建政治的批判還帶有當時社會和個人的特徵。這就是它在對「官虎而吏狼」的暴露中，既注重了「官虎」爲罪魁的刻畫，又有意加強了「吏狼」助桀爲虐甚至欺官爲惡的描寫。作品寫白翁入其子衙門，當道使「大懼不敢進」者是一「巨狼」；白翁坐堂上，所見「銜死人入」充庖廚者是一「巨狼」；「又入一門，見堂上、堂下，坐者、臥者，皆狼也」；白翁欲出，「阻道」使「進退方無所主」者還是狼，使人自然會想到那如山白骨是群狼共一虎食人所致；這也就在揭露「官虎」的同時，把「吏狼」的情形突出了。而且進一步，作者議論說「竊歎天下之官虎而吏狼者，比比也。——即官不爲虎，而吏且將爲狼，況有猛於虎者耶！」附則就是兩個「官不爲虎，而吏且將爲狼」的故事。其一寫進士官李匡九居官清廉，其二寫「邑宰楊公，性剛鯁」，卻都爲猾吏玩弄於股掌，吏則從容肆其貪墨。作者歎爲「狼詐多端」，「此又縱狼而不自知者矣，世之如此類者更多」，從而表現了對吏役奸惡的更大的反感，同時也何嘗不是對昏官的嘲諷！

這並不是作者有意把吏役之惡說得更甚於官，而是對清代官場實際一個側面的準確的描繪。我國古代官制，地方行政爲幕府制度。一官上任，必延聘多人爲之幕僚——即本篇所說的「吏」，以幫辦錢糧文書應酬諸事。因而吏非官而常能行官之事，不同程度地掌有處置具體事務的權力。一個官做得好不好，一定程度上決定於手下吏員的維持之力。當長官昏庸無能時，吏的作用權力就更大，其爲害常不下於正式官。清代以科舉取士，士以八股文得官，往往不諳政事，居官行政不得不爲吏役所左右甚至撥弄，以致有官清而吏濁的情況發生。清張際亮《送姚石甫（瑩）之官江南序》曰：「今天下，自天子以外皆命於書吏，語雖急切，而書吏之害可知。」《歧路燈》極寫書辦衙役之害，第七十九回寫一個縣衙書辦名叫淡如菊的，用書中人物盛希僑的話說，他口角中「以爲一個進士官，全在他手心裏搦著」；《紅樓夢》第九十九回「守官箴惡奴同破例」，也寫了賈政要做清官，結果被手下捉弄得無計可使，到底把個官丟了；《小豆棚・鄖陽太守儉約文》寫太守曾某居官最爲清儉，以至於

家丁當他的面「敝衣決踵」，一似絕無貪墨，而「不知其背面時皆狐裘煌煌也」。總之清代官府的腐敗表現於官之壞，也還突出表現為吏之惡。世上官少而吏多，普通人直接與打交道的往往是吏役，所以直感上吏役惡劣的情形就更為分明。俗云「大官好見，衙役難纏」，就反映了普通百姓殊惡吏役的心理。《夢狼》是較早反映這一實際的作品。它寫「官虎而吏狼」，是「官」「吏」並舉且先「官」而後「吏」的，卻以「夢狼」名篇，就是有意側重在對吏役奸惡的表現。這大概也與他作為一位鄉村塾師，日常「糶穀賣絲，以辦太平之稅，按限比銷，懼逢官怒」（蒲松齡《答王瑞亭》），多嘗受制於吏役的苦楚，有一定關係。所以他在《冤獄》中抨擊「攝牒者入手未盈，不令消見官之票；承刑者潤筆不飽，不肯懸聽審之牌」；在《伍秋月》一篇中，作者甚至自道「每欲上言，定律凡殺公役者，罪減平人三等。蓋此輩無有不可殺者也」，等等，都可以與本篇相參觀。

　　《夢狼》思想的深刻進一步表現為對官場污穢和貪官污吏心理的洞察。它寫官場的污穢，只用「蠹役滿堂，納賄關說者，中夜不絕」十餘字，就概括無遺了。而寫貪官污吏的心理也用筆無多：白翁「函戒哀切」，白甲「讀之變色」。然而「為間曰：『此幻夢之適符耳，何足怪。』」但（明倫）評曰：「何嘗不有一隙之明，奈梏亡已久，為間，則茅塞矣。」合蒲著但評而讀之，則知貪官之不可救藥，實由於一種能僥倖逃過懲罰的心理。而又不僅此也，接下的描寫進一步顯示，白甲所以不即驚醒，還因為「方賂當道者，得首薦」——陞官在望，官興正濃，「故不以妖夢為意」；更因為有「上臺喜歡」，所以有恃無恐。至於那些如狼之吏役，平日為虎作倀，與虎共食人；一旦金甲神人出，虎威掃地，則「紛然嗥避，或竄床下，或伏几底」，作鳥獸散，但評曰「是狼性情」。這也就把黑暗官場的人際關係形容得透徹了。另外，小說寫白翁見以死人充庖廚，「辭欲出，而群狼阻道」，進退無主。但評曰：「稍有仁心，群狼阻之，使之進退無主，是狼伎倆。」則知作者之意，是要指出官場污濁，一入其中，便難得清白——不變而為狼，便有為狼所食之危險。這就從客觀上揭露了封建制度使人異化、封建吏治使官員異化的本質。《聊齋》「刺貪刺虐入骨三分」，《夢狼》一篇是十分典型的。

　　但是，《夢狼》思想大過人處還不止於上述，而更在於它客觀上空前地刺中了封建政治所以腐敗的要害，那就是它寫白甲自道「仕途之關竅」所說：「黜陟之權，在上臺，不在百姓。上臺喜，便是好官；愛百姓，何術能令上臺喜

也？」「黜陟之權」即官員的任免管理權，是一切政治制度的核心問題。「黜陟之權」「在上臺」還是「在百姓」，是封建專制和現代民主政治制度的根本區別。「在上臺」，下官只對上臺負責，一切唯在討上臺喜歡──「上臺喜，便是好官」，自然就不必愛百姓──「愛百姓，何術能令上臺喜也？」封建專制所以總是與人民對立，所以必然腐敗，根本就在於此。並非沒有清官，中國歷史上甚至可以說還有過「好皇帝」。但是無論清官或好皇帝，一個人或少數人的作用總是有限的，本篇附則所寫的情況就是如此。這或者是純小說家言，但明太祖朱元璋用「剝皮實草」的酷刑肅貪，結果也沒有多少實際的效用。而且人亡政息，貪賄之風，重又「吹皺一池春水」。所以刷新政治，懲治腐敗，唯一的和徹底的辦法，就是把「黜陟之權」交給百姓。把封建專制虛偽的「民可使由之，不可使知之」的「為民做主」，改為真正由老百姓的多數說了算。官員的任免陟降，唯民意是從。使百姓喜，便是好官。官員唯民事是務，想民所想，急民所急。非如此不可以做官，非如此做得好不可以陟官，政治就可以清明，天下就可以長治久安。退一步講，即偶有疏漏，有白甲之流竊居官位，眾目睽睽之下，或亦不敢放肆，抑且無可貪賄以「賂當道」，其為害必不能久而且有限。蒲松齡也許並沒有想到這麼多，但是，他確實看到了當時官員為什麼寧「賂當道」而不「愛百姓」的癥結所在，並且把這一點明白揭示了出來，從而實際上接觸到民主政治的根本問題。其意義之重大，遠遠超出了小說本身的價值。

與上一點相聯繫，《夢狼》思想上的又一重大突破，是一反往常地不把懲治貪官的希望僅僅寄託於冥罰，更不曾幻想皇帝聖明的作用，而是寫白甲率其黨赴任途中，被「寇」趕盡殺絕。作品寫「諸寇曰：『我等來，為一邑之民泄憤耳，寧專為此（財賄）哉！』」此等筆調，在《聊齋》中雖偶一見之，但所顯示作者發憤著書的心情是明確和一貫的。此時的蒲松齡，彷彿有「殺盡不平方太平」的綠林氣概！但評曰：「生死之權，在百姓不在上臺：百姓怨，便是死期；媚上臺，何術能解百姓怨也？」此等文字，百載下讀來，猶令人勃然欲興，或廢書而歎。知蒲松齡者，其唯但氏乎！

《夢狼》一篇，寄興微矣。它不僅畫出「官虎而吏狼」的現實，而且在主畫面之外，另繪一清官的形象作對比。這個清官的形象，就是白翁的外甥。他為晉令，官署肅然，「無人可通」，用今天的話說就是無「後門」可走，後來官至御史。這當然只是表示作者的理想。就現實的情況而言，與附則寫「官

不爲虎，而吏且將爲狼」似不甚諧和。但這裡作者淑世之意，與使白甲斷頭復續能「自顧其後」同一用心。但明倫甚至以爲「（白）翁夢其子，（巫者）丁實導之。文若曰：若是其仕也，不如白丁之爲愈也。殆深哀之矣。」這也許略嫌穿鑿，然而本篇文筆之細密，實可謂間不容髮，字字生意。讀者當以全副精神，細心體會，方可深知其苦心孤詣。

行文至此，我很驚疑於蒲松齡一介鄉儒，充其量只在年輕時做過一年縣衙的幕賓，何以於官場虎狼之心性洞若觀火？即馮鎮巒也在「仕途之關竅」語下評曰：「仕途秘訣，但人不肯公然說出耳。」爲什麼蒲氏偏能知之並且公然說出？近讀李宗吾氏《厚黑學》，乃豁然明白。李氏引雷心民之言曰：「世間的事，分兩種，一種是做得說不得，一種是說得做不得。」（《厚黑叢話》卷一）對於想做虎官狼吏和做了虎官狼吏的人說來，「仕途之訣竅」便是「做得說不得」的事；而且對於這一班人說來，亦如下文但評所說：「此關竅淵源授受，不煩口講指畫，偏能入耳會心，抑且青出於藍，冰寒於水。」所以幾千年，這「關竅」就這麼行下來，到蒲松齡一語道破，豈非天才？

其實世人大都司空見慣，蒲松齡只是敢講眞話而已。講眞話要有勇氣。蒲松齡把這一關竅戳破，等於說揭了一切腐惡官僚的老底。大約在他的時代，讀竟此篇，會覺得官場日用酬酢之間，無往而非《夢狼》，無事不關「仕途之關竅耳」。這對於當道未免太有些刺激了，而這正是一篇現實意義之所在。能做這樣的文章，方可謂眞作家！今《聊齋》行世，讀者多愛其狐鬼情愛之作；劇場影屏搬演，也於彼等情有獨鍾。豈不知蒲松齡首先是一位以小說爲武器的政治批判家，《夢狼》及《席方平》《促織》諸篇，才眞正是蒲松齡苦心用世最有代表性的作品。他窮愁著書之「孤憤」，多在此而少在彼。孔子作《春秋》，而亂臣賊子未嘗懼。《夢狼》一篇對於貪官污吏，卻無異於當頭棒喝：白甲遭劫殺，他的老爹都「焚香而報謝之」。甚矣！蒲松齡之教曰：「夫人患不能自顧其後耳！」

（原載《蒲松齡研究》1995 年第 3～4 期合刊）

「仕途關竅」說

　　《聊齋誌異・夢狼》寫一個知縣白甲，貪婪非常，收受賄賂無數，並以所得錢巴結上司，以求升遷。他的弟弟聞訊趕來勸諫，白甲說，兄弟居住於茅屋之中，不懂得「仕途之關竅」，「黜陟之權（即任免官職的權力）在上臺不在百姓。上臺喜，便是好官；愛百姓，何術能令上臺喜也？」這則故事雖然寫於三百年前，今天讀來仍有振聾發聵之感，方悟貪污腐敗，竭民以逞，賄賂成風，原來與「黜陟之權」在誰手中的「仕途之關竅」大有關係。

　　「黜陟之權在上臺」，上臺貪鄙，用人必然是逢迎討好上司的奴才，此所謂「物以類聚，人以群分」。而且「上有所好，下必甚焉」。試想下官既要討好上臺，又要自肥，刮地皮豈不要深入一層麼？貪污的人，對百姓是權換錢——「衙門口朝南開，有理無錢別進來」；對上臺是錢換權——「火到豬頭爛，錢到公事辦」。有權就能換錢。權越大，錢越多；錢越多，權越大。權錢交易，滾雪球一般，愈演愈烈，非到碰跌得粉身碎骨不止，這就是上行下效貪污腐敗的邏輯。

　　「黜陟之權在上臺」，上官貪鄙，下官必不得清廉，此所謂水火不能相容，冰炭不可同器也。下官清廉，上臺無以為貪，不但視下官為無用，而且擔心下官搞「地震」，必欲去之而後快。《儒林外史》寫杜少卿的父親「做官的時候全不曉得敬重上司，……把個官弄掉了。」「敬重」者何？婉言「送禮」也，又有攀附之意。不「敬重」上臺，就做不上官；貪官愈多，清官愈少，這又是貪官當道的邏輯。

　　「黜陟之權在上臺」，即使上臺清正，正己而又正人，卻又難免耳不聰目不明之虞。自古以來，所謂「上有政策，下有對策」的例子不勝枚舉。即便

掌最高「黜陟之權」的皇帝亦難免鞭長莫及，力不從心。朱元璋得了天下，詔令嚴懲貪贓枉法的官員，斬首示眾後，將屍體剝皮實草做成模型，置立於官座之側，以儆效尤，何等乾脆利落，決不手軟。但一朝駕崩，人亡政息，貪賄之風，重又「吹皺一池春水」。這又是「清官」「好皇帝」不可恃的邏輯。

蒲松齡一輩子沒有作過官，他恨透了清朝官場的腐敗，而且旁觀者清，知道小貪官是大貪官造成的，所有貪官都是「黜陟之權在上臺」的封建專制制度造成的。他朦朧地意識到，要根除腐敗，似乎應當實行「黜陟之權」在「百姓」。當然，由於當時社會條件的限制，他不可能往民主政治的方向深究，而是採取了中國農民慣常省力氣的態度，寄希望於鬼神顯靈，使白甲受到懲罰。這樣曲終奏雅，脫掉了犯上作亂的干係，同時也就削弱了這篇作品的民主傾向。

儘管如此，我認為《夢狼》仍是一篇了不起的作品，比一切舊時的清官戲都要高明得多。即使今天，這篇寫於三百年前的小說也值得一讀。因為我們的民主和法制還不夠健全，官員腐敗現象還時有發生，治腐肅貪還是擺在全社會面前的一項艱巨的任務。戲劇《七品芝麻官》中有句名言：「當官不為民做主，不如回家賣紅薯。」當了官就應該有這點骨氣，寧丟官，決不做貪官。而且僅如此不夠，要努力做穩了清官，去反貪官。不然，你清官甘心地去「賣紅薯」，「印把子」豈不要留給貪官來掌了嗎？而且僅如此也還不夠，根本上是要造成不清不可以當官，清官易留，貪官難存的環境，這就要徹底堵塞白甲之流「黜陟之權在上臺」的「仕途之關竅」。

（原載《黨校論壇》1989 年第 9 期）

漫說《西僧》

《聊齋誌異》卷三《西僧》篇幅甚短，錄如下：

> 兩僧自西域來，一赴五臺，一卓錫泰山。其服色言貌，俱與中國殊異。自言：「歷火焰山，山重重，氣薰騰若爐竈。凡行必於雨後，心凝目注，輕迻步履之；誤蹴山石，則飛焰騰灼焉。又經流沙河，河中有水晶山，峭壁插天際，四面瑩澈，似無所隔。又有隘，可容單車；二龍交角對口把守之。過者先拜龍；龍許過，則口角自開。龍色白，鱗鬣皆如晶然。」僧言：「途中歷十八寒暑矣。離西土者十有二人，至中國僅存其二。西土傳中國名山四：一泰山，一華山，一五臺，一落伽也。相傳山上遍地皆黃金，觀音、文殊猶生。能至其處，則身便是佛，長生不死。」聽其所言狀，亦猶世人之慕西土也。倘有西遊人，與東渡者中途相值，各述所有，當必相視失笑，兩免跋涉矣。〔註1〕

本篇作為小說，雖故事性不夠強，但頗有意趣。篇末無「異史氏曰」，而評點家多不缺席。如馮鎮巒評：

> 紀曉嵐曰：「靈鷲山在今之拔達克善，諸佛菩薩骨塔俱存，有石室六百間，即大雷音寺也。回部游牧者居之。我兵追剿波羅泥都霍集占，至其地，亦無他異。」六祖惠能曰：「東方人造罪念佛，求生西方；西方人造罪念佛，又求生何國？」妙哉斯言。

這裡馮評引紀曉嵐以考證的態度對待「西天」，難說對「西遊」故事的認識和

〔註1〕 蒲松齡著，任篤行輯校《聊齋誌異》（上冊），齊魯書社 2000 年版，第 519～520 頁。以下本文引此書正文與評語均據此本。

本篇的理解能有多大意義；但其引六祖惠能數語，卻揭出蒲氏此篇的本事。《六祖壇經・決疑品第三》有關原文如下：

> 師言：「……迷人念佛求生於彼，悟人自淨其心。所以佛言：『隨其心淨，即佛土淨。』使君東方人，但淨心即無罪。雖西方人，心不淨有愆。東方人造罪，念佛求生西方；西方人造罪，念佛求生何國？凡愚不了自性，不識身中淨土，願東願西，悟人在處一般。所以佛言：『隨所住處恒安樂。』使君心地，但無不善，西方去此不遙；若懷不善之心，念佛往生難到。」〔註2〕

如上六祖惠能開悟弟子的話確實「妙哉」，但六祖意在談禪，即但明倫評所說：

> 佛在心頭。能盡人心，即是佛心。必履其地以求之，是不能解佛所說義也。不住色，不住相，以法求，以音聲求，且猶不可，況以遍地黃金而生慕心哉！

然而但氏評雖然觸及《西僧》所諷刺「以遍地黃金而生慕心」取經人的內涵，卻仍是重在闡發佛旨，而沒有進一步考察其意義與本事源流。今請試論述之。

按本篇故事命義構思確實自上引《壇經》一節脫化而來，但非刻板擬造，而是化而大之。即上引《壇經》雖有「東方人造罪，念佛求生西方」與「願東願西」的話，但說「若西方人造罪」云云，並未確指「念佛求生何國」，僅是由於邏輯上「東方人……求生西方」的反面，即是「西方人……求生東方」，有可能啓發人想到有「兩僧自西域來」而已。但是否能夠想得並寫出一個西僧東渡的故事來，畢竟還要看作者之心態與才情。

蒲松齡以教讀儒典爲業，偶涉佛經，雖未必不注重佛旨，但從由此生出一篇小說可知，他讀佛經與一般信眾之聚精會神於「念佛求生」不同，是能於此等佛家妙語連珠處神遊，作「非想非非想」，憑空幻出一個「兩僧自西域來，一赴五臺，一卓錫泰山」的故事來。由此可見蒲松齡雖是一位教書匠、科舉中人，但他骨子裏是一位文學家，尤其是一位小說家。其一生困於場屋，科名蹉跎，不僅由於他在《聊齋誌異》中所揭露清代科舉制度埋沒人才的原因，而更在於那時科舉制度選人擢第，本質上就排斥小說家也！

至於本篇所體現蒲松齡藝術的高超，一在其善於因義生事，能夠從《六祖壇經》意在弘法的議論，想像出或有西僧東遊之事；二在於其能踵事增華，

〔註2〕 丁福保《六祖壇經箋注》，財團法人中台山佛教基金會 2000 年印行本，第 39 頁。

與佛教故事中靈山相對，加入了五臺山、泰山等中國的四大名山，給予想像中可能的西僧東遊以場景與情節，輕鬆擴大爲一個諷刺佛教取經虛妄的故事。

但是，《西僧》故事所諷刺的，不止於西僧之虛妄可笑，還進一步是其誤以爲「中國名山四……相傳山上遍地皆黃金」而跋山涉水，九死一生來至東土的其情雖爲可憫，但其心地之貪鄙卻十分可惡。唯是作者以儒者忠恕或菩薩慈悲之心，對西僧之類妄人憎之深而憫之切，所以在使西僧歷盡艱危十死兩生而終無所得之後，仍開釋之曰：「倘有西遊人，與東渡者中途相值，各述所有，當必相視失笑，兩免跋涉矣。」語雖諧謔，但願心堪稱至善。

然而上述「倘有西遊人」云云的諧謔，又不僅是對西僧而發，也明確包括了「西遊人」。其假設中「各述所有」的結果是「兩免跋涉」則表明，「西遊人」與「東渡者」之求「身便是佛，長生不死」均屬妄想。從而《西僧》故事正面雖爲對西僧而發，但其反面所諷刺的，實是「西遊人」即東土之人爲與西僧同樣的虛妄與貪鄙。蓋作者筆注於此意在於彼，而讀者也當如《紅樓夢》脂批所云：「是書勿看正面爲幸。」〔註3〕

本篇有關西僧東渡的描寫，雖然「途中歷十八寒暑」與玄奘西遊故事和《西遊記》所寫唐僧取經時間並不一致，卻只是小說家當有的變化；又觀其寫有「火焰山」「流沙河」等，可知其所寫西僧「東渡」之途，不過是《西遊記》寫「西天取經」的老路，是從《西遊記》逆想來的。但又正如何守奇評所說：「說過火焰山差異。」其實說過流沙河也差異，未知何故。至於說「西土傳中國名山四……山上遍地皆黃金」之說，固然「猶世人之慕西土也」，應是俗傳已然如此，但其直接的來源，也有可能是《金瓶梅》中西門慶對吳月娘撒野所說「咱聞那佛祖西天，也止不過要黃金鋪地」〔註4〕的話。

綜上所考論，《西僧》在《聊齋誌異》中雖然不屬第一流的作品，似作者一時興到，率意而爲，但畢竟大家手筆，尺幅千里，揭東渡、西遊取經之妄，仍寄意高遠，妙趣橫生。又其凡所取材，順手拈來，點鐵成金，誠造意之巨匠，作文之妙筆！在這一點上，體現了《聊齋誌異》似有以學問爲小說的特點。

（原載《蒲松齡研究》2010 年第 3 期））

〔註 3〕 鄭紅楓、鄭慶山《紅樓夢脂評輯校》，北京圖書館出版社 2006 年版，第 115 頁。
〔註 4〕 〔明〕蘭陵笑笑生著《金瓶梅詞話》中冊，人民文學出版社 1985 年版，第 753 頁。

《女仙外史》的顯與晦

　　《女仙外史》在清初曾被譽爲「新大奇書」，得著名文士劉廷璣等近五十人序、跋、品題，嘖嘖稱讚，產生轟動效應；但後世至於幾乎銷聲匿迹，歷來文學史絕少提到它，是一個費解的現象。究其原因，當是多方面的；但從根本上說來，是由於這部作品頗有時代的意義，而缺乏永久的魅力。換句話說，除了藝術上的欠缺，主要是它所表現的思想內容在當時能激動人心，而時過境遷，後來的讀者越來越隔膜，因而興趣漸衰以至於無了。

　　《女仙外史》的作者呂熊，字文兆，號逸田叟。蘇州崑山人。他的生卒年據考約在明崇禎末至清康熙末年之間，事迹不詳。據乾隆《崑山新陽合志》卷二十五「人物‧文苑」，知他的父親天裕於明末「以國變故，命熊業醫，毋就試」，明是要他堅守民族氣節，不仕清朝。大約也就因此，呂熊一生或爲幕、爲客浪迹江湖，卻沒有做過官。他的著述有《詩經六義解》《明史斷》等多種，而「平生之學問心事」，皆寄託於這部《女仙外史》。作者以爲此書之作，雖比不得「夫子作《春秋》」，「晦庵作《綱目》」，而「善善惡惡之公，千載以後，無或不同；其於世道人心，亦微有關係存焉者。是則此書之本也。」（《女仙外史‧自跋》）可見是一部託諸稗官「繼《春秋》而行誅心之法」的書。

　　《女仙外史》寫明初唐賽兒農民起義和燕王「靖難之役」，都有歷史的根據；但這兩件事在歷史上並沒有直接的關係。燕王靖難在前，唐賽兒領導的農民起義在後。燕王即位成爲永樂皇帝並且鎮壓了唐賽兒的起義，與傳說逃匿山林的建文帝了無關係。《女仙外史》把這兩件事撮合起來，寫士大夫們素所仇視的農民軍領袖唐賽兒秉忠義之心，在「靖難之役」後奉了建文帝的「正朔」，討伐「篡國」奪位的「逆賊」燕王，存建文帝年號二十餘年之久，這「空

中樓閣」就頗不尋常。略知明末清初歷史的讀者都容易明白，它的設計確實與明清易代的現實「微有關係存焉」。

我們知道，燕王「靖難」與清兵入關，都是取明朝正統天子的統治而代之；一六四四年清兵入北京立國之後，直到一六六二年南明永曆的政權才被消滅；順治十八年間，清朝與南明流亡朝廷的對立，在史學上就有一個孰爲「正統」的問題。當時，李自成餘部李定國等人的起義軍已轉而支持永曆政權反清復明，漢族地主階級中反清的人士仍然奉南明爲「正統」以「存亡繼絕」，並且有的主張聯合農民起義軍堅持反清復明的鬥爭。在這種情勢下，《女仙外史》寫唐賽兒起義勤王、討伐燕藩、存亡繼絕二十餘年的故事，就隱隱然有現實更疊的影子。作者即使無影射之意，而客觀上會使當時的讀者想到這一點。所以一般說來對農民起義都會視爲寇讎的漢族封建士大夫們讀了此書，竟沒有一個指責他美化唐賽兒農民起義的，反深許它「扶植綱常、維持名教之深心」（第一百回香泉評），應是「心有靈犀一點通」。

《女仙外史》成書的康熙年間，文字獄接連不斷。其中最大最爲清朝統治者重懲的是康熙二年（1663）的莊廷瓏「明史案」和康熙四十四年（1705）的戴名世「南山集案」。這兩個案子都發生在呂熊鄉里所在的江浙地區，又都是因爲主張修明史要存南明小朝廷爲「正統」觸怒清廷。所以，江浙一帶的文士更會知道那時著書立說爲一個流亡的政權爭正統，表彰前朝死難諸臣，特別是那些爲復辟盡忠的人，會有何種社會的效果。而《女仙外史》就是在康熙四十三年（1704）脫稿、五十年（1711）付梓問世的，其「褒忠殫叛」，致慨於《明史》秉永樂之旨意，削建文一朝之年號，名爲翻歷史舊案，實爲當世南明一段歷史不得清朝官方承認發泄不滿。前引乾隆《崑山新陽合志》中《呂熊傳》載其「尋以舊著《外史》觸當時忌」，應當就是這個政治上原因。但是，由於《女仙外史》畢竟寫的是前朝史事，絕無一語道及南明，清朝的統治者不能像對待「明史案」「南山集案」那樣明正其「罪」，作者得保全性命，此書也得以刊行。不過，到了清同治年間，江蘇巡撫丁日昌查禁淫詞小説，《女仙外史》還是被列入了禁書。

《女仙外史》託建文、永樂之事，暗寓清初多數漢族知識分子都有的家國之痛，借唐賽兒勤王義舉略得抒發，自然受到當時讀者的歡迎。然而隨著清朝統治日深，一代代新的讀者都是清朝的臣民，一般不大想到南明曾奮鬥復辟的歷史了，《女仙外史》的內容和主題便漸漸喪失了現實的意義。同時，

《女仙外史》撮合唐賽兒和燕王「靖難」史實的做法也不易爲讀者接受，加以仙佛神魔、因果輪迴的渲染，越發有矯揉造作的樣子，它對讀者的吸引力自然就減弱了。一部思想上無普遍意義、藝術上又無驚人之處的作品，最好的結局也不過一時的轟動，長期受人喜愛是不可能的。不過，作爲那一時代特有社會思潮的反映，這部書卻有不可替代的歷史價值。

（原載《文學遺產》1995 年第 2 期）

從文素臣形象設定看「素臣是孔子」

　　清乾隆間江陰夏敬渠著《野叟曝言》二十卷一百五十四回，其宗旨已可概見於原本編次以「奮武揆文天下無雙正士，熔經鑄史人間第一奇書」一聯二十字各為卷名。該聯上句說其書中主人公文素臣其人，下句說其著為此書之法則目標，可謂言簡意賅，說盡此書核心內容與主體風格，乃作者留給後人研讀此書最是不可忽略的重要提示。

　　根據這個提示，《野叟曝言》文本研讀所最重，應該一是文素臣這一「正士」形象，二是其熔經鑄史的「奇書」特點，然後才是其他。筆者初涉此書，自然從所應該最重處入手，唯是也須「花開兩朵，先表一枝」，更退一步為「一葉知秋」的嘗試，對文素臣形象設定有取於孔子以至於「素臣是孔子」（第 109 回總評）的特點作初步探討。

一、文素臣身世為作者自況而終是摹取於孔子

　　關於文素臣身世設定，趙景深《〈野叟曝言〉作者夏二銘年譜》中曾有考論：

> 　　敬渠是第十一世，他是宗泗和湯氏的次子……《野叟曝言》中的繼泩，就是影射宗泗的。繼即宗，泩泗又相連成文。又水夫人即用湯字之半，蓋指其母。《野叟曝言》第一回云：「父親名繼泩，……夫人水氏。生子二，素臣其仲子也。」素臣當為素王之臣之意。他是想繼孔夫子的道統的。〔註1〕

〔註1〕趙景深《中國小說叢考》，齊魯書社 1980 年版，第 439 頁。

上引考證的部分無疑是正確的，而「素臣當爲素王之臣」兩句所論，也已指
向了「素臣是孔子」的認識。

又據徐再思《夏二銘考》載，夏敬渠「父壽只三十二歲，夏母湯夫人二
十九歲而寡」〔註 2〕，那麼書中寫文素臣父親「年止三十，卒於任所」、其母
「水夫人既寡」等，也可以認爲是作者取自己早年失怙的遭際。因此，我們
更可以認爲素臣身世的設定是夏敬渠就自己的身世影寫而來，也進一步加強
了趙論「《野叟曝言》中的繼洙，就是影射宗泗的」和「素臣當爲素王之臣」
云云的正確性。

但是，趙先生的考論雖不無「素臣是孔子」的指向性，但這一指向性直
接和主要是從「素臣當爲素王之臣」的名義而來，並非結合了夏敬渠的身世
分析得出。從而無論從對「素臣是孔子」論斷的深入索解，還是全面知人論
世的角度而言，都仍然需要對文素臣身世的設定與孔子關係作更具體的考辨。

這裡最根本的不僅是文素臣與夏敬渠的身世略同，而且與孔子身世有著
驚人的相似。孔子身世見於《史記‧孔子世家》載：

> 孔子生魯昌平鄉陬邑。其先宋人也，曰孔防叔。防叔生伯夏，
> 伯夏生叔梁紇。紇與顏氏女野合而生孔子，禱於尼丘得孔子。魯襄
> 公二十二年而孔子生。故因名曰丘云。字仲尼，姓孔氏。丘生而叔
> 梁紇死，葬於防山。……孔子長九尺有六寸，人皆謂之「長人」而
> 異之。

注家多引《孔子家語》，而《孔子家語‧本姓解第三十九》敘之稍詳：

> 孔子之先，宋之後也，……宋公生丁公申，申公生緡公共，及
> 襄公熙，熙生弗父何，及屬公方祀，方祀以下，世爲宋卿。弗父何
> 生宋父周，周生世子勝，勝生正考甫，考甫生孔父嘉，五世親盡，
> 別爲公族，故後以孔爲氏焉。一曰孔父者，生時所賜號也，是以子
> 孫遂以氏族。孔父生子木金父，金父生睪夷，睪夷生防叔，避華氏
> 之禍而奔魯。方叔生伯夏，伯夏生叔梁紇，曰雖有九女，是無子。
> 其妾生孟皮，孟皮一字伯尼，有足病，於是乃求婚於顏氏。顏氏有
> 三女，其小曰徵在，顏父問三女曰：「陬大夫雖父祖爲士，然其先聖

〔註 2〕徐再思《澄江舊話》卷四，轉引自吳新雷《〈澄江舊話〉中有關夏敬渠〈野叟
曝言〉的資料》，《2009 海峽兩岸夏敬渠、屠紳與中國古代才學小說學術研討
會（江陰）論文集》。

王之裔，今其人身長十尺，武力絕倫，吾甚貪之，雖年長性嚴，不足爲疑，三子孰能爲之妻？」二女莫對，徵在進曰：「從父所制，將何問焉。」父曰：「即爾能矣。」遂以妻之。徵在既□廟見，以夫之年大，懼不時有勇，而私禱尼丘之山以祈焉，生孔子，故名丘，字仲尼。孔子三歲而叔梁紇卒，葬於防。

上引諸書敘孔子身世，我們所可注意者有三：一是「孔子三歲而叔梁紇卒」，是孔子早孤，主要由母親撫養教育成人；二是孔子的母親當然也就早寡；三是孔子出生前，其父妾已生子「孟皮一字伯尼」，是雖同父異母，但孔子有兄，故《史記》已有「仲尼」之稱，而後世反孔者率稱之爲「孔老二」。

以之對照《野叟曝言》第 1 回寫文素臣云：

且道素臣是蘇州府那一縣人？何等閥閱？有何勢力，如此敢作敢爲？這文素臣名白，是蘇州府吳江縣人，忠孝傳家，高曾祖考俱列縉紳。父親道昌，名繼洙，敦倫勵行，穎識博學，由進士出身，官至廣東學道，年止三十，卒於任所。夫人水氏，賢孝慈惠，經學湛深，理解精透，是一女中大儒。生子二：長名眞，字古心，素臣其仲子也。文公赴廣時，路產一女，落盆即死。水夫人既寡，只此兩子，愛子如寶，卻不事姑息，督之最嚴。

可知素臣父「年止三十，卒於任所」，其母「水夫人既寡」，「生子二：長名眞，字古心，素臣其仲子也」等等，既與夏敬渠身世相合，又與孔子幼年喪父、排行第二和由寡母撫養長成等的身世略同。

在這種情況下，以文素臣身世的設定爲作者影寫自家身世固無不可，但對於其所作一部排斥二氏、極盡崇儒之能事的小說而言，還應該進一步看到其如此設定不僅爲自寓身世，而有更深層用心是追摹孔子的形象。

我們的根據：一是作者明確意識到自己是做小說，因而寫素臣之父僅以影射，並未與自己的父親對號入座，例如作者的父親宗泗死年三十二歲，而書中素臣之父「年止三十，卒於任所」，並未刻板地作三十二歲就是證明。也就是說，由此可以認爲，作者在爲這一形象設定身世時並未拘束於傳寫個人身世的考量；二是雖然夏敬渠爲文素臣之父命名「繼洙，就是影射宗泗的」，而「宗泗」的意思本就是宗法孔子。在這種情況下，作者「影射宗泗」雖有爲了自寓身世的一面，但根本原因還是這一影射同時符合了全書獨尊孔子的意圖；三是雖然素臣之父名「繼洙，就是影射宗泗的」，但其字「道昌」卻從

「孔子生魯昌平鄉陬邑」中之「昌」字而來，是並無其父因素的影響而直接影射孔子的。可見包括「繼洙，就是影射宗泗的」在內，作者在作如此設定的時候，並非只是想到了他父名「宗泗」的家世，而是很具體地想到了孔子身世，並以之爲本質上的模擬對象的。

因此，趙先生等學者的考論主要是提供了《野叟曝言》中素臣是夏敬渠自況的根據，則在本文認爲，主要的不是夏敬渠要通過文素臣這個人物的塑造自寓身世，而是其身世有與孔子多處的驚人相合，使他產生並堅持了寫「素臣是孔子」的創作理想，才被作爲自況式的內容寫入了《野叟曝言》。在這種情況下，素臣是作者的自況僅是文本中描寫的現象，其本質卻是作者欲比照孔子身世寫作，實現《野叟曝言》「素臣是孔子」的創作理想。

二、文素臣才兼文武乃從影射孔子而來

《野叟曝言》寫文素臣的形象意義複雜，但就作者爲其設定「奮武揆文」的基本面上說，這個形象的特點可以「文武雙全」概括之。據本人粗淺的瞭解，在中國古代小說的人物畫廊中，各主要或重要人物形象除神魔精怪之外，或爲文士，或爲武臣，卻未見文武雙全者。有之，文素臣是晚出而又傑出的一個。書中有關素臣文武雙全的具體描寫具在，茲不贅述，而僅論其作爲這樣一個全才在小說中雖前無古人，但在中國歷史上卻可以上溯到有關文獻對孔子稟賦的記載，乃從影射孔子而來。

孔子稟賦如身高見於《史記·孔子世家》：

> 孔子長九尺有六寸，人皆謂之「長人」而異之。

又膂力過人，《呂氏春秋·慎大》曰：

> 孔子之勁，舉國門之關，而不肯以力聞。

而據《孔子家語·本姓解第三十九》載，孔子母顏氏徵在之父稱孔子之父叔梁紇曰：「今其人身長十尺，武力絕倫，吾甚貪之……」又《左傳·襄公十年》載叔梁紇在戰鬥中能力扛城門，孟獻子稱其爲「《詩》所謂『有力如虎』者也」。孔父如此，可見孔子身長有勁乃主要是得之遺傳。

《野叟曝言》寫文素臣「力能扛鼎」，全書諸多「奮武」的情節描寫也隨處突出了他這方面的稟賦。這一特點雖然未見其有任何遺傳因素方面的描寫，而與如上有關孔子的記載不無小異，但結合於上節所論素臣身世擬取於孔子，又未見作者父祖有習武尚勇的傳統，則其寫素臣神武的膂力，也應該

有以媲美孔子的用心，乃得之於如上有關孔子之記載的啓發。

又孔子兼擅文武，實爲通才。按《周禮・保氏》曰：「養國子以道，乃教之六藝：一曰五禮，二曰六樂，三曰五射，四曰五御，五曰六書，六曰九數。」從「六藝」之稱不難看出，周代的學問雖有分科，而學者亦不免學有偏勝，但並無嚴格的分途，至孔子授學的時代仍然如此。《史記・孔子世家》云：

> 孔子以詩書禮樂教，弟子蓋三千焉，身通六藝者七十有二人。

由其弟子尙且「身通六藝」可知，孔子在後世雖被尊爲「文宣王」，所謂「百代文官祖，歷代帝王師」，而把「武夫子」的聖稱讓給了三國時戰敗被殺的關羽，但參以多種文獻的記載，歷史上的孔子其實是一位能文能武的通才。而《野叟曝言》寫文素臣也正是這樣一位通才，有全書爲證，可不贅述。

這裡要著重說明的是，雖然有《論語》記衛靈公問陣，孔子答以「軍旅之事，未之學也」（《衛靈公》）的記載，但那是孔子反對不義之戰而避不與之討論戰爭之事的託辭，不足爲憑。其實孔子武藝高強並精通戰法，從多種記載可以看得出來。如《禮記》載：

> 孔子射於矍相之圃，蓋觀者如堵牆。（《射義》）

應是孔子射箭的技藝好才會引人圍觀。又《論語》載孔子曰：

> 吾何執？執射乎？執御乎？吾執御矣。（《子罕》）

執御即駕馭戰車之術，可見孔子不僅射箭的好手，而且駕馭戰車的技藝精熟。又《史記・孔子世家》載：

> 冉有爲季氏將師，與齊戰於郎，克之。季康子曰：『子之於軍旅，性之乎？學之乎？』冉有曰：『學之於孔子。』」

此節《孔子家語》載之詳：

> 齊國師伐魯，季康子使冉求率左師禦之，樊遲爲右，非不能也，不信子，請三刻而踰之，如之，眾從之，師入齊軍，齊軍遁，冉有用戈，故能入焉。孔子聞之曰：「義也。」既戰，季孫謂冉有曰：「子之於戰，學之乎？性達之乎？」對曰：「學之。」季孫曰：「從事孔子，惡乎學？」冉有曰：「即學之孔子也。夫孔子者，大聖無不該，文武並用、兼通，求也適聞其戰法，猶未之詳也。」季孫悅，樊遲以告孔子。孔子曰：「季孫於是乎可謂悅人之有能矣。」（《正論解》）

可見孔子平日講學論藝，曾教授「軍旅」之道，是軍事教育家。另外，孔子「文武並用、兼通」，也可以從《史記・孔子世家》載孔子對魯定公稱「有文

事者必有武備，有武事者必有文備」的話得到證明。

中國春秋孔子以前，雖然學分六藝，但均為必修。故學者雖有偏勝，但大體尚未分途。戰國秦漢以後，或以口舌取名位，或察舉徵辟、九品論人、科舉取士，逐漸地學分文武，而文人柔弱成為當然，並且逐漸地學者不知兵乃至恥言兵了。這潛在地不免有孔子「不肯以力聞」的影響的原因，但主要應該是後世統治者「崇儒右文」（《宋史·禮志·視學》）之人才戰略的片面導向。這影響到唐以後才真正興盛起來的小說中凡塑造較為成功的人物形象，鮮有「文武並用、兼通」者，至清乾隆間仍舊如此。因此可知，《野叟曝言》之寫文素臣「文武並用、兼通」之形象特點，主要的應不是從前代小說的影響中來，而來自其以儒士的狂熱著書所摹取歷史上有關孔子的記載。

這一現象從作家創作的一面看是作者極度崇儒的表現，而從儒學的流變影響說，則是孔子形象影響於小說，藉小說形式而藝術性復活的特例。

三、文素臣姓名字號亦自孔學化出

魯迅《中國小說史略》云：「文白或云即作者自寓，析『夏』字作之。」〔註3〕，其實未必。

首先，「夏」字拆開作「一」「自」「文」，有「文」無「白」，而「自」字雖與「白」字相近只內增一橫，卻無論正體、俗體，均無作「白」字者，從而無論如何也不可以認作「白」字的，所以「文白或云即作者自寓」的說法，就姓「文」而言可能是對的，但以「文白」是「析『夏』字作之」，就太離譜了。

其次，即使「夏」字可拆出「文」字來，文白之姓「文」也不應該認作從「夏」字拆出。這一面是拆字也是有規律需要讓人橫豎猜得出來，並且不便有歧解的，而以「文」從「夏」字拆出，卻似信手拈來在似與不似之間，使讀者無可確認的。例如為什麼不是從夏敬渠的「敬」字拆出？另一方面以夏敬渠之博學多才，也斷不會做出這等笨謎來。

其實作者以其主人公姓「文」名「白」字「素臣」，當皆擬自孔子。理由有三：

一是孔子貴仁、義、禮、智、信，而不貴勇，能武而更好文。這表現在

〔註 3〕魯迅《中國小說史略》，人民文學出版社 1973 年版，第 213 頁。

《論語》記孔子雖然有過「見義不爲，無勇也」（《爲政》）、「知者不惑，仁者不憂，勇者不懼」（《子罕》）等論述，但通觀《論語》中孔子對「勇」的要求，總是有所限制的。如：

> 子曰：「由也好勇過我，無所取材。」（《公冶長》）

> 子曰：「恭而無禮則勞，慎而無禮則葸，勇而無禮則亂，直而無禮則絞。……」（《泰伯》）

> 子曰：「好勇疾貧，亂也。人而不仁，疾之已甚，亂也。」（《泰伯》）

> 子曰：「有德者必有言，有言者不必有德。仁者必有勇，勇者不必有仁。」（《憲問》）

> 子路問成人。子曰：「若臧武仲之知，公綽之不欲，卞莊子之勇，冉求之藝，文之以禮樂，亦可以爲成人矣。」（《憲問》）

> 子路曰：「君子尚勇乎？」子曰：「君子義以爲上。君子有勇而無義爲亂；小人有勇而無義爲盜。」（《陽貨》）

> 子貢曰：「君子亦有惡乎？」子曰：「有惡：惡稱人之惡者，惡居下流而訕上者，惡勇而無禮者，惡果敢而窒者。」曰：「賜也，亦有惡乎？」「惡徼以爲知者，惡不孫以爲勇者，惡訐以爲直者。」（《陽貨》）

> 子曰：「好勇不好學，其蔽也亂。」（《陽貨》）

諸條文用「勇」字意義或有不同，但概括而言孔子對「勇」的態度總懷有戒懼之心，這與上節引「孔子之勁，舉國門之關，而不肯以力聞」的人生取向是一致的，結果就有《左傳》「孔丘知禮而無勇」（《定公十年》）的偏見，並影響至今。

而孔子同時又大力地提倡「文」：

> 子曰：「弟子入則孝，出則悌，謹而信，泛愛眾，而親仁。行有餘力，則以學文。」（《學而》）

> 子曰：「周監於二代，郁郁乎文哉！吾從周。」（《八佾》）

> 子貢問曰：「孔文子何以謂之『文』也？」子曰：「敏而好學，不恥下問，是以謂之『文』也。」（《公冶長》）

　　子曰：「君子博學於文，約之以禮，亦可以弗畔矣夫！」（《雍也》）

　　子以四教：文，行，忠，信。（《述而》）

　　子曰：「文，莫吾猶人也，躬行君子，則吾未之有得。」（《述而》）

　　子畏於匡，曰：「文王既沒，文不在茲乎？天之將喪斯文也，後死者不得與於斯文也；天之未喪斯文也，匡人其如予何？」（《子罕》）

　　公叔文子之臣大夫僎，與文子同升諸公。子聞之曰：「可以爲『文』矣！」（《憲問》）

上列諸條文用「文」字的意義或有所不同，但統觀可知，孔子無論立志、教學、交遊乃至於生死之際，都把「文」之一字看得格外尊重。相對於《論語》中沒有關於「武」的正面論述，而又言「《武》，『盡美矣，未盡善也』」（《八佾》），則愈顯孔子思想崇「文」之基本傾向。

　　應是因此，《野叟曝言》作者夏敬渠爲了極力推重孔子所最尊的「文」字，而以其小說主人公爲姓「文」。以至於書中寫文素臣「力能扛鼎，退然若不勝衣；勇可屠龍，凜然若將隕谷」（第 1 回），正是如孔子能「舉國門之關，而不肯以力聞」者。與此相應，書中又正面強調素臣本色爲文人，時或以「文人」自稱：

　　素臣大笑道：「好一個說大話的和尚！且取出來，不知可有一字一句，入我文人之目的哩。」（第 10 回）

總之，以素臣如孔子一樣雖才兼勇武，但「不肯以力聞」，自認其本色爲文人，才應該是素臣所以姓「文」的根本原因。

　　這一認識也可以從學者王進駒《乾隆時期自況性長篇小說研究》中所論得到印證：

　　全書英雄之核心人物文素臣的本眞面目卻是一書生、文人（他在綠林飛霞面前便自稱「本是文人」），凡是文人學士的教養、學識、才華他無不具備而且均臻一流。……而從文素臣的功業來說，是把文化事業作爲首要而且是終極的目標的，也即剷除佛道，弘揚聖教。……素臣與眾友言志云：『……要掃除二氏，獨尊聖經。……』……雖然書中也極力渲染其武功，常以郭子儀等歷史上著名的軍事統帥來比擬，但從最根本的人生目標看，文素臣是始終以『聖人』來要求自己，相應的，水夫人也被寫成一『女聖人』。……這種『聖人情

結』在最後一回表現得淋漓盡致無以復加……。作爲『英雄』的文
素臣，其精神實質是『文化英雄』。」〔註4〕

這可以換句話說，文素臣因是「文化英雄」才被命姓爲「文」，仿《論語》句
式則是：文素臣是以謂之「文」也！

　　但是，文素臣是以謂之「文」的道理，還由於作者爲之取字「素臣」，而
如上引趙論「素臣當爲素王之臣」，「素臣」字之取義乃與孔子稱「素王」相
對，是從後者轉變脫化而來的，但「素王」最重要的特點也就是「文」。

　　「素王」之稱見《史記・殷本紀》，司馬貞《索隱》曰：「按：素王者，
太素上皇，其道質素，故稱素王。」孔子至漢代始被稱爲「素王」，漢董仲舒
《對策》云：

　　　孔子作《春秋》，先正王而繫萬事，見素王之文焉。(《漢書》卷
　　五十六《董仲舒傳》)

王充《論衡・超奇》曰：

　　　然則孔子之《春秋》，素王之業也。

上引董、王之說都強調了孔子作爲「素王」之「質素」而「文」的根本特徵。
古人「名以正體，字以表德」(《顏氏家訓・風操第六》)，可知文白字素臣取
義爲素王孔子之臣的眞義，實乃欲表文白爲文宣王孔子之眞正衛道士，而「是
以謂之『文』也」。

　　進而不難看出，「素臣」而名「白」，乃因「素」字本指未染之絹，可引
申以言白，如《論語》所謂「繪事後素」(《八佾》)之「素」，皆以「素」爲
「白」的緣故。

　　總之，《野叟曝言》文素臣名字設定可謂無一字無來歷，又都深根於孔學。

　　但也要順便說到的是，夏敬渠於文素臣名字弄筆狡獪，橫生枝節，還使
之時一化名「又李」，當即「又一李白」之義。從而表明作者爲素臣命名「文
白」之「白」，在主要是照應素臣之「素」的同時，還寓有其傾慕詩人李白之
意。但李白爲「詩仙」，素臣「又李」之稱與其原本姓「文」也內在地是一和
諧的照應。

四、「素臣是孔子」及其意義

綜上所考論，文素臣形象設定實多有取於孔子儒學，加以書中有關其行迹的描寫也多追摹孔子，所以正如前引是書第 109 回《總評》所說「素臣是孔子」。

當然，《總評》說「素臣是孔子」是就書中有關素臣的全部描寫而言，但無疑包括了上所考論素臣形象的設定大略影射孔子的方面。即使在有關素臣形象的全部描寫中，這一方面的影射與摹取並不特別突出和重要，還長期沒有引起人們的重視，因而不曾有過從這一角度研究此一形象的嘗試，但其作爲這一中心人物形象全部描寫的基礎，對該形象在全書後來的發展與豐滿實起到根本性制約作用，進而影響到全書主旨實現的效果，是決不可以忽視的。

由作者對文素臣形象的設定主要有取於孔子來看，那種認爲「奔走於官宦之家、以講經論史作爲謀生手段的夏二銘，在《野叟曝言》中展現文素臣的行徑，就是他譜寫的一首綺麗的暢想曲」〔註5〕之論斷，就不夠全面而更顯得膚淺了。魯迅先生早就指出：

> 雍正末，江陰人楊名時爲雲南巡撫，其鄉人拔貢生夏宗瀾嘗從之問《易》，以名時爲李光地門人，故並宗光地而說益怪。乾隆初，名時入爲禮部尚書，宗瀾亦以經學薦授國子監助教，又歷主他講席，仍終身師名時（《四庫書目》六及十《江陰志》十六及十七）。稍後又有諸生夏祖熊，亦「博通群經，尤篤好性命之學，患二氏說漫衍，因復考辨以歸於正」（《江陰志》十七）。蓋江陰自有楊名時（卒贈太子太傅諡文定）而影響頗及於其鄉之士風；自有夏宗瀾師楊名時而影響又頗及唯一盛業，故若文白者之言行際遇，固非獨作者一人之理想人物矣。文白或云即作者自寓，析「夏」字作之；又有時太師，則楊名時也，其崇仰蓋承夏宗瀾之緒餘，然因此遂或誤以《野叟曝言》爲宗瀾作。〔註6〕

雖如上已考論「文白或云」之說並不完全可信，但其知人論世，曰「故若文白者之言行際遇，固非獨作者一人之理想人物矣」的結論，卻比較後來對此書幾近謾罵的批評更接近於文學之眞實。

〔註5〕黃克《〈野叟曝言〉校點後記》，夏敬渠《野叟曝言》，人民文學出版社 1997 年版，第 1941 頁。

〔註6〕《中國小說史略》，第 213 頁。

　　對此，近今學者更是正確指出「書中主人公文素臣，乃是作者理想人格的化身」，「這一形象，實是作者幻覺和夢想的產物。他寄託了作者治國平天下的儒家理想，揭示了一代知識分子獨特的人生價值追求和改變自我境遇的抱負」〔註7〕。這都是比較深入的見解，但如果能夠進一步看又力作簡明扼要說明的話，則正如本文如上考論所顯示，《總評》稱「素臣是孔子」無疑是抓住根本的概括！

　　《野叟曝言》寫「素臣是孔子」的意義有三：

　　一是表明文素臣形象的塑造雖不免作者自身的影子與幻想在，並表明「他是想繼孔夫子的道統的」，但不僅如此，他是更進一步假象「文素臣」就孔子形象與孔子之道的當代可能性的演義。因此，研究者在舊來關注文素臣形象為作者自寫抱負的基礎上，還可更進一步從其為作者對孔子作為行道聖人的想象進行觀照，看到本書作者身處清乾隆間世運轉衰之際，為拯世濟民，呼喚「聖人」出世的熱切心情與強烈願望；

　　二是本書所寫是就孔子作為素王生前不得行其道的翻案文章，乃是以聖人倘能得時有位，便可以掃除二氏，拯世濟民的理想情景。這實有似於作者夏敬渠欲以孔子之「聖教」平治天下的沙盤推演。雖其過程與結果多荒誕而近乎可笑，卻在文學是生活之反映的角度看，仍有其一定折射現實的意義。這至少如上引魯迅所說：「欲知當時所謂『理學家』之心理，則於中頗可考見」，而「素臣是孔子」的妄想卻正是清中葉儒學影響力日漸式微的產物；

　　三是秦漢以降，孔子形象便不時以各種面目和形式入於小說，但以如此規模大書寫唯一中心人物而公然模擬影射於孔子，且要把他寫成一個得時有位行道成功的典型，在中國古代小說中實僅《野叟曝言》一書而已。即使這個人物形象的塑造並不很成功，但我們不能不承認其作為一位儒生「熔經鑄史」的創造，在中國古代小說人物的畫廊中有獨具一格的風采！

　　《野叟曝言》文素臣形象設定有取於孔子，進而其行迹描寫亦多追摹演繹孔子，從而使這一形象成為一部清中葉如夏敬渠一類士人理想中孔子再世的變相。這固然無補於世事的實際改造，也無補於儒學的企圖復興，——但那並非小說一定要承擔的任務——卻為世間增加一部汪洋恣肆、奇譎詭異、雜學旁收之前無古人的「奇書」，不可謂不有補於書林，有補於當時與後世考

<hr>

〔註7〕張俊《清代小說史》，浙江古籍出版社1997年版，第309～310頁。

驗人心、反思儒學之用。雖然已如許多學者所言，《野叟曝言》的缺陷頗多，但私見也有責備太過和不當之處，故本文略無及之，識者諒之。不過這裡仍要強調的是，小說創作欲以人力而巧奪天工，從來難得完美，故人世間沒有完美的小說書。中國明代「四大奇書」、《紅樓夢》等莫非如此。如果我們因此而能對古代小說樂見其長處以發明之，於本書有適當寬容的態度，則《野叟曝言》作為一部寫中心人物而影射和摹取於孔子形象的小說，卻有這樣一些與缺陷並存的特點與優長，也就值得一讀並認眞加以研究了。

（原載《南都論壇》2010 年第 2 期）

評《老殘遊記》「揭清官之惡」

　　「揭清官之惡」是《老殘遊記》突出的思想內容，魯迅《中國小說史略》稱它「言人所未嘗言，雖作者亦甚自喜」〔註1〕。胡適亞東圖書館本《老殘遊記》序稱道「《遊記》寫官吏的罪惡，始終認定一個中心的主張，就是要指出所謂『清官』之可怕。歷來的中國文學史、小說史人都祖述此說，嘖嘖稱讚。當然，否定的意見也是有的，五十年代張畢來同志著文斥《老殘遊記》「揭清官之惡」是「徹頭徹尾的反動」，招致許多駁難，後來就不見有人堅持了。但類似的評論仍時或出現，例如 1981 年著名文學史家任訪秋先生著文說：「劉鶚對清官一辭的理解，非常的片面，歷史上……並沒有把不貪贓，卻枉法如剛弼一類的官吏，給了清官的稱號的。劉鶚把剛弼一流人與過去萬民稱頌的清官混同起來，還說什麼『清官更可恨』，是非常荒謬的。」〔註2〕可見在這個問題上分歧仍是有的，還有必要作深入的探討。

　　我們認為，這裡首先要明確的是，劉鶚《老殘遊記》所謂「清官」與「贓官」相對，它的特點只是一個不要錢。要錢的叫做「贓官」，是無論什麼人都能同意的，准此則不要錢的叫做「清官」，也應該沒有什麼問題。但是，由於歷史傳說、小說、戲劇等歌頌的清官往往同時具有勤政愛民、剛正不阿、治獄神明等優良品質，為萬民稱頌，所以世俗觀念上「清官」成了「好官」的同義語。然而在舊時對官員政治品質的要求中，「清」只是居官的一個方面。《論語・公冶長》載子張問令尹子文和陳文子為仕的態度，孔子談到了「忠」

〔註1〕魯迅《中國小說史略》，人民文學出版社 1973 年版，第 260 頁。
〔註2〕任訪秋《劉鶚及其〈老殘遊記〉》，《中國近代文學作家論》，河南人民出版社 1984 年版，第 290 頁。

「清」兩個方面，而未許以「仁」。「清」作爲一種政治品質主要指清廉，即清白廉潔，不要錢。

清代學者大都是這樣理解的。唐甄《潛書》下篇上《爲政》舉達良輔撫山西，居官做到了「仁」「清」「明」，而山西仍不能小治。其論「清」曰：「己不受財賄，群吏亦不敢受，可不謂清乎？」「清」即「不受財賄」。所以不要錢不受財賄的官就可以叫做清官。在這個意義上，「好官」必然是「清官」，而「清官」卻不一定是「好官」。多數的清官，由清而易於培養明仁公正的作風以成爲好官，以清著稱，清官成爲好官的同義語，卻不排除某些官「清」而不「明」、不「仁」，甚至打了「清官」的招牌以售其奸的。爲官的做到清廉並不難，清人閻苦璩《潛邱札記》卷二曾專論「廉易而恥難」，蓋官員立身大節、事功建樹之難，遠過於不要錢和拒受財賄。所以《老殘遊記》中白公對剛弼說：「清廉人原是最令人佩服的」，而剛弼卻是一個大大的壞官，這並不矛盾。事實上當「清官」是「好官」的同義語時，其萬民稱頌的「好」處也不僅在「清」，甚至主要不是「清」，而是他爲人民做了好事。如果好官只是清廉不要錢，那就真如胡適所說，「國家何不塑幾個泥像，雕幾個木偶，豈不更能絕對不要錢了嗎？所以無論從理論上還是在實際生活中，人們完全可以對不要錢的清官的全面狀況之優劣畫一個問號，做一番評價，而不必囿於清官即好官的俗說，唯「清」是贊。

劉鶚就是如此，他沒有清官即是好官的成見，眼見得許多有清官之目的人傷天害理，殺人不眨眼，爲禍比一般的贓官更烈，便毅然奮筆「揭清官之惡」，他說：

> 贓官可恨，人人知之。清官尤可恨，人多不知。蓋贓官自知有病，不敢公然爲非；清官則自以爲我不要錢，何所不可？剛愎自用，小則殺人，大則誤國；吾人親目所睹，不知凡幾矣。試觀徐桐、李秉衡，其顯然者也，《廿四史》中指不勝屈。作者苦心，願天下清官勿以不要錢便可任性妄爲也。歷來小說，皆揭贓官之惡，有揭清官之惡者，自《老殘遊記》始。（第十六回作者「自評」）

這個主題是來自歷史也來自現實生活的，不存在什麼「反動」或「荒謬」的問題，而是看它表現是否真實，開掘得是否深入。

有論者以爲，《老殘遊記》所寫玉賢、剛弼兩個清官實際是酷吏，這話是不錯的。吏有貪而酷的，也有清而酷的。表面上貪酷是並發症最難醫的，而實際上清酷更是絕症無藥可治。《二刻拍案驚奇》卷之四《青樓市探人蹤，紅

花場假鬼鬧》寫「張廩生見楊巡道准了狀，也老大吃驚。你道為何吃驚？蓋因這巡道又貪又酷……一味倒邊。還虧一件好處，是要銀子，除了銀子，再無藥醫的」。清酷則是一味殘忍，連銀子也不要。若到了做官的一味偏執任性妄為，有理有錢也打不贏官司的地步，情況豈不更加糟糕？《老殘遊記》寫玉賢、剛弼兩個人物，「揭清官之惡」，抨擊的就是這種不可救藥的弊政。它教人們認識舊時官場中，有比貪贓枉法更禍國殃民的東西，那就是自恃我不要錢，而無法無天酷虐偏執的「清官」。我們讀到這部書的胡舉人送禮一節，自然會想到剛弼收了這銀子，是一筆很大的貪贓，但讀到後來剛弼以這銀子坐實魏家的冤案，便不由得轉念剛弼若貪了這銀子，而能明白開釋魏家，情況也還較好。這不是說貪贓好，而是說這等情勢之下，「贓官可恨，……清官尤可恨」。

作品的描寫很能令人信服這一點。它教做官的人知道，不要錢之外更要「就事論事，細意推求」（不要「倒反做了強盜的兵器」，或者「一跑得來」就施夾棍、用拶子），把施政理民的事辦好。「有人說：李伯元做的是《官場現形記》，劉鐵雲做的是官場教科書」（胡適《〈老殘遊記〉序》），這是不錯的。大致說來，這本教科書只針對玉賢、剛弼一類「清官」，專題的，中心突出，而高出於一般泛泛之作，值得格外的稱讚。

然而劉鶚說「有揭清官之惡者，自《老殘遊記》始」，卻說錯了；任先生說「歷史上……並沒有把不貪贓，卻枉法如剛弼一類的官吏，給了清官稱號的」，也說錯了。這在歷史上都有過，而且就在劉鶚他本朝的初年，李漁的小說《無聲戲》中有一篇《清官不受扒灰謗，義士難伸竊婦冤》，它寫成都某知府「做官極其清正，有一錢太守之名。又兼不任耳目，不受囑託」，是個地道的清官。但判案常存成見：「他生平極重的，是綱常倫理之事；他性子極惱的，是傷風敗俗之人。凡有姦情告在他手裏，原告沒有一個不贏，被告沒有一個不輸到底。」結果為老鼠所銜扇墜所惑，誣書生蔣瑜竊鄰子之婦，屈打成招，鑄成冤案。後來還是他家中起事，知府本人受了同樣的冤枉，才聯類而及，為蔣瑜平反了冤獄。作者於篇首起句「從來廉吏最難為，不似貪官病可醫」的詩後敷陳一篇大義說：

> 這首詩，是勸世上做清官的，也要處里捨己，體貼民情，切不可說「我無愧於天，無怍於人，就審錯幾樁詞訟，百姓也怨不得我」這句話。那些有守無才的官府，個個拿來塞責，不知誤了多少人的

性命。所以怪不得近來的風俗，偏是貪官起身，有人脫靴；清官去
後，沒有尸祝。只因貪官的毛病，有藥可醫：清官的過失，無人敢
諫的緣故。

這不就是把「不貪贓卻枉法如剛弼的官吏，給了清官稱號」麼？這不就是《老
殘遊記》寫剛弼和第十六回作者自評的先驅和範本麼？即使劉鶚並非從這裡
受到啓發，他客觀上也只是重新發現了這一主題。

倘若「揭清官之惡」的主題是他個人的發現，那也不全是因為他個人的
學識與天賦，而是清初以來反理學思潮影響政治學說並波及於文學的結果。
明代理學盛行，程朱、陸王之爭勢同水火，後來亡了國，學者們才發現前代
理學家們所汲汲以求的，不過是清談害政的勾當，於是乃提倡「經世致用」
的實學。這種實學思潮，反對唯名、唯理、唯書，尊重感性，講求實用，與理
學的空疏僵化正相反對。這種思潮由清初顧炎武等諸大家開其端，至乾隆間學
者乃有深入細緻的發揮，由論學以至於論政。戴震在《答彭進士書》中曰：

> 程朱以「理」為「如有物焉，得於天而具於心」，啓天下而後世
> 人人憑在己之意見執之曰「理」，以禍斯民。更淆以「無欲」之說，
> 於得理益遠，於執其意見益堅，而禍斯民益烈。豈理禍斯民哉？不
> 自知為意見也。

這就是說，理學製造了一批偏執「在己之意見」而冒充做「理」以禍民的人。
他們的「意見」倘再披上「無欲」的外衣（例如「清」），則執之益堅，禍民
益烈。他又說：

> 而其所謂理者，同於酷吏所誤用法。酷吏以法殺人，後儒以理
> 殺人。駸駸乎捨法而論理，死矣，更無可救矣。〔註3〕

這就是說，「酷吏以法殺人，後儒以理殺人」是相通相同的。他們的「法」與
「理」都不過是「在己之意見」。不通世故，憑「意見」殺人，酷吏與後儒（即
理學家）並沒有什麼兩樣。紀昀《閱微草堂筆記》卷九記一個故事，說醫者某
生拘於禮法而不為一因姦成孕的女子墮胎，致母子兩喪，冥官判曰：「汝（指女
子鬼魂）之所言，酌乎時勢；彼（指醫者）所執者，則理也。宋以來，固執一
理而不揆事勢之利害者，獨此人也哉？」這就是以理殺人，以「意見」殺人。

清官「自以為我不要錢，何所不可」，也是一種「意見」。這種「意見」
起於執不要錢之理太過而不近人情。袁枚說：

〔註 3〕《東原文集》卷八《與某書》。

> 清、勤、慎三字，司馬昭訓長史之言也，後人奉之，不以人廢言耳。然以畏功爲「慎」，以瑣屑爲「勤」，猶之可也；以溪刻爲「清」，所傷者大，不可以不辨。

以溪刻爲「清」，就導致做事不近人情。他的結論是：「故曰不近人情者，鮮不爲大奸。」〔註4〕不近人情者即「淆以無欲之說……於執其意見益堅」的人，其爲害較有欲者更大。袁枚又說：

> 貨利之私，知其不可而犯之者，其害於明也淺；意見之私，不知其不可而犯之者，其害於明也深。〔註5〕

> 今人不明之是求，而先廉之是求，不知不明而廉，不如其不明而貪也。不明而貪，貪即其醫昏之藥也，貧者死，富者生焉。不明而廉，則無藥可治，而貧富全死於非法矣……此數語，似發言偏宕，然實代閭閻頓蹙而言，非過激也。〔註6〕

這裡所謂有「貨利之私」「不明而貪」者，即劉鶚所謂「贓官可恨」，袁枚以爲猶可以「貪」醫其「昏」也；有「意見之私」「不明而廉者」，即劉鶚所謂「清官則自以爲我不要錢」者，袁枚以爲「無藥可治」。「意見之私」，其害甚於「貨利之私」，「不明而廉」，不如其「不明而貪」。袁枚的這些論述，正就是劉鶚「贓官可恨，……清官猶可恨」的直接來源——我以爲《小倉山房文集》《小倉山房尺牘》當時風行天下，劉鶚定是讀過這些文章的。所以，「揭清官之惡」雖在前代小說中未曾多見，而這種認識卻在前代反理學思潮中一直存在和發展，劉鶚正是在前人的基礎上，以小說「揭清官之惡」，做出了傑出的文學貢獻。

李漁的小說是一個短篇，它寫清官某知府的過惡，只是由於在「綱常倫理」上所見「太執」，又輕信「夾棍上逼出來」的口供，所以鑄成冤獄。但他心地尚好，一旦有事實的教訓啓發，便能幡然悔改，這是個好人犯錯誤而又轉變過來的形象。《老殘遊記》則不然，它以長篇的規模，主要寫了兩個清官——寫一個玉賢不足，又寫一個剛弼，以把「揭清官之惡」圖畫得淋漓盡致，入骨三分，規模和氣魄都遠遠超過了李漁那些以故事精巧取勝內容較爲單薄的小說。更重要的，李漁的小說「揭清官之惡」，其「惡」不過比過失稍過一

〔註4〕 《小倉山房文集》卷二十二《清說》。
〔註5〕 《小倉山房文集》卷二十《公生明論》。
〔註6〕 《小倉山房尺牘·覆江蘇臬使錢嶼沙先生》。

點，又卒自悔改了，還是可恕的；《遊記》中的玉賢、剛弼則不然，前者「清」而「酷」，所謂「以溪刻爲清」「不近人情」者，又懷著骯髒的目的，其駁稿案爲于家吳氏婦自盡乞旌表之言曰：

> 你們倒好，忽然的慈悲起來了！你會慈悲于學禮，你就不會慈悲你主人嗎？這人無論冤枉不冤枉，若放下他，一定不甘心，將來連我的前程都保不住。俗話說的好，「斬草要除根」，就是這個道理。況這吳氏尤其可恨，……你傳話出去：誰要再替于家求情，就是得賄的憑據，不用上來回，就把這求情的人也用站籠站起來就完了！

這就把一個酷虐「清官」的心態合盤托出了。老殘更進一步揭得明白：「這個玉太尊……只爲過於要做大官，且急於做大官，所以傷天害理做到這樣。」這樣，卻因爲「政聲好」升了官，書中所謂「萬家流血頂染猩紅」。

後者剛弼「清」而「愎」，是所謂「不明而廉」者，同樣地不可救藥。他執著無罪的必不送錢、送錢的必然有罪之理，認定無辜入獄而家人送錢的魏老頭兒害死十三條人命，酷刑鍛煉，屈打成招。他是一個愚蠢的教條主義者，而所以愚蠢，仍在於一種特別的心態，書中寫道：

> 白公呵呵大笑道：「老哥（指剛弼）沒有送過人錢，何以上臺也會契重你？可見天下人不全是見錢眼開的喲。清廉人原是最令人佩服的，只有一個脾氣不好，他總是覺得天下人都是小人，只他一個是君子。這個念頭是最害事的，把天下大事不知害了多少！老兄也犯這個毛病，莫怪兄弟直言。至於魏家花錢，是他鄉下人沒見識處，不足爲怪也。」

這番話可謂一針見血，指出他那個「最害事的」念頭，正是從「自以爲我不要錢」來的，也是「淆以『無欲』之說」，「以溪利爲清」，「不近人情」的結果。總之，這兩個形象互爲補充，把「清官尤可恨」揭得義無餘蘊，那就是他們恃「清」而妄想妄爲，一則殘忍，二則太執，傷天害理而無所不用其極。李漁的小說不曾臻此境界自不待言，先前思想家們的議論，又如何能比得這血肉豐滿的文學形象感人之普遍、快捷和深入呢？事實上自《老殘遊記》出來，人們才真正知道世間還有「清官尤可恨」這樣一個道理，淵博如魯迅先生也以爲它「言人所未嘗言」，則「作者亦甚自喜」，也是很可理解的。

《老殘遊記》「揭清官之惡」能超邁前人，不僅因爲後來者易於居上，更在於作者比前人於此有更強烈的嫉惡如仇的精神。書中寫老殘想到玉賢的種

種酷虐，「不覺怒髮衝冠，恨不得立刻將玉賢殺掉，方出心頭之恨」。這種感情固然出於儒家「爲政焉用殺」「苛政猛於虎」等古代民主思想的基礎，但也基於作者一生坎坷、多見民生之艱而生的同情。

然而，《老殘遊記》「揭清官之惡」就完全無可訾議嗎？不是的。但它的局限也一如它的成就，須作深一層看。

《老殘遊記》（前二十回）成書於1903～1906年間，那時以「扶清滅洋」爲旗幟的義和團運動剛被清廷出賣並聯合帝國主義鎮壓下去，朝廷和知識界的人們無論對列強的態度如何，都一概把庚子國難的原因歸之於義和團的「作亂」，更進一步掊擊那些曾主張支持和利用義和團抗擊列強的朝內外大臣。慈禧太后曾利用義和團向列強宣戰，自是應被掊擊的第一人，但她大權在握，奈何不得，於是便轉而攻擊她當時的主要謀臣。除端王外，由曹州知府遷山東巡撫後來又調任山西巡撫的毓賢，及軍機大臣、協辦大學士剛毅是主張利用義和團最力的兩個人物，外而八國聯軍列他們爲罪魁，內而慈禧太后爲討好列強保住自己，也拿他們做「替罪羊」，一般的臣民在失敗情緒的籠罩下隨聲附和。劉鶚也未能例外，《老殘遊記》中所寫的「玉賢」就諧音「毓賢」，「剛弼」就諧指「剛毅」；第十回中《銀鼠諺》所詠「乳虎」及「立豕」，也隱射這兩個頑固派的要員，以對他們的抨擊，加入了矛頭最終是指向義和團運動的無恥喧囂，這在《遊記》中與直接攻擊「北拳南革」的內容是相呼應一致的。

然而所幸《老殘遊記》抨擊的主要是毓賢、剛毅在義和團運動前的行徑，又側重在他們那盡人皆知的酷虐和剛愎。他們後來的支持「拳亂」及結局僅以預言出之，如第三回寫筵席中人議論玉賢的「將來果報」、第六回老殘估量玉賢將來「方面兼圻」「官愈大，害愈甚」，及第十回的《銀鼠諺》等。作者的意思若曰，這兩個人早就不是好東西，後來成爲國家的禍首乃是必然的。書中黃龍子說：「閣下靜候數年，便會知悉。」實際是作者弄一個玄虛避開玉賢、剛弼後來事迹的描寫，卻又要讀者想到他們的後來。當時的讀者自然是易於明白的，但對於後來的人，作者這番用心就過於隱曲了，夏志清《〈老殘遊記〉辯論》說：

> 然而，劉鶚並沒有同聲直接指斥他們，卻揭露了拳亂前毓賢和
> 剛毅的樣子。可是，他對拳民的譴責，特別預言部分的大張撻伐，
> 當代讀者無不看出來。不過，到了一九二〇年代，那些反拳民文學
> 率多已被淡忘。即使當時最有聲望的學者如胡適，也把歷史背景撇

開，光讀這小說，看重它對清官的批判，對它的反拳民和反革命的
酷評則不加措意，最多也把它當作與主題無關的附加品而已。

這種偏頗的批評至今存在。至於「看重對清官的批判」而不知它批「清官」
部分地帶有反拳民動機的，則幾乎是普遍的狀況。在這個令批評界多少感到
遺憾的地方，《老殘遊記》「揭清官之惡」被毫無保留地肯定了。這少許的誤
解竟增加了它的殊榮！

　　然而，上述的誤解卻不僅是由於讀者的淡忘或閱讀不當，根本還在於作
品「揭清官之惡」描寫的本身遠離了、甚至背離了作者反拳民的初衷。一方
面，在促使作者奮筆「揭清官之惡」的諸動機中，反對暴政、同情人民的感
情顯然會比反拳民的隱曲用心更能直接地作用於創作；另一方面，「揭清官之
惡」的描寫愈是充分，便愈能沖淡作品反拳民、反「南革」的色彩。在這兩
種情況下，作者都不能自如地貫徹他洋務派的思想。作品「背叛」了作者，
形象大於思想，這在中外文學史上絕不是個別的現象，儘管具體的情況千差
萬別。如《老殘遊記》，當它取材的背景確定在「拳亂」之前的時候，就已注
定地不能把反拳民的思想有機地糅和在作品中了，後世讀者對之「不加措意」
或視爲「與主題無關的附加品」，大約也就無可無不可了。

（原載《齊魯學刊》1992 年第 6 期）

補說：李贄《焚書》卷五《讀史·黨籍碑》：

　　「安石誤國之罪，本不容誅；而安石無誤國之心，天地可鑒。
主意於誤國而誤國者，殘賊之小人也，不待誅也。主意利國而誤國
者，執拗之君子也，尚可憐也。」卓吾曰：「公但知小人之能誤國，
不知君子之尤能誤國也。小人誤國猶可解救，若君子而誤國，則末
之何矣。何也？彼蓋自以爲君子而本心無愧也。故其膽益壯而志益
決，孰能止之？如朱夫子亦猶是矣。故余每云貪官之害小，而清官
之害大；貪官之害但及於百姓，清官之害並及於兒孫。余每每細查
之，百不失一也。」

由此可見，「贓官可恨，……清官尤可恨」的認識更早發端於李贄，而在清代
思想界流傳不輟。但此說在當時和後世都只可爲智者道，不可爲俗人言。故
歷代有反貪、肅貪，而於「清官之害」，鮮有防範之心，規治之法，故使某些
「主意利國而誤國者」能爲所欲爲，禍害往往甚於貪官，不可不深思。

（二〇一八年一月二十五日）

試論《鏡花緣》題材內容的三個特點及其意義——兼及僅以《鏡花緣》爲「才學小說」的偏頗

一、問題的提出

民國十二年（1933）胡適作《鏡花緣的引論》，於第四節特別標出「《鏡花緣》是一部討論婦女問題的書」，並結論說：

> 我的答案是：李汝珍所見的是幾千年來忽略了的婦女問題。他是中國最早提出這個婦女問題的人，他的《鏡花緣》是一部討論婦女問題的小說。他對於這個問題的答案是：男女應該受平等的待遇，平等的教育，平等的選舉制度。

> 這是《鏡花緣》著作的宗旨。我是最痛恨穿鑿附會的人，但我研究《鏡花緣》的結果，不能不下這樣的一個結論。

> 我們先要指出，李汝珍是一個留心社會問題的人。這部《鏡花緣》的結構，很有點像司威夫特（Swift）的《海外軒渠錄》（Gulliver's Travels）是要想借一些想像出來的「海外奇談」來譏評中國的不良社會習慣的。〔註1〕

由此可知，胡適雖然強調了「《鏡花緣》是一部討論婦女問題的書」，但他同

〔註 1〕 胡適《中國章回小説考證》，安徽教育出版社 1999 年版，第 403～404 頁。

時認爲「李汝珍是一個留心社會問題的人。這部《鏡花緣》……譏評中國的不良社會習慣」，並且舉了第十一回、十二回的文例。

在這篇《引論》中，胡適還揭示了《鏡花緣》「博學」的一面及其原因（詳後）。這些都是極正確的評價，當時爲發前人所未發，實是《鏡花緣》研究上最大的創見。

後來魯迅作《中國小說史略》論《鏡花緣》云：

> 作者命筆之由，即見於《泣紅亭記》，蓋於諸女，悲其銷沉，爰託稗官，以傳芳烈。書中關於女子之論亦多，故胡適以爲「是一部討論婦女問題的小說，他對於這個問題的答案，是男女應該受平等的待遇，平等的教育，平等的選舉制度」（詳見本書《引論》四）。其於社會制度，亦有不平，每設事端，以寓理想；惜爲時勢所限，仍多迂拘，例如君子國民情，甚受作者歎羨，然因讓而爭，矯僞已甚，生息此土，則亦勞矣，不如作詼諧觀，反有啓顏之效也。〔註2〕

這段話中除了論「君子國」數語之外，其他的意思甚至語句都同於胡適，可知其完全贊同胡適關於《鏡花緣》題材內容的特點，一在「討論婦女問題」，二在討論「社會問題」。

但對《鏡花緣》題材內容「博學」方面特點的認識上，魯迅比較胡適有更多強調。他說：

> 又其羅列古典才藝，亦殊繁多，所敍唐氏父女之遊行，才女百人之聚宴，幾占全書什七，無不廣據舊文（略見錢靜方《小說叢考》上），歷陳眾藝，一時之事，或互數回。而作者則甚自喜，假林之洋之打諢，自論其書云，「這部『少子』，乃聖朝太平之世出的；是俺天朝讀書人做的。這人就是老子的後裔。老子做的是《道德經》，講的都是元虛奧妙。他這『少子』雖以遊戲爲事，卻暗寓勸善之意，不外風人之旨。上面載著諸子百家，人物花鳥，書畫琴棋，醫卜星相，音韻算法，無一不備。還有各樣燈謎，諸般酒令，以及雙陸馬弔，射鵠蹴毬，鬥草投壺，各種百戲之類。件件都可解得睡魔，也可令人噴飯。」（二十三回）蓋以爲學術之匯流，文藝之列肆，然亦與《萬寶全書》爲鄰比矣。〔註3〕

〔註 2〕魯迅《中國小說史略》，人民文學出版社 1973 年版，第 221～222 頁。
〔註 3〕《中國小說史略》，第 223 頁。

由此可知，魯迅在全面接受胡適有關《鏡花緣》題材內容論述的同時，更加突出了其「羅列古典才藝」「幾占全書什七」的一面，並列在《野叟曝言》《蟫史》等書之後，爲「清之以小說見才學者」之一種。這無疑遮蔽或削弱了胡適所強調此書題材內容另外兩方面的特點。

由於近半個多世紀以來魯迅及其《中國小說史略》在中國大陸影響巨大，而胡適之學長期在被排斥的地位，從而近數十年來「以小說見才學」幾成《鏡花緣》唯一或最大的特點。但是，近世小說理論雅不重「以小說見才學」之道，所以《鏡花緣》以此爲世所知，不但沒有提高身價，反而其眞正的特點與價值也被模糊和低估了。

從魯迅以來小說研究發展的歷史看，《鏡花緣》有這樣的遭際是可以理解的。但事實終要受到公正的對待，《鏡花緣》評價的百年是非，應予澄清。

二、三個特點

如上胡適、魯迅所論合而觀之，《鏡花緣》題材內容上突出的特點有三：一是「討論婦女問題」，二是討論「社會問題」，三是「博學」或「羅列古典才藝」。但其「討論婦女問題」的實質是強調女權；討論「社會問題」卻無關「國家之事」，而只限於「世俗之事」〔註4〕（第十一回，下引本書僅括注回次），即第十二回回目「雙宰輔暢談俗弊，兩書生敬服良箴」中所說的「俗弊」；「博學」或「羅列古典才藝」可以「才學」二字概之。因此，筆者總結胡適、魯迅論《鏡花緣》題材內容的突出特點，實可簡單概括爲「女權」「俗弊」「才學」三個方面。以下分述此三個特點在文本中突出的體現。

（一）女權

這在上引胡適《鏡花緣的引論》的文字中已經涉及，而該文的結尾說：

三千年的歷史上，沒有一個人曾大膽的提出婦女問題的各方面來作公平的討論。直到十九世紀的初年，才出了這個多才多藝的李汝珍，費了十幾年的精力來提出這個極重大的問題，他把這個問題的各方面都大膽的提出，虛心的討論，審慎的建議。他的女兒國一大段，將來一定要成爲世界女權史上的一篇永垂不朽的大文。他對於女子貞操、女子教育、女子選舉等等問題的見解，將來一定要在

〔註4〕李汝珍《鏡花緣》，人民文學出版社1986年版，第70頁。

中國女權史上占一個很光榮的位置。這是我對於《鏡花緣》的預言，
也許我和今日的讀者還可以看見這一日的實現。〔註5〕

這應該是對《鏡花緣》題材內容的正確揭示和評價！可惜近幾十年來，因胡
適與魯迅在大陸文化地位與影響的一沉一浮，讀者專家往往單知道或更多注
意魯迅把《鏡花緣》歸結爲是一部「才學小說」，而忽略其作爲「三千年的歷
史上」第一個「大膽的提出婦女問題的各方面來作公平的討論」的小說。這
就有些不公和偏頗了。

其實，上引胡適「結論」中最值得我們注意的核心是《鏡花緣》「他的女
兒國一大段，將來一定要成爲世界女權史上的一篇永垂不朽的大文。他對於
女子貞操、女子教育、女子選舉等等問題的見解，將來一定要在中國女權史
上占一個很光榮的位置」數語，這就是說，《鏡花緣》是中國第一部女權主義
小說，在世界女權主義文學和女權史上都應該「占一個很光榮的位置」！

（二）俗弊

這一點在上引胡適《鏡花緣的引論》中總結爲十二條，茲不贅說。

（三）才學

這一點，胡適《鏡花緣的引論》也有論述，他說：

這兩個同時人的見證，都能寫出《鏡花緣》的作者的多才多藝。
許喬林在《〈鏡花緣〉序》裏說此書「枕經葄史，子秀集華；兼貫九
流，旁涉百戲；聰明絕世，異境天開」。我們看了餘集、石文煃的話，
然後可以瞭解《鏡花緣》裏論卜（六十五回又七十五回）、談弈（七
十三回）論琴（同）、論馬弔（同）、論雙陸（七十四回）、論射（七
十九回）、論籌算（同）、以及種種燈謎，和那些雙聲疊韻的酒令，
都只是這位多才多藝的名士的隨筆遊戲。我們現在讀這些東西，往
往嫌他「掉書袋」，但我們應該記得這部書是清朝中葉的出產品，那
個時代是一個博學的時代，故那時代的小說也不知不覺的掛上了博
學的牌子。這是時代的影響，誰也逃不過的。

關於時代的影響，我們在《鏡花緣》裏可以得著無數的證據。
如唐敖、多九公在黑齒國女學堂裏談經，論「鴻雁來賓」一句應從
鄭玄注《論語》宜用古本校勘，「車馬衣輕裘」一句駁朱熹讀衣字爲

〔註 5〕《中國章回小說考證》，第 423 頁。

去聲之非。又論《易經》王弼注偏重義理，「既欠精詳，而又妄改古
字」：這都是漢學時代的自然出產品。後來五十二回唐閨臣論注《禮》
之家，以鄭玄注爲最善，也是這個道理。至於全書說的那些海外國
名，一一都有來歷；那些異獸奇花仙草的名稱，也都各有所本（參
看錢靜方《小說叢考》卷上，頁 68～72）。這種博覽古書而不很能
評判古書之是否可信，也正是那個時代的特別現象。〔註6〕

魯迅與胡適的同而不同是在此基礎上，從《鏡花緣》「羅列古典才藝」「幾占
全書什七」量化的角度，坐實了胡適所說《鏡花緣》「博學的牌子」，並歸類
於「清之以小說見才學者」，遂至今日這部小說題材內容的全貌與眞價值都受
到了一定程度的遮蔽。

三、三個特點的意義

如上《鏡花緣》有關「女權」「俗弊」題材內容的價值與意義，雖程度不
同，當今讀者專家概都給予肯定性的評價，本文可不再討論。但其「以小說
見才學」多被視爲負面的價值，卻有很大的偏頗，需要加以說明。

首先，《鏡花緣》作爲「才學小說」，是小說至清代應運而生的一種題材
類型，當時爲創新或開拓。《易傳·繫辭下》曰：「《易》窮則變，變則通，通
則久。」文學的發展也是這樣，如詩歌既有三言、四言、五言、七言等體式
上的興替，又有唐韓愈首啓而宋人大張爲風氣的「以文爲詩」〔註7〕，清初即
見端倪而至乾隆中翁方綱「肌理說」爲代表的以學問爲詩，都是文學上窮則
思變創作風氣的轉移。小說也是如此，既是如胡適所說《鏡花緣》「不知不覺
的掛上了博學的牌子。這是時代的影響，誰也逃不過的」，也是小說發展到清
乾隆中，各種傳統題材內容都寫過了，就不免有作者別出心裁以才藝、學問
入小說。這正是乾嘉考據學影響下一代新一代作者以「才藝」爲小說的新特
點。這一特點不僅是在《紅樓夢》中就已見端倪，如其寫寶釵論畫（第四十
二回）、黛玉教詩（第四十八回）等，都可謂「以學問爲小說」的萌芽。而且

〔註6〕 《中國章回小說考證》，第 402 頁。
〔註7〕 〔宋〕陳師道《後山詩話》：「黃魯直云：『杜之詩法出審言，句法出庾信，但
過之爾。杜之詩法，韓之文法也。詩文各有體，韓以文爲詩，杜以詩爲文，
故不工爾。』」轉引自〔清〕何文煥輯《歷代詩話》（上），中華書局 1981 年
版，第 303 頁。

從《野叟曝言》「以小說爲庋學問文章之具」〔註8〕、《蟫史》「欲於小說見其才藻之美」等〔註9〕來看，乾隆中葉「才學小說」實已蔚成大觀。《鏡花緣》借寫女子以炫學，則是這一小說新潮流中上接《紅樓夢》之遺緒，而於《野叟曝言》諸「才學小說」之外的戛戛獨創，自成一格。雖從今天小說理論看不屬創作的正道，但正是因此，才有了其區別於前代與同時諸作的鮮明特點。其價值與意義即使不便高估，但也不應如當下評價之低。

其次，《鏡花緣》作爲「才學小說」，以「小說」宣揚「才學」，有在讀者中普及文化的作用。雖然小說是故事，但小說並不僅是故事，而一如孔子稱讚學習《詩經》可「多識於鳥獸草木之名」（《論語・陽貨》），小說在擔負著人類心靈塑造作用的同時，也總在一定程度上起有保存與傳承知識的作用，「才學小說」正是具有這一突出的品質。如《鏡花緣》中的「才學」，可說是李汝珍一生所學知識與心得的精華，值得有關學者研究參考。

最後，《鏡花緣》以小說首倡「女權」，因寫「才女」而「以才學爲小說」，乃題中之義，所以書中有關「才藝」的描寫固然有過多過濫之嫌，但細心分辨，完全可以看出其結合人物的塑造，於經史子集、醫卜星算、琴棋書畫等等「古典才藝」的描述，既秩序井然，又倏然變化，大體可視爲作品的有機成份。這些成份作爲小說內容雖然說不上精彩，但其於《金瓶梅》《紅樓夢》《儒林外史》乃至《野叟曝言》等書之外，集中寫知識女性的才藝生活，實亦別開生面，有新穎之致。

（原載《遼東學院學報》2013 年第 1 期）

〔註8〕 《中國小說史略》，第 221 頁。
〔註9〕 《中國小說史略》，第 214 頁。